킬 유어 달링

**KILL YOUR DARLINGS**
Copyright © 2025 by Peter Swanson
All rights reserved.

Korean translation copyright © 2025 by Prunsoop Publishing Co., Ltd.
Korean translation rights arranged with Sobel Weber Associates, Inc.
through EYA Co.,Ltd

이 책의 한국어판 저작권은 에릭양에이전시(EYA Co.,Ltd.)를 통해
Sobel Weber Associates, Inc.와 독점 계약한 도서출판 푸른숲이 소유합니다.
저작권법에 의하여 한국 내에서 보호를 받는 저작물이므로 무단 전재 및 복제를 금합니다.

# Kill Your Darlings

## 킬 유어 달링

피터 스완슨 지음 | 노진선 옮김

푸른숲

치키 소여와 재키 더마이오에게.
그리고 톰을 추모하며.

살인을 맛보면 이내 도둑질에는 눈 하나 깜짝하지 않게 되고,
술독에 빠지며, 안식일에 지켜야 할 규율을 어기게 되고,
결국 매사에 무례해지며, 할 일을 미루게 된다.

**토머스 드퀸시**

피는 피를 부른다.

**맥베스**

차례

1부 이야기의 결말 11

2부 같은 악몽을 가진 부부 59

3부 검은 구멍 161

4부 영화 속 주인공 229

**일러두기**

- 외래어 표기법을 따르되 관용적인 표기와 동떨어진 경우에는 절충해 실용적인 표기를 따랐다.
- 국내에 번역된 작품명은 번역된 제목을 따랐고, 그렇지 않은 작품명은 번역하되 원서명을 표기했다.
- 전집·시리즈·잡지는 ' '로, 단행본·음반은 《 》로, 단편 소설·시·영화·드라마·노래는 〈 〉로 묶었다.
- 원서에서 이탤릭체로 강조된 부분은 고딕체로 표시했다.
- 하단의 각주는 옮긴이의 것이다.

1부

# 이야기의 결말

#  2023

i

처음 남편을 죽이려고 했던 건 디너파티가 열린 밤이었다. 웬디는 영문학과장 마샤 레버가 부추기는 바람에 디너파티를 열게 됐다. 뉴에식스주립대학에서 학생을 가르치는 사람은 웬디의 남편 톰이었는데도 마샤는 톰과 먼저 상의하지 않고 곧장 그녀에게 전화했다. 마샤와 웬디는 오랜 친구였고, 톰은 특히 최근 들어 중요한 일정을 믿고 맡길 수 없게 됐다.

"부탁할 게 있는데 싫으면 싫다고 해도 돼요." 마샤가 전화로 말했다. "혹시 집에서 조촐하게 파티 열어줄 수 있어요? 참석자는 당신이랑 톰, 나랑 짐. 짐이 갑자기 아프지만 않으면요. 그리고 새로 온 두 사람 정도예요. 샐리 존슨은 전에 봤죠? 작년 가을 학기에 우리 학교에 부임했잖아요."

"당신이 주최한 파티에 가기는 했어요. 그 신임 교수들 환영하는 칵테일파티요. 하지만 샐리와 얘기를 나누지는 못했어요. 다른 한 명은 누구예요?"

"새로 온 교직원인데 우리 파티에 초대해도 될 거 같아요. 이름은 에밀리예요. 톰에게 들은 적 있어요?"

웬디는 들은 적이 있었다. 톰은 최근에 끌린 여자에 대해 말할 때면 가끔 그러듯이 어색하게 에밀리라는 이름을 슬쩍 꺼냈다. 평소처럼 아주 무덤덤한 어조로 이렇게 말했던 것 같다. "에밀리가 무슨 영화를 봤는데 아주 훌륭하다더라고. 내가 전에 에밀리 얘기한 적 있지?"

"그럼요." 웬디가 말했다.

"그럼 모두 여섯 명이네요." 마샤가 말했다. "당신만 괜찮다면 로저와 돈도 초대할게요. 무리한 부탁인 거 알아요."

"내가 맡을게요, 마샤. 나도 술 마시는 디너파티에 가고 싶던 참이었어요. 대신 당신이 끝까지 남아서 뒷정리를 도와줘야 해요."

"당연하죠. 내가 도울게요. 고마워요, 웬디. 이 빚은 꼭 갚을게요."

디너파티는 2주 뒤에 열렸다. 결과적으로 그렇게 끔찍한 파티는 아니었다. 아니나 다를까 마샤의 남편 짐은 감기가 낫지 않은 상태였는데 독감일지도 모른다면서 막판에 참석을 취소했다. 로저와 돈이 왔고, 특히 로저는 대화가 끊기지 않게 분위기를 잘 이끌었다. 톰이 영문과에서 처음 종신 교수 후보가 됐을 때 로저는 이미 그곳의 터줏대감이었다. 거의 일흔이 다 돼가는 지금도 마찬가지였지만 이제는 톰도 별반 다르지 않았다. 로저의 남편 돈은 보스턴의 한 대기업에서 CFO로 일하다가 최근에 퇴직했는데 그 회사가 무슨 일을 하는 곳인지 웬디는 도무지 기억나지 않았다. 돈의 은퇴 후 계획은 빠른 시일 내에 술을 퍼마시다 죽는 것임이 분명했다.

종신 교수직을 제안해 캘리포니아의 어느 대학에서 스카우트했다는 샐리 존슨은 환영 파티에서 느꼈던 것보다는 덜 쌀쌀맞았지만 그렇다고 딱히 살가운 성격도 아니었다. 그래도 거베라 데이지 한 다발을 가져왔고, 식사가 나오기 전에 와인을 두 잔이나 마셨으며, 사람들에게 코넬대학교에서 박사 학위를 받은 자신의 논문 얘기를 또 꺼냈다. 웬디는 그녀의 단정한 몸가짐과 신중히 단어를 고르는 태도에 매료됐다. 다른 사람들은 그저 머릿속에 불쑥 떠오르는 헛소리를 마구 내뱉는 반면 샐리는 왠지 모르게 자신이 할 말을 미리 연습한 듯했다. 몇 년 전 시인 마커스 로버트슨이 객원 교수로 왔을 때 했던 말이 생각났다. 흑인 학자들은 자신이 다른 사람보다 두 배는 더 빈틈없이 행동해야 한다는 걸 일찌감치 배운다고 했다. 절대 약점을 보여서는 안 되며 실수할 여지는 없다고.

하지만 파티에서 정말로 웬디의 관심을 끈 사람은 에밀리 마조리노였다. 오랫동안 영문학과 사무를 맡았던 린다가 은퇴한 뒤 올해 1월에 채용된 직원이었다. 그녀는 무엇보다 톰의 이상형 그 자체였다. 그녀가 입은 구닥다리 초록색 카디건부터 긴장하면 아랫입술을 잘근잘근 씹는 버릇까지. 어깨까지 내려오는 갈색 머리에 큰 눈 사이의 미간이 약간 넓었고 어깨는 좁았다. 그녀는 화이트와인 한 병을 가져와 널찍한 개방형 주방에서 웬디에게 와인을 건넸다. "부인을 만나기를 손꼽아 기다렸어요."

"어머." 웬디가 말했다.

"저는 부인의 시를 좋아하거든요."

웬디는 웃음을 터뜨렸다. 그런 말을 듣게 될 줄은 꿈에도 몰랐다.

"미안해요. 너무 갑작스러워서요. 내게 그렇게 말해준 사람은 아마 당신이 처음일 거예요. 어쩌다 내 시를 읽게 됐어요?"

"《말하지 않은 것들》 시집을 갖고 있어요. 가져와서 사인을 받으려다가 민망하실까 봐 참았어요. 다음에 또 기회가 있겠죠."

"그럼요." 웬디는 여전히 약간 어리둥절한 채 그렇게 말했다.

20년 전 그녀는 한 대학 출판사로부터 신인상을 수상해 자신의 유일한 작품을 출판했다. 당시에는 엄청난 자부심을 느꼈지만, 동시에 가까운 친구와 가족 외에는 아무도 그 시집을 읽지 않으리라는 사실 또한 알고 있었다.

"당신도 시인인가요?" 웬디가 에밀리에게 물었다. 미국에서 시를 읽는 사람은 대부분 시를 쓰는 사람이라는 사실을 알았기 때문이다.

"아뇨, 딱히 그렇지는 않아요. 써보기는 했는데… 잘 안됐죠." 이번에는 에밀리가 어색하게 웃었다.

"아무튼 고마워요. 와인 선물도 고맙고요. 냉장고에 넣어둘게요."

접시에 애피타이저를 담으며 웬디는 방금 전에 오갔던 기묘한 대화를 곱씹었다. 그 대화에는 묘하게 익숙한 구석이 있었다. 그러다 누군가가 에밀리처럼 말을 걸어준 지 정말 오래됐다는 사실을 깨달았다. 긴장하며 잘 보이려 하고 그녀를 만족시키려는 대화. 먼 과거에 그녀에게 구애했던 남학생과 남자 들이 떠올랐다. 에밀리라는 이 특이한 아가씨는 그 시를 읽으며 막연한 연정이라도 품어온 걸까? 터무니없는 생각이었다.

그래도 웬디는 파티 내내 그녀에게서 눈을 떼지 않았다. 아까 나눈 묘한 대화 때문이기도 했고, 왠지 친근하게 느껴졌기 때문이다. 파티 중반쯤 에밀리가 구운 양 다리를 깨작거리고 있을 때 웬디가 불쑥 외쳤다. "조안 폰테인."

"깜짝이야. 재채기한 줄 알았어요." 돈이 말하자 다들 와르르 웃었다.

"당신하고 닮은 사람이요." 웬디가 에밀리에게 말했다.

놀란 에밀리가 "누구요?"라고 되물었다.

"조안 폰테인. 배우요. 〈레베카〉에서 두 번째 드윈터 부인을 연기했죠."

"아." 에밀리는 얼굴을 붉혔다. 아마도 모든 사람이 그녀를 바라봤기 때문일 것이다.

"약간 닮기는 했네." 톰이 말했다. "하지만 나는 에밀리가 바버라 부셰를 더 닮은 거 같아. 여기 있는 분들은 바버라 부셰를 기억하지 못하겠지만 1960년대에 나온 망작 〈카지노 로얄〉에서 미스 머니페니를 연기했죠. 그 영화의 흥미로운 점은…."

웬디는 톰과 오래 살았던 터라 그가 본인을 제외하고는 아무도 관심 없는 주제로 혼자 떠들어대려 한다는 걸 알았다. 그래서 식탁에 앉은 사람들에게 혹시 HBO에서 방영한 드라마 〈메어 오브 이스트타운〉을 봤냐고 물어보며 그의 말을 잘랐다. 다들 일제히 고개를 끄덕였고 톰이 웬디를 노려봤다. 사실 웬디가 그의 말을 자른 진짜 이유는 따로 있었다. 옛날 한 옛날에 톰이 그녀에게도 바버라 부셰와 닮았다고 말한 적이 있었다. 그는 까맣게 잊었을 테지만.

저녁 식사 후, 마샤가 설거지를 하는 동안 샐리는 일찌감치 떠났다. 나머지 손님들은 거실 벽난로 앞으로 이동했고 톰은 그들에게 술을 따라줬다. 돈과 로저에게는 위스키를, 본인에게는 러스티 네일을 따랐다. 웬디는 에밀리가 독주를 마시지 않도록 와인 한 병을 더 따자고 제안했다. 파티가 막바지에 이르면 늘 그렇듯이 시간이 쏜살같이 흘렀고, 갑자기 로저가 그의 유명한 개인기를 선보였다. 배우 크리스토퍼 워컨의 성대모사로 〈J. 알프레드 프루프록의 연가〉 전체를 암송하는 것이었다. 교묘하게 소파에서 에밀리의 옆자리를 차지한 채 고주망태가 된 톰은 최근 몇 달 중 가장 심하게 취해 보였다. 지금까지는 적어도 사람들이 보는 앞에서 저 정도로 취한 적은 없었다. 톰은 목소리가 커졌고, 욕도 더 많이 했다. 그가 정말 고작 서른 몇 살밖에 안 된 교직원에게 들이대는 어리석은 짓을 할지 의문이었지만, 아마 하지 않을 거라고 웬디는 생각했다. 수년간 술을 마시고 사람들과 어울리며 그는 넘지 말아야 할 선이 무엇인지 배웠다.

"요즘은 무슨 작업해요, 톰?" 설거지를 마치고 사람들에게 합류한 마샤가 물었다. 그녀는 캔에 든 자몽 맛 탄산수를 마시고 있었다.

"추리 소설을 쓰고 있어요." 톰은 그렇게 말하더니 마치 웃긴 말을 했다는 듯 어깨를 으쓱였다.

"어머, 그래요?"

"네, 두고 봐야죠. 추리 소설 같기는 합니다. 살인 사건이 일어나는."

"무슨 내용인지 말해줘요."

웬디가 그의 대답에 귀를 쫑긋 세우는 동안 톰은 아직 자세한 사항은 밝히고 싶지 않다고 설명했다. 하지만 톰이 책을 쓴다는 이 새로운 정보만으로도 그녀의 양팔에 소름이 쫙 돋았다. 살인 사건이 일어나는 소설이라니.

웬디는 자신이 자리를 비워도 아쉬워할 사람이 없다는 걸 아는 터라 잠시 실례한다고 말하고 위층 침실로 올라갔다. 그녀가 찾던 스웨터가 침대 옆 의자에 걸쳐져있었고, 웬디는 그걸 어깨에 둘렀다. 연일 5도 정도의 날씨가 지속됐고 간간이 비가 내렸다. 뉴잉글랜드는 원래 4월에 추웠지만 올해는 유독 우울할 정도였다. 다시 아래층으로 내려가려는 찰나, 재생되던 재즈 음악이 잠시 멈추며 톰이 여전히 장황하게 떠들어대는 소리가 들렸다. 웬디는 갑자기 남편이 쓰는 소설에 대해 꼭 알아내야겠다고 마음먹었다.

톰의 서재로 들어가 그의 노트북을 열고 수년째 바뀌지 않은 비밀번호를 입력했다. 인터넷 창이 여러 개 열려있었지만 거기에는 관심이 없었다. 대신 글쓰기 폴더로 들어가 '작업 중 Work in progress'의 약자인 'WIP'라는 명칭의 가장 최신 워드 문서를 찾아내 열었다. 톰은 이미 표지까지 써놓은 상태였다.

**여름이 끝날 무렵**

서스펜스 소설

톰 그레이브스

스크롤을 내려 다음 페이지로 넘어가자 서문이 나왔다.

"그리고 결국 그는 정말로 그녀를 죽인 건 아니라는 생각. 그래. 그래. 천만 다행이었다. 그는 그녀를 죽이지 않았다. 하지만… 죽인 거나 다름없지 않을까? 아니면 죽인 게 아닐까?"

《아메리카의 비극》, 시어도어 드라이저

계속 읽을 필요가 없었다. 저 인용문만으로도 순식간에 정신이 번쩍 들었다. 그리고 화가 치밀었다. 계속 스크롤을 내려 책의 첫 문단을 읽기로 했다. 첫 문단만 읽어도 톰이 그들의 얘기를 각색해서 썼는지 알 수 있을 터였다. 그들이 절대 누구에게도 말하지 않기로 했던 얘기, 세상에 알려져서는 안 되는 얘기 말이다. 소설은 이렇게 시작했다.

그는 어스름 내린 여름밤, 브라이언트 파크에서 그녀를 봤다. 그의 삶에 극적으로 다시 등장한 그녀를 위해 도시 전체가 바다가 갈라지듯 길을 내줬다. 그녀도 그를 본 게 틀림없었다. 그가 담배를 끄고 몸과 마음을 추스리기도 전에 그의 앞에 서있었기 때문이다. 그녀의 재킷 칼라가 파르르 떨렸다. 그녀는 두 사람이 헤어진 지난 10년간 그가 쌓아온 평온을 위협하는 존재였다.

"우웩." 웬디는 큰 소리로 외쳤다. 그의 글이 역겨워서였다. 톰의 글에 정신이 팔려 웬디는 그가 무슨 짓을 저질렀는지, 저지르고 있었는지 잠시 잊어버렸다.

세월이 흐르며 둘 사이가 소원해졌지만 그래도 웬디는 과거를 말하지 말자는 무언의 약속이 둘을 단단히 이어준다고 믿었다. 비록 지금은 그 믿음이 깨졌지만. 그들의 죄는 절대 외부에 알려져서는 안 된다. 톰은 늘 세상을 책과 영화에 빗댔고, 옛날에도 그들이 〈이중 배상〉*에 나오는 프레드 맥머레이와 바버라 스탠윅 같다고 말했다. 그들은 이미 한 열차에 탔고, 종착지에 도착하기 전까지는 내릴 수 없다고도 했다. 웬디는 또한 그 기차에 다른 누구도 탑승해서는 안 된다고 믿었다. 친구든, 목사님이든, 다른 연인이든 마찬가지였다. 그들의 얘기가 책으로 쓰여서도 안 된다고 믿었다.

대체 톰은 무슨 생각인 걸까?

다시 아래층으로 내려오니 틀어뒀던 음반은 이미 끝났고, 손님들은 코트를 챙기고 있었다. 톰은 바에서 술을 또 한 잔 따르더니 돌아서서 자리를 뜨는 배신자들을 노려봤다.

"톰이 괜찮을까요?" 현관에 서있던 로저가 말했다. 그의 남편이 장미 덤불을 향해 비틀비틀 걸어가는 걸 보면 지금 그런 말을 할 처지는 아니었다.

"괜찮을 거예요. 내일이면 하나도 기억 못 할 테니까."

웬디는 에밀리가 두꺼운 패딩과 씨름하다 바닥에 떨어뜨린 머플러를 주워 건넸다. "여기 어떻게 왔어요? 차를 가져왔나요?"

"마샤가 집까지 데려다주기로 했어요."

"아, 잘됐네요. 마샤는 유일하게 취하지 않은 손님이죠. 만나서 반가웠어요."

"언제 한번 따로 봐요." 에밀리는 반창고를 떼어내듯 빠르게 말을 쏟아냈다. "시 얘기를 하면 좋겠어요."

---

• 불륜 관계인 보험 영업 사원 월터와 유부녀 필리스가 그녀의 남편을 살해하고 사고처럼 꾸미기로 공모하는 내용이다. '이중 배상'은 특정 사고사일 때 보험금이 두 배로 지급되는 조항을 말한다.

"네, 그거 좋죠." 웬디는 그렇게 말하며 자신의 귀에 어색하게 들린 말투를 에밀리가 눈치챘을지 궁금해했다.

모두가 떠나고 웬디는 톰이 따라주는 와인을 순순히 받았다. 마실 생각은 없었지만 함께 앉아 《라이브 앳 더 퍼싱》 음반의 B면을 들었다. "놀 줄도 모르는 인간들 같으니." 톰이 말했다.

"지금 새벽 두 시야."

"그래?"

"응."

웬디는 그가 쓰는 책 얘기를 꺼낼까 고민했지만 말해 봤자 입만 아플 터였다. 아까 로저에게 내일이 되면 톰이 하나도 기억하지 못할 거라고 했던 말은 농담이 아니었다. 정말 기억하지 못할 것이다. 공허한 눈과 살짝 벌어진 입, 축 처진 아랫입술을 보면 분명했다. 웬디는 와인을 한 모금 마셨다. 톰은 빈 잔을 내려놓고 아마드 자말의 연주에 맞춰 피아노 치는 흉내를 내고 있었다.

맙소사, 그녀는 톰을 경멸했다. 그건 새로운 깨달음이었다. 자신이 남편을 싫어한다는 건 오래전부터 알고 있었다. 여생을 그의 곁에서 보낸다고 생각하면 두려움 비슷한 감정이 그녀를 덮쳤다. 또한 그가 절대로 변하지 않으리라는 사실도 알고 있었다. 그런데도 지금까지는 진심으로 그를 미워한다는 속내를 인정하고 싶지 않았다. 그가 그녀의 인생에서 사라지기를 바란다는 사실을.

웬디는 생각했다. '그냥 죽여버려야겠어.'

"왜 그렇게 빙글빙글 웃는 거야?" 톰이 물었다.

"누군가를 죽이는 상상을 하느라. 바로 당신 말이야." 웬디가 대꾸했다.

톰은 껄껄 웃더니 상상 속 피아노 건반을 따라 손을 움직였다.

하지만 20분 뒤 그는 2층 계단 꼭대기에 서있었다. 한 손으로 난간을 느슨하게 잡은 채 어리둥절한 표정이었다. 침실에서 나와 욕실로 향하던 웬디는 걸음을 멈추고 왜 그러냐고 물었다.

"아래층에 뭔가를 두고 온 거 같은데 그게 뭔지 기억이 안 나."

그는 술에 잔뜩 취해있었다. 머리는 축 늘어뜨렸고, 난간을 잡지 않은 쪽의 손가락을 흐느적흐느적 흔들어댔다.

"아마 안경이겠지." 웬디가 말했다.

그러다 별다른 생각 없이, 아니 오히려 미리 계획한 듯 남편의 셔츠 앞주머니로 손을 뻗어 그의 가슴을 부드럽게 밀었다. "어이쿠." 톰은 그렇게 말하며 뒤로 비틀거리다가 중심을 잡았다. 하지만 양말을 신었던 터라 한쪽 다리가 미끄러지며 계단 아래로 세게 나동그라졌다. 그렇게 데굴데굴 굴러가다가 맨 아래 층계참에 쿵 멈췄다. 보기 드물 정도로 과격한 추락이었다.

"톰." 웬디는 그렇게 외치며 그를 따라 조심스럽게 계단을 내려갔다. 톰은 고양이처럼 나직한 신음만 낼 뿐 말이 없었다. 하지만 그녀가 다가가자 그저 소파에 잠시 몸을 던졌던 사람처럼 갑자기 정신을 차리고 벌떡 일어섰다.

"젠장. 어떻게 된 거야?"

"계단에서 굴렀어, 톰. 취했잖아."

이튿날 아침 몸에서 멍 자국을 발견한 톰은 다시 웬디에게 자초지종을 물었다. "어쩌다 당신이 계단에서 떨어졌는지는 모르겠어. 나는 양치하는 중이었거든. 어디 부러졌어?" 웬디가 말했다.

"내 마지막 자존심." 톰은 그렇게 말하고는 아래층으로 내려가 커피를 내렸다.

ii

톰은 휴대폰으로 날씨 어플을 확인했다. 현재 뉴에식스에는 비가 오는 중이라고 했다. 밖을 내다봤지만 비는 내리지 않았다. 검게 부푼 하늘이 금세라도 비를 뿌릴 듯하기는 했지만. 어젯밤 술을 너무 많이 마신 탓에 컨디션이 엉망이었다. 아침에 일어나보니 몸 한쪽에는 원인을 알 수 없는 멍 자국이 다섯 군데나 있었다. (그가 계단에서 굴렀다고 웬디가 쾌재를 부르듯 말해줬다.) 그래도 몸을 풀고 머리도 식힐 겸 통증을 무시하고 밖으로 나가 걷기로 했다. 다시 날씨 어플을 뚫어지게 보다가 창밖을 내다봤다. 창밖으로 보이는 놈케그 만에서는 썰물이 빠지고 있었고, 갈매기와 까마귀가 하늘 높이 맴돌았다. 그들이 사는 구스넥은 바위로 이뤄진 작은 반도로 뉴에식스 외항 쪽으로 삐죽 튀어나왔는데, 이유는 모르겠지만 모든 일기 예보를 무시하는 독자적인 날씨 패턴을 자랑했다. 톰은 비 올 위험을 무릅쓰기로 하고 코트를 가지러 갔다.

구스넥을 거의 한 바퀴 도는 둘레길을 절반 정도 걸었을 때 비가 내리기 시작했다. 톰은 개의치 않았다. 안개비였고 어차피 집에 돌아가면 샤워하려던 참이었으므로 젖어도 상관없었다. 코트의 맨 위 단추를 잠그고 계속 걸었다. 머릿속으로는 어젯밤 디너파티에서 있었던 일들을 시간순으로 정리하려 애썼다.

시작은 나쁘지 않았다. 로저와 돈은 분위기를 잘 이끌었고, 마샤는 늘 그렇듯이 안절부절못했으며, 웬디의 구운 양 다리 요리는 대성공이었다. 샐리 존슨은 그 자리에 있고 싶지 않은 듯했으나 애초에 그녀가 있고 싶어 하는 자리가 있을지 의문이었다. 아마 혼자서 책 읽는 걸 제일 좋아할 것이다. 그녀는 진정한 학자였다. 그저 화요일과 목요일에만 수업하고 5년에 한 번씩 안식년을 얻고 싶어서가 아니라, 문학에 대한 애정으로 교수의 길을 선택한 것 같았다.

마샤가 에밀리 마조리노를 초대한 건 의외였지만 내심 기쁘기도 했다. 지난 1월 에밀리가 채용됐을 때 톰은 그녀의 고요한 아름다움에 매료됐다. 에밀리는 그의 마음을 사로잡았다. 하지만 그렇다고 성적인 끌림은 아니었다. 정적인 분위기, 조용한 목소리, 사생활을 알 수 없다는 점(에밀리는 그보다 훨씬 어렸는데도 그가 아는 바 SNS를 일절 하지 않았다. 그가 이미 찾아봤다)에 마음이 갔을 뿐이었다. 톰은 그녀와 속마음을 털어놓는 모습을 상상했다. 자신이 조언해주는 모습도 상상했다. 이상하게도 가끔씩 이런 상상은 어릴 때 엄마가 그랬던 것처럼 에밀리가 그의 이마에 찬 물수건을 얹어주는 장면으로 바뀌었다. 그녀가 식사를 차려주거나 다 잘될 거라고 말해주는 상상을 하기도 했다. 아무래도 늙어가는 모양이었다.

안개비는 어느새 진짜 비로 바뀌었다. 톰은 고개를 숙인 채 걸음을 재촉하며 어젯밤의 기억을 계속 더듬었다. 로저가 개인기를 선보였고, 술이 끊이지 않았다는 것까지는 알았다. 샐리는 일찍 자리를 떴고 놀랄 일도 아니었다. 자신이 한동안 에밀리 옆에 앉아 열띤 대화를 나눴던 것도 기억했다. 어쩌면 톰 혼자 떠들었을 수도 있었다. 대화 내용은 사라져버렸다. 파티가 어떻게 끝났는지도 기억나지 않았다. 그저 아래층 벽난로 옆에 있었는데 눈을 떠보니 아침이었다. 입은 바싹 말라있었고, 이마는 땀에 젖어 축축했으며, 크리켓 방망이로 두들겨 맞은 듯 온몸이 쑤셨다.

톰은 도로에 접어들었다가 잠시 걸음을 멈췄다. 수면에 빗방울이 톡톡 찍히는 항구 건너 바다를 바라봤다. 갈비뼈를 문지르자 어젯밤의 기억이, 정확히는 기억의 파편이 뇌리를 찔렀다. 위층 복도, 웬디의 얼굴, 혐오스럽다는 표정. 그러더니 전부 사라졌다.

"괜찮아요, 톰?"

개를 산책시키러 나온 이웃사촌 프레드였다. 톰은 눈을 깜빡거리며 프레드 쪽을 봤다. "아, 안녕하세요, 프레드. 그냥 수영이나 할까 생각 중이었어요."

집에 돌아온 톰은 산책하기 전보다 오히려 몸이 더 안 좋았다. 냉기가 뼛속까지 파고들었고 전날 밤의 희미한 기억, 즉 아내의 얼굴이 계속 떠올라 찜찜했다.

"내가 어쩌다 그 빌어먹을 계단에서 떨어진 거야?" 그는 부엌에서 캐서롤 비슷한 요리를 준비 중인 웬디에게 물었다.

"당연히 내가 밀었지." 그녀가 말했다.

웬디는 예전부터 소름 끼치는 농담을 잘했고, 가끔씩 톰은 그게 과거에 둘이 저지른 일 때문인지 궁금했다. 아니면 그 일과 상관없이 원래 그런 사람인 걸까?

"장난하지 말고. 분명 내가 떨어지는 소리를 들었을 거 아냐."

"들었어. 나는 양치 중이었고, 처음에는 당신이 죽은 줄 알았지."

"그때 기분이 어땠어?" 톰은 자신이 마실 커피를 따르다 컵을 쥔 손이 살짝 떨리는 걸 알아차리고 걱정스러워졌다.

"당신 상태를 확인하러 아래층으로 내려가는 사이에 이미 상상 속에서 사망 보험금을 쓰고 있었지."

"그래? 어디에?"

"두 번의 프랑스 여행. 아래층에 욕실을 하나 더 만들고, 에르메스 버킨백도 하나쯤 사고."

"농담이 아니었군."

웬디가 미소 짓자 톰은 더욱 한기를 느꼈다.

"제이슨에게서 온 문자 봤어?"

"아니." 톰이 휴대폰을 꺼냈다.

아들 제이슨이 주말에 방문할 예정이었기에 톰은 아마도 아들이 못 온다는 문자를 보냈겠거니 짐작했다. 하지만 문자 내용은 이제 자신이 완전한 채식주의자임을 잊지 말라는 당부와 함께 애슈틴이라는 여자애를 데려가도 되겠냐는 물음이었다.

하마터면 톰은 애슈틴이 누구냐고 물어볼 뻔했다. 누구인지 기억나지 않았기 때문이다. 동시에 왠지 물어보면 안 될 것 같은 느낌이 들었다. 가족 간 유대 관계에서 중요한 정보를 또 잊어버렸다고 어렴풋이 직감했기 때문이다. "가서 책 좀 읽을게." 톰은 그렇게 말한 뒤 서재로 갔다.

그는 책상 맞은편 소파에 누워 휴대폰을 잠깐 들여다봤다. 혹시 제이슨이 데려온다는 그 학생의 사진이 있는지 보려고 아들의 인스타그램에 들어갔다. 그들은 이제 막 아들의 전 여자 친구 토냐에게 익숙해진 터였다. 토냐는 기묘할 정도로 말이 없는 애였지만 제이슨은 진정으로 그 애를 사랑하는 듯했다. 그런데 이제는 애슈틴이라는 여학생과 사귀다니. 톰은 휴대폰을 내려놓고 책―카탈리나 소토가 쓴《의사에게 거짓말하기》―을 집어 들어 서너 페이지 읽다가 잠을 청하려고 눈을 감았다. 머릿속에서 어떤 장면들이 계속 나타났다 사라졌다. 희미한 복도 불빛 아래 보이는 아내의 얼굴, 애정이라고는 찾아볼 수 없는 차가운 눈빛. 그가 말을 건네는 동안 벽난로 불빛이 비치던 에밀리의 얼굴, 도무지 기억나지 않는 말들. 대체 그녀와 무슨 얘기를 했을까? 톰은 그걸 기억할 수 없다는 사실이 매우 수치스러웠다. 이제 머릿속에는 오로지 뼛속까지 춥다는 생각뿐이었다.

옆으로 돌아누워 두 무릎을 끌어안았다. 서재로 꾸민 다락방 구석에서 뭔가가 휙 지나갔다. 순간적으로 고양이 잠자*가 벽 아래쪽을 따라 슬렁슬렁 걸어 다니는 줄 알았다. 하지만 잠자는 6개월 전에 죽었다. 순간 톰은 울컥해서 눈물이 날 뻔했다. 수년 동안 눈물과는 담을 쌓고 살았던 그였다. 톰은 우는 대신 몸을 일으키고 앉아 다시 갈비뼈를 문질렀고, 웬디가 언제까지 주방에 있을지 생각했다. 맥주가 마시고 싶었지만 아내에게 그 모습을 보이기 싫었다.

### iii

일요일 아침이 되자 날씨가 맑게 갰다. 웬디와 톰, 아들 제이슨과 그의

- 프란츠 카프카의 소설〈벌레〉의 주인공 그레고르 잠자에서 따온 이름이다.

새 여자 친구 애슈틴은 다 함께 산책에 나섰다. 알고 보니 애슈틴은 제이슨의 전 여자 친구와 정반대였다. 검은 머리가 아닌 금발이었고, 무뚝뚝하기보다는 호기심이 많고 수다스러웠다. 사실 금요일 저녁 늦게 이 집에 도착한 후로 거의 쉬지 않고 떠들어댔는데 지금도 마찬가지였다. 구스넥이 너무 아름다워서 진정이 안 되고, 지금까지 여기에 한 번도 와보지 않았다는 게 믿기지가 않지만, 자신은 웨어햄에서 자란 탓에 주로 보스턴 남부 해안 쪽에서만 지냈다고 했다.

"이제는 갈아타야지." 톰이 말했다.

"남부 해안에서 북부 해안으로요? 저는 남부 해안에서도 맨 끝인 케이프 코드 출신이에요. 농담이시죠?"

웬디는 톰이 애슈틴과 단둘이 가려고 그들보다 앞서서 걷는 모습을 지켜봤다. 톰이 애슈틴을 마음에 들어 한다는 걸 알 수 있었다. 뭐, 웬디도 애슈틴이 마음에 들기는 했다. 딱히 지적이지는 않지만 밝은 기운을 풍기는 듯했다. 지금까지 제이슨이 사귄 뚱한 여자 친구들에게서는 볼 수 없던 성격이었다. 걸음을 늦추자 제이슨이 옆으로 다가온 덕분에 아들과 단둘이 얘기할 수 있었다.

"어때요?" 제이슨이 물었다.

"뭐가?"

"애슈틴 어떠냐고요. 애슈틴을 지켜보면서 분석하는 중이었잖아요. 내 눈은 못 속여요."

"사랑스러운 애구나. 토냐와 딴판이야."

"토냐는 사랑스럽지 않았어요?"

"보기에는 사랑스러웠지만 딱히 대화가 잘 통하는 애는 아니었잖아. 안 그래?"

제이슨은 마로니에 열매를 발로 차서 몇 센티미터 앞으로 보냈다. 아들이 어렸을 때부터 함께 산책해온 터라 웬디는 그 애가 마로니에 열매를 할 수 있을 때까지 계속 앞으로 차리라는 걸 알고 있었다.

"네, 토냐는 까다로웠죠. 애슈틴은 편해요. 그래도 보기보다 똑똑해요."

"똑똑해 보이지 않는다고는 안 했다."

"아마 엄마는 그렇게 생각했을걸요. 애슈틴은 전액 장학금을 받고 학교에 다녔어요."

앞에서 톰과 애슈틴이 걸음을 멈추더니 톰이 항구 건너편에 있는 시청을 가리켰다. 웬디와 제이슨도 걸음을 멈췄다.

"그래, 애슈틴에게 들었다. 그 애 부모님은 어떠니?"

"좋은 분들 같아요. 우리와는 달라요. 두 분 다 대학에 안 다니셨어요. 애슈틴은 그 집안에서 처음으로 대학에…."

"하지만 오빠가 둘이나 있잖아."

"둘 다 아버지를 따라서 배관공이 됐어요."

"똑똑한 애들이로구나."

웬디는 바다를 향해 실눈을 뜬 아들의 옆모습을 바라봤다. 양끝이 말려 올라간 힙스터 특유의 콧수염을 길렀다가 최근에 밀어버린 덕분에 그 나이 때의 톰을 쏙 빼닮았다. 진갈색 눈동자, 짙은 눈썹, 어딘가 여성스러울 정도로 예쁜 장미 봉오리 같은 입술. 하지만 톰과는 달랐다. 제이슨은 죽어라 노력하는 야심가가 아니었고, 콧수염을 길렀다가 결국 밀어버리기는 했어도 남들이 자신을 어떻게 생각하든 신경 쓰지 않았다. 자신의 모습에 대부분 만족하며 사는 듯했다.

"엄마랑 아빠는 요즘 어떠세요?" 다시 걷기 시작하며 제이슨이 물었다.

"네가 보기에는 어떤 거 같니?"

"아빠가 술을 많이 마시는 거 같아요."

"그거야 새삼스러울 것도 없지. 안 그래?"

"네, 그렇기는 하죠. 걱정되세요?"

웬디는 곧바로 대답하지 않고 그 질문을 곰곰이 생각했다. "10년 전에는 그랬지. 네 아빠가 사고를 쳐 경력을 망치거나 아니면 차를 망가뜨려서 죽을지도 모른다고 생각했어. 더 끔찍하게는 다른 사람을 죽일 수도 있고. 하지만 이제는 그것도 그저 우리 삶의 일부인 거 같구나. 집에 손님이 오면 더 많이 마셔. 뭐라고 말해야 할지 모르겠다. 걱정되니?"

"네." 제이슨이 힘주어 대답했다. "아빠는 늘 부자지간에 더 많은 시간을 보내야 한다고 말하면서 정작 함께 있을 때는 너무 취해서 기억도 못 한다니까요. 정말 답답해요."

"이해한다, 제이슨. 나도 같은 생각이야."

그날 밤, 아들과 여자 친구가 떠나고 톰이 하키 경기를 보다 잠든 뒤에 웬디는 거실에 담요를 두른 채 앉아있었다. 무릎에 책을 올려두고 생각에 잠겼다. 만약 목요일 밤에 계단에서 떨어진 톰이 목이 부러져 죽었다면 지금 그녀는 뭘 하고 있었을까? 톰은 죽은 지 사흘이 됐을 것이다. 제이슨은 예정보다 일찍 와서 아직도 이 집에 머물렀으리라. 또 뭐가 있었을까? 이웃 사람들은 캐서롤을 만들어 왔을 테고, 옛 친구들은 전화를 하거나 문자를 보냈을 것이다. 그녀는 장례식을 준비했으리라.

처음 몇 주는 힘들 테지만 일단 톰을 땅에 묻고 나면 인생의 다음 단계가 시작될 터였다. 먼저 톰이 쓰기 시작한 소설이 절대 세상에 나오지 못하도록 삭제할 것이다. 그런 다음에는 여생을, 그 여생의 하루하루를 그녀가 원하는 대로 살 수 있었다. 집과 정원, 심지어 텔레비전 리모컨까지 독점하게 될 터였다. 생선 요리를 더 자주 해 먹을 수 있고, 언젠가 새로운 사람을 사귈 수도 있었다. 물론 또 다른 남편은 필요 없었다. 다시는 남편을 두지 않을 것이다. 하지만 여름에만 뉴에식스에 머물다 가는 화가라면 괜찮지 않을까? 잠자리에 뛰어나고, 고치기 까다로운 배수펌프와 물이 새는 홈통도 척척 수리할 줄 아는 단순한 남자.

웬디는 자신이 이 새로운 인생을 생각하며 웃고 있다는 걸 깨닫고 그와 대비되는 삶도 생각해보라고 스스로를 다그쳤다. 앞으로 톰과 함께하는 30년의 삶은 어떨까? 그들이 결혼 생활 전반부와 같은 관계로 돌아갈 수 있을까? 둘만 아는 농담과 규칙이 있는 둘만의 클럽에 가입한 듯했던 그 느낌, 신나면서 편안하고 오직 둘을 위해 존재하던 비눗방울 같은 세상으로 돌아갈 수 있을까? 예전에는 사이가 멀어졌다가도 늘 상대에게 다시 돌아갔고, 그들이 자신의 삶을 스스로 개척해왔으며 특별한 존재라는 사실을 서로에게 일깨워줬다. 게다가 아들 제이슨을 함께 키워냈으며, 그 애가 그들보다 훌륭한 인간이라는 사실에 이견이 없었다.

하지만 톰이 악몽을 꾸기 시작하고, 우울증에 시달리고, 그러다 바람을 피우고, 술독에 빠진 이후로 모든 게 엉망이 됐다. 앞으로도 나아질 기미는 없었다. 톰과 30년을 더 살아 봐야 둘 중 누구도 행복하지 않을 터였다. 게다가 둘 사이에 이혼은 있을 수 없었다. 그들은 〈이중 배상〉 속 두 주인공처럼 종착역까지 영원히 함께 가야 했다.

웬디는 이미 식어버린 차를 홀짝거렸다. 자리에 그대로 앉아 마음의 결정을 내렸다. 톰이 없는 삶이 더 나을 터였다. 그것도 훨씬 더.

또 다른 영화 속 대사가 떠오르자 웬디는 다시 한번 미소 지었다. 톰에게 말해줄 수 없어서 유감이었다. 왜냐하면 그 대사를 응용해 꽤 재치 있는 문장을 만들어냈기 때문이었다.

'내게는 더 큰 계단이 필요하겠어.•'

### iv

톰이 캠퍼스를 가로지르고 있을 때 웬디에게서 전화가 왔다. 평소에는 문자만 보내는 웬디였기에 얼른 전화를 받았다. "무슨 일이야?"

"왜 그렇게 말해?"

"당신 원래 전화 잘 안 하잖아."

"아, 아무 일 없어. 내가 충동적으로 사고를 쳐서 당신 일정 좀 확인하려고."

"무슨 사고를 쳤는데?"

"여행 가려고 숙소를 예약했어."

"여행?"

---

• 원래 대사는 영화 〈죠스〉의 "자네에게는 더 큰 보트가 필요하겠어"다.

"이번 연휴를 워싱턴 DC에서 보내려고. 기차 타고 가자."

"워싱턴 DC?"

"정확히는 조지타운이야. 내가 예약한 에어비앤비 숙소가 거기 있거든. 5월 첫째 주 주말로 예약했는데 당신이 그때 피터가 우리 집에 올 거라고 했던 말이 생각나서…."

"아, 안 올 거야." 피터는 톰과 가장 친한 대학 동기였는데 약속을 잡았다가 번번이 취소하기로 악명이 높았다.

"그래?"

"응, 미안. 말한다는 걸 깜빡했어. 그 자식이 취소했어."

"잘됐네. 그럼 여행 갈 수 있는 거지?"

"아마도. 이번 주 주말인가?"

"아니, 다음 주. 고작 사흘 자고 오는 거야. 목요일부터 일요일까지."

"DC에 간다는 거지?"

"거기는 완연한 봄일 거야. 설사 날씨가 흐리다 해도 무료 박물관 천지잖아. 게다가 예약한 숙소가 얼마나 예쁜지 몰라. 내가 왜 이렇게 당신을 설득하려고 하는지 모르겠네. 어차피 이미 예약했는데. 당신은 좋든 싫든 가야 해."

사무실로 돌아온 톰은 이메일을 확인했다. 웬디가 자신이 예약한 에어비앤비 숙소 링크를 보내줬다. 링크를 클릭했다. 소위 잉글리시 베이스먼트 아파트*라고 불리는 집이었는데 아늑해 보였다. 벽난

---

* 보통 단독 주택이나 타운 하우스의 지하를 개조한 원룸으로, 지면보다 반쯤 아래에 있다.

로가 있고, 원목으로 된 마루가 깔렸으며, 조지타운 컵케이크 매장까지 걸어갈 수 있다고 자랑했다. 지도를 열었다. 멋진 동네 같았다. 톰은 숙소 근처의 펍을 확인했다. 즐거운 여행이 될지도 몰랐다. 최근에 둘 사이가 약간 냉랭해졌는데 어쩌면 웬디는 낭만적인 주말이 되기를 진심으로 바랄지도 몰랐다. 그리고 그가 쓰는 책 얘기를 꺼내기 좋은 기회일 수도 있었다. 미스터리 소설을 비밀로 할 생각은 없었지만 그 얘기를 꺼내면 웬디가 화를 내리라는 걸 알고 있었다. 웬디에게 이건 정말로 자전적인 소설이 아니라고 설득해야 했다. 그녀는 그 책을 그들과 연결 지어 생각할 수도 있지만 다른 사람은 전혀 의심하지 않으리라.

톰은 트랙패드에 두 손가락을 올려 지도를 확대하며 주변을 좀 더 살펴봤다. 그들의 숙소 바로 아래쪽에 영화 〈엑소시스트〉에 나왔던 계단이 있다는 링크를 보고서야 불현듯 웬디가 이번 여행을 준비한 진짜 이유를 알 수 있었다. 왜 곧바로 눈치채지 못했을까? 워싱턴 DC, 특히 조지타운은 그들의 로맨스가 시작된 곳이었다. 까마득한 옛날 일이기는 했지만 말이다. 당시 톰과 웬디는 중학교 2학년이었고, 사흘간 DC로 수학여행을 떠났다. 그들은 가는 길에 버스에 나란히 앉아 주로 공포 영화 얘기와 〈엑소시스트〉가 조지타운에서 촬영됐다는 얘기를 나눴다. 그리고 수학여행 마지막 날, 바로 그 조지타운에서 톰과 웬디는 영화에 나왔던 계단에서 키스했다. 톰에게는 생애 첫 키스였고, 웬디에게도 그랬다. 적어도 웬디는 그렇게 말했다.

오랫동안 잊고 살았는데도 그 수학여행은 놀랄 정도로 또렷이 기억났다. 그때도 봄이어서 공기에는 꽃과 빗물 냄새가 감돌았다. 빨간색과 흰색 체크무늬 식탁보가 깔린 고풍스러운 이탈리안 레스토랑에서 한 끼를 먹었는데 톰은 셔츠 앞섶에 미트볼을 흘렸다. DC는 그럭저럭 괜찮았지만 도시 전체가 하나의 거대한 박물관 같아서 곳곳이 역사를 찬양하는 분위기였다. 그래도 조지타운은 생기가 넘쳤다. 다닥다닥 붙은 타운 하우스, 한가로이 거니는 대학생들. 왠지 모르게 허공에 떠돌던 정향 담배 냄새가 기억났다. 그에게는 그게 교양의 냄새였다.

다시 그곳에 간다고 생각하니 마음이 설렜다. 꽤 오래전부터 그는 모든 면에서 아내를 실망시키는 듯했다. 술을 너무 마셨고, 말도 너무 많이 했으며, 늦잠을 자기 일쑤였다. 가끔은 웬디가 진짜 혐오하는 눈빛으로 그를 바라보기도 했다. 문제는 자신도 그런 눈빛을 받아 마땅하다고 생각한다는 것이었다. 톰은 평생 벌받을 날이 오기를 기다렸고, 그 벌이 구약 성서에 나오는 재앙의 형태로 올 거라고 늘 생각했다. 삶을 무너뜨리는 병에 걸리거나, 만성적인 고통에 시달리거나, 사랑하는 이가 죽거나, 제이슨에게 끔찍한 일이 닥치거나. 하지만 웬디와 그는 성공적인 삶을 살았다. 둘 다 좋은 직장에 다녔고, 돈도 풍족했으며, 사랑스럽고 착한 아들도 있었다. 그들은 분명 행복한 결혼 생활까지 누릴 자격은 없었다. 사랑받을 자격이 없었다. 그럼에도 아내가 숙소를 예약한 덕분에 주말에 조지타운에 다녀온다고 생각하니 오랫동안 느끼지 못했던 감정으로 가슴이 벅찼다. 희망이었다.

근무 시간이 끝날 즈음, 에밀리가 열려있던 사무실 문을 노크했다.

"들어와, 들어와." 조지타운과 DC 근처의 맛집 목록을 읽느라 약간 멍해진 상태로 톰이 말했다.

"우선 지난주에 댁에서 멋진 파티를 열어주셔서 감사해요." 에밀리가 파일 폴더를 가슴에 끌어안은 채 말했다. "사모님 요리 솜씨가 대단하시더라고요."

"맞아."

"사모님과 사모님이 쓴 시에 대해 얘기했는데 들으셨어요?"

톰은 어리둥절했지만 요즘에는 일상에서 벌어지는 일들을 세세히 기억하지 못하는 데 익숙했으므로 "아, 들은 거 같아"라고 얼버무렸다.

"제가 열렬한 팬이거든요."

"웬디의 시를 좋아한다고?"

"네. 사모님은 훌륭한 시인이에요. 그렇게 생각하지 않으세요?"

톰은 여전히 약간 어리둥절해하며 대답했다. "당연히 그렇게 생각하지. 웬디의 시는 언제 처음 접했나?"

"한참 전일 거예요. 정확히 기억은 안 나지만. 〈나는 코요테의 눈 속에서 나를 본다〉라는 시를 쓰셨는데 제가 정말 좋아하는 시…."

"그래, 그 시 기억해. 그거 지어낸 얘기인 거 알아? 그 시를 읽고 아내에게 코요테와 언제 눈싸움을 했냐고 물었지. 그랬더니 그냥 그런 일을 겪었으면 어땠을까 상상하면서 썼다고 하더군. 왠지 몰라도 늘 소설은 완전히 허구고, 시는 진실일 거라고 생각했는데 꼭 그렇지는 않더라고."

에밀리가 말이 없자 톰이 얼른 말을 덧붙였다. "그거 나한테 줄 건가?"

그녀는 사무실로 가져온 파일 폴더를 기억해내고 가슴에서 떼어냈다. "아, 여기요. 이 주문서에 교수님 사인이 필요해서요. 가을 학기에 요청하셨던 책들이에요."

"그렇군."

에밀리는 책상을 돌아 그의 옆으로 다가와 주문서를 내려놨다. 그녀가 가까이 다가오자 톰은 그녀에게 끌리는 동시에 묘한 위안을 받았다. 지금 당장이라도 그녀의 어깨에 머리를 기대고 싶을 정도였다. 에밀리가 볼펜을 건네주며 사인해야 할 곳을 가리켰다.

"애너벨 마조리노가 누구야?" 주문자명을 보며 톰이 물었다.

"아, 저예요. 그게 본명이에요. 애너벨. 에밀리는 제가 사용하는 미들네임이고요."

"애너벨." 톰이 큰 소리로 말하자 에밀리가 그에게서 한 발짝 물러섰다.

"네. 교수님께서 그 이름을 말하시는 걸 들으니 제 결심이 굳어지네요." 에밀리는 그렇게 말하더니 웃다가 기침을 했다.

"무슨 결심?"

"이름을 바꿔야겠다는 결심이요. 그러니까 미들네임을 써야겠다는 결심."

사무실을 나서기 전에 에밀리가 말했다. "사모님께 다시 한번 저녁 고마웠다고 전해주세요."

"그럴게." 톰은 그렇게 말하고 에밀리가 떠나는 모습을 바라봤다. 안쪽으로 모인 그녀의 발끝을 보며 그걸 일컫는 명칭을 기억해내려 30초간 애쓴 끝에 '안짱다리'라는 기묘한 단어를 찾아냈다.

그날 밤, 저녁 식사 후에 톰은 위스키 한 잔을 들고 포치로 나갔다. 하늘에는 아직 햇기가 남아있었다. 기온은 뚝 떨어졌지만 톰은 면

스웨터와 청바지 차림으로도 춥지 않았다. 웬디가 그를 따라 밖으로 나오자 톰이 말했다. "여름이 오고 있어."

"이게 여름이라고?"

"뭐 그런 셈이지…." 톰이 말했다. 그가 뉴잉글랜드 출신인 반면, 웬디는 주로 서부에서 살았던 터라 매사추세츠의 날씨에 늘 불만이었다. "스웨터 하나 걸치고 이리 와. 술도 한 잔 가져오고."

웬디가 뭐라고 말했지만 톰은 흘려들었고 그녀는 집으로 들어가 버렸다. 아마 텔레비전을 볼 거라고 생각했지만 놀랍게도 그녀는 스웨터뿐 아니라 레드 와인 반 잔을 들고 돌아왔다.

"아." 톰이 말했다.

"놀랐나 봐."

"내가 뭔가를 제안하면 당신은 보통 반대로 하잖아."

"내가 정말 그래?"

"모르겠어." 요즘에는 매사에 그렇게 답하는 게 습관이 돼버렸다. 그는 50대였고, 왠지 모르게 나이를 먹을수록 세상이 더 알 수 없는 수수께끼처럼 느껴졌다.

"이번 여행 기대돼?" 웬디가 금속 의자에 앉으며 말했다. 톰은 저 의자가 곧 부서질 거라고 확신했다.

"응. 어쩌다 여행을 떠날 생각을 한 거야?"

"제이슨이 어릴 때 우리가 늘 즉흥적으로 주말 여행을 떠나고 싶어 했던 거 기억해? 이제 제이슨은 떠났고, 키우던 고양이마저 없으니 못 떠날 게 뭐야?"

톰은 위스키를 홀짝이며 이번 여행이 그들의 러브 스토리가 시작된 곳을 기념하기 위한 거냐고 물어볼까 고민했지만 입이 떨어지지 않았다. 아내가 그 시절을 까맣게 잊은 채 멍한 표정으로 그를 바라볼까 두려워서일 것이다. 그래서 대신 이렇게 말했다. "당신한테 팬이 있더라고. 당신 시를 좋아하는 팬."

"그래?"

"새로 온 직원, 에밀리 알지?"

"알지. 우리 집에서 저녁 먹었잖아."

"아, 그래, 그래. 당연하지. 에밀리가 당신 시를 읽은 거 알았어?"

"그날 밤에 말하더라.《말하지 않은 것들》을 읽었대."

톰은 둘이 이미 이런 대화를 나눴는지 의아했으나 물어보고 싶지 않아서 다른 말을 했다. "본명이 애너벨이래."

"무슨 말이야?" 웬디가 등을 좀 더 똑바로 펴고 물었다.

"에밀리는 미들네임이라더군. 오늘 말하더라고. 그 이름을 생각하는 중이었어. 왜냐하면… 음, 시적인 이름이잖아. 당신이 가장 좋아하는 시 제목이기도 하고. 맞지?"

"가장 좋아하는 시는 아니지만 좋아하기는 해."

톰은 웬디가 고개를 돌려 방충망이 설치된 포치 너머의 만 쪽을 바라보는 모습을 지켜봤다. 하늘에는 아주 희미한 햇빛 한 조각이 남아있었고, 톰은 그 빛 속에서 웬디의 옆모습을 어렴풋이 볼 수 있었다. 부드러운 콧날, 꾹 다문 입술, 튀어나온 턱. 웬디는 골똘히 생각에 잠겨있었고, 톰은 자신이 중요한 뭔가를 놓치고 있다는 꺼림직한 기분이 들었다. 요즘 들어 자주 느끼는 익숙한 기분이었다.

"거기 있는 동안 주디에게 연락할 거야?" 화제를 돌리려고 톰이 물었다.

"주디가 누구야?"

"당신 친구 주디. 직장에서 만났잖아. DC로 이사하지 않았어?"

"맙소사. 몇 년 동안 까맣게 잊고 살았네. 아니, 연락할 생각 없었어. 아직 거기 사는지도 확실하지 않아."

"괜히 물어봤네." 톰이 말했다.

"아냐, 괜찮아. 내 말투가 이상했나? 그냥 놀랐을 뿐이야."

둘은 잠시 말이 없었다. 톰은 위스키를 다 마셨고 이제 슬슬 추워졌다. "자, 그럼." 톰은 그렇게 말하고 무릎에 두 손을 올렸다.

"에밀리 말이야. 당신 동료." 웬디가 말했다.

"응."

"그 여자랑 아무 일 없는 거지?"

"에밀리랑? 아니, 에밀리는 내 나이의 반밖에 안 되잖아. 설사 나이가 더 많았다고 해도… 무슨 말인지 알지?"

"약속해?"

"뭘 약속해?"

웬디가 톰을 바라봤지만 그녀의 얼굴은 그늘에 잠겨있었고, 몸은 경직돼있었다. "지금 거짓말하는 게 아니라고 약속하냐고. 바보 같은 짓 안 한 거지?"

"바보 같은 짓은 숱하게 했지만 에밀리와는 아냐. 착한 애야. 그런 식으로 생각한 적도 없고."

"좋아." 웬디는 그렇게 말하고 부엌 쪽으로 고개를 돌렸다. 딱딱하게 굳었던 그녀의 어깨가 풀어졌다.

톰은 농담을 던져보기로 했다. "에밀리를 독차지하고 싶은 거야?"

"그런 셈이지. 팬을 만나는 게 매일 있는 일은 아니니까."

나중에 침대에 누워 웬디와의 대화를 떠올리며 톰은 그녀가 에밀리에 대해 집요하게 캐물었던 일을 생각했다. 웬디가 걱정하는 것도 당연했다. 지난 1년 동안 톰은 신뢰를 잃을 만한 짓을 여러 번 저질렀다. 혹은 정말로 질투가 약간 섞였을지도 모른다. 에밀리이자 애너벨이 웬디에게 관심을 보였고, 웬디는 그가 둘의 관계를 망치기를 바라지 않았을 것이다. 그럴 수 있다고 생각하며 잠들었지만 톰은 계속 에밀리의 본명과 에드거 앨런 포가 쓴 시를 생각했다. 그 시가 어떻게 시작하더라? 웬디가 그 시를 암송하는 건 확실했다. 예전에 톰도 그 시를 외우려 했지만 왠지 자꾸 잊어버렸다. 지금 기억나는 부분은 첫 두 줄뿐이었고, 그는 그 문장을 속삭였다. "아주 오래전, 바닷가 어느 왕국에."

v

에어비앤비 숙소는 사진에서 봤을 때보다 작았지만 아주 깨끗했다. 주인이 준비해둔 선물 바구니 안에는 레드와인과 현지 디저트 가게에서 구입한 작은 초콜릿 트러플 상자가 들어있었다. 웬디는 환기하기 위해 집 앞쪽으로 난 창문을 열었다.

그날 아침, 그들은 각자 목도리와 플리스 코트로 무장한 채 보스턴의 사우스 스테이션에서 앰트랙 기차에 올라탔다. 하지만 워싱턴 DC의 유니언 스테이션에 내렸을 때는 날씨가 완전히 달랐다. 공기는 훈훈했고 심지어 살짝 습한 기운까지 느껴졌다. 웬디는 이번 여행을 조금은 즐기자고, 그리고 톰도 즐거운 시간을 보내게 해주자고 마음먹었다. 다른 사람들은 소름 끼친다고 생각할 테지만 웬디는 그렇게 생각하지 않았다. 만약 톰이 암으로 죽어가 살날이 몇 달밖에 남지 않았다면, 그를 여기로 데려와 마지막으로 즐기게 해주는 게 친절하면서도 삶의 의미를 되새기는 행동이 될 것이다. 그리고 톰에게는 정말로 그를 좀먹는 암이 있었다. 평생 짊어진 죄책감과 수치심이 통제할 수 없는 뭔가로 전이했다. 이번 여행을 떠나기 전에 웬디는 마음을 단단히 먹고 톰의 '미스터리' 소설 첫 40페이지를 읽었다. 예상보다 더 끔찍했다. 허술하게 소설로 포장했지만 누가 봐도 자기 고백이었다.

"지금 이 와인을 딸까, 아니면 밖에 나가서 한잔할 곳을 찾아볼까?" 그녀 뒤에 서있던 톰이 말했다. 그는 기차를 타고 오는 내내 여행 중에 가야 할 펍과 레스토랑을 조사했다. 그녀가 처음 이 여행을 언급한 이후로 톰은 조지타운이 모든 게 시작된 장소라는 사실을 한 번도 말하지 않았다. 엑소시스트 계단에 대해서도 마찬가지였다.

"나는 여독도 풀 겸 샤워를 해야겠어. 당신은 나가서 마음에 드는 펍을 찾아낸 다음 문자를 보내주면 어때? 거기서 만나."

"작전 개시하겠습니다." 톰이 그렇게 말하며 경례했다. 웬디가 인상을 쓰자 톰이 덧붙였다. "미안해. 맙소사. 이번 여행은 왠지 예민해지네."

샤워를 하면서 웬디는 톰이 했던 말을 곱씹었다. 그가 예민해진 이유가 오후까지 술을 한 잔도 마시지 않았기 때문이기를 바랐다. 그녀가 이번 여행을 계획한 진짜 이유를 눈치챈 게 아니기를. 왠지 그들이 키웠던 늙은 고양이 잠자가 생각났다. 잠자를 안락사 시키기로 했을 때 요즘은 수의사들이 직접 집에 방문해준다는 걸 알고 둘은 안도했다. 덕분에 잠자는 동물병원에서 극도의 공포로 몸을 떨며 죽는 대신 2층 데크에서 햇볕을 쬐며 평온하게 마지막 순간을 맞이했다. 만약 이번 여행에서 톰의 불행한 모습을 본다면, 웬디는 과연 자신이 계획을 끝까지 해낼 수 있을지 알 수 없었다.

웬디는 톰이 낮술을 마시기 위해 고른 술집 툼즈에 도착했다. 햇살이 내리쬐는 거리에서 실내로 들어간 터라 눈이 어둠에 적응하는 데 오래 걸렸다. 마침내 톰의 모습이 점점 또렷이 보였다. 그는 물 만난 고기처럼 아주 자연스러워 보였다. 한쪽 팔꿈치를 바에 올리고, 다른 손으로는 파인트 잔을 쥔 채 훨씬 어린 여자와 얘기하는 중이었다. 여자는 다소 관심을 보이며 톰을 바라보고 있었다. 많은 관심은 아니었지만 그렇다고 혐오감도 아니었다. 당연히 그는 웬디가 왔다는 사실을 전혀 눈치채지 못했다. 예쁜 여자와 자신이 풀어내는 얘기에 완전히 몰입한 탓이었다. 웬디는 잠시 서서 그를 관찰했다. 지난 몇 년간 그녀는 세상에서 투명 인간이 된 기분을 느꼈다. 진부한 표현이지만 그걸 몸소 겪고 있었다. 반면 톰은 중년이 되면서 새로운 매력이 생긴 듯했다. 아니면 그냥 스타일이 좋아서일 수도 있었다. 그는 숱이 줄어드는 머리를 귀를 덮을 정도로 길러 빗어 넘겼고, 검은 뿔테 안경을 쓰기 시작했다. 웬디는 톰이 지금 함께 얘기를 나누는 저 젊은 여자에게 조금이라도 성적인 매력을 발산한다고 생각하지는 않았지만, 톰에게는 뭔가 끌리는 구석이 있기는 했다. 어쩌면 그는 존 치버를 주제로 한 자신의 최근작 《교외의 리어왕》을 언급하면서 그 책이 별로 유명하지 않은 학술상 후보로 올라갔다고 말했을지도 몰랐다. 확실한 건 톰이 저 젊은 여자의 술값을 대신 내주리라는 것이었다. 웬디는 천천히 바 테이블로 다가갔다.

"아, 아내가 왔네요." 톰이 호들갑스럽게 말했고, 웬디는 그가 벌써 몇 잔이나 마셨는지 궁금해졌다. 그녀의 샤워 시간은 그렇게 길지 않았다.

여자의 이름은 앨리스 어쩌고였는데 조지타운대학교 영문과 대학원생이었다. 논문 최종 초안을 다 쓴 기념으로 축하하러 나왔다고 했다. 생각보다 괜찮은 여자였다. 혹시 오늘 저녁 내내 앨리스와 붙어 있어야 하는지 의문이 들 무렵, 그녀의 두 친구가 나타나 앨리스를 테이블로 휙 데려갔다.

"재밌어?" 웬디가 물었다.

"응. 하지만 계속 여기 있을 필요는 없어. 이렇게 화창한 오후에 오기에는 너무 어두운 바야."

"맞아. 여기는 어떻게 찾았어?"

"유명한 곳이야. 가게 이름은 T. S. 엘리엇의 고양이 시에서 따 왔대."

"알코올이 들어간 밀크셰이크도 있네." 웬디가 메뉴판을 읽었다.

"캠퍼스 한 바퀴 돌고 저녁 먹을 식당을 찾아보자." 톰이 말했다.

해가 지고 베트남 식당에서 저녁 식사를 마친 뒤 에어비앤비 숙소로 천천히 걸어가던 중에야 비로소 톰이 이곳의 의미를 언급했다.

"그 일… 이후로 우리가 여기 다시 온 게 정말 처음인가?"

"그럴 거야." 웬디가 말했다.

"그때는 몇 살이었지?"

"8학년이었으니까 아마 우리 둘 다 열네 살이었을 거야."

"맙소사, 세월이라는 게 참 신기해." 톰이 지나치게 큰 소리로 말했다. 술을 너무 많이 마셨다는 확실한 증거였다. 식사 도중 화장실에 가던 웬디는 톰의 진토닉 잔이 반쯤 비어있는 걸 봤다. 하지만 돌아와 보니 4분의 3이 차있었다. 그녀가 잘못 봤거나 톰이 남은 진토닉을 재빨리 마신 뒤 웨이터에게 새로 가져다달라고 해서 두어 번을 벌컥벌컥 마셨을 것이다. 그녀가 소변을 보고 립스틱을 덧바른 그 짧은 시간에.

"무슨 뜻이야?"

"모르겠어. 어린 시절의 우리는 앞으로 무슨 일이 벌어질지 전혀 모른 채 바로 여기에 있었잖아. 그때는 지금과 시대가 달랐어, 안 그래? 열네 살짜리들이 자유를 누린답시고 밤에 혼자 돌아다녔지."

"우리는 혼자가 아니었어."

"여행 자체는 함께 다녔지만 당신이 나를 계단으로 데려간 밤에는 우리만 있었잖아."

"아닐걸. 내 기억은 달라. 우리는 애클스 선생님께 엑소시스트 계단이 보고 싶다고 했고, 선생님이 우리를 거기로 데려갔어."

"아닌 거 같은데." 톰이 말했다.

"선생님은 약간 떨어져있었어. 그러니까 우리가 키스했을 때 바로 옆에 서있지는 않았을 거야. 하지만 근처에 있었던 건 확실해."

"어렴풋이 기억난다. 선생님은 우리를 겁주려고 했어. 누군가 우리를 지켜보고 있다면서."

"그건 기억 안 나."

"나만 그렇게 기억할 수도 있지."

"어차피 상관없어. 우리 둘 다 거기 있었던 건 확실하니까. 계단 맨 위에."

"맨 아래겠지."

"일부러 내 말에 트집 잡는 거지?" 웬디가 말했다.

"맞아. 하지만 우리는 정말로 계단 맨 아래까지 내려갔어. 계단 맨 위에서 아래로 내려갔다가 다시 올라갔다고. 숨을 헐떡거렸던 기억이 나."

"그 일은 전혀 기억 안 나. 당신만 내려가고 나는 위에 남아있었나 봐."

"열네 살에도 현명했군."

"그랬지."

"아, 여기다."

두 사람은 페인트를 칠한 벽돌 건물과 돌담 사이를 내려가는 좁은 계단이 시작되는 지점에서 걸음을 멈췄다. 가로등 불빛을 받은 계단은 마치 어둠을 파서 만든 터널 같았다. 웬디는 어디선가 요즘에는 이 계단이 주로 야외 헬스장으로 쓰인다는 얘기를 읽거나 들었다. 달리기를 하는 사람들이 알 수 없는 이유로 이 계단을 오르락내리락 질주한다는 것이다. 하지만 지금은 늦은 시간이었고, 밤공기도 쌀쌀해서 주위에는 두 사람을 제외하고 아무도 없었다. 톰은 앞으로 한 발 내디디며 손으로 금속 난간을 잡은 채 계단 맨 위에 섰다.

"우리가 키스할 때 정확히 어디에 서있었지? 머릿속으로 그렸던 곳과는 좀 다른데." 톰이 말했다.

"바로 여기, 계단 맨 위야. 지금 당신이 서있는 자리."

"누가 먼저 키스했어?"

"거의 동시에 했던 거 같아. 우리 둘이 머리를 부딪히면서 시작됐으니까."

"그래, 그건 확실히 기억나."

톰이 계단을 등진 채 돌아섰다. 바람이 거세졌지만 톰의 몸이 흔들거리는 이유는 술기운 때문이었을 것이다. 완전 범죄가 될 거라고 그녀는 또다시 생각했다. 설사 그녀가 의심받는다고 해도 톰이 실수로 계단에서 떨어진 게 아니라고 증명할 방법은 없었다. 톰은 밤새 공공장소에서 술을 마셨다. 아마 몇몇 친구와 동료에게 집 계단에서 떨어진 적 있다는 얘기도 했으리라. 그리고 이게 완벽한 살인이 될 이유가 하나 더 있었다. 서늘한 봄밤, 아름다운 도시에서의 훌륭한 식사가 그의 마지막 순간이 될 테니까. 끝없이 이어진 콘크리트 계단을 데굴데굴 굴러떨어지는 순간은 제외해야겠지만. 웬디는 남편을 향해 한 발짝 다가갔다.

### vi

톰은 몸이 좋지 않았다. 저녁에 먹었던 매운 음식 때문일 것이다. 아니면 굳이 마실 필요 없었는데 디저트로 주문한 브랜디 때문일 수도 있고. 하지만 웬디가 열렬히 좋아했던 영화에 등장한 계단 맨 위에 서있으니 속이 약간 울렁거렸다. 슬프기도 했고.

모든 건 톰즈에서 만났던 그 여대생에게서 시작됐다. 톰이 그날의 첫 맥주를 마시며 바 테이블 위에 설치된 텔레비전의 야구 경기 하이라이트를 건성으로 보고 있을 때 두 자리 떨어진 스툴에 앉아있던 그녀가 샴페인 한 잔을 주문했다.

"축하주인가요?" 자기도 모르게 톰이 물었다.

그녀가 몸을 돌려 톰을 봤다. 옆모습에 비해 앞모습은 덜 예쁘다고 톰은 생각했다. "오늘 오후에 논문 초고를 완성했거든요."

"아, 축하해요. 전공이 뭔가요?"

"영문학 석사 과정을 공부하는 중이에요."

"여기 조지타운대학교에서요?"

"네."

톰은 자신이 영문과 교수이며 최근에 책을 출간했다는 얘기까지 하려고 했다. 하지만 그때 웬디가 귀에 속삭이는 듯한 소리가 들렸다. 세상 모든 여자에게 시도 때도 없이 잘 보이려 할 필요 없다고.

"주제는요?"

"빅토리아 시대 문학에 등장하는 징벌에 대해 썼어요. 뭐, 그보다는 더 구체적이지만 그게 논문 골자예요."

"아." 톰이 입술을 오므리고 고개를 끄덕였다.

"이해가 안 되시나 보네요. 아니면 당황하셨거나."

"아뇨, 둘 다 아닙니다. 흥미롭네요. 나도 영문과 교수거든요. 여기 조지타운 소속은 아니고요. 나도 오랫동안 징벌에 관심을 가져왔어요. 사실 지금 미스터리에 가까운 소설을 하나 쓰고 있는데, 그 소설의 중심 주제도 징벌이에요."

여대생이 주문한 샴페인은 제대로 된 샴페인 잔이 아니라 와인 잔에 나왔다. 톰은 그녀가 출입문 쪽을 힐끗 바라보는 걸 눈치채고 이렇게 말했다.

"미안해요. 나는 무시하세요. 아마 지금 당신이 가장 하기 싫은 일이 방금 다 쓴 지긋지긋한 논문에 대해 말하는 일일 테니까요. 그리고 당신은… 기다리는 일행이 있죠?"

"친구들이 오기로 했어요. 네, 징벌 얘기는 그만하죠."

"그 논문을 쓰는 게 당신에게는 곧 징벌이었겠죠." 톰은 어깨 너머에서 웬디가 자신의 썰렁한 농담에 못마땅해하며 신음하는 것만 같았다.

"그런 심정이에요." 여자는 그렇게 말하더니 그의 옆자리로 미끄러지듯 건너왔다. 그런 행동은 톰이 생각하기에 일종의 의사 표시였다. 그에게 호기심이 생겼거나 썰렁한 농담이나 하는 이 아저씨는 전혀 위협적이지 않다고 생각했거나 혹은 아마 그 두 가지가 반씩 섞였으리라.

"저는 앨리스예요." 그녀가 말했다.

톰도 자기소개를 한 뒤 이렇게 말했다. "그리고 샴페인은 내가 사죠. 거절하지 말아요."

앨리스가 불편한 기색을 보이자 톰은 어색하게 자신은 지금 아내를 기다리고 있으며 곧 올 거라고 말했다.

"쓰신다는 소설 얘기 좀 해주세요." 앨리스가 샴페인을 조심스럽게 한 모금 마시며 말했다.

"음, 사실 내 소설은 처벌받지 않는 것에 관한 얘기예요. 주인공이 범죄를 저지르고 평생 처벌받기를 기다리지만 그런 일은 일어나지 않죠."

"아, 재밌네요. 어떻게 끝나나요?"

"아직 모르겠어요. 솔직히 말해서, 겨우 초반부까지만 썼거든요."

앨리스가 입을 벌리고 다음 질문을 하려는데 어느새 웬디가 곁에 서있었다. 그녀에게서 라벤더 향이 풍겼다. 아마 숙소에 있던 독특한 비누의 냄새일 것이다. 둘을 소개해준 톰은 자신이 새로 만난 친구의 이름을 기억한다는 사실에 놀랐다. 수년 전의 짧은 기억이 번뜩 떠올랐다. 당시 톰은 흠모하던 작가에게 아내를 소개해주려고 했는데 순간적으로 웬디의 이름이 기억나지 않았다. 그래서 그냥 입만 벌린 채 우두커니 서있었고, 두 여인은 놀라서 그를 바라봤다. 그가 정말로 아내의 이름을 잊어버린 걸까? 다행히 곧 이름이 생각났고, 다들 아무 일도 없었던 척했다. 그 후로 10년간 톰은 그 굴욕적인 순간을 되새기고는 했다. 최근 들어 그 기억은 그에게 싸늘한 적막감을 안겨줬다. 마치 앞으로 다가올 불행의 전조라는 듯이.

여대생이 또래 친구들과 재회한 후 톰과 웬디는 한 잔 더 마셨다. 휴대폰으로 근처 레스토랑을 찾아봤고, 베트남 식당에 가기로 했다. 내일 저녁에는 톰이 고른 중국 음식점에 간다는 조건이었다. 그곳은 예전 정치인들이 즐겨 가던 식당이었는데 양고기 요리로 유명했다.

결정을 내린 뒤 그들은 술을 마저 마셨다. 아내가 도착한 후로 톰이 느꼈던 한기는 점점 강해져 더 불길한 감정으로 바뀌었다. 작년 한 해 동안 가끔씩 이런 감정을 느꼈다. 결혼 생활을 하면서 웬디를 너무 많이 실망시킨 탓에 그들 사이에 사랑은 흔적도 없이 사라져버린 듯했다. 웬디가 그의 농담에 웃거나 얘기를 들어줄 때조차 그녀에게서는 사랑이 전혀 느껴지지 않았다. 톰은 화장실로 가서 이번 여행을 계획한 사람은 웬디이고, 그녀도 마음 한구석으로는 그와 함께 있고 싶어 한다고 자신을 타일렀다. 화장실 세면대 위, 살짝 찌그러진 거울을 들여다보며 심호흡을 한 뒤 다시 밖으로 나갔다. 웬디는 코트를 입고 있었다.

저녁을 다 먹은 뒤 톰은 자신도 모르게 이렇게 말했다. "내가 쓰기 시작한 소설은 그만 쓰기로 했어."

"그 미스터리 소설?"

"응. 내가… 말했던가?"

"마샤에게 말했어. 마샤가 우리 집에 저녁 먹으러 왔을 때."

"아, 맞아."

"근데 그만 쓴다고?"

"아마도. 애초에 내가 소설을 쓸 수 있는지 확인해보려고 시작했던 거 같아."

"예전에도 반쯤 쓰다 만 소설들 있잖아."

"응, 바로 그거야. 〈여름이 끝날 무렵〉도 톰 그레이브스의 미완성 소설의 전당에 들어갈 거야."

"〈여름이 끝날 무렵〉이 제목이야?"

"아, 그건 말 안 했나? 가제야."

자신의 의견을 말할 때 종종 그러듯이 웬디가 아랫입술을 살짝 내밀었지만, 입에서는 아무 말도 나오지 않았다. 화제는 내일 뭘 할지로 바뀌었다.

다시 숙소로 걸어가던 중 웬디가 엑소시스트 계단을 언급했다.

옛날 한 옛날, 그들이 어릴 때 이곳을 방문한 적이 있으며 여기서 그들의 얘기가 시작됐다는 사실을 상기시킨 건 처음이었다. "가기 전에 그 계단을 보고 가자."

하마터면 톰은 그때의 키스를 재현할 수 있다는 농담을 할 뻔했으나 대신 세월에 대해 얘기했다. 세월이 너무 신기하다고. 말하는 동안 마음속으로 입 좀 닥치라고 자신을 다그쳤다. 나이 먹는 것에 대한 개똥철학이야말로 웬디가 가장 듣기 싫어하는 얘기였다. 톰에게 그 얘기 좀 그만하라고 이미 숱하게 주의를 줬다. 그런데도 그는 계속 얘기했고, 그날 오후 느꼈던 생생한 두려움이 다시 올라오기 시작했다. 웬디가 더는 그의 편이 아니라는 느낌. 물리적으로는 곁에 있었지만 마음은 전혀 그와 함께하지 않았다. 톰은 텅 빈 우주에서 혼자였다.

어떻게 갔는지 잘 기억나지 않지만 어쨌든 그들은 계단에 도착했다. 40년도 더 전에 그들이 처음 여기 왔을 때는 계단에서 신비한 분위기가 물씬 풍겼다. 아마도 톰이 〈엑소시스트〉를 실제로 보지 못하고 듣기만 해서 그랬으리라. 맨 처음 이 영화에 대해 말해준 사람은 누나 재니스였다. 재니스는 친구 캐런의 집에서 열리는 파자마 파티에 갔다가 그 영화를 봤다. 그러고는 이튿날 밤, 음흉한 미소를 띤 채 톰의 침대에 앉아 영화에 등장하는 징그러운 장면을 빠짐없이 말해줬다. 그 십자가 자해 장면도 포함해서. 톰은 그 영화에, 아니 어떤 영화든 그런 장면이 나온다는 사실을 도저히 믿을 수 없었다. 누나는 그때나 지금이나 과장하는 경향이 있었기 때문이다.

그렇기는 해도, 보지 않은 그 영화는 마음속에서 점점 자라나 그를 괴롭혔다. 톰은 어떻게든 그 영화를 볼 방법을 찾아내려고 안달하는 동시에 막상 보게 될 생각을 하면 두려웠다. 실제로 그 영화에 관한 꿈을 꾸기도 했는데 영화와 현실이 뒤섞인 꿈은 그때가 처음이었다.

톰이 워싱턴 DC로 가는 중학교 2학년 수학여행 버스에 올라탔을 때 빈자리는 웬디 이스트먼의 옆자리뿐이었다. 그는 웬디를 잘 몰랐다. 다들 그랬다. 웬디는 서부 어딘가에 살다가 그해 초에야 이 학교로 전학 왔다. DC까지 장장 여덟 시간 동안이나 웬디 옆에 앉게 되다니 믿을 수가 없었다. 웬디만 아니라면 다른 누구의 옆자리라도 행복할 텐데. 하지만 결과적으로는 나쁘지 않았다. 둘은 제법 재밌는 잡담을 나눴다. 웬디는 지금껏 자신이 이사 다녔던 동네를 나열했고, DC에 가까워지자 거기 머무는 동안 엑소시스트 계단을 보고 싶다고 했다. 자신이 가장 좋아하는 영화에 나왔다면서.

〈엑소시스트〉가 DC를 배경으로 한다는 사실조차 몰랐던 톰은 파자마 파티를 다녀온 누나에게 들었던 얘기며, 보지도 않은 그 영화에 집착하게 된 과정을 모두 얘기했다. 그러자 웬디가 기분 나쁜 장면만이 아니라 영화의 전체 줄거리를 얘기해줬다. 마침내 호텔에 도착했을 무렵에는 둘 다 신부가 떨어져 죽은, 좁고 기다란 계단을 찾아보기로 했다.

톰의 기억에 따르면 3박 4일 여행의 마지막 날 저녁, 학생들은 선생님들 인솔하에 조지타운에 있는 식당에 갔고, 둘만 몰래 빠져나와 계단을 찾아갔다. 하지만 웬디의 기억은 아주 달랐다. 둘이 몰래 빠져나온 게 아니라 애클스 선생님과 함께 갔다고 했다. 그러자 톰도 어렴풋한 기억 하나가 떠올랐다. 애클스 선생님이 누군가가 늘 너희들을 지켜본다고 말했던 기억이었다. 선생님은 마치 만화 〈스쿠비 두〉에 나올 법한 으스스한 목소리로 그렇게 말했다. 하지만 그들이 키스했다는 사실에는 둘 다 동의했다.

이제 톰은 다시 그 계단에 서있었다. 둘은 변하지 않은 동시에 완전히 변했다. 그들은 늙어버렸다. 아니, 그냥 나이를 더 먹었다고 하는 편이 정확하리라. 더는 어린애가 아니었다. 톰은 가파르고 좁고 냉담한 계단을 내려다본 다음, 몸을 돌려 아내를 봤다. 웬디는 눈을 마주치지 않은 채 그에게 다가왔다.

"이상해. 안 그래?" 톰이 말했다.

웬디가 그의 가슴에 한 손을 올리자 기억 하나가 떠오르려 했다. 몇 주 전, 그들의 집에서 열린 파티에서 톰은 만취해 계단에서 굴러떨어졌다. 그 순간의 웬디 얼굴이 기억났는데 지금 그 얼굴이 코앞으로 다가오자 톰은 강렬하고 섬뜩한 기시감에 사로잡혔다. '드디어 오는구나. 이야기의 결말이.' 그는 속으로 생각했다.

톰은 웬디에게 무슨 말인가 하려고 입을 열었으나 하려던 말이 뭐였는지 금세 잊어버렸다. 대신 이렇게 말했다. "어서 해봐. 나는 준비됐어." 그 말이 농담인지 진담인지도 모른 채.

웬디는 달빛 속에서 빙그레 웃었다.

### vii

처음에는 시간이 느려진 듯 서서히 추락했다. 순간적으로 웬디는 톰이 몇 계단만 구르다 말지도 모른다고 생각했으나 이내 중력이 작용했다. 마치 슬로 모션으로 공중제비를 도는 어린애처럼 그의 두 다리가 머리 위로 넘어갔고, 점점 속도가 붙더니 그의 몸이 남은 계단을 통통 튀며 내려가다가 계단 끝에서 멈췄다. 가로등 불빛 아래로 보이는 그는 형체를 알아볼 수 없는 검은 덩어리 같았다.

웬디는 쇳소리가 나는 숨을 길게 내쉬었다. 다리에서 힘이 쫙 빠져 난간을 붙잡고 계단 맨 위 칸에 주저앉았다. 남편이 추락했는데도 이를 알리는 반응이 전혀 없다는 게 이상하게 느껴졌다. 비명 지르는 사람도 없었고, 사이렌도 울리지 않았다. 멀리서 개가 짖지도 않았다. 주위는 고요했다.

웬디는 가방에서 휴대폰을 꺼내 911을 눌렀다. 상담원이 무슨 일이냐고 묻자 숨을 몰아쉬며 이미 준비해둔 대로 말했다. "남편이… 아무래도 취한 거 같은데 방금 계단에서 떨어졌어요."

"무슨 계단이요?" 목소리가 너무도 사무적이었다. 웬디는 잠시 기계음이 아닌가 의아해했다.

"실제 명칭은 뭔지 모르겠지만 엑소시스트 계단이에요. 영화에 나왔던."

"조지타운인가요?"

"네."

"알겠습니다. 당장 그쪽으로 사람을 보낼게요. 지금 남편분 근처에 있나요?"

"아뇨, 남편은… 계단 아래에 있어요. 저는 위에…."

"괜찮습니다. 아주 조심조심 계단을 내려가서 남편분에게 갈 수 있을까요?"

"알았어요." 웬디는 그렇게 말하고 전화를 끊었다. 이런 긴급 상황에서 전화를 끊으면 안 된다는 건 알았지만, 생각할 시간이 필요했다. 순간 누군가 자신을 지켜보고 있다는 섬찟한 생각이 들어 뒤를 돌아 어둠에 잠긴 건물들을 바라봤다. 아무도 없었고 오직 그녀뿐이었다. 911 상담원이 계단을 내려가라고 했으므로 웬디는 그 말대로 했다. 한 손에 여전히 휴대폰을 쥐고, 다른 손으로 난간을 잡은 채 계단을 내려갔다. 주변은 여전히 고요했고, 그녀의 구두가 콘크리트 계단을 또각또각 내려가는 소리만 울려 퍼졌다.

계단을 다 내려가 바닥에 누워있는 톰을 보니 죽은 게 확실했다. 계단에서 그렇게 격렬하게 굴렀는데 죽지 않았다면 오히려 놀랄 일이었다.

웬디는 다시 주저앉았다. 계단 맨 밑에서 두 번째 칸, 톰에게서 1미터쯤 떨어진 곳에. 톰은 가로등의 탁하고 누런 불빛 속에 잠겨있었다. 한쪽 팔은 마치 수업 시간에 질문하려는 듯이 머리 위로 들고 있었다. 예상보다 피가 적게 흘렀지만 머리는 부자연스러운 각도로 꺾여 있었다. 처음에는 목에 피가 묻은 줄 알았는데 자세히 보니 살갗을 뚫고 나온 날카로운 뼈가 괴이한 그림자를 드리우고 있었다. 그의 목뼈가 부러진 것이다.

고개를 돌려 거리를 바라봤다. 누군가가 자전거를 타고 가까운 도로의 반대편을 지나가고 있었지만 그녀는 아무 말도 하지 않았다. 이미 멀리서 사이렌 소리가 들려왔기 때문이다.

여전히 계단에 앉은 채 웬디는 호흡을 가다듬었다. 자신이 겁에 질린 건지, 아니면 계단을 내려오느라 힘들어서 이러는 건지 알 수 없었다. 지난 며칠간 되뇌었던 말을 다시 반복했다. 이게 너를 위한 최선이야. 톰에게도 최선이고. 하지만 이 일은 여전히 중대한 사건 같아서 마치 자신의 세상이 둘로 쪼개진 듯했다. 톰이 아직 살아있던 불과 5분 전의 세상이 있었으나 이제 웬디는 전혀 다른 세상 속에 있었다. 이 세상에서 무슨 일이 벌어질지는 아무도 몰랐다.

사이렌 소리가 가까워졌다. 웬디는 온몸이 부자연스럽게 뒤틀린 남편을 다시 한번 바라봤다. 여보, 여보. 그렇게 생각하며 웬디는 하마터면 눈을 돌릴 뻔했다. 하지만 계속 그를 바라보며 언젠가는 마음 저 깊은 곳으로 밀어버릴 기억을 새겼다. 그 기억은 다른 기억들과 함께 어떤 방에 저장될 것이다. 물론 영원히 사라지지는 않으리라. 하지만 그 방에는 문이 있었고, 그녀는 문 닫는 법을 알고 있었다.

푸른 불빛이 현장을 가득 채우자 그녀는 남편에게서 시선을 돌려 이제 막 도착한 구급차를 바라봤다.

## 2부

# 같은 악몽을 가진 부부

# 2018

i

"그게 우리 부부의 유일한 공통점이죠." 톰이 말했다. 저 농담을 몇 번이나 들었더라?

"물론 세상에 그런 부부가 우리만 있지는 않을 거예요." 웬디가 말했다. "하지만 저는, 우리는 아직 그런 부부를 만난 적이 없어요. 우리처럼 똑같은…."

"똑같은 악몽을 가진 부부요." 톰이 말했다.

"왜 그걸 악몽이라는 거예요?" 루이즈 홀리가 말했다. 루이즈와 그녀의 남편 마이크는 그들의 집에 저녁을 먹으러 온 참이었다. 넷이서 만난 건 이번이 처음이었다. 마이크와 루이즈는 최근에 은퇴한 부부로, 1년 반 전에 이곳 구스넥으로 이사했다. 너무도 작은 동네라 그들을 종종 만나기는 했지만 굳이 저녁을 함께 먹어야 할 필요는 느끼지 않았다. 그러다 루이즈도 자신처럼 재즈 트럼펫을 좋아한다는 사실을 안 톰이 두 사람을 초대했다. 그들은 저녁으로 라사냐를 먹었고,

톰이 수집한 마일스 데이비스와 쳇 베이커 음반 컬렉션을 함께 들었다. 마이크와 루이즈가 디카페인 커피를 마시고 있었는데도 톰은 와인을 또 한 병 땄고, 그들은 곧 다가올 톰과 웬디의 50번째 공동 생일 파티에 대해 얘기했다.

"왜냐하면 생일은 나만을 위한 날이어야 하는데 아내와 함께 나눠야 하니까요. 게다가 아내는 자기 생일에 관심도 없어요."

"두 분이 공동으로 쉰 살 생일 파티를 연다고 했을 때 저는 당연히 생일이 비슷해서 함께 세는 줄 알았어요. 같은 날일 거라고는 생각도 못 했습니다." 마이크가 말했다.

"정말 신기하기는 해요." 웬디가 말했다.

마이크가 "언제 알았나요?"라고 물어봄과 거의 동시에 루이즈가 "누가 먼저 태어났죠?"라고 물었다.

당연히 전에도 숱하게 들었던 질문이었다. 누구든 두 사람이 같은 날 태어났다는 사실을 알게 되면 그 사실에 가장 큰 관심을 보였다.

"저는 정오가 다 돼서 태어났고…." 웬디는 고개를 돌려 톰을 바라봤다. 톰이 언제 태어났는지 알고 있었는데도.

"저는 밤 열한 시 7분에 태어났죠. 제가 거의 한나절 어린 셈입니다."

"와, 신기하네요." 의자에 앉아있던 루이즈가 허리를 세우며 말했다. 마치 지루한 영화를 보다가 이제 막 재밌는 사건이 터졌다는 듯이. "두 분은 점성술에 관심 없겠죠?"

"저는 이제 그만 치워야겠네요." 웬디가 자리에서 일어났다.

"웬디는 점성술을 안 믿고, 저는 신을 믿지 않죠. 당신은 점성술을 믿나요, 루이즈?"

"딱히 믿지는 않지만 매일 별자리 운세를 읽기는 해요."

웬디가 일어선 채로 말했다. "우리 부부야말로 그딴 게 헛소리라는 살아있는 증거죠. 점성술 측면에서 우리는 쌍둥이지만 완전히 다르거든요."

"그럴 리가요." 마이크가 말했다. "어느 정도 공통점이 있으니까 지금까지 결혼 생활을 유지…."

"물론 완전히 다르지는 않죠." 톰이 말했다. "하지만 아까 말했듯이 저는 생일을 좋아해요. 하고 싶은 일은 뭐든지 아무런 죄책감 없이 할 수 있는 날 같거든요. 제가 주인공이죠. 마티니를 세 잔 마시고 싶다 해도 누가 뭐라 하겠어요?"

다시 자리에 앉은 웬디는 톰이 생일에 대해 말하는 걸 지켜봤다. 늘 똑같은 말투로 똑같은 얘기를 하는 게 우스웠다. 그런 모습을 보면 5년간 점점 악화되는 치매로 고생하다 작년에 돌아가신 엄마가 생각났다. 말년에 엄마는 과거의 일만 얘기했다. 자신의 어린 시절이나 자식들의 어린 시절 같은. 그럴 때면 똑같은 억양으로 똑같은 구절을 반복해서 말했다. 원래 감상적인 성격의 오빠 앨런은 그런 대화가 위로가 된다고 했다. 마치 인간이 기억으로 이뤄졌다는 증거가 된다는 듯이. 반면 웬디는 내심 놀랐고, 엄마의 상태가 악화되는 걸 보며 인간은 자유 의지가 결여된 자동 기계 장치에 불과하다고 확신하게 됐다. 지난 2년간 웬디는 엄마와 함께 시간을 보내기가 힘들었다. 오빠가 엄마와 가까운 곳에 살아서 다행이었다. 웬디는 엄마가 집에서 반려견들과 함께 살 수 있도록 24시간 요양사를 고용해주는 걸로 자기 몫을 다

했다.

"또 다른 문제는 웬디가 너무 좋아한다는 겁니다." 톰이 말을 이었다. "1년에 파티가 하나 줄어드는 셈이니까요. 안 그래?"

"사실 저는 파티를 좋아해요. 이유 있는 파티를 안 좋아할 뿐이죠."

"모든 파티에는 이유가 있지 않나요?" 마이크가 말했다. 그는 아내 루이즈보다 나이가 많거나 아니면 그냥 노안이었다. 일어날 때 누군가의 도움이 필요해 보일 정도로 소파에 푹 잠겨있었고, 무릎에는 그들이 식탁에서 거실로 가져온 쿠키의 부스러기가 떨어져있었다.

"뭐, 보통은 먹고 마시고 노는 게 이유죠. 제가 싫어하는 파티는 생일이랑 기념일, 송별회, 그런 거예요." 웬디가 말했다.

"밸런타인데이는요?" 루이즈가 물었다.

"글쎄요." 톰이 와인을 한 잔 더 따르며 말했다. "우리 생일이 2월 13일인 관계로 밸런타인데이도 그냥 합쳐서 섭니다. 밸런타인데이를 좋아하는 몇 안 되는 남자로서 나만 또 손해죠."

"이제는 정말로 치워야겠네요." 웬디가 말했다.

홀리 부부가 떠난 뒤 톰은 도와주겠다며 주방에 갔지만 웬디가 식기세척기에 그릇을 거의 다 넣은 뒤였다. "재밌었어?" 그가 물었다.

"좋은 사람들이야." 웬디가 말했다.

"하지만 지루해."

"약간 지루하지."

웬디가 침대에 누워 크리스마스 선물로 받은, 새로 출간된 제인 오스틴 전기를 읽으려는데 톰이 옷을 벗으며 말했다. "그것만이 우리의 유일한 공통점이 아닌 거 알지?"

"그거라니?"

"우리 생일."

"알아. 우리는 공통점이 많지."

"그런가?" 톰은 진심으로 놀란 목소리였다. 웬디는 웃음을 터뜨렸다.

"사랑스러운 아들이 있잖아."

"함께 자식을 낳은 걸 공통점이라고 할 수는 없어."

"굳이 따지면 그렇기는 하겠네. 하지만 나는 우리가 제이슨을 사랑한다는 사실을 말한 거야. 그거야말로 우리의 공통점이지."

톰은 티셔츠에 양말만 신은 차림으로 생각에 잠겼다. 웬디가 다시 책을 읽으려는데 그가 말했다. "하지만 우리가 그 애를 사랑하는 방식은 달라."

"그래? 어떻게?"

"당신은 제이슨을 건강한 방식으로 사랑할 거야. 그 애가 하는 일마다 잘되고 성공해서 둥지를 떠나 날아가기를 바라면서 말이야."

"당신은 아니야?"

"아니, 나도 바라지. 원칙적으로는. 하지만… 마음 깊은 곳에서는 가끔씩 제이슨을 너무 사랑하는 나머지 그 애 척추가 부러지거나 해서 영원히 우리와 함께 살았으면 좋겠어. 우리 곁을 떠나지 말고."

웬디는 웃음을 터뜨렸다. 하지만 이제 옷을 다 벗은 톰은 진지한 눈빛으로 그녀를 바라봤다. "나는 그저 제이슨이 여기서, 우리와 함께 안전하기를 바랄 뿐이야."

"척추가 부러진 채로?"

"아니. 그거야 극단적인 예를 든 거지. 하지만 가끔은 내 사랑이 정신병처럼 느껴져. 두려움과 광기가 뒤섞인 것처럼. 나는 제이슨이 다치는 걸 원치 않아. 하지만 이제 어렸을 때처럼 그 애를 돌볼 수 없다는 사실이 슬퍼. 아무것도 못 하던 제이슨이 그리워."

"우리에게는 잠자가 있잖아." 웬디가 말했다.

"잠자는 아무것도 못 한다고 할 수 없지." 그들의 킹사이즈 침대 모퉁이에서 자고 있던 고양이 잠자가 자기 이름이 나오자 귀를 쫑긋거렸다.

"그렇기는 해도 우리가 먹여줘야 하잖아. 잠자는 우리가 안아주는 것도 좋아하고."

한 손에는 돋보기를, 다른 손에는 《리틀 라이프》 페이퍼백을 든 채 침대로 들어오며 톰이 말했다. "어렸을 때 날개가 부러진 새를 발견해서 잘 보살피면 그 새가 내게 애착을 갖는 환상이 있었어. 꼭 새일 필요는 없었지. 아픈 다람쥐도 괜찮고, 작은 동물이면 뭐든 괜찮았어."

"설마 그 환상을 실현하려고 밖에 나가 새 날개를 부러뜨리지는 않았겠지?"

"그때도 아버지가 그런 농담을 하셔서 생각보다 나쁜 방법은 아닌 거 같다고 진지하게 고민했던 기억이 나. 오늘은 너무 취해서 책 못 읽겠다."

톰은 이불을 끌어당기며 옆으로 돌아누웠다. 책과 돋보기를 머리맡 테이블에 내려놓고는 웬디를 등진 채 몸을 웅크렸다.

"나는 좀 더 읽다 잘게." 웬디는 손가락으로 표시해둔 문장으로 돌아가며 말했다. 하지만 30초도 지나지 않아 톰이 말했다. 목소리는 베개에 묻혀 잘 들리지 않았다. "당신 아까 홀리 부부한테 우리를 쌍둥이라고 했어."

"내가?"

"그랬을걸."

"아냐. 그냥 우리가 점성술 측면에서 쌍둥이라고 했지."

"그랬던 거 같네. 그래도…."

웬디는 살짝 화가 났지만 곧바로 대답하지 않았다. 30초간 정적이 흐르면 남편이 잠들리라는 걸 알았기 때문이다. 이내 그가 짧게 코 고는 소리를 내면서 자신이 잠들었음을 알렸다. 다시 책을 읽으려고 했지만 톰이 했던 말이 계속 생각났다. 그렇다, 그건 그들의 규칙이자 비밀이었다. 그들이 알고 지낸 오랜 세월 동안 둘은 서로를 쌍둥이라 불렀다. 처음에는 농담으로 시작됐다. 생일이 같아서가 아니라 둘이 약간 닮았기 때문이다. 큰 진갈색 눈동자에 이마가 넓었고, 앙증맞은 입술은 코와 약간 붙은 듯했다. 피부색도 똑같아서 겨울에는 탈지유처럼 창백했다. 그래도 톰은 여름에 햇볕을 받으면 그을었지만 웬디는 화상만 입을 뿐이었다. "우리는 쌍둥이야. 진짜 쌍둥이는 아니지만 같은 운명을 타고났다는 의미에서 쌍둥이지." 오래전 톰은 그렇게 말했다. 아마 그 말에 웬디는 얼굴을 찡그리며 톰을 피붙이로 생각하고 싶지 않다고 말했을 것이다. 하지만 그 말, 다시 말해 두 사람이 부부나 같은 자식을 둔 부모의 인연, 심지어 사랑까지도 훌쩍 뛰어넘는 뭔가로 연결됐다는 생각은 마음속에 깊이 남아있었다. 이런 쌍둥이적 유대 관계 혹은 쌍둥이성 혹은 뭐라고 부르든 간에 이는 누구에게도 절대 말할 수 없는 비밀이 됐다. 다른 많은 비밀과 마찬가지로. 이를테면 사실 웬디는 재혼했으며, 두 사람은 1991년 오하이오주에서 열린 세미나에서 재회했고, 그 이듬해 어떤 일이 일어났는지 절대 말할 수 없듯이. 그들은 죄책감이나 후회도 입에 올리지 않았다. 과거는 과거일 뿐이었다.

    하지만 그 규칙을 가장 자주 어긴 사람은 톰이었다. 요즘 들어 더욱 그랬다. 그런 주제에 감히 아까 사람들 앞에서 둘을 점성술적 측면에서 쌍둥이라고 불렀다는 사실을 지적하니 웬디는 속이 부글부글 끓었다. 그래서 마음속으로 반박할 준비를 했다. 지난 몇 년간 그가 술에 취해 그들의 어두운 과거를 농담처럼 말하거나, 죄지은 자들이 결코 제대로 처벌받지 않는다고 훈계했던 걸 죄다 따지기 위한 반박이었으나 그냥 그만두기로 했다. 아침이 되면 이 일은 다 잊힐 테고, 그들은 파티를 준비해야 했으며, 최신 일기 예보에 따르면 폭풍우가 몰려오고 있었다. 할 일이 있었다. 웬디는 책을 덮고 독서등을 껐다.

ii

"어때요?" 제이슨이 물었다. 5분 전에 제이슨은 아빠에게 그날 밤 생일 파티에서 틀 노래 목록을 출력해 건넸다. 톰은 주방 아일랜드 식탁에 앉아 퍽퍽한 햄샌드위치를 천천히 먹고 있었다. 눈으로는 아들이 작성한 목록을 바라봤지만 마음은 다른 곳에 가 있었다.

    "에타 제임스?" 톰은 제일 먼저 눈에 들어온 곡을 집어 말했다. "네 엄마랑 내가 그렇게 늙어 보여?"

    "엄마가 좋아하는 노래라고 해서."

"이 노래가 어떻게 시작하는지 기억도 안 나는구나."

제이슨이 떨리는 바리톤 음성으로 그 노래의 첫 음절을 불렀다. "마침내<sup>At Last</sup>" 제이슨은 다른 애들보다 변성기가 늦었다. 톰은 가끔씩 아들의 달라진 목소리에 깜짝 놀라고는 했다. 이제 그는 열일곱 살로, 응시한 대학에서 합격 통지서가 오기를 기다렸고 진지하게 사귀는 여자 친구가 있었는데도. 아마 틀림없이 그 애와 섹스도 할 터였다.

"아, 기억난다. 그 노래는 빼버려. 네 엄마는 그 노래가 빠진 줄도 모를 거야. 게다가 이건 댄스파티야."

"에타 제임스 제외." 제이슨은 그렇게 말하며 노래 목록을 뺏어가더니 펜을 꺼냈다. 웬디와 톰이 제이슨에게 DJ 일을 맡기기로 했을 때 아들이 이 일을 이렇게 진지하게 받아들일 줄은 꿈에도 몰랐다. 제이슨은 플레이리스트를 치밀하게 분류했다. 분위기 잡는 노래, 50대들도 춤추게 할 노래, '너무 신나게 빵빵 터져서 도저히 앉아있을 수 없는 노래'로.

"진부한 사랑 노래는 빼라." 톰이 말했다.

"그게 뭔데요?"

"내가 들으면 알아. 파티에서 자주 나오는 촌스럽고 유치한 노래도 안 된다."

"아빠, 나를 뭘로 보는 거예요?"

톰은 목록을 훑어보며 몇 가지를 제안한 다음("프린스 곡을 좀 더 추가해"), 남은 햄샌드위치를 먹어 치웠다. 맥주로 입가심하고 싶은 충동을 꾹 누른 채. 오늘은 힘든 날이 될 텐데 저녁에는 한층 더 힘들 터였다. 그들은 시내의 재향군인회관을 빌렸고, 케이터링 서비스와 새벽 한 시까지 자리를 지켜줄 바텐더도 고용했다. 한 시 이후에는 둘이서 알아서 처리해야 했다. 집이 아닌 다른 곳에서 파티를 여니 기분이 이상했다. 원래 파티가 있는 날에는 밀려드는 손님을 맞을 준비에 정신이 없기 마련이었다. 하지만 이제는 그들도 나이를 먹을 만큼 먹었기에 파티는 업체에 맡겼다.

샌드위치를 다 먹고 나서는 겨울용 부츠를 신고 얇은 재킷을 입은 뒤 진입로 작업을 하러 나갔다. 일주일 전, 대형 눈보라가 몰려와 이 일대에 거의 60센티미터가량의 폭설을 퍼부었다. 그리고 지난 이틀간 이례적으로 따뜻한 날씨가 이어지면서 쌓였던 눈 더미는 무겁고 질척질척한 진창으로 변했고, 거기서 흘러나온 가느다란 물줄기가 밤새 얇은 빙판으로 얼어붙었다.

눈부시게 밝은 날이라서 톰은 실눈을 뜬 채 반은 얼고 반은 녹은 눈 더미를 집 앞 차도 위로 파도처럼 밀어냈다. 이웃인 래리가 들러서 오늘 저녁 재향군인회관에 가져가야 할 게 있냐고 물었다. 래리는 와인과 맥주가 나오는 파티에 갈 때면 으레 휴대용 술병에 위스키를 담아 가는 사람이라서 이번에도 그래야 하는지 돌려 묻는 것이었다. "모든 술이 다 준비돼있어요, 래리. 우리가 쏘는 거예요."

"그렇게 듣기는 했어요. 인심 팍팍 쓰는군요."

"자닌도 올 건가요?"

"아, 아마 못 갈 거예요. 미안해요. 어제 또 술을 한바탕 마셔서 몸이 별로 좋지 않아요."

"그거 유감이네요, 래리."

그는 또 다른 이웃 엘런 라슨과도 얘기를 나눴다. 그녀는 갓난아기를 태운 유모차를 끌고 나와 톰에게 생일을 축하한다고 했다. 톰은 그들 부부를 파티에 초대했는지 안 했는지 기억나지 않아서 이따 올 거냐고 묻지 않았다. 대신 잠시 이름을 잊어버린 아기 공주님을 보고 호들갑을 떨며 엘런을 똑바로 보지 않으려고 했다. 엘런은 너무 예뻐서 가끔 보고 있으면 몸에 정말로 통증이 느껴졌다.

한 시간가량 삽질을 하다 말다 했지만 진입로가 겉보기로나 실제로나 달라진 흔적이 전혀 없었기에 톰은 제설차가 밀어둔 더러워진 눈 더미에 삽을 푹 꽂아두고 삽질을 그만뒀다. 집 뒤쪽으로 돌아가 그들의 손바닥만 한 뒤뜰의 경계선을 표시해둔 큰 바위에 몸을 기댔다. 집 안으로 들어가 선글라스와 도수가 낮은 맥주 한 병을 들고 다시 햇살이 내리쬐는 이 자리로 돌아올까 하다가 오늘 밤을 대비해 나름대로 음주 계획을 세워야 한다고 타일렀다. 옷 입는 동안에 맥주 한 병을 마시고, 회관에 도착하자마자 독한 술을 한 잔—아마도 맨해튼 칵테일—마신 다음 저녁 내내 다시 맥주를 마시기로 했다. 맥주 한 잔을 마실 때마다 물이나 탄산수 한 잔을 번갈아 마시자고 다짐했다. 가장 중요한 점은 밤늦게 위스키로 갈아타지 않는 것이었다. 아니면 집에 무사히 돌아가 벽난로 앞에 웬디와 함께 앉은 후에 마시든가.

톰은 술에 취해 부리는 추태보다 기억이 끊기는 블랙아웃이 더 걱정이었다. 최근 몇 년간 그런 적이 자주 있었고, 그럴 때마다 마치 다가올 죽음의 짧은 예고편을 본 것 같아 엄청난 공포감이 밀려들었다. 딱 한 번 아내에게 이 일을 언급했는데 웬디는 그가 블랙아웃을 겪는 걸 이미 알고 있었다(당연히 알았으리라). 그러면서 그렇게 기억이 끊긴 상태에서 그가 홀딱 빠진 젊은 여자에게 그들이 오래전에 한 짓을 다 털어놓을까 두렵다고 했다.

"그럴 일은 절대 없어. 약속해." 톰이 말했다.

하지만 바위에 기댄 지금 톰은 또다시 이런 의문이 들었다. 25년 전 그와 웬디가 이룬 일을 어떻게든 소설로 각색할 수 있지 않을까? 웬디는 좋아하지 않을 테지만 그 얘기의 절반은 그의 몫이었다. 쉰 살이 되는 오늘, 톰은 어쩌면 그것만이 그를 특별하게 만들어줄지도 모른다는 걸 깨달았다. 사회적 금기를 깬 얘기와 그 일을 직접 경험했다는 사실 말이다. 일종의 미국판 《죄와 벌》처럼 위대한 소설이 되리라. 아니, 그보다는 시어도어 드라이저의 《아메리카의 비극》을 현대적으로 재해석한 쪽에 가까웠다. 고등학교 때 읽은 이 작품은 오랫동안 톰의 마음에 남아있었다. 하지만 톰의 얘기는 다를 터였다. 그 얘기는 처벌에 관한 내용일 것이다. 평생 처벌받기를 기다렸지만 끝내 처벌받지 않은 자의 이야기. 써볼 만하다고 생각하니 살갗 위로 전율이 스멀스멀 퍼져갔다. 심지어 소설의 첫 줄까지 떠올랐다. 이 책을 쓰는 게 그의 운명일까? 당연히 웬디는 불같이 화를 낼 것이다. 아니면 화는 내지 않더라도 그 책 때문에 그들이 어떤 식으로든 위험해질 거라고 걱정하리라. 하지만 말도 안 되는 소리다. 기이한 살인이 등장하는 범죄 소설은 늘 출간됐다. 그런 소설을 쓴 작가가 실제로 그런 짓을 저질렀을 거라고 짐작하는 사람은 아무도 없었다.

갑작스럽고 불쾌한 진동이 가슴을 관통했다. 처음 겪는 일은 아니었지만 이번에는 목구멍까지 조여와서 이러다 토할지도 모르겠다는 생각이 들었다. 톰은 바위의 서늘한 표면에 한 손을 댄 채 '맙소사, 내가 생일에 죽는구나. 미국 문학의 걸작을 써볼 기회도 얻기 전에 죽네' 생각했다. 코로 심호흡을 하며 진정하라고 자신을 타일렀다. 가슴의 진동이 멈췄지만 목구멍은 여전히 조였다. 몇 번 침을 삼키며 휴대폰이 집 안에 있다는 사실을 기억해냈다. 911에 전화해야 할까? 제이슨에게 말해야 할까? 그 애는 틀림없이 방에서 파티용 음악 목록을 다 듣고 있으리라. 그리고 웬디는 두 친구와 함께 생일 기념으로 점심을 먹으러 나갔다. 어쨌든 정말 죽어가는 게 아니라면 톰은 혼자 힘으로 집에 들어가야 했다. 하지만 정말 죽어가는 거라면 이 바위도 눈을 감기에 나쁘지 않은 자리이기는 했다. 그는 턱을 몇 번 풀어준 다음 뻣뻣한 다리로 데크까지 걸어가 미닫이 유리문을 열고 주방으로 들어갔다. 모든 증상이 사라졌고 이제는 아무렇지도 않았다. 심장이 살짝 빨리 뛰고 정신이 몽롱할 뿐이었다. 톰은 수돗물을 한 컵 받아 한 번에 길게 들이켰다. 위층에서 음악이 흘러나왔다. 토킹 헤즈가 불렀던 노래의 베이스 라인이었다. 제목은 늘 기억나지 않았지만 이미 집에 도착한 듯하다는 내용이었다. 춤추기에 좋은 음악은 아니야. 톰은 그렇게 생각하며 다시 수돗물을 한 컵 받았다.

### iii

파티의 흥이 올랐고, 웬디도 슬슬 즐기기 시작했다. 건배사를 한 사람은 래리 배서스트뿐이었다. 다들 프라임립과 구운 감자를 먹으려고 자리에 앉았을 때였다. 프라임립과 구운 감자는 톰이 꼭 대접해야 한다고 우겼던 요리였다. ("이제는 우리도 늙어서 든든히 먹어줘야 해.") 래리는 부인이 아파서 오지 않았는데도 감상적이기보다 재밌는 건배사를 했고, 웬디는 그 점이 고마웠다.

이제 뷔페는 끝났다. 테이블을 치운 다음 댄스파티가 시작됐고, 스퀴즈의 〈템프티드〉가 흘러나왔다. 웬디와 톰은 이제 쉰 살이었지만 구스넥에 사는 친구들을 대부분 적어도 열 살 연상이었다. 그런 그들이 재향군인회관 댄스 플로어에서 멋 부리며 춤추는 모습은 차마 눈 뜨고 보기 힘들었다. 웬디는 화이트와인을 홀짝이며 멀리서 그들을 바라봤다. 한때 그렇게 춤을 잘 췄던 사람들도 왜 나이를 먹으면 우스꽝스러워 보일까? 그녀의 가장 오랜 친구 다니엘라는 이 파티에 참석하려고 뉴욕에서 왔다. 둘은 휴스턴에서 같이 대학을 다닐 적 클럽들을 전전했고 새벽까지 놀러 다녔다. 다니엘라는 지칠 줄 몰랐고 섹시한 춤꾼이었다. 지금도 춤을 못 추지는 않았지만 이제는 그냥… 엄마 같아 보였다. 실제로 자식을 셋이나 뒀기 때문일 것이다. 그렇기는 해도 우울한 광경이었다.

반면 톰은 늘 댄스 플로어에서 빛이 났다. 양 팔꿈치를 마구 휘저으며 빠르게 빙글빙글 돌았다. 지금은 제이슨의 여자 친구 로라 페헤이라와 춤을 췄고, 로라는 빙글빙글 도는 그의 춤이 약간 부끄러운 듯했다. 로라는 제이슨보다 두 살 어렸다. 고등학교 때는 두 살 차이가 꽤 크게 느껴질 수 있는데, 특히나 제이슨이 곧 대학으로 떠날 예정이라 더욱 그랬다. 로라는 조용하고 학구적이며 예술 감각도 있는 데다 꽤 예뻤다. 웬디는 나중에 제이슨이 로라와 헤어질 때 상냥하게 대해 주기를 바랐다. 아마 그럴 것이다.

노래가 끝나고 웬디가 잘 모르는 노래가 시작됐다. 베이스가 강하게 깔린 최신 히트곡이었다. 아무도 댄스 플로어를 떠나지 않았다.

웬디가 와인을 다 마신 뒤 이제 뭘 할까 생각하고 있을 때 월터 존슨이 다가와 새로 따른 와인 잔을 건넸다. "잔이 비어가길래요."

월터는 수채화를 그리는 화가로, 2년 전 구스넥으로 이사했다. 웬디가 그를 아는 이유는 그녀가 일하는 솔트윅협회 행사에 그가 자원봉사자로 참여했기 때문이다. 웬디는 비영리 작가 레지던시 프로그램 기관인 솔트윅협회에서 작가들의 체류 및 운영 책임자로 일했다. 톰은 월터가 자원봉사를 하는 이유가 웬디와 시간을 보내고 싶어서라고 확신했다. 남편이 그런 말을 할 때마다 웬디는 웃어넘겼지만, 내심 그 말이 맞을 거라 생각했다. 월터는 딱히 매력적인 남자는 아니었다. 숱이 줄어든 머리카락에 눈이 움푹 패였고, 일부 남자들에게서 볼 수 있는, 배만 볼록 나오고 골반이 없는 체형이라서 바지가 늘 조금씩 흘러내렸다. 하지만 파티나 전시회 개막 행사에서 그녀를 찾는 유일한 남자였고, 늘 그녀에 관해 물었다. 웬디는 월터에게 관심이 없었지만—그녀 삶에 마음 약한 중년 남자는 하나로 충분했다—그의 관심은 고마웠다.

월터와 잡담하는 동안 춤을 마친 톰이 다가와 그들에게 함께 추자고 했다. 그의 이마는 땀으로 번들거렸고 숨도 거칠었다.

"당신이야말로 좀 쉬어." 웬디가 말했다.

"'50세 남성, 댄스 플로어에서 사망. 자세한 소식은 밤 열한 시 뉴스에서.'"

"어떤 노래를 들으며 춤추다가 죽고 싶어요?" 월터가 물었다.

"좋은 질문이네요. 잠깐 생각해보죠."

웬디는 생각에 잠긴 톰을 지켜봤다. 그는 이런 일, 그러니까 좋아하는 노래나 영화, 책의 목록을 만들거나 자신이 먹어본 최고의 샌드위치에 대해 말하는 걸 좋아했다.

"뉴 오더 노래여야 할 거 같네요."

"어떤 곡이요?"

"〈블루 먼데이〉?"

월터는 공손하게 고개를 끄덕였다. 웬디는 점점 짜증이 났다.

"하, 맞아요. 나는 미친 듯이 춤추다가 심정지로 바닥에 쓰러지겠죠. 버나드 섬너의 목소리를 들으면서 죽어가는 것도 나쁘지 않겠어요."

"'기분이 어때요?'" 월터가 〈블루 먼데이〉의 가사를 인용했다.

"맙소사, 그거야말로 죽음의 순간에 딱 어울리는 가사네요. 당신은 어때요, 월터? 춤추다 쓰러질 때 듣고 싶은 노래가 뭔가요?"

웬디가 자리를 뜰 핑계를 만들려고 와인을 단숨에 들이켜려는데 월터가 그녀를 돌아봤다.

"먼저 웬디의 대답을 들어보죠"

"〈인 투 더 그루브〉." 톰이 재빨리 대답했다.

웬디는 얼굴을 찡그렸다. "마돈나 싫어. 마돈나를 좋아하기는 하지만 죽어가면서 듣고 싶지는 않아. 나는 니나 시몬의 〈시너맨〉을 고르겠어."

"아, 좋은 노래죠." 월터는 그렇게 말하고는 자신이 어떤 노래에 맞춰 죽고 싶은지 고민했다. 그 사이에 웬디는 와인을 단숨에 들이켠 뒤 슬그머니 빠져나갔다.

바 테이블로 간 그녀는 자신이 술에 약간 취했다는 걸 깨달았으나 물 대신 크랜베리 주스를 약간 섞은 보드카 소다를 주문했다. 그들이 바텐더로 고용한, 마샤와 짐 레버 부부의 막내딸 케리가 보드카 소다를 만드는 동안 그녀는 몸을 돌려 이 새로운 시점에서 파티를 바라봤다. 여기 있는 사람들은 전부 그녀가 아는 사람들이었다. 한평생 사귄 친구들이 기묘하게 뒤섞여있었다. 그중 다니엘라가 가장 오래된 친구였다. 그렇다면 가장 최근에 사귄 친구는? 아마 마이크와 루이즈일 것이다. 그 지루한 부부. 물론 톰과 그녀도 나름대로 지루한 부부였지만. 아마 마이크와 루이즈에게도 그들만의 어두운 비밀이 있으리라.

"여기 있습니다, 그레이브스 부인." 케리가 광택 처리된 바 테이블에 길쭉한 유리잔을 내려놨다.

"그냥 웬디라고 부르렴." 웬디가 말했다.

웬디가 첫 모금을 넘기는데 춤을 추던 다니엘라가 달려왔다. "뭐 마셔?"

"보드카 소다를 달라고 했는데, 이건 꼭 보드카에 보드카를 탄 맛이야."

"좋아. 나도 그거 마셔야겠다. 그리고 너도 빨리 취해서 춤추자." 다니엘라가 말했다.

두 시간 뒤, 웬디는 제대로 취했고 이제 다니엘라와 그녀의 직장 상사 캐럴라인 사이에 쏙 끼어 인조 가죽 소파에 앉아있었다. 캐럴라인과 다니엘라가 동시에 떠들어댄 덕분에 웬디는 둘 다 무시하고 지금 마시는 칵테일이 얼마나 맛있는지에 집중할 수 있었다. 당연히 월터가 가져다준 칵테일이었는데 라이 위스키가 들어간 듯 같았다. 제이슨이 마이크에 대고 재향군인회관의 관료적 규정에 따라 이제 오늘 밤의 마지막 노래를 틀어야 한다고 말했다. "이 곡은 엄마를 위한 거예요." 제이슨이 그렇게 말하더니 〈시너맨〉의 드럼 심벌즈 전주가 챙챙 흘러나왔다. 웬디가 웃음을 터뜨리자 위스키가 턱을 타고 흘러내렸다.

"왜 웃어?" 다니엘라가 물었다.

"아, 아까 내가 이 노래에 맞춰 춤추다가 죽고 싶다고 했거든. 그래서 이 노래가 나오니까 약간 으스스하네."

"그럼 일어나서 춤추자."

그녀들은 춤추기 시작했고 웬디는 다시 스무 살이 된 기분이었다. 실내가 기분 좋게 빙글빙글 돌아갔고, 다니엘라도 다시 스무 살로 돌아갔다. 적어도 그렇게 보였다. 월터가 양쪽 팔꿈치를 몸 옆에 붙인 채 춤을 추며 다가오더니 그녀의 귀에 속삭였다. "제발 죽지 말아요."

"그러게 말이에요." 웬디는 그렇게 말했고, 너무 웃느라 잠시 춤을 멈출 정도였다. 그러다 다시 춤을 추며 톰은 어디에 있는지 의아해했다. 놀랍게도 그는 댄스 플로어로 돌아오지 않았다. 그러다 바 테이블에 기대 엘런 라슨과 얘기하는 톰을 발견했다. 그는 손짓을 하며 얘기하고 있었고, 엘런은 몸을 약간 뒤로 젖혔지만 얼굴에 편안한 미소를 반쯤 짓고 있었다. 그냥 플러팅이야. 웬디는 자신을 다독였지만 그 뒤로 10분간 그들을 계속 지켜봤다. 대체 누가 엘런을 초대했지? 엘런은 최근에 출산하지 않았나? 대체 한밤중에 여기서 뭘 하는 걸까?

다니엘라가 그녀의 손을 잡았고 둘은 빙글 돌았다. 노래가 서서히 끝나갔다. 니나 시몬은 "파워"라는 가사를 반복해서 불렀다. 마침내 곡이 끝나자 그들은 숨을 몰아쉬고 땀에 젖은 채 멈춰 섰다. 둘 다 깔깔 웃었다. 웬디는 아직까지 남은 사람이 누구인지 보려고 두리번거렸다. 누군가 천장의 형광등을 켜자 실내는 차갑고 강렬한 빛에 잠기며 재향군인회관의 허름하고 촌스러운 실내와 각양각색의 남은 손님들을 고스란히 드러냈다. 톰이 손에 뭔가가 든 유리잔을 들고 그녀에게 다가왔다. 어느새 엘런은 사라지고 없었다.

"자, 이거 마셔." 톰이 말했다.

"미쳤어?"

"물이야."

"아." 웬디는 물을 마셨다. 그날 밤 마신 어떤 술보다도 맛이 좋았다. 톰이 그녀를 챙기려 한다는 데 약간 짜증이 나기는 했지만.

그들은 제이슨이 운전하는 기아 자동차 뒷좌석에 두 아이처럼 나란히 앉아 로라와 함께 집으로 갔다. 제이슨이 휴대폰으로 계속 음악을 틀었는데 어떻게 했는지 자동차 스피커로 음악이 흘러나왔다. 그들을 내려준 다음 제이슨은 자갈 깔린 진입로를 빠져나가 시내 반대편에 사는 로라를 데려다주러 갔다.

집 안에 들어서자 톰이 웬디에게 거실에서 한잔 더 하겠냐고 물었다.

"아유, 싫어. 나는 침대에 눕고 싶어."

웬디는 위층으로 올라갔다. 의외로 톰도 파티의 좋았던 점과 나빴던 점을 얘기하며 뒤따라왔다.

"당신 취한 거 아니었어?" 웬디가 물었다.

톰은 웃었다. "이상하게도 안 취했어. 술 한 잔 마실 때마다 물을 한 잔씩 마시기로 했거든. 꼬박꼬박 그렇게 했더니 지금은 완전 멀쩡해."

"나는 아냐."

"잘됐네. 당신이 재밌게 놀았다니 다행이야."

"재밌게 놀았는지 잘 모르겠어." 웬디가 옷을 모두 벗고 이불 속으로 기어들어 갔다.

"신나게 노는 거 같던데."

"다니엘라랑 놀 때는 재밌었어. 춤추는 것도 재밌었고. 당신은 그 싱거운 이웃집 여자랑 뭐 했어?"

"누구? 엘런?"

"응, 엘런. 그 여자 얼마 전에 애 낳지 않았어?"

"그래서 한 시간만 있다가 갔어. 당신한테 생일 축하한다고 안 했어?"

"기억 안 나. 분명 당신을 만나러 온 거야."

톰은 잘 때 즐겨 입는 플란넬 파자마 바지를 입고 침대에 들어가 베개에 몸을 기대앉았다. "지금 스물다섯 살짜리 초보 엄마를 질투하는 거야?"

"맙소사, 톰. 당연히 아니지. 나는 그저 당신이 어떤 철부지에게 홀딱 빠져 술김에 자신이 어쩌다 괴물과 결혼하게 됐는지 털어놓을까 두려울 뿐이야."

"나는 당신을 괴물이라고 생각하지 않아. 당신도 알잖아."

"차라리 괴물로 생각해."

"왜?"

"이 집에서 살인자가 당신 하나만 있는 건 아니야. 당신만 그 일에서 못 빠져나왔을 뿐이지." 아주 피곤했는데도 웬디는 그렇게 말하면서 카타르시스를 느꼈다. 뭔가가 시작되는 듯했다.

"알아, 알아. 우리가 함께 한 일이지." 톰이 말했다.

"그런 뜻이 아냐. 내 말은…. 됐어. 지금은 늦었고 나는 취했어. 제이슨이 곧 돌아올 거야."

웬디는 한동안 침묵했다. 톰이 손을 뻗어 그녀의 어깨를 만졌다. "내가 한 말, 다 잊어줘, 응?" 웬디는 그렇게 말하며 옆으로 돌아누웠다.

톰은 몸을 숙여 그녀의 목 옆쪽에 키스했다. 깜빡 잊고 이를 닦지 않았는지 그의 입에서 냄새가 났다. 다시 조용히 자기 자리로 돌아간 톰이 말했다. "50년이야, 여보. 이 세상에서 우리는 50년간 쌍둥이로 살았어."

웬디는 톰을 향해 힘없이 손을 내저었지만 그가 봤는지는 알 수 없었다. 눈을 감자 방이 조금 빙글빙글 도는 듯해 다시 눈을 떴다. 어지럼증이 밀려오며 라이스대학교의 손바닥만 한 기숙사 방으로 다시 돌아간 기분이었다. 이렇게 술을 많이 마신 게 대학생 이후로 처음인가? 토할까 봐 불안했지만 다시 눈을 감기로 했다. 이번에는 다시 뜨지 않았다.

### iv

웬디가 부드럽게 코를 골았다. 톰은 그냥 일어나서 스웨터를 입고 양말을 신은 채 벽난로 앞에서 위스키나 한 잔 마실까 생각했다. 하지만 너무 번거로워 그냥 천장을 바라보며 조금 전에 웬디가 자신도 살인자라고 했던 말을 곱씹었다. 요즘 들어 감정을 속으로 삭이는 아내에게서 쉽게 들을 수 없는 고백이었다. 하지만 다시 생각해보면 그건 웬디가 전에도 밝힌 적이 있는 연대감이었다. 그들이 한 일은 모두 함께 한 일이었다. 웬디는 늘 그렇게 말했다. 그리고 그가 앵무새처럼 따라 했던 말이기도 했다. 비록 마음 깊은 곳에서는 여전히 피는 자신의 손에, 오로지 자신의 손에만 묻은 듯했지만. 순간적으로 그 불길한 비유에 모든 일이 다시 떠올랐다. 여자의 목에 생긴 자상에서 뿜어져 나오는 피, 그녀의 충격받은 눈동자.

톰은 물을 홀짝이며 다른 생각을 하자고 마음먹었다. 그래서 파티와 파티 내내 이상하게 자신이 괴리된 듯했던 느낌을 생각했다. 평소의 그답지 않은 일이었다. 톰은 대체로 파티를 좋아했다. 생일 축하 파티는 더 좋아했는데 아내가 생일 파티를 질색했기 때문이다. 아마 오늘 밤에 그가 파티를 즐길 수 없었던 이유는 웬디가 술을 너무 많이 마시고 댄스 플로어에서 춤을 추며 신나게 놀았기 때문일 것이다. 반면 정신이 말짱했던 톰은 아까 낮에 집 앞에서 삽질하며 겪었던 아찔한 사건을 계속 떠올렸다. 그때 그의 심장은 악몽을 꾸는 작은 개처럼 바들바들 떨렸다. 그 일을 다시 생각하니 심장이 대답이라도 하듯 약간 욱신거렸다. 톰은 몇 차례 숨을 길게 들이쉬었다. 인류사 전체를 두고 보면 쉰 살은 죽기에 적절한 나이였다. 원시인에게 쉰 살은 꼬부랑 노인일 것이다.

그렇기는 해도 지금까지 행운으로 가득했던 그의 삶이 문득 초라하게 느껴졌다. 마치 인생 전체가 별다른 사건 없이 흘러가는 '뉴요커'의 단편 소설에 불과한 것 같았다. 아마도 앤 비티*가 쓴 소설이리

---

* 평범한 일상을 건조하게 묘사하는 작가다.

라. 하지만 터무니없는 생각이었다. 그의 삶에서는 사건들이 숱하게 벌어졌고, 필름 누아르와 모험 소설, 숙명론에 집착했던 10대 시절에 꿈꿨던 삶이 어느 정도 실현됐기 때문이다. 그는 사랑을 위해 살인을 저질렀고, 돈을 위해서도 살인을 저질렀다. 에세이도 서너 권 출간했다. 사랑스러운 아들이 있었고 친구들도 있었으며 바다가 보이는 집에서 살았다. 그런데도 왜 그의 인생은 그토록 답답해 보일까?

톰은 평소 자던 대로 왼쪽으로 돌아 몸을 웅크렸다. 잠들려면 최소 한 시간은 걸릴 테지만. 그리고 엘런 라슨을 생각했다. 그들은 파티에서 육아에 관해서만 얘기했고, 톰은 웬디 얘기를 들려줬다. 사실 웬디는 아이에게 전혀 애정을 느끼지 못했는데, 어느 날 제이슨이 눈을 맞추며 처음으로 미소 짓자 태어나서 처음 느껴보는 깊은 사랑을 알게 됐다고. 당연히 그가 나서서 할 얘기는 아니었지만 톰은 엘런에게 필요한 얘기일 거라고 직감했다.

"어서 그런 순간이 왔으면 좋겠네요. 하지만 출산은 정말 놀라운 경험이었어요." 엘런이 말했다.

"그건 내가 겪은 일이 아니라서 모르겠네요."

"하지만 그 자리에 계셨잖아요."

"그렇기는 하죠. 아기가 내 몸에서 나오지 않는다는 사실에 엄청난 안도감을 느끼는 동시에 그 경험에서 완전히 배제되는 느낌이었죠. 묘한 하루였어요."

엘런은 딱 한 잔만 마시고 곧바로 떠났다. 톰은 재향군인회관을 빠져나가는 엘런을 보며 정체를 알 수 없는 갈망을 느꼈다. 성적인 갈망은 아니었다. 그렇다면 무슨 갈망일까? 아마 엘런이 가끔 커피를 마시러 집에 들르는 사이가 돼서 자신도 그처럼 중대한 죄를 저질렀다고 고백해주기를 갈망했으리라. 아마 그녀에게도 구원이 필요하기를, 혹은 그에게 구원이 필요하다는 사실을 그녀가 알아주기를 갈망했으리라.

톰은 머릿속에서 엘런을 떨쳐내고 가장 자주 반복하는 공상에 빠져들었다. 잠에서 깨면 과거로 돌아가있는 공상이었다. 늘 특정한 하루로 되돌아갔는데, 교환 학생 프로그램에 참여해 매더대학 로마캠퍼스에 재학 중이던 3학년의 어느 하루였다. 톰과 같은 학년이었던 질 링골드 역시 교환 학생으로 파리에 갔던 차에 로마캠퍼스를 방문했다. 질과는 로마에 오기 전부터 아는 사이였다. 윌리엄 블레이크 수업을 함께 들었고, 파티에서 얘기도 나눴지만 그게 전부였다. 하지만 질이 로마캠퍼스에 온 날 그녀가 거기서 아는 사람은 톰이 유일했다. 둘은 그날을 함께 보냈다. 도시를 산책했고 커피를 마시다가 와인으로 넘어갔다. 질은 고등학교 때 섭식 장애에 시달렸다고 털어놨고, 톰은 여자 친구 사진을 한 장도 가져오지 않아 이제는 얼굴이 가물가물하다고 고백했다.

그날 저녁 늦게 둘은 산타 프리스카 거리를 따라 캠퍼스로 천천히 다시 걸어갔다. 밤 날씨가 서늘해서 질은 톰과 팔짱을 꼈다. 걷는 동안 그들의 엉덩이가 살짝 스쳤다. 톰은 영화 속 주인공이 된 듯했던 기억이 났다. 금방이라도 몸이 붕 떠오르거나 갑자기 노래를 부를 것 같았다. 하지만 현실에서 그들은 톰의 기숙사 방문 앞에서 머뭇거렸고, 질은 톰에게 곧 여자 친구 매기를 다시 만날 거냐고 물었다. 톰은 그렇다고, 일주일 뒤에 피렌체에서 매기와 만날 예정이라고 했다. 질은 그의 뺨에 키스했고—톰은 지금도 가끔씩 볼에 닿던 그 입술의 감촉이 느껴졌다—그걸로 끝이었다. 그때 톰은 마음만 먹으면 질을 기숙사 방으로 데려갈 수 있다는 사실을 알았고, 그러지 않은 걸 지금까지도 후회했다.

요즘 들어 톰은 밤이면 마음속으로 다른 상황들을 펼쳐봤다. 이 시간 여행 공상에서 그는 기숙사 방 앞과 바닥 타일이 깨진 허름한 복도에 서있던 때로 돌아가고는 했다. 실제로는 순수한 키스로 끝났지만, 이 공상에서 질은 그의 방에 들어가게 된다. 톰이 상상하는 건 단지 성적인 장면만이 아니었다. 비록 그게 큰 부분을 차지하기는 했지만. 어떤 상상 속에서 둘은 계속 만났고, 그들의 삶은 완전히 바뀌었다. 하지만 대부분의 상상에서는 그저 하룻밤만 함께 보냈다. 톰은 하룻밤의 불장난 같은 단순한 사건만으로도 그들의 삶이 바뀌었을 거라고 상상했다. 질의 운명도 달라졌을 것이다. 그리고 아마 톰은 다시 웬디와 이어지지 못했으리라. 그렇게 생각하면 너무 복잡해져서 톰은 로마에서의 그날 밤으로 돌아가 만약 그들이 제대로 키스했다면 무슨 일이 있었을지 상상하고는 했다. 이런 기분 좋은 상상은 그가 요즘 잠으로 치부하는 비몽사몽의 상태로 그를 부드럽게 유도하기에 충분했다.

# 2013

## 11월

추수 감사절 전날, 웬디는 무선 전화기를 들고 거실로 가서 엄마에게 전화했다.

"그냥 엄마에게 내일 계획이 있는지 확인하려고 전화했어." 엄마가 전화한 이유를 묻자 웬디는 그렇게 말했다.

"앨런 집에 갈 거다. 앨런이 말 안 하던? 사람이 너무 많기는 해. 민디의 처가 식구들이 전부 올 거라더라."

"그래도 잘됐네. 추수 감사절에 혼자 있을까 봐 걱정했어."

"그럴 줄 알았다. 혼자 있는 게 뭐 어때서? 나는 오늘도 집에 혼자 있었고, 추수 감사절 다음 날도 집에 혼자 있을 거야. 그런 건 아무렇지도 않아."

"엄마, 언제부터 그렇게 씩씩해진 거야?"

"그냥 현실적인 거지."

"알아."

"너희 집에는 내일 누가 오니? 시부모님?"

"오시지. 늘 그랬듯이 안 주무시고 갈 거야."

"내 새끼는 어떻게 지내니?" 엄마는 요즘 들어 제이슨을 '내 새끼'라 불렀고, 웬디는 좋게 생각하기로 했다.

"제이슨은 요즘 탐정에 빠졌어. 탐정 소설을 읽는 데 빠졌다고 해야 하나? 범죄 소설을 많이 읽거든."

"만화책은 안 읽고?"

"몇 권 읽기는 하지만 요즘은 어둡고 진지한 소설에 꽂혔어."

그들은 제이슨에 대해 좀 더 얘기했고, 그러다 엄마가 마치 자식 얘기 하듯이 반려견들에 대해 말했다. 전화를 끊기 전에 웬디는 엄마에게 추수 감사절 잘 보내라고 했다.

"앨런이 나를 초대했어. 네가 걱정할 줄 알았다."

"응, 아까 말했어, 엄마."

"나도 알아. 너 걱정하지 말라고 한 번 더 말한 거야."

전화를 끊은 뒤 웬디는 잠시 소파에 앉아 이제 뭘 해야 할지 생각했다. 그때 초인종이 울렸다. 순간적으로 어리둥절했다. 이웃 사람들은 다들 집 뒤로 돌아가 뒷문을 노크했기 때문이다. 대체 누가 현관문으로 왔지?

초인종을 누른 사람은 형사였는데 놀랄 정도로 젊고 말랐으며 머리가 거의 다 벗어졌다. 그는 배지를 보여주며—이름은 마이클 엘로였다—들어가도 되겠냐고 물었다.

"물론이죠. 막 커피를 내리려던 참이었어요." 웬디는 그럴 생각이 없었지만 그렇게 말했다. "마실 것 좀 드릴까요?"

"괜찮습니다, 부인. 말씀은 감사합니다. 몇 가지만 간단히 여쭤보겠습니다."

계단에서 삐걱 소리가 났다. 웬디는 제이슨이 오늘 오전 수업만 있는 날이라서 집에 있다는 게 생각났다. 제이슨이 계단 중간쯤에 내려와 대화를 엿듣고 있는 걸까?

"우리 고양이 때문은 아니겠죠?"

엘로 형사는 웃음을 터뜨리며 말했다. "아뇨, 부인 고양이 때문은 아닙니다. 고양이가 사고라도 쳤나요?"

"우리 고양이가 새를 죽이면 이웃 사람이 경찰에 신고해서요. 예전에 그런 적이 있었죠."

"아뇨, 저는 알렉산더 데이턴 일로 왔습니다."

"아, 그러세요?" 웬디는 놀랐다. 알렉산더 데이턴은 남편이 소속된 영문과의 학과장이었다. 작년 여름에 사망했는데 사망 원인은 익사로 결론 났다.

"남편분과 그분의 관계에 대해 몇 가지 여쭤보고 싶습니다."

"물론이죠. 근데… 남편은 집에 없어요."

"남편분과는 오늘 아침에 대학에서 이미 얘기를 나눴습니다. 매우 협조적이었죠. 그분 대답 중에서 몇 가지를 확인하고 싶어서요."

웬디는 이 모든 일이 비현실적으로 느껴지는 이상한 기운에 휩싸였다. 집에 형사가 있어서가 아니라 남편이 이미 경찰의 조사를 받았다는 사실, 알렉스 데이턴의 죽음에 남편이 어떻게 관련됐는지 공식적으로 수사한다는 사실 때문이었다. "정말 아무것도 안 드시겠어요? 물이라도 드릴까요?"

"네, 주세요."

웬디가 찬장에서 유리잔을 꺼내는 동안 형사는 아일랜드 식탁 건너편에 어색하게 서있었다. "얼음 넣어드릴까요?"

"좋죠."

웬디는 얼음 틀을 비틀어 두 개의 정육면체 얼음을 잔에 넣고 그에게 건넸다. "앉으세요."

엘로 형사는 물을 한 모금 마신 뒤 스툴에 앉았다. 그는 정말로 동안이었고, 약간 긴장한 듯했다. 마치 이 집에 조사하러 온 게 아니라 조사받으러 온 사람처럼.

하지만 유리잔을 식탁에 내려놓은 뒤 그는 코로 숨을 들이쉬더니 질문을 던졌다. "고인과 남편분의 관계를 어떻게 설명하시겠어요? 고인이 남편분의 상사로 일한 지 몇 년 됐죠?"

"8년이 넘었을 거예요. 우리가 이사 오기 직전부터였으니까."

"두 분은 사이가 좋았나요?"

"겉보기에는 그랬죠. 8년간 함께 일했으니까요."

"남편분이 고인을 좋아했나요?"

"아뇨. 하지만 알렉스를 실제로 좋아한 사람이 있었을지 의문이네요."

"부인도 싫어했나요?"

웬디는 최대한 솔직하게 말하려고 노력했다. "저는 주로 알렉스를 피해 다녔죠. 하지만 남편 상사였으니 쉽지만은 않았어요. 파티에서 만나고는 했지만 개인적 친분은 없었어요."

"파티에서 만났을 때 어땠나요?"

"대체로 아주 거만했어요. 자기 얘기만 하고 다른 사람에게는 질문도 안 했죠. 자신의 외모가 얼마나 매력 없는지 전혀 모르는 부류의 남자였어요."

"여자들에게 추근거렸나요?"

"음, 네. 결혼도 세 번이나 했죠. 가끔 꽤 부적절하게 행동했어요."

"신체적으로요?"

"무슨 말이죠?"

"부인을 부적절하게 만진 적이 있나요?"

"포옹을 오래 하는 정도였지 다른 건 없었어요. 대신 플러팅을 하거나 음흉하게 쳐다보거나 음담패설은 자주 했죠."

"남편분은 그걸 어떻게 생각했나요?"

웬디는 잠시 생각했다. "좋아하지는 않았을 테지만 웃어넘기는 쪽에 가까웠죠. 질투하거나 화를 내지는 않았어요. 알렉스 데이턴은 징그러운 남자였지만 전혀 위협적이지는 않았어요."

"알겠습니다, 그레이브스 부인. 남편분과 데이턴 씨의 업무 관계는 어땠나요? 뭐라고 표현하시겠습니까?"

"이해가 안 되네요. 알렉스의 죽음에 문제라도 있나요? 사고사로 결론 난 줄 알았는데요."

"아직 정확한 사인은 밝혀지지 않았습니다. 죽기 전에 데이턴 씨가 몸싸움을 벌였을지도 모른다는 정황이 있어서 고인을 잘 아는 분들께 확인하는 중입니다."

"그러니까 알렉스가 죽기를 바랐을지도 모르는 사람들 말인가요?"

"저는 그렇게 말한 적 없습니다. 부인께서 하셨죠."

웬디는 웃음을 터뜨렸다. "남편이 알렉스를 좋아하지는 않았지만 그렇다고 그런 짓을 했을 리는 없어요. 말도 안 돼요."

"데이턴 씨가 학과장 자리를 계속 유지했고, 남편분이 그 자리를 탐냈을지도 모른다는 사실은 어떻게 생각하십니까?"

"누가 그러던가요?"

"데이턴 씨가 학과장 맞죠? 그가 은퇴하거나 죽으면 그 자리는 공석이 되는 거죠?"

"남편은 그 자리에 지원하지 않았어요."

엘로 형사는 물을 다 마시더니 빈 잔을 컵 받침 위에 올려놨다. "왜 지원하지 않았다고 생각하시나요? 남편분의 동료 둘과 얘기해봤는데 남편분이 가장 적임자라고 하더군요."

"학계가 어떤 곳인지 아시나요?"

"약간요. 어머니가 메인대학교 생물학 교수셨거든요."

"음, 그렇다면 학과장을 맡는 게 마냥 좋은 일은 아니라는 걸 아시겠네요. 톰은 학과장 일이 너무 골치 아프다고 생각했던 거 같아요."

"남편분도 비슷하게 말하더군요. 알겠습니다, 그레이브스 부인. 마지막으로 한두 가지만 더 묻겠습니다."

"웬디라고 부르세요. 물 좀 더 드릴까요?"

"아뇨, 아뇨. 괜찮습니다. 몇 가지만 더 물어보면 됩니다. 태미 주에 대해 말해주실 수 있을까요?"

"알렉스의 부인 말이군요. 음, 태미도 용의자인가요?"

"용의자는 없습니다. 저희는 전모를 파악하려는 것뿐입니다."

"음, 글쎄요. 저는 태미를 알렉스보다 더 몰라요. 결혼 초에는 학과에서 열리는 파티에도 얼굴을 비쳤지만 오래가지는 못했어요. 둘은 1년쯤 전부터 별거한 걸로 아는데요."

"그렇게 들으셨나요?"

"대충요."

"데이턴 씨는 차고 위 별채에서 지내고 있었습니다."

"네, 놀랍지도 않네요. 태미는 괜찮은 사람 같았어요. 그거 외에는 별로 드릴 말씀이 없네요. 다만 태미가 왜 알렉스 같은 남자와 결혼했는지 다들 의아해했죠."

"왜 그렇게 생각하셨죠?"

"모르겠어요. 태미는 비교적 정상적이고 매력적이면서 멀쩡한 여자 같았거든요. 하지만 저는 정말 태미를 잘 몰라요."

"남편분이 더 친했나요?"

"태미하고요? 아마도요. 저보다는 태미를 더 자주 봤으니까요."

"제 말에 오해의 소지가 없기를 바랍니다만, 남편분이 태미와 친한 친구 사이라고 했습니다."

웬디는 톰이 빠진 여자가 또 한 명 밝혀지려 한다는 불길한 예감을 감추려고 웃음을 터뜨렸다. "딱히 놀랄 일은 아니네요. 남편은 꽤 사교적인 성격이거든요. 특히 직장과 관련해서는요. 친한 여자도 많고요. 남편과 태미 사이에 뭔가가 있다는 말을 하고 싶은 건가요?"

"아뇨, 아닙니다. 다만 두 분이 가까운 사이였다는 뜻입니다. 두 분의 관계를 의심하지는 않았나요?"

"음, 이제는 의심이 되네요." 이번에는 진짜로 웃으며 웬디가 말했다. "농담이에요. 아뇨, 저는 남편이 태미 주와 불륜 관계일 거라고 의심해본 적 없어요. 하지만 둘이 친구라는 게 놀랍지는 않네요."

"하나만 더요, 웬디. 7월 18일 아침에 남편분이 어디에 있었는지 말해줄 수 있나요?"

"알렉스가 죽은 날 아침인가요?"

"네."

"남편은 저와 침대에 함께 있었어요."

"확실한가요?"

"네, 물론이죠. 알렉스의 사망 소식을 들은 날이라서 생생히 기억해요. 그날 아침 톰이 어딘가에 갔다면 기억 못 할 리가 없죠."

"보통 아침 몇 시에 일어나나요?"

"음, 대개 일곱 시쯤 일어나요. 톰은 한 시간쯤 뒤에 일어나고요."

"그날 아침, 부인이 잠든 사이에 남편분이 나갔다 왔을 수 있지 않을까요?"

"그럼 제가 깼을 거예요. 제가 밤에는 깊이 자지만 아침에는… 선잠을 자거든요. 만약 잠이 연못이라고 한다면 톰은 연못 바닥의 잡초들 사이에 있고, 저는 수면 바로 아래 있어요. 맙소사, 생각해보니 부적절한 비유네요."

엘로 형사는 참지 못하고 웃음을 터뜨렸다. 평범한 웃음이라기보다 발작해 기침하는 듯한 어색한 웃음이었다. "아뇨, 괜찮습니다. 그러니까 남편분은 아침 내내 집에 있었다는 건가요?"

"네, 남편은 아침 내내 집에 있었어요."

형사를 배웅하고 혹시 중요한 일이 생각나면 연락하겠다고 약속

한 후, 웬디는 잠시 우두커니 서서 집 안에서 나는 소리에 귀를 기울였다. 집은 고요했다. 웬디는 계단을 올라가 제이슨의 방문을 노크했다.

"누구 왔어?" 깔끔하게 정돈된 아들의 침실에 들어서자 제이슨이 물었다. 제이슨은 이언 플레밍의 제임스 본드 소설을 무릎에 펼친 채 침대에 누워있었다.

"형사. 너 아까 계단에 내려오지 않았니?"

제이슨은 잠시 생각하는 듯했다. "아니. 나는 그냥 방에 있었어. 형사가 왜 우리 집에 온 거야?"

"알렉스 데이턴과 관련해서 물어볼 게 있대. 네 아빠 동료."

"정말?"

"별거 아냐. 그냥 절차상 묻는 거야."

"아빠가 용의자야?"

"경찰에서 네 아빠가 알렉스 아저씨를 죽였다고 생각하냐는 뜻이야? 만약 그랬다면 이제는 아냐. 아저씨가 죽었을 때 네 아빠는 여기서 자고 있었으니까."

"하지만 그건 경찰이 아저씨의 죽음을 살인 사건으로 생각한다는 뜻이잖아."

"그건 모르겠다. 아마 그렇겠지. 그냥 확인차 온 거 같아."

"재밌네." 제이슨은 양쪽 눈썹을 과장해서 치켜세웠다.

계단을 내려가며 웬디는 제이슨이 아동기에서 사춘기로 넘어가는 애매한 나이라고 생각했다. 비록 또래에 비해 2차 성징이 꽤 늦은 편이기는 했지만. 제이슨의 친구들은 이미 목소리가 굵어졌고, 인중에 솜털이 났으며, 특히 단짝 줄리아는 최근에 갑자기 성숙해져서 슈퍼 모델처럼 눈길을 끌었다. 반면 제이슨은 깡마른 어린애의 몸에 갇힌 듯했다. 하지만 이제는 어린애가 아니었고, 조금 전에 형사가 온 줄 몰랐다는 말은 거짓말이라고 웬디는 확신했다. 그게 마음에 걸리지는 않았지만 약간 슬펐다. 제이슨이 엄마에게 전부 다 말해주던 시절도 있었기 때문이다.

## ii

톰은 웬디에게 함께 추수 감사절 만찬을 차리겠다고 했으나, 거절당하자 기쁜 마음으로 서재에 갔다. 부모님이 정오에 도착할 거라고 했고, 이는 열한 시 반 도착을 뜻했으므로 꼬박 두 시간 동안 글을 쓸 수 있었다. 톰은 노트북을 열고 워드로 들어가 최근 항목을 클릭했다. 여름이 오면서 쓰기 시작한, 도저히 구제 불능인 소설을 이어서 쓰기 위해서였다. '당신 안의 유령'이라는 가제를 붙인 파일이 보였지만 이상하게 최근에 열린 파일 목록 맨 위에 있지 않았다. 그 위로 두 개의 파일이 더 있었는데 하나는 '사직서'였고, 또 하나는 '파리에서 베를린까지'라는 파일이었다. 톰은 당황하며 전날의 기억을 뒤졌다. 간밤에 고주망태가 된 상태로 예전 파일 두 개를 열어보고 기억을 못 하는 걸까? 어젯밤에 〈쇼생크 탈출〉 DVD를 보며 위스키 몇 잔을 마시기는 했지만 비교적 정신이 맑았다. 영화가 끝난 뒤에는 싱크대에 서서 남아 있던 민트 초코칩 아이스크림을 다 먹어 치우며 죄책감을 느꼈고, 그런 다음 곧바로 침대에 갔던 기억이 났다. 그런데 대체 누가 이 파일을 열었다는 말인가.

'사직서'가 뭔지 기억조차 나지 않아서 그 파일을 먼저 열었다. 내용을 보니 어렴풋이 기억이 났다. 몇 년 전에 쓴 것으로, 보낼 마음이 전혀 없이 장난으로 쓴 사직서였다.

데이턴 교수님께

본 서신은 제가 뉴에식스주립대학의 종신 교수직을 사임할 것을 공식적으로 통보드리기 위함이며 즉시 효력이 발생합니다.
그동안 일할 기회를 주셔서 감사합니다. 그로 인해 제가 치러야 했던 대가는 신경 쇠약, 발기 장애, 알코올 중독, 삶에 대한 의지 상실뿐이었습니다.
교수님 감독하에 종신 교수로 재직하는 동안 제게 넘치도록 베풀어주신 지도와 인내에 감사드립니다. 교수님이 아니었더라면 저는 인간이란 본디 선한 존재이며, 특히 대학 행정직이라는 변종도 마찬가지라는 견해를 유지했을 것입니다. 이제는 그것이 거짓이며 한 인간이 인류의 모든 끔찍한 특성을 구현할 수 있다는 사실을 압니다. 이 방귀쟁이에 압삽하고 치졸하며 줏대 없고 탐욕스럽고 유머 감각 제로에 안짱다리 닭대가리이며 우리가 살아가는 이 엿 같은 문명 말기에 등장한 최악의 세대를 대표하는 인간인 당신 말입니다.

진심을 담아,
톰 그레이브스

피식거리며 사직서를 한 번 더 읽은 톰은 다른 파일을 열었다. 그가 오래전에 쓰기 시작했던 소설이었다. 얼마 쓰지도 않은 터라 톰은 전부 다 읽었다.

### 파리에서 베를린까지
#### 단편 소설

#### T. E. 그레이브스

요동치며 여정을 시작한 기차가 이내 매끄럽게 달리자 창밖 풍경도 바뀌었다. 어수선하게 퍼져 나간 파리 외곽의 풍경이 순식간에 자취를 감추고, 대신 잿빛 하늘 아래 연달아 누런 들판과 그 위에 듬성듬성 흩어진 석조 농가들이 등장했다. 담배에 불을 붙이려던 닉은 자신이 하루에 반 갑만 피우자는 터무니없이 비현실적인 목표를 달성하려고 일부러 금연 칸을 택했다는 걸 깨달았다.

그래서 담배 대신 요즘 읽느라 애를 먹는 줄리언 반스의 책을 꺼내 억지로 펼쳤다. 그나마 책은 그 너머로 옆자리 승객을 볼 기회를 줬다. 프랑스인들은 매력적이라고 하지 않았나? 그 생각이 머리를 스칠 때 가까이 있던 문이 쉬익 소리를 내며 열리더니 키가 큰 여자가 들어왔다. 아마도 프랑스인일 테지만 확실히 매력적이면서 나이를 가늠할 수 없었다.

닉은 모든 정신력을 발휘해 그녀에게 자신의 맞은편 빈자리에 앉으라고 주문을 걸었고, 실제로 이뤄지자 믿을 수가 없었다. 그녀는 한쪽 발을 좌석 위로 올려 다른 쪽 다리 아래로 밀어 넣고 렌 데이턴의 《베를린 게임 Berlin game》 문고본을 꺼내 들었다. 닉이 좋아하는 책이었고, 이제 그는 이게 운명적 만남이라고 확신했다.

끔찍해 끔찍해 끔찍해 끔찍해 끔찍해 끔찍해 끔찍해 끔찍해 끔찍해 끔찍해

이게 전부였다. 형편없는 세 단락과 자신의 감상평. 한때 좋은 작가가 될 수 있을 거라고 생각했다는 사실에 혐오감이 들면서 뭔가가 마음에 걸렸는데 문득 그게 뭔지 깨달았다. 두 파일에 공통적으로 '데이턴'이라는 이름이 있었다. 그래서 이 파일들을 열어본 걸까?

톰은 서재에서 나와 제이슨의 닫힌 방문을 지나 아래층으로 내려갔다. 주방에서 웬디가 라디오로 NPR 방송을 들으며 감자를 깎고 있었다. "아주 이상한 질문이 있어."

"뭔데?"

"최근에 내 노트북에서 워드 파일 열어봤어?"

"아니."

"확실해?"

웬디는 톰이 멍청한 말을 했을 때만 짓는 특유의 얄미운 미소를 지었다. "당연히 확실하지. 왜 묻는데?"

톰은 두 개의 파일이 열린 흔적이 있으며, 두 파일의 유일한 공통점이 '데이턴'이라는 이름인 것 같다고 설명했다.

"어떻게 된 일인지 알 거 같아." 웬디가 말했다. "확실하지 않아서 당신한테는 말 안 했는데, 제이슨이 어제 내가 형사와 하는 얘기를 계단에서 엿들은 거 같아. 계단이 삐걱거리는 소리를 들었거든. 나중에 방에 가서 물어봤더니 제이슨이 수상쩍게 굴더라고."

"또 대답하기 전에 생각하는 척해?"

"응. 당신도 알다시피 그 애는 지금 탐정 소설에 빠져있잖아. 아마 당신이 알렉스를 죽였는지 알아내려고 조사했을 거야."

"맙소사. 적어도 내가 미쳐가는 건 아니네."

"비밀번호를 바꾸는 게 좋겠어."

"알겠어." 톰은 그렇게 말했지만 자신이 바꾸지 않으리라는 걸 알고 있었다. "칠면조구이 냄새가 좋네."

"응."

톰은 커피를 반 잔 더 따르러 갔다. 그가 커피를 따르는 동안 웬디가 말했다. "제이슨이 당신 노트북에서 뭔가 수상한 걸 발견하지는 않았겠지?"

"무슨 말이야?"

"모르겠어. 이제 제이슨은 열세 살이잖아."

"야한 동영상을 말하는 거야? 아님 내가 한창때 저지른 살인들을 전부 자백한 글이라도 있을까 걱정하는 거야?"

"알았어, 알았어. 당신을 짜증 나게 하려던 건 아니야. 다만 우리는 제이슨이 더는 어리지 않다는 사실을 명심해야 해. 그 애는 모든 걸 듣고 본다고."

다시 위층으로 올라간 톰은 제이슨이 노트북에서 또 뭘 봤을지 궁금했다. 그래서 크롬 브라우저를 열고 검색 기록을 살펴봤다. 당연히 최근에 '알렉스 데이턴'을 검색한 기록이 있었는데, 놀랍게도 '알렉산드라 프리치'를 검색한 기록도 있었다. 대체 제이슨이 저 이름을 어떻게 알았을까? 톰은 마치 누군가가 자신을 확 들어 올렸다가 내려놓은 것처럼 머리가 핑 돌았고, 숨을 들이쉬었다 내쉬며 진정하려 했다.

문득 어떤 생각이 떠올라 검색창에 '알렉스'라고 쳐봤다. 그 아래로 컨텍스트 자동 완성 목록이 떴다. 알렉스 데이턴이나 알렉산드라 프리치만이 아니라 '알렉산더 해밀턴'과 '알렉스 킹스턴', '알렉시스 블레델', 그리고 '알렉산더'라는 동네 피자집도 나왔다. 제이슨이 알렉스라는 이름을 검색창에 입력했다가 톰이 자주 검색하는 이름인 알렉산드라 프리치가 자동 완성 목록에 뜬 것이었다. 제이슨은 그 이름을 클릭해 함께 뜬 기사 하나를 읽은 듯했다. '러벅 애벌랜치 저널'에 실렸던 기사였다. 예전에 읽은 기사였지만 톰은 아들의 시각에서 다시 훑어봤다. 기사는 20년도 더 전에 알렉산드라 프리치라는 여대생이 칼에 찔려 죽은 미결 사건을 언급하며 시작했다가, 그 사건을 캐프록대학에 큰 파문을 일으켰던 스캔들과 연결했다. 당시 그 대학의 일부 여대생이 비공식적인 성매매 조직에 참가했다는 스캔들이었다.

 톰은 의자에 등을 기대며 한동안 생각에 잠겼다. 걱정할 일은 별로 없어 보였다. 어떻게 보면 가장 마음에 걸리는 건 그가 상사에게 쓴 바보 같은 사직서와 민망한 유럽 여행기를 제이슨이 읽었다는 사실이었다. 불과 몇 년 전만 해도 제이슨은 톰을 우상처럼 떠받들었고, 그의 직업과 유머 감각, 심지어 형편없는 테니스 실력에도 감탄했다. 톰처럼 늦가을까지 반바지에 셔츠, 스웨터를 입고 다니던 때도 있었다. 하지만 그런 시절은 끝났다. 제이슨이 톰과 같은 시선으로 그를 보게 되는 건 시간문제였다. 실패한 작가이자 체력은 바닥이고 술에 찌들었으며 아내에게 간신히 버림받지 않고 사는 남자. 자기 연민에 휩싸이자 톰은 자신이 한층 더 한심하게 느껴졌다. 그의 유일한 희망은 자신의 더 무거운 죄를 제이슨이 영영 모르는 것이었다. 웬디가 비밀번호를 바꾸라고 했던 말이 생각나서 톰은 바꾸기로 했다. 노트북을 산 이후로 한 번도 바꾸지 않았던 비밀번호를.

### iii

시부모님이 떠난 뒤에 (그분들은 늘 너무 일찍 오지만 또 늘 일찍 떠난다) 웬디는 설거지를 끝내고 잠시 혼자만의 시간을 가지러 자신의 서재에 들어갔다. 그곳에는 잠자도 있었다. 일주일 전 바닥에 신발 상자를 놔뒀는데 어느새 그 상자는 잠자가 낮잠을 즐겨 자는 곳이 돼버렸다. 웬디는 차마 그 상자를 버릴 수가 없었다.

그녀는 이메일을 확인하려고 컴퓨터에 로그인했다. 오빠가 추수감사절 만찬 사진을 찍어서 보냈다. 엄마는 특유의 미소를 띠고 있었는데 그 자리에 있는 게 마냥 즐겁지는 않다는 의미였다. 웬디는 곧 와이오밍주로 가는 비행기 티켓을 예약하자고 마음먹었다. 아마도 2월, 제이슨의 봄 방학 무렵이 될 것이다. 제이슨이 생각나자 그녀는 브라우저의 방문 기록을 보여주는 버튼을 클릭했다. 수상한 점은 없었다. 워드로 들어가 최근에 자기 말고 다른 사람이 열어본 파일이 있는지 살폈다. 마음의 준비를 했는데도 제이슨이 정말로 몇몇 문서를 열어봤다는 사실은 여전히 충격적이었다. 그중 두 개는 시였는데 둘 다 미완성 상태였다. 하나는 〈참새들의 살해〉였고 또 하나는 〈물이 너무 많다〉였다. 탐정 소년 제이슨이 두 파일을 고른 이유는 알렉스 데이턴의 익사를 조사 중이기 때문인 듯했다. 웬디는 제이슨이 뭘 읽었는지 확인하려고 다시 시를 훑어봤고, 아마 그 애에게는 이 시들이 무엇보다 지루했을 거라고 짐작했다. 〈참새들의 살해〉는 조류분류학이라는 학문을 코믹하게 파헤치는 내용이었고, 〈물이 너무 많다〉는 그녀가 열다섯 살에 겪었던 아버지의 죽음을 소재로 했지만 제이슨이 전혀 눈치채지 못할 정도로 은유적이었다.

    하지만 제이슨이 열어본 세 번째 문서는 약간 마음에 걸렸다. '돈 관련 자료'라는 제목의 이 파일에는 그녀가 1년 전에 정리해둔 자산과 계좌의 목록이 적혀있었다. 이 목록을 작성한 이유는 그들에게 돈이 얼마나 있고, 어디에 넣어뒀으며, 어떻게 찾는지 톰이 전혀 모르기 때문이었다. 웬디가 이 파일을 작성해 톰에게 보냈지만 그는 시큰둥했다. 가끔은 그게 톰의 타고난 결함인지, 아니면 그가 돈에 죄책감을 느끼기 때문인지 궁금했다. 어쨌든 톰은 돈 관리에는 관심이 없었다. 비록 엄청나게 많은 DVD를 수집하고, 매해 유럽으로 여행을 떠나고, 싱글몰트 위스키를 마시는 데는 돈을 펑펑 쓰면서. 웬디는 '돈 관련 자료' 파일을 열고 목록을 훑어봤다. 꽤 대충 만든 목록이었다. 계좌 번호도 적지 않고 그저 은행과 금융 기관 이름, 각각에 얼마씩 넣어뒀는지만 적혀있었다. 생각해보면 이상한 일이었다. 전남편의 신탁 기금을 물려받은 뒤로 꽤 많은 돈을 썼는데도 지금은 그 어느 때보다 재산이 많은 듯했다. 돈이 돈을 만들었다.

    제이슨은 이 숫자의 의미를 이해했을까? 아마 자기 아버지보다는 더 잘 이해했으리라. 꽤 많은 액수였는데 무엇보다 그녀가 신중하게 소비했기 때문이다. 그녀와 톰은 기본적으로 학자였다. 따라서 둘 다 이탈리아산 스포츠카를 몰거나 명품 옷을 입고 싶어 하지 않았다. 그들은 바닷가 집이 있었고, 세계 곳곳을 여행했으며, 여러 자선 단체에 거액을 기부했다. 이 지역에서 뉴에식스 아트 시네마와 마더 헨 고양이 구조대가 운영될 수 있었던 것도 아마 그들의 기부금 덕분이었으리라. 무엇보다 웬디는 엄마가 여생을 돈 걱정 없이 살게 해줄 수 있었다. 오빠도 마찬가지였다. 비록 오빠는 조카들과 관련된 일이 아니면 그녀의 돈을 받기 꺼렸지만(웬디는 조카들의 스포츠 클럽 회비를 내줬고, 그들의 대학 등록금 펀드에도 돈을 보탰다).

오랜 세월이 흐른 지금까지도 언제든 돈을 쓸 수 있다는 사실은 그녀에게 마음의 짐을 크게 덜어줬다. 어릴 때 부모님은 가정 형편이 얼마나 어려운지 숨기려 했지만 그녀와 오빠는 그들이 가난하다는 걸 알았다. 웬디에게는 어릴 때부터 지금까지 지속되는 습관이 있었는데 아침마다 침대에 누워 걱정거리를 세어보고 빨리 걱정한 다음 오늘 하루는 그만 생각하자고 다짐하는 것이었다. 당시 그녀의 가장 큰 걱정은 아빠, 그리고 아빠가 술에 너무 취하면 무슨 짓을 할지 모른다는 것이었고, 두 번째로는 언제 돈이 다 떨어질지, 그렇게 되면 어떻게 될지 하는 것이었다. 웬디는 그 불안감을 평생 떨치지 못했고, 아마 은행에 돈이 얼마나 있는지 목록을 만든 진짜 이유도 그 때문이었으리라. 평생 돈 걱정이라고는 해본 적 없는 톰 같은 사람은(비록 비디오 가게 점원으로 일했던 궁핍한 시절을 즐겨 말하고는 했지만) 돈이 별로 중요치 않다고 말하는 부류였다. 하지만 웬디는 돈이 얼마나 중요한지 알았다. 물건을 사기 위해서가 아니라 세상의 위협으로부터 나와 가족의 안전을 확실히 지키기 위해서였다.

'돈 관련 자료' 파일을 삭제하고 컴퓨터 비밀번호까지 바꾼 뒤에 웬디는 컴퓨터를 끄고 톰과 제이슨이 뭘 하는지 보러 갔다. 둘은 TV

룸의 소파 양 끝에 앉아 멍한 눈으로(톰은 술을 마셔서, 제이슨은 할머니가 가져다준 피칸파이를 먹고) 텔레비전을 보고 있었다. 웬디는 둘 사이에 앉았다. 화면에서는 사파리 복장을 한 로저 무어가 정글 속 은신처 같은 곳에 있었다.

"'007' 시리즈 몰아 보는 중이야." 톰이 말했다.

하루 종일 요리하고 손님을 맞이하느라 갑자기 피곤해진 웬디는 잠시 영화를 보려고 소파에 누웠다. 머리는 톰의 무릎에, 두 발은 아들의 무릎에 올린 채.

# 2013년

7월

i

"죽었대." 톰이 말했다.

"누가?"

"알렉스."

웬디는 톰을 보려고 컴퓨터에서 얼굴을 돌렸다. 톰은 그녀의 서재 문간에 서있었다. 5분 전에도 그 자리에 서서 자신의 미국 문학 강의 계획서가 퇴짜 맞은 일을 얘기하다가 전화벨이 울려서 받으러 간 터였다. 틀림없이 알렉스가 강의 계획서를 왜 거절했는지 설명하려고 전화했을 거라면서. 하지만 톰은 셔츠를 바지 안에 집어넣은 채 같은 자리로 돌아와 웬디에게 알렉스가 죽었다고 말했다. 그는 충격을 받은 듯했고 어지러워 보이기까지 했다.

"잠깐만, 뭐라고? 알렉스 데이턴?"

"나도 안 믿겨. 우리는 방금 알렉스 얘기를 하던 중이었잖아. 근데 알렉스가 수영하다가 익사했대. 오늘 아침에. 린다가 전화로 그러더라고."

"맙소사." 웬디는 자리에서 일어나 남편에게 다가갔다. "알렉스가 익사?"

"그렇대. 나는… 나도 지금 내가 어떤 심정인지 모르겠어. 당신도 알다시피 나는 그 개자식을 싫어했지만 그래도 평생 볼 줄 알았거든."

"당연하지. 당연해."

"나는 도저히…." 톰은 손가락을 입으로 가져가 입술을 톡톡 두드렸다. 1년 전 드디어 담배를 끊은 뒤로 생긴 습관이었다.

"린다가 또 뭐래? 언제 죽었대? 어떻게 알았대?"

"음, 그냥 이렇게 말했어. '톰, 충격적인 소식이 있어요.' 순간적으로 내가 무슨 생각을 한 줄 알아? 내가 해고된 줄 알았어. 물론 말도 안 되지. 나는 종신 교수라서 해고될 수가 없으니까. 하지만 알렉스가 어떻게든 나를 해고시킨 줄 알았어. 그런데 린다가 알렉스가 죽었다는 거야. 그래서 '우리가 아는 알렉스요?'라고 대답한 거 같아. 이상한 말이지. 그래, 그 알렉스 말고 달리 누구겠어?"

"익사했다고?"

"응. 알렉스가 매일 아침 블러드 스톤 채석장에서 수영하는 거 알지?"

"입만 열면 그 얘기였잖아."

"그랬지." 톰은 미소를 지었고, 그러자 온몸의 긴장이 풀리는 듯했다. 어깨가 내려가고 손이 자연스럽게 몸 양옆으로 떨어졌다.

"누가 발견했대?"

"모르겠어. 물어볼 생각도 못 했어. 린다 말로는 그냥 채석장 수영터*에서 시신으로 발견됐다고….”

"누가 죽었어?" 제이슨이 한 손에 만화책을 든 채 서재로 어슬렁어슬렁 들어왔다.

"알렉스 아저씨." 톰이 말했다.

제이슨은 입을 다문 채 양 입꼬리를 내리며 묘한 표정을 지었다. "그래서… 아빠는 행복해?"

"아니, 행복하지 않아, 제이슨. 아저씨가 죽었다니까."

제이슨은 한 손을 들며 말했다. "미안. 나는… 아빠가 그 아저씨를 좋아하지 않는 거 같아서. 안 그래, 엄마?"

"나는 빼줘." 비록 아들의 말이 일리 있다고 생각했지만 웬디는 그렇게 말했다.

"알렉스를 좋아하지 않았다고 해서 아저씨가 죽은 게 기쁘다는 뜻은 아니야, 제이슨."

"응, 응, 알지." 제이슨이 들고 온 너덜너덜한 책은 《티베트에 간 땡땡》으로 그가 가장 좋아하는 만화책이었다. 마치 그녀에게 뭔가를 보여주려고 서재에 왔다는 듯 제이슨은 책 사이에 손가락을 끼워 넣고 있었다. 아마 마음에 드는 삽화나 재밌다고 생각한 대사이리라. 열세 살이 된 제이슨은 이제 막 사춘기에 접어들었는데도 갑자기 어릴 때 좋아했던 만화책을 전부 다시 읽기 시작했다. 이상한 퇴행이었다.

"린다가 학교 사람들에게 전부 연락했대?"

---

* 채굴이 끝나고 방치된 채석장에 지하수가 스며들거나 강우와 눈이 쌓이면서 호수처럼 물이 고인 곳을 말한다.

"그렇게 말했어."

"마샤에게 전화하는 게 좋겠어."

"그래야겠지?"

"아저씨는 어떻게 죽었어?" 제이슨이 물었다.

"익사했대."

"정말? 어디서?"

"자세히는 모르는데 너 채석장 알지?"

"어떤 채석장?"

"블러드 스톤. 예전에 저스틴 아줌마랑 그 집 애들이랑 거기 수영터에 함께 간 적이 있잖아. 기억하니?"

"그때 제이슨은 다섯 살이었어." 웬디가 말했다.

"기억나." 제이슨이 말했다. "거기 밑바닥에 가라앉은 자동차가 있어."

"그건 모르지만…."

"아니, 확실해. 티미가 봤다고 했어. 예전에 스노클링 장비를 착용하고 밑바닥까지 내려갔는데 거기서 봤다고 했어."

"그래. 어쨌든 알렉스 아저씨가 매일 아침 거기서 수영을 했는데 익사한 거 같구나."

"어쩌다?"

"모르겠다. 아빠도 방금 들어서. 제이슨, 그만…."

"그럼 아빠가 아저씨 자리를 차지하는 거야?"

"맙소사, 그 생각은 미처 못 했네. 모르겠다. 그럴 수도 있지. 아닐 수도 있고."

"여기는 왜 온 거니, 제이슨?" 웬디가 말했다.

"아, 엄마에게 뭘 보여주려고 했는데 이제는 상관없어."

톰은 제이슨이 든 책을 보고 이렇게 말했다. "너도 이제 그걸 읽을 나이는 아니지 않니?"

제이슨은 어깨를 으쓱했다. "고전을 읽는 건 나이와 상관없어, 아빠."

웬디는 필요 이상으로 크게, 그리고 길게 웃었다.

"당신 괜찮아?" 톰이 물었다.

"응, 괜찮아. 알렉스 일로 약간 충격받은 거 같아. 당신 말대로 우리는 알렉스를 싫어했어. 하지만 그렇다고 그가 우리 삶에서 큰 부분을 차지했다는 걸 부인할 수는 없지. 알렉스가 죽었다고 생각하니까 이상해."

"맞아. 나는 마샤에게 전화할게. 아직까지 연락이 없다는 게 놀라워." 톰이 말했다.

톰이 자리를 뜨자 제이슨은 서재에 남아 만화책을 읽어도 되냐고 물었다. 웬디가 그러라고 했고, 제이슨은 러그로 몸을 던지더니 손가락을 끼워둔 페이지를 펼쳤다. 웬디는 다시 컴퓨터로 몸을 돌리고 알렉스의 사망과 관련해 인터넷에 올라온 뉴스가 있는지 빠르게 검색했다. 당연히 없었다. 오늘 아침에 그의 시신이 막 발견됐으니 없는 게 당연했다. 그래도 웬디는 위키피디아에 있는 그의 항목을 읽었다. 그의 이름이 위키피디아에 있다는 사실 자체가 놀라웠다. 비록 알렉스가 1980년대에 호평받은 소설을 두 편이나 썼고, 그중 하나는 블라이드 대너가 주연한 텔레비전 영화로 제작됐다는 사실을 알고 있었음에도. 웬디는 오래전 뉴에식스로 이사한 직후에 그 소설을 읽은 적이 있었다. 여름 방학 동안 메인주 해변의 조선소에서 일하게 된 대학생이 그 마을의 젊은 과부와 사귀면서 성에 눈을 뜬다는 내용의 진부한 싸구려 소설이었다. 겨우 100페이지쯤 읽다가 쓰레기통에 집어 던지고 싶었지만 도서관에서 빌려 온 책이라서 참았다. 그 책에서 제일 거슬렸던 건 어느 모로 보나 알렉스가 투영된 주인공이 순수하고 감수성이 풍부한 청년으로 그려졌다는 점이었다. 현실에서 알렉스가 한때 순수했을 수는 있어도 감성적이었을 가능성은 전혀 없었다.

휴대폰이 울리며 액정에 재닛 브로디라는 이름이 떴다. 이미 알렉스 소식을 듣고 전화한 게 틀림없었다. 웬디는 휴대폰의 폴더를 열며 말했다. "안녕, 재닛."

"소식 들었어?"

"알렉스 소식? 응, 방금 톰이 린다에게 전화를 받았어. 언제 들었어?"

"린다가 내게도 전화했어. 20분쯤 전에." 재닛은 시간 강사였지만 웬디는 아주 오래전에 들었던 시 워크숍에서 그녀를 만나 알게 됐다. "기분이 어때?"

"알렉스가 죽은 소감이 어떠냐고? 내가 알렉스를 좋아하지 않았다는 거 너도 알잖아. 모르는 사람이 없지. 하지만 그렇다고 깨춤을 추지는 않아." 만화책을 읽던 제이슨은 '깨춤'이라는 단어에 고개를 들어 그녀를 바라봤다.

"태미는 어떤 심정인지 모르겠네."

"그 여자야말로 진짜 깨춤을 추고 있을지도 모르지."

"알리바이는 있겠지?"

웬디는 웃음을 터뜨렸다가 얼른 그쳤다. "그 여자 속마음을 누가 알겠어. 어쩌면 정말로 사랑했는지도 모르지." 태미는 알렉스의 세 번째 부인으로 그의 나이보다 절반 정도 어렸다. 둘을 아는 사람들 말에 따르면 둘이 한집에서 살기는 해도 사실상 별거 상태라고 했다.

"세상에는 별일이 다 있으니까." 재닛이 말했다.

"저기, 그만 끊어야겠다. 나중에 통화해도 될까?" 이제 제이슨은 다시 만화책을 읽고 있었지만 웬디는 그 애가 이 대화를 한 마디도 놓치지 않으리라는 걸 알고 있었다.

"물론이지."

웬디는 전화를 닫고 잠시 책상 앞에 앉아있었다. 약하게 돌아가던 선풍기 바람 때문에 눈에 뭔가가 들어가 눈을 비볐다. 제이슨이 페이지를 넘기며 말했다. "근데 수영할 줄 아는 사람이 물에 빠져 죽을 수가 있어?"

"아." 웬디는 아들에게 몸을 돌렸다. "여러 이유가 있을 수 있지. 발에 쥐가 났을 수도 있고, 심장 마비나 뇌졸중이 일어났을 수도 있고. 아저씨는 나이가 꽤 많잖니."

"몇 살이었어?"

"70대 초반이었을 거야. 예전에 한번 물어본 적이 있는데 안 알려 주더라. 괜한 허영심이었겠지."

제이슨은 다시 만화책에 집중했다. 웬디는 어느새 제이슨의 질문을 곱씹고 있었다. 수영할 줄 아는데도 익사하는 경우에 대해서. 그리고 감정을 분리하는 자신의 능력에 순간적으로 감탄했다. 그녀는 어릴 때부터 그렇게 분리해서 생각하는 데 능숙했다. 삶의 다양한 사건을 각기 다른 칸에 담아 따로따로 보관하는 것이다. 그것들은 서로 다른 영역인 셈이었다. 그녀와 톰의 여러 차이점 중 하나이기도 했다. 톰은 인생에서 벌어진 모든 일이 다른 일과 연관돼 하나의 거대한 벽화를 이룬다고 생각했다. 웬디는 아들을 보며 제이슨은 자신을 닮았을지 아니면 톰을 닮았을지 궁금해했다. 적어도 지금은 그녀를 더 닮은 듯했다. 만화책에 완전히 몰두한 상태에서 알렉스의 죽음에 관해 묻는 걸 보니 말이다. 제이슨이 보는 페이지가 그녀의 눈에 들어왔다. 작은 네모 칸은 대부분 눈으로 채워져있었다. '저것도 흰 칸이네.' 그렇게 생각한 웬디는 작년 크리스마스에 그들 부부가 제이슨에게 '땡땡의 모험' 시리즈의 작가 에르제의 전기를 선물한 일이 기억났다. 제이슨은 하루 만에 그 책을 다 읽고 웬디에게 내용을 전부 다 말해줬다. 그때 에르제가 《티베트로 간 땡땡》을 그린 이유가 눈과 빈 공간이 등장하는 죽음의 꿈을 끊임없이 꿨기 때문이라는 얘기를 들었다.

　2층 세탁실에서 울리는 건조기 알림 소리에 그녀는 몽상에서 깨어났다. 그러고는 짧게 "아"라고 중얼거리며 자리에서 벌떡 일어나 위층으로 올라갔다. 톰은 빨래를 넣고 빼는 걸 도와주기는커녕 세탁기와 건조기의 알림 소리는 아예 듣지도 못했다. 그래도 톰보다 먼저 세탁실에 도착하고 싶었다. 계단을 다 올라갔다가 하마터면 잠자에 발이 걸려 넘어질 뻔했다. 잠자도 알림 소리를 듣고 근처를 어슬렁거린 게 분명했다. 깨끗한 빨래 더미 위에 드러누워 그녀가 빨래를 개키는 걸 방해할 속셈으로.

　웬디는 건조기 문을 획 열었다. 따뜻하게 뭉친 빨래 더미를 꺼내 침실로 가져간 뒤 정돈된 침대에 내려놨다. 잠자가 침대로 훌쩍 뛰어올라 세탁물 냄새를 맡으려고 했으나 웬디는 잠자를 안아 올려 다시 바닥에 내려놨다. 이번 세탁물은 대부분 톰과 제이슨의 속옷이었지만, 그녀는 정리하기 전에 얼른 자신의 빨래 몇 개를 끄집어냈다. 사실 오늘 아침에 세탁기를 돌린 이유도 이 빨래 때문이었다. 먼저 아무런 무늬도 없는 흰색 비치 타월을 세탁기와 건조기 맞은편 서랍에 다시 넣었다. 그리고 말리려고 따로 널어뒀던 자신의 검은색 원피스 수영복은 아침에 꺼냈던 서랍에 다시 넣었다.

## ii

그날 오후에 뭘 해야 할지 몰라서 톰은 린다를 직접 만나 얘기하려고 대학으로 차를 몰았다. 영문학과 건물은 캠퍼스 외곽에 있는 오래된 빅토리아풍 저택이었다. 대부분의 세미나와 소규모 수업이 이 건물에서 진행됐는데, 이곳의 강의실은 천장이 높고, 라디에이터는 시끄러웠으며, 창문으로 찬바람이 들어왔다. 톰은 건물 앞 도로에 주차했다. 마샤 레버의 녹슨 볼보도 거기 주차된 걸 보고 놀라지 않았다.

건물 뒤쪽 사무실로 이어지는 삐걱거리는 복도를 걸어가는 동안 마샤와 린다가 얘기하는 소리가 들렸다. "톰." 그가 린다의 사무실에 들어서자마자 마샤가 그렇게 말하더니 자리에서 일어나 그를 어색하게 껴안았다.

"아직도 믿기지가 않아요." 톰이 말했다.

영문학과에서 가장 오래 재직한 린다가 말했다. "아마 심장에 문제가 있었을 거예요. 알렉스의 식습관이 어땠는지 당신들도 알잖아요."

"왠지 알렉스는 영원히 죽지 않을 거 같았어요. 그런 타입 있잖아요." 마샤가 말했다.

"너무 못돼서 안 죽을 줄 알았어요." 톰은 그렇게 말했다가 바로 후회했다. "맙소사, 미안합니다. 너무 경솔했네요."

"우리는 친구 사이니까 괜찮아요." 마샤가 말했다. "우리가 특별히 알렉스를 좋아했던 척할 필요는 없죠. 하지만 그래도 충격은 충격이네요."

책상에 있던 전화가 울리자 린다는 전화를 받았다. 상대가 누구인지는 몰라도 소문이 사실이라고 말했다.

"잠깐 내 사무실로 가요." 마샤가 자리에서 일어났다.

톰은 그녀를 따라 티끌 한 점 없이 깨끗한 사무실로 가서 책상 맞은편에 놓인 푹신한 의자에 앉았다. "아직 7월이기는 하지만," 텅 빈 책상을 손가락으로 훑으며 마샤가 말했다. "월말이고 새 학기까지 한 달 조금 넘게 남았어요."

"압니다. 나도 이미 생각했어요."

"이번 학기에 알렉스가 두 과목을 맡았죠."

"늘 그렇듯이요."

"네. 알렉스는 셰익스피어와 동시대 작가들을 주제로 한 토론 수업을 개설했어요. 신청자가 둘뿐이니 그 수업은 쉽게 취소할 수 있을 거예요. 하지만 또 다른 수업인 개론 강의는 대신할 사람이 필요해요."

"학과장도 새로 뽑아야 하고요." 톰이 말했다.

"네. 아마 당신이 그 자리에 지원하겠죠?"

"아직 거기까지는 생각 못 했지만 아마 그럴 겁니다. 당신은요?"

마샤는 잠시 생각에 잠겼고, 톰은 그녀가 진지하게 생각하는 척 하는 게 아니라 정말로 고민한다는 걸 알았다. 또한 만약 마샤가 학과장을 하겠다고 한다면, 오로지 학과를 더 잘 운영하기 위해서지 개인적인 야망 때문이 아니라는 사실도. "아마도요." 마침내 마샤가 입을 열었다. "하지만 당신이 정말로 하고 싶다면…."

"맙소사. 아뇨, 마샤. 게다가 우리 우정이 그 정도 경쟁으로 흔들리지는 않을 겁니다. 안 그래요?"

"맞아요." 마샤는 안도하는 듯했다.

둘이 다시 린다의 사무실로 갔을 때, 린다는 여전히 통화 중이었다. 그녀가 전화를 끊자 마샤는 함께 바에 가서 한잔하겠냐고 물었다. 예상대로 린다는 거절했다. 톰과 마샤는 인적 없는 캠퍼스를 가로질러 술집으로 향했다. 올여름은 비가 내리지 않아 캠퍼스 잔디가 누렇게 시들었다. 둘은 말없이 걸었고, 톰은 정말로 자신이 차기 학과장 자리에 지원하고 싶은지 생각했다. 마샤 아니면 그가 될 터였다. 그건 틀림없었다. 돈이 더 오래 재직하기는 했지만 학과장 자리에는 관심이 없다는 걸 누누이 밝혀왔다.

술집에 도착하자 그들은 각자 입스위치 에일을 주문했고, 알렉스를 위해 건배했다.

"우리 알렉스에 대해 좋은 말을 해볼까요?" 마샤가 말했다.

"좋아요. 내가 먼저 시작하죠. 아내를 고르는 눈은 꽤 좋았어요."

"동의해요. 늘 분에 넘치는 여자들과 결혼했죠."

둘은 맥주를 마셨고, 이번에는 마샤가 말했다. "본인이 관심 있는 과목을 가르칠 때는 훌륭한 선생이었어요."

"맞아요."

"하지만 학과장으로서는 빵점이었죠."

"그것도 맞아요."

바텐더 미지가 둘 사이에 땅콩 그릇을 놨고, 한동안 둘은 말없이 땅콩을 까먹었다. 바닥에 땅콩 껍질을 버리면서. 그게 이 술집의 전통이었다.

각자 맥주를 두 잔씩 마신 후에 둘은 환한 햇살이 내리쬐는 밖으로 다시 나왔다. 톰은 잠시 방향 감각을 상실했고 살짝 취기가 돌았다. 영문학과 건물 쪽으로 걸어가다가 마샤는 할 일이 있다며 사무실로 향했다. 톰은 다시 차로 돌아가 푹푹 찌는 차 안에 잠시 앉아있었다. 헤어라인을 따라 땀이 슬그머니 흘러내렸다. 톰은 이제 어디에 갈지 생각했다. 위험한 행동이라는 건 알지만 알렉스의 부인, 태미가 너무 보고 싶었다. 그렇다고 전화 먼저 하고 싶지는 않았다. 태미에게 전화하는 건 수상해 보일 수 있었다. 하지만 남편을 잃은 아내가 괜찮은지 확인차 잠깐 들르는 건 그다지 이상해 보이지 않으리라.

알렉스와 태미 부부가 사는 집은 강 건너 웨스트 에식스에 있었다. 외벽을 널로 마감하고 케이프 코드 양식으로 지은 수수한 집이었는데, 바위투성이 해변의 한쪽 구역과 가까운 거리였다. 톰은 지난 1년 동안 알렉스가 차고 위 별채에서 지내고, 태미 혼자 집에서 지냈다는 사실을 알고 있었다. 집 앞에 차 여러 대가 주차됐을 줄 알았는데 의외로 진입로에는 태미의 BMW만 있었다. 알렉스의 머스탱은 아직 채석장 근처에 주차돼있으리라. 자신이 빈손이라는 걸 깨닫고 민망해진 톰은 음식이나 하다못해 꽃이라도 가져올걸 그랬다고 후회하며 돌길을 따라 현관으로 걸어갔다. 톰이 오는 걸 봤는지 태미는 그가 노크를 하기도 전에 문을 열어줬다. 놀랍게도 울다가 나온 얼굴이었다.

"태미." 톰은 그렇게 말했고, 태미가 밖으로 나와 그를 껴안았다.

그들이 부엌으로 가자 태미가 말했다. "내가 왜 우는지 잘 모르겠지만 눈물이 멈추지 않아요."

"알렉스는 당신 남편이었으니까요."

"그 호칭이 얼마나 의미 없는지 당신이나 나나 알잖아요."

태미는 뉴에식스대학교의 미대 대학원생이었을 때 처음 알렉스를 만났다. 톰이 알기로 그녀는 여전히 도자기를 만들었지만 2년 전에 공인 중개사 자격증을 따더니 취업한 지 얼마 안 돼 회사에서 제일 잘나가는 중개사가 됐다. 깡마른 몸에 검은 생머리를 기른 태미는 전형적인 공인 중개사라기보다 예술가처럼 보였지만 사교적인 성격에 인기가 많았다. 그런 그녀가 왜 알렉스와 결혼했는지 아무도 이해하지 못했다.

"당신이 혼자 있을 줄 몰랐어요." 톰은 그렇게 말하고 태미에게 커피를 건네받았다. 비록 커피보다 맥주가 더 당겼지만.

"동생이 올버니에서 오고 있어요. 하지만 무엇보다도 내가 사람들을 계속 돌려보내고 있죠. 재닛도 캐서롤을 갖고 들렀어요. 내가 캐서롤이 알렉스와 같은 온도라고 농담했죠. 아직 따뜻하더라고요."

"맙소사. 재닛이 뭐래요?"

"어리둥절해했어요. 그러더니 아마 알렉스는 차가운 물에서 익사했으니 차가울 거라고 하더군요."

"어이쿠."

"그러게 말이에요. 그래서 그냥 재닛을 쫓아버렸어요. 물론 경찰도 다녀갔고요. 시신을 보여줄 줄 알았는데 나를 경찰서로 데려가더니 검시용 침대에 누운 알렉스의 얼굴 사진만 보여주더군요. 틀림없는 알렉스였어요. 그때부터 눈물이 나더라고요. 알렉스의 목소리를 다시는 들을 수 없다고 생각하니까 그냥 너무 이상했어요. 계속 그 생각만 났어요. 경찰은 나를 다시 집으로 데려다줬고, 새벽 여섯 시에 어디 있었냐고 묻더군요."

"정말요?"

"네, 당연히 물어야죠. 경찰에는 이미 알렉스가 차고 위 별채에서 따로 살았고, 우리는 엄밀히 말해서 부부가 아니었다는 말도 했어요."

"그래서 새벽 여섯 시에 어디에 있었나요?"

"자고 있었죠, 당연히. 혼자 침대에서요."

"그렇군요."

"그러는 당신은 새벽 여섯 시에 어디 있었나요?" 태미가 입꼬리를 들어 묘한 미소를 지으며 물었다. 마치 농담처럼 보이려고 애쓰는 듯이.

"당신 남편과 수영을 하지는 않았어요. 집에서 웬디와 침대에 있었죠. 알렉스의 죽음에 수상한 점이 있다고 생각해요?"

"나도 경찰에게 그렇게 물어봤어요. 그랬더니 자기들은 그저 절차대로 할 뿐이라더군요. 나도 그 말을 믿어요. 알렉스는 그 나이에 혼자 수영해서는 안 됐어요. 그래도 익사했다는 건 여전히 놀라워요. 아마 수영하는 동안 뇌졸중 같은 게 오지 않았을까 싶어요."

"검시할 건가요?"

"궁금해서 묻는 거예요?"

"아마도요."

"아마 할 거예요. 나도 정확한 사인을 알고 싶어요. 달라질 건 없다고 해도요. 죽은 건 죽은 거니까. 그렇죠?"

"네. 죽은 건 죽은 거죠."

둘은 한동안 말없이 앉아있었다. 그러다 태미가 말했다. "당신이 여기 온 거 웬디도 아나요?"

"이따 말할 겁니다. 아마도. 당신이 괜찮은지 보러 오는 게 잘못된 일은 아니죠. 학교에 들러서 마샤 레버와 술 한잔하고 오는 길입니다."

"어디서 마셨어요? 바?"

"네. 알렉스를 위해 건배까지 했죠."

"맙소사." 태미는 또 울 것 같은 표정이었다.

톰은 자리에서 일어나 그녀에게 다가가 꼭 껴안았다. 그의 품 안에 들어온 태미의 몸이 믿을 수 없이 가냘팠다. 머리카락에서는 코코넛 샴푸 냄새가 났다.

"남편을 잃고 슬퍼하는 여자에게 추근대는 거 아니죠?" 그에게서 몸을 떼며 태미가 말했다.

대꾸할 농담 몇 개가 머리를 스쳤지만 톰은 그냥 이렇게 말했다. "아뇨, 나는 친구에게 그런 짓 안 합니다."

태미가 그를 보며 웃었고, 이제는 두 눈에서 눈물이 흘렀다. 사실 톰과 태미는 5년 전에 한 번 잔 적이 있었다. 그녀가 알렉스와 결혼한 지 2년째 되던 해였다. 둘은 평일 오후에 YMCA에서 우연히 마주쳤고, 태미는 커피나 마시자며 톰을 집으로 초대했다. 해가 빨리 지고 무자비하게 추운 1월이었다. 웬디는 출근했고, 알렉스는 무슨 문학 세미나 참석차 포르투갈에 출장을 가있었다. 그들은 커피는 생략하고 외풍이 들어오는 창문과 삐걱거리는 침대가 있는 손님방으로 곧장 갔다. 거기서 태미와 처음이자 마지막 섹스를 했는데 어딘가 어긋난 듯한 그 10분간의 섹스가 적어도 톰에게는 서로 아주 다른 멜로디에 맞춰 춤을 추는 듯한 느낌이었다. 섹스가 끝난 후 허탈한 감정에 사로잡혔고, 자리를 박차고 뛰어나가고 싶은 걸 꾹 참았다.

그때 태미가 "우리는 진짜 안 맞네요" 비슷한 말을 했고, 둘 다 웃음을 터뜨렸다. 그 순간의 민망함을 감추기 위해서이기도 했지만 정말로 웃겨서 함께 웃은 것이기도 했다. 둘은 한 시간 넘게 침대에 누워 왜 이런 일이 벌어졌는지 얘기했다. 태미는 알렉스와의 결혼이 자신의 인생에서 가장 어리석은 결정이었다고 결론 내리자마자 바람을 피우기로 결심했다고 했다. 결혼 생활을 끝내기로 한 기념으로. 그러자 톰은 웬디와의 결혼에 대해 얘기했다. "나는 바람을 피우기는 해도 마음 깊은 곳에서는 아직 웬디를 사랑해요. 웬디는 결혼 생활에 충실하지만 나를 딱히 좋아하지는 않죠." 톰은 그렇게 말하는 자신에게 놀랐다. 지금까지 그렇게 생각한 적이 없었기 때문이다.

"그럼 왜 바람을 피우죠?" 태미가 물었다.

"외로워서겠죠."

"당신과 웬디는…. 나는 당신 부부와 많은 시간을 보내지는 않았지만… 두 사람은 정말 잘 맞는 거 같았는데."

"말은 잘 통할 겁니다. 하지만 말하지 않을 때는 아내의 속마음을 통 모르겠어요. 그래서 뭔가가 해결되기를 바라며 다른 여자와 사랑에 빠지지만 결국 자괴감만 더 커지죠. 웬디에 대한 사랑도요."

"이 문제에 대해 꽤 고민했군요."

그날 오후 함께 잔 후로 그들은 속내를 털어놓는 친구가 됐고, 마치 불륜이라도 되는 듯이 남몰래 우정을 이어갔다. 베벌리에 있는 인도 레스토랑에서 만나 서로 비밀을 털어놨고, 그저 함께 있고 싶어서 같은 시간에 헬스장을 이용했다. 때로는 연인들처럼 자신들이 처음 만난 얘기며 첫 섹스가 너무 별로여서 억지로 친구가 된 얘기를 반복하기도 했다.

"어서 웬디에게 가봐요." 주방에서 포옹한 후에 태미가 말했다. 그녀의 휴대폰이 울렸지만 태미는 받으려고 하지 않았다.

현관에서 톰이 말했다. "그들이 내게도 찾아와서 물어볼까요?"

"누가요?"

"경찰이요."

태미는 천장을 바라보며 잠시 생각했다. "우리가 만난다는 걸 사람들도 알고 있어요. 분명 불륜이라고 의심하겠죠. 경찰이 어떻게 나올지 누가 알겠어요. 하지만 당신 말대로…."

"내게는 확실한 알리바이가 있죠."

"아직도 부인이랑 함께 자요?"

"한 침대에서 자냐고요?"

"네."

"네, 한 침대에서 자요." 쨍하게 맑은 하늘 아래에서 자신의 차로 돌아가던 톰의 머릿속에서는 다시는 태미를 못 볼 거라는 생각이 자꾸 맴돌았다. 적어도 그녀와 단둘이 만나지는 못할 것이다. 지난 5년간 그들이 쌓아온 관계가 뭐였든 간에 이제 막 끝났다.

톰은 초조하고 우울한 상태로 집에 도착했다. 술이 몹시 당겼다. 웬디가 어디에 다녀왔냐고 캐물을 줄 알았는데 의외로 다정하게 굴었다. 심지어 그와 함께 진토닉을 마시기까지 했다. 그는 경찰이 현관문을 두드리기를, 알렉스가 죽던 날 새벽에 어디에 있었냐고 묻기를 기다렸지만 아무도 오지 않았다.

이틀 후 여전히 경찰을 기다리던 차에 린다에게서 알렉스 데이턴의 죽음이 사고사로 처리되고 있다는 말을 들었다. 부검이 예정돼 있었지만 초기 조서에는 그가 익사했다는 쪽에 무게가 실렸다. '보스턴 글로브'에 이 사건을 다룬 기사가 대대적으로 실렸으나 주로 보스턴 북쪽에서 수영할 수 있는 다양한 장소와 그곳의 위험성에 초점을 맞췄다.

톰이 기억하는 한 가장 극심한 폭염이 지속됐던 7월에서 8월로 접어들면서 그는 점점 우울해졌다. 생전에 그를 괴롭히던 알렉스가 죽었으니 상황이 좋아져야 했으나 현실은 그렇지 않았다. 새벽녘에 물에서 허우적거리는 알렉스의 모습이 그의 머릿속을 떠나지 않았고, 톰은 그 일을 웬디에게 말하려다가 마음을 바꿨다. 그가 과거에 연연한다고 생각할 게 뻔했다. 그래도 어느 날 저녁 포치에서 저녁 식사를 하며 톰은 웬디에게 알렉스에 대한 감정을 조금 털어놓으려 했다. 하지만 웬디는 이렇게만 말했다. "알렉스랑 지내는 게 얼마나 힘들었는지 생각해봐. 나는 1년 내내 그 말만 들었다고. '알렉스가 이랬어, 알렉스가 저랬어. 알렉스는 절대 은퇴하지 않을 거야. 나는 절대 학과장이 되지 못할 거야.'"

"이제는 학과장이 되고 싶은지도 모르겠어." 톰이 말했다.

"갑자기 왜 싫다는 거야?" 웬디가 유리잔을 커피 테이블에 거칠게 내려놓자 탄산수가 흘러넘쳤다. "지난 2년 동안 그 얘기만 했잖아."

"모르겠어." 톰이 아내를 똑바로 바라보지 않으려 애쓰며 말했다. 웬디가 어떤 표정을 짓고 있을지 알았다. 그가 마음속으로 독일의 여배우 '마를레네 디트리히 눈빛'이라고 이름 붙인 냉정한 눈빛으로 노려보고 있을 터였다. "나보다는 마샤가 더 자격이 있지."

"이 일이 '자격'하고 무슨 상관이야? 미안해. 이기적인 말인 거 아는데 당신은 누구보다 학교에 오래 있었어."

"돈이 더 오래 있었지."

"돈은 빼야지. 그 사람은 오로지 가르치는 일에만 관심이 있잖아. 원래 그랬다고. 저기, 당신에게 꼭 할 말이 있어."

웬디의 말투가 변하자 톰은 고개를 들어 그녀를 봤다. 웬디는 야외 소파 가장자리에 앉아있었는데 오후에 바다에서 수영을 한 터라 머리카락은 아직 젖어있었다. 순간적으로 마침내 웬디가 자신을 떠나려는 게 아닐까 하는 무서운 생각이 들었다. 고요하던 내항에 태풍이 휘몰아쳐 집이 뿌리째 뽑히는 듯한 충격이었다. 하지만 웬디는 이렇게 말했다. "관두자. 당신 마음대로 해. 어차피 늘 그랬잖아."

# 2013

6월

i

처음 채석장으로 차를 몰던 날, 바깥공기가 어찌나 쌀쌀한지 웬디는 차의 히터를 틀었다. 6월 말, 새벽 여섯 시였고 잔디밭과 들판 위로 안개가 자욱하게 깔려있었다. 그녀는 집에서 채석장까지 차로 몇 분이 걸리는지 미리 시간을 재봤다. 길이 막히지 않으면 10분이었다.

채석장 수영터로 가는 길은 그녀가 알기로는 두 개였다. 하나는 '레인스 레인 Lane's Lane*'이라는 어처구니없는 이름의 길이었는데 여기로 가면 몇몇 주민이 훤히 볼 수 있는 좁은 길에 주차해야 했다. 또 다른 길은 숲을 가로질러 더 많이 걸어야 했지만 대신 사람들 눈에 띄지 않게 흙길 아래쪽에 주차할 수 있었다. 군데군데 아스팔트 도로가 남아있는 흙길 끝에는 1930년대에 채석장이 문을 닫으면서 버려진, 화강암으로 지은 낡은 별채가 있었고 그 앞에 주차할 공간이 있었다. 차에

- '레인 lane'이라는 단어 자체가 '길'이라는 뜻이다. 우리말로 옮기면 길의 길.

서 내린 웬디는 차량 진입을 막기 위해 자물쇠로 잠가둔 철문 사이를 빠져나간 다음 채석장 남쪽 끝까지 대략 1킬로미터를 걸어갔다. 이윽고 화가가 그린 듯이 완벽한 여름 수영터 풍경이 펼쳐졌다. 세 면을 둘러싼 깎아지른 절벽은 대대로 무모한 10대들의 다이빙 명소였다. 나머지 한 면은 길쭉하고 평평한 바위들로 이뤄졌는데 거인을 위해 만들어진 계단처럼 맑고 투명한 물속으로 이어졌다.

웬디는 이런 평평한 바위를 따라 걷다가 튀어나온 바위 하나를 발견해 거기 걸터앉아 물을 바라봤다. 수면이 너무 잔잔해 유리 같아 보일 정도였다.

알렉스 데이턴은 보이지 않았다.

딱히 놀라지는 않았다. 그가 4월부터 11월까지 매일 새벽 블러드스톤 채석장에서 수영한다고 주장했어도 그 말을 정말로 믿지는 않았다. 그는 과장해서 말하기로 유명했고, 과장의 소재는 주로 자기 자신이었다. 수년간 교류해온 다양한 문학계 인사들, 할리우드에서 잠시 활동했던 시기("거기서 떼돈을 벌 수도 있었지만 내 서민적인 정체성과 멀어지는 게 너무 싫더라고"), 자신의 소설이 프랑스에서 엄청난 인기를 끈 일("그 나라에서는 작가를 숭배하지")에 대해 무용담처럼 늘어놓기를 좋아했다. 하지만 최근에는 이른 아침에 채석장 수영터의 차가운 물에서 수영한다는 얘기를 쉴 새 없이 떠벌렸고, 마샤가 매년 여는 부활절 파티에서는 웬디를 붙잡고 혼자 하는 상쾌한 수영 덕분에 인생이 바뀌었다고 말했다.

"혼자 가세요?" 웬디가 물었다.

"대개는 그렇죠. 그래서 그렇게 이른 시간에 가는 겁니다. 어중이

떠중이를 피하려고. 언제 한번 나랑 같이 갑시다. 당신 남편은 별 감흥이 없을지 몰라도 당신은 그 감동을 알 거예요."

"그럴 수도 있겠죠." 웬디가 말했다.

"혹시 올 거라면 한 가지 경고하죠. 가끔은 내가 태어난 모습 그대로 수영한다는 걸 알아둬요."

다른 사람이었다면 그 말을 농담으로 혹은 자신이 알몸일 수도 있다는 진지한 경고로 했으리라. 하지만 알렉스의 말투는 왠지 차가운 물에 잠긴 70대 노인의 몸뚱이가 오히려 매력 포인트라는 듯한 뉘앙스였다.

"내가 분명히 말할게요, 알렉스. 만약 내가 이른 아침에 당신과 함께 수영하러 간다면 나는 수영복을 입고 있을 거예요."

그날 밤, 톰과 함께 집에 돌아온 웬디는 남편에게 알렉스와 했던 대화를 말해줬다.

"맙소사, 정말 역겹네. 수영하다가 콱 빠져 죽었으면 좋겠군." 그들은 거실에 앉아있었고 웬디는 생수를, 톰은 스카치를 홀짝였다.

"그걸 바라는 사람이 당신만은 아니지." 웬디가 말했다.

"응, 그럴 거야. 그렇게 비호감인 인간이 평생 사람들이 자신을 숭배한다고 믿으며 사는 게 너무 열받아. 뭔가 단단히 잘못된 거 같아. 반면에 나는 나를 만나는 모든 사람이 다시는 나를 안 보면 좋겠다고 생각하고, 내 곁을 떠날 거라고 믿는다고." 잠시 침묵이 흐른 뒤에 톰이 말했다. "자기야, 이 대목에서 당신이 나서서 사람들이 나를 얼마나 좋아하는지 말해줘야지."

"미안. 잠깐 딴생각했어."

스카치를 한 잔 더 마시던 톰은 세상에 알렉스의 죽음을 슬퍼할 사람이 있을지 혼잣말을 늘어놨다. "확실히 우리 과에는 아무도 없어. 태미도 알렉스를 미워해. 알렉스는 자식도 없고, 부모님은 돌아가셨지. 바텐더 미지는 알렉스를 그리워할 수도 있지만 솔직히 그 외에 또 누가 있겠어? 사람들의 삶은 오히려 나아질 거야. 내 삶은 확실히 나아질 테고."

톰은 스카치를 다 마셨지만 잠시 그대로 앉아 허공을 멍하니 바라봤다. 마치 알렉스가 없었다면 가능했을 자신의 삶을 바라보듯이.

그때 이후로 웬디 역시 알렉스가 없는 세상을 상상해왔고, 그 생각은 머릿속에서 점점 커졌다. 예전에 문득 떠오른 시상이 작은 불꽃에서 시작해 좋든 나쁘든 온전한 형태를 갖춘 하나의 예술 작품으로 피어났듯이. 채석장에 가보는 게 그 첫걸음이었다. 몇 가지 확인해야 할 사항이 있었다. 첫째로, 알렉스는 정말 새벽마다 수영하러 올까? 둘째로, 정말 혼자일까? 셋째로, 그녀도 아침 일찍 일어나 수영하러 갔다가 톰에게 들키지 않고 집으로 돌아올 수 있을까?

세 번째 질문에 대해서라면 꽤 확실하게 대답할 수 있었다. 톰은 자기 직전에 마시는 위스키의 양이 점점 더 늘었음에도, 혹은 그래서인지 잠이 쉽게 들지 않았지만 대신 아침에는 깊이 잠들었다. 귀청이 찢어질 듯한 알람이 울려대고, 잠자가 밥 달라고 울부짖어도 끄떡하지 않고 쿨쿨 잤다. 어떻게든 자보려고 밤새 뒤척인 탓에 미라처럼 온몸에 시트를 꽁꽁 휘감고 얼굴은 베개에 처박은 채로. 보통 톰이 침실에서 나올 무렵이면 웬디는 이미 몇 시간 전에 일어나 서둘러 제이슨을 등교시키고, 3킬로미터 정도 산책하고, 때로는 장까지 본 뒤였다.

톰은 물론이고 이제 학교에 가지 않아 늦잠을 자기 시작한 제이슨도 이른 아침에 그녀가 집에 없다는 걸 알아차리거나 신경 쓸 리 없었다.

웬디는 채석장 가장자리에서 20분간 기다렸다. 태양이 숲의 윤곽선 너머로 떠오르며 수면에 얇게 드리운 안개를 비췄다. 알렉스는 나타나지 않았지만 상관없었다. 만약 그가 정말로 채석장에 있다면 어떤 식으로든 빠르게 친밀감을 쌓아야 한다고 이미 각오한 터였다. 적어도 그녀가 그와 함께 수영하기로 마음먹었다는 사실을 비밀로 해달라고 일러둬야 했다. 알렉스는 입이 가벼운 인간이었지만 앞으로 그녀와 섹스할 가능성이 있다고 생각하면 부탁을 들어주리라. 게다가 그는 이미 웬디의 약점을 하나 쥐고 있었다. 작년 가을, 쇼어뷰 모텔에서 나오는 그녀를 본 것이다.

채석장을 떠나기 전, 웬디는 물에 한 번은 들어가야 한다고 자신을 다그쳤다. 어쨌든 명목상으로는 여기 온 이유가 수영하기 위해서였으니까. 그리고 만약 알렉스가 있었다면 어차피 들어가야 했으리라. 그녀는 바지를 훌렁 벗고, 라이스대학교라고 적힌 후드티도 벗었다. 안에는 검은색 원피스 수영복을 입고 있었다. 하이컷 디자인이라서 가장 자신 있는 부위, 즉 아직 탱탱한 다리와 엉덩이가 많이 드러났다. 완만하게 기울어진 바위를 따라 물속으로 들어갈까 하다가 수면 위로 1미터가량 튀어나온 근처 바위에 올라가기로 했다. 무릎을 굽힌 채 그 바위에 잠시 서서 발아래 깊은 물속을 응시하다가 마음의 준비를 하고 뛰어들었다. 물은 정신이 번쩍 들게 차가웠지만 뼛속까지 시릴 정도는 아니었다. 그녀는 수영터 중앙까지 헤엄쳤다가 잠시 물 위에 떠서 하늘을 바라봤다. 딱새처럼 생긴 한 쌍의 새가 아침 공기를 가르며 재빨리 날아다녔다. 누군가 이 수영터의 수심이 30미터가 넘는다고 했던 말이 떠올랐다. 아마 알렉스일 것이다. 그렇게 깊은 수심을 생각하자 가슴속에 구멍이 뚫리더니 점점 커지는 듯했다. 그녀는 평영으로 수영터 가장자리까지 다가간 뒤 물에서 나왔다.

## ii

이튿날 웬디는 다시 채석장에 갔다. 이번에는 새벽 여섯 시 반이었다. 전날 집에 돌아와보니 예상대로 톰은 깊이 잠들어있었고, 제이슨은 아직 방에 있었다. 샤워로 수영터의 물을 씻어내고, 수영복을 짜서 남편이 절대 들어가는 법 없는 세탁실에 널어둔 다음, 옷을 입고 아래층으로 내려가 커피를 내렸다.

톰은 그녀가 나갔다 왔다고는 꿈에도 생각하지 않았다.

전날 다이빙했던 바위로 다시 갔더니 수영터 반대편에서 횡영인 듯한 영법으로 잔잔한 수면에 잔물결을 남기는 사람이 보였다. 그녀는 바위에 앉아 그가 다가오는 걸 지켜봤다. 왠지 남자라는 걸 알 수 있었고—아마 수영모를 쓰지 않았기 때문이리라—가까이 다가오자 알렉스라고 확신했다. 짧게 자른 머리와 축 처진 무표정한 얼굴을 알아볼 수 있었다.

웬디는 수영복만 남기고 옷을 벗은 뒤 전날 다이빙했던 바위에서 다시 물속으로 뛰어들어 곧장 알렉스에게 헤엄쳐 갔다. 수영터 한가운데 있던 그는 웬디가 뛰어드는 소리를 듣고 제자리에서 발차기하며 물안경을 이마로 올렸다.

"안녕하세요." 그녀가 다가가자 알렉스가 말했다.

"알렉스 당신이에요?"

"네. 켈리?"

"아뇨, 웬디 그레이브스예요. 만나는 여자마다 여기서 함께 수영하자고 초대한 거예요?"

"아, 당신이었군요, 웬디. 켈리는 아흔 살 할머니예요. 이런 초여름에 매일 오는 사람은 그 할머니뿐이죠. 켈리가 아니라 당신이라서 기쁘네요."

"한번 해보려고 왔는데 당신 말이 맞네요. 아주 상쾌해요."

그들은 대화를 나누며 몇 분간 서로의 주위를 빙빙 돌았다. 웬디는 꼭 오늘 알렉스를 죽일 생각은 없었다. 지금은 여전히 정보를 수집하는 중이었고, 이 일을 정말 하고 싶은지 혹은 들키지 않고 해낼 수 있을지조차 아직 결정하지 못했다.

"물이 너무 차갑지는 않나요?" 알렉스가 물었다. 안개가 자욱한 수면 위에서 잘린 머리처럼 둥둥 떠다니는 그와 대화를 나누니 기분이 묘했다. 비록 수면 아래서 형태를 알아보기 힘든 그의 몸뚱이가 일렁이기는 했지만.

"아뇨, 괜찮아요. 하지만 오래 있을 생각은 없어요."

"통나무 봤어요?" 알렉스가 물었다.

"무슨 통나무요?"

"지난 몇 년간 여기 있었죠. 따라와요."

웬디는 그를 따라 수영터에서 가장 그늘진 곳으로 갔다. 거기에는 전봇대만 한 거대한 통나무가 수면 위에서 부드럽게 출렁거렸다.

"여기서 요령은 통나무 위에 올라가서 균형을 잡는 겁니다. 자, 내가 올라갈 테니까 잡아봐요."

이제 추워서 몸이 살짝 떨리기 시작한 웬디는 한 팔로 미끈거리고 이끼가 낀 통나무를 붙잡았고, 그동안 알렉스는 통나무 위로 기어 올라가 다리를 벌리고 앉았다. 다행히 그는 수영복을 입고 있었다. 알렉스는 양손을 통나무 위에 놓은 채 한 번의 유려한 동작으로 벌떡 일어났다. 통나무에서 떨어지지 않고 버티느라 마르고 단단한 그의 몸에 힘이 잔뜩 들어갔다. 그는 대략 3초 동안 똑바로 서서 웬디를 내려다보며 씩 웃더니 중심을 잃고 다시 물속으로 풍덩 빠졌다.

"당신 차례예요." 수면 위로 머리를 내밀며 다시 그가 말했다.

"나중에요, 알렉스. 지금은 추워서 나가야겠어요."

"내가 따뜻하게 해줄게요." 알렉스는 물살을 가르며 그녀에게 다가와 한 손을 그녀의 허리 아래쪽에 슬그머니 둘렀다. 그의 얼굴이 코앞에 있었다. 웬디는 그를 밀어내고 싶은 충동을 간신히 참았다. "물속에서 일어나는 일은 실제로 일어나는 일이 아닙니다. 당신도 알죠? 거기는 전혀 다른 규칙이 적용되는 또 다른 세상이에요."

알렉스는 그녀의 허리 아래쪽에서 천천히 손을 떼더니 그녀의 손목을 잡았다. 순간적으로 웬디는 그가 물속에서 자신과 춤이라도 추려나 보다고 생각했다. 하지만 그는 수영복에서 볼품없이 볼록 튀어나온 부분에 그녀의 손을 억지로 가져갔다. 웬디는 알렉스의 성기를 다소 세게 쥐었고, 그의 얼굴에 여러 감정이 스치는 걸 지켜봤다. 욕정, 놀라움, 고통, 두려움.

"이게 당신이 원하던 거였어요?"

"아." 알렉스가 엉덩이를 뒤로 뺐고, 웬디는 그를 놔주며 웃었다.

"이제 정말 나가야겠어요. 다음번에는 당신이 말한 물속 세상 어쩌고 하는 이론을 시험해볼 수도 있죠. 하지만 오늘 아침에 내가 여기 왔다는 건 아무도 몰라야 해요. 당신이 비밀로 해줘요. 알았죠?"

"맙소사, 물론이죠. 아무에게도 말하지 않을 겁니다. 나는 이미 당신에게 비밀이 있다는 걸 알아요, 웬디. 그걸 잊지 말아요."

그의 말투에 웬디는 증오가 확 치솟았다. 그리고 즉시 깨달았다. 자신이 정말로 알렉스를 죽이고 싶어 한다는 걸.

"아무도 몰라야 해요." 웬디가 한 번 더 강조했다.

알렉스가 입을 잠그고 열쇠를 버리는 시늉을 했다.

웬디는 흡족한 마음으로 몸을 돌려 아까 뛰어내렸던 바위로 재빨리 돌아갔다. 바위로 기어 올라가 큼지막한 흰색 비치 타월을 몸에 두른 후 뒤를 돌아봤다. 알렉스는 여전히 물에 잠긴 통나무에 매달려 있었다. 다시 길로 나오자 알렉스가 걸어둔 수건과 길고 두툼한 가운이 보였다. 웬디는 계속 걸으며 알렉스가 물속에 얼마나 더 오래 있었을지 생각했다.

집에 돌아온 그녀는 알렉스를 어떻게 처리할지 고민했다. 어쩌면 납 파이프나 그 비슷한 물건을 어떻게든 통나무에 붙여둘 수 있을 것이다. 그런 다음 알렉스를 다시 그곳으로 유인해 이번에는 그녀가 통나무에 올라가보고 싶다고 말한 다음 파이프를 꺼내 그의 머리통을 부숴버릴 수 있다. 알렉스 데이턴 교수, 채석장에서, 납 파이프로 살해\*.

---

• 보드게임 〈클루〉에서 범인이 어디서 무엇으로 피해자를 죽였는지 설명하는 말투를 차용했다.

몇 년 전, 제이슨이 한때 〈클루〉라는 보드게임에 푹 빠진 적이 있었다. 웬디는 어릴 때 그 게임을 했던 기억이 나서 처음에는 신났지만 이내 그게 얼마나 지루한지 깨달았다. 유일하게 재밌었던 점은 용의자들과 방, 살인 흉기에 대한 묘사뿐이었다. 그런데 대체 납 파이프를 어디서 구한다는 말인가? 게다가 물에 뜬 상태에서 알렉스의 머리를 내려치기도 쉽지 않을 터였다. 웬디는 이 아이디어는 접기로 했다.

그냥 수영터 한가운데서 그를 끌어안고 두 다리로 휘감아 물속에 잡아두면 어떨까? 알렉스는 체구가 작고 웬디보다 그다지 키가 크지 않았으며 나이도 꽤 많았다. 별로 힘들지 않으리라. 지금과 완전히 다른 삶을 살던 아주 옛날, 웬디가 고등학생이었을 때 아버지가 욕조에서 익사했는데 그 뒤에 엄마가 했던 말을 잊은 적이 없었다. 익사는 편안한 죽음이라서 거의 잠드는 것과 같다고 했던 말. 만약 알렉스가 몸부림치며 어떻게든 그녀의 품에서 빠져나간다면, 그때는 사과하고 욕정에 눈이 멀어서 그랬다고 둘러댈 수 있다. 알렉스가 그녀를 의심할 수도 있지만 그렇다고 경찰에 신고할 일은 아니었다. 그런 면에서 본다면 거의 실패할 리가 없는 계획이었다.

### iii

그해 여름, 웬디는 채석장에 두 번 더 갔다. 한번은 7월 둘째 주 월요일 아침이었는데 알렉스는 보이지 않았다. 그래도 수영은 하기로 했다. 따뜻한 새벽이었다. 공기는 고요했고, 빛은 부드러웠다. 웬디는 수영복만 남기고 옷을 다 벗은 뒤 이끼 낀 바위의 평평한 가장자리를 따라 조심스럽게 걸어갔다. 발을 넣어보니 수온이 바깥공기의 온도와 거의 똑같았다. 그래서 충동적으로 수영복을 재빨리 벗어 옷 더미 위에 휙 던지고는 딱 좋은 온도의 물속으로 가볍게 몸을 던졌다. 30분 가까이 앞뒤로 천천히 헤엄쳤고, 알렉스가 없다는 사실에 기뻐했다. 비록 그가 언제든 숲에서 나올지 모른다고 생각하며 긴장을 늦추지 않았지만.

그날 아침 느긋하고 몽롱한 상태로 집에 돌아온 웬디는 알렉스를 정말로 죽이고 싶다는 확신이 섰다. 그는 혐오스러운 인간이었다. 그냥 혐오스러운 정도가 아니라 자신이 그녀의 약점을 쥐었다고 생각하는 혐오스러운 남자였다. 게다가 요즘 들어 톰은 자신의 처지와 자신이 실패했다는 인식 때문에 점점 더 위축되는 듯했다. 알렉스가 사라지면 학과장 자리도 톰의 차지가 될 터였다. 오래전, 전남편이 죽은 뒤 그녀의 인생이 활짝 폈듯이 톰의 인생도 활짝 필 것이다.

하지만 그것 말고도 다른 이유가 더 있었는데, 그건 말로 표현하기 힘든 어떤 감정이었다. 그녀에게 타인의 목숨을 뺏는 일은 오래전 톰이 그녀를 위해 넘었던 바로 그 경계를 그녀로 하여금 직접 넘어볼 수 있는 기회였다. 살인은 그녀가 직접 경험해보고 싶었던 행위였다. 물론 전에도 살인을 계획한 적이 있었지만, 마음 한구석으로는 실제로 살인을 저질러야 하는 순간이 왔을 때 자신이 잘 해낼 수 있을지 의문이 들었다. 살인은 그녀에게 미지의 영역이었다. 아는 사람이 오히려 드물 테지만 남편 톰은 그 소수의 사람에 속했다. 아마 살인을 경험하면 톰을 좀 더 이해하는 데 도움이 되리라.

예전에는 톰의 거의 모든 걸 이해하는 기분이었다. 자신을 보듯 그를 또렷하게 볼 수 있었다. 둘은 쌍둥이와 같은 유대감으로 묶여있었으니까. 하지만 요즘에는 톰의 속마음이 점점 더 알쏭달쏭해졌다. 그의 가슴에는 검은 구멍이 있었고 그게 그의 건강, 자신감, 온전한 정신을 갉아먹는다는 걸 웬디는 알고 있었다. 알렉스를 죽이면 그 검은 구멍의 정체를 알게 될지도 몰랐다. 적어도 둘은 동등해지리라.

그로부터 일주일이 조금 지나 채석장으로 이어지는 숲길의 서늘한 그늘을 가로지르던 웬디는 알렉스가 수영터에 있을 거라는 확신이 들었다. 서늘하면서 흐린 날이었고, 대기에는 엷은 안개가 자욱해 마치 구름 속을 걷는 듯했다. 늘 갔던 바위에 도착하자 알렉스의 소리가 들렸다. 규칙적으로 찰박찰박 물살을 가르는 소리가 들린 후에야 그의 검은 머리가 안개를 가르며 나타났다. 웬디는 이상하리만치 차분해졌다. 심지어 물에 뛰어들기 전에 벗은 옷을 침착하게 개키기까지 했다. 불과 일주일 반만에 다시 왔는데도 이제 물은 바깥공기보다 더 따뜻한 듯했다. 그녀는 평영으로 조심스럽게 알렉스에게 다가갔다. 그는 수심이 가장 깊은 곳에서 그녀를 기다리고 있었다.

"또 왔군요." 그가 말했다.

"놀랐어요?"

"놀랐는지 아닌지는 모르겠지만 기분은 아주 좋네요."

"얼마나요?"

"다른 생각이 전혀 나지 않을 정도로." 알렉스는 마치 재치 있는 말이라도 했다는 듯 웃음을 터뜨렸고, 그의 입술 근처에서 물이 튀었다.

웬디는 그에게 가까이 다가가 말했다. "지난번에 물속에서 일어나는 일은 뭐라고 했죠?"

"물속에서 일어나는 일은 물 밖에서 의미가 없다고요. 그게 내 이론이죠. 원한다면 언제 그 이론에 대해 말해줄게요. 재미로 하는 말이 아니라 진짜 이론이니까요."

"물에 관한 이론이 있다고요?"

"음, 아뇨. 물에 관한 게 아니라 영역에 관한 이론이죠. 우리는 누구나 인생을 살면서 여러 영역에 존재합니다. 남자가 전쟁터에 가는 건 완전히 다른 영역에 들어서는 거죠. 여자가 아이를 낳으면 모성이라는 영역에 들어서는 거고요. 영역마다 다른 규칙이 존재하는데 우리는 마치 각기 다른 영역에 똑같은 규칙이 적용돼야 한다는 듯이 행동하죠. 요즘 젊은 사람들은 특히 더 그렇고요."

웬디는 칵테일파티에서 알렉스와 여러 번 대화를 나눈 터라 그가 지금 장황하게 말을 늘어놓으려고 한다는 걸 눈치챘다. 그래서 그에게 미끄러지듯이 다가가 그의 손을 자신의 허리 아래쪽에 두르고 자신의 팔은 그의 어깨에 올렸다. 그가 키스하려고 하자 웬디는 머리를 뒤로 뺐다. "안 돼요." 그녀는 그렇게 말했지만 그의 목에 올렸던 손을 거둬 자신의 수영복 한쪽 끈을 내리고 서둘게 팔을 뺐다. 그녀의 오른쪽 가슴이 드러나자 알렉스의 시선은 오로지 거기로 향했다. 그의 호흡이 거칠어졌다. 웬디는 한쪽 허벅지에 닿는 감촉으로 그가 수영복을 입지 않았다는 걸 알 수 있었다. 그녀가 그의 머리를 아래로 누르자 알렉스는 그녀의 가슴에 얼굴을 파묻었다. 웬디는 두 팔로 그의 등을 꽉 안은 다음, 발차기를 멈추고 자신의 무게를 실어 그를 물속으로 끌어내렸다.

2분 뒤 웬디는 다시 바위에 올라서서 옷 더미를 들고 숲으로 들어갔다. 살인은 예상보다 더 간단하면서도 힘들었다. 한순간 알렉스는 믿을 수 없을 정도로 강력한 힘을 발휘해 두 팔을 마구 휘저었고, 웬디는 이러다 자신도 익사하는 게 아닐까 싶었다. 하지만 심호흡을 하고 자신의 모든 체중을 실어 알렉스를 다시 물속으로 가라앉혔다. 그의 한 손이 그녀의 수영복을 잡아당겼고, 그가 다시 수면으로 올라오려고 발을 차면서 물이 요동쳤지만 웬디는 그저 그를 더 가까이 끌어당겼다. 알렉스는 마지막 숨을 내뱉더니 잠잠해졌다. 그래도 혹시 몰라서 웬디는 그를 좀 더 붙들고 있었다.

차 옆에서 몸을 닦은 그녀는 다시 옷을 입고 차에 탔다. 시동을 걸자 라디오가 큰 소리로 흘러나왔다. 에머슨대학의 방송 채널이었다. 음량을 약간 줄였지만 끄지는 않았다. 집까지 중간쯤 갔을 때 어느새 밥 딜런의 노래 가사를 무심코 흥얼거리고 있었다. "어떤 기분이야?" 아직은 그녀도 정확히 알 수 없었다. 지금은 그저 춥고 축축할 뿐이었다. 어서 집에 가서 샤워하고 세탁기에 옷을 넣고 싶었다. 하지만 알렉스를 죽인 기분은? 그는 그녀의 가슴에 얼굴을 묻고 허리에 그녀의 다리가 감긴 채 죽었다. 그녀가 노년의 끔찍한 고통에서 그를 구해줬을지 누가 알겠는가. 웬디는 미소를 지었다. 그녀가 좋아하는 다른 노래가 시작됐다. 제목은 몰랐지만 첫 가사는 익숙했다. 제이슨이 듣던 노래였다. "나는 영혼과 육체가 만나는 곳에서 살고 싶어."

웬디는 가족이 잠들어있는 집의 진입로로 들어섰다. 순간적으로 현관문을 열면 남편과 아들, 심지어 경찰까지 거실에 모여 그녀가 방금 한 짓을 추궁하는 게 아닐까 하는 생각이 들었다. 하지만 거실은 떠날 때처럼 고요하고 깔끔했으며 그녀가 사랑하는 물건들로 채워져있었다. 위층으로 올라가 채석장에서 사용했던 수영복과 수건을 비롯한 빨래들을 세탁기에 넣었다. 툭 소리가 나서 돌아보니 손님용 침대에서 자고 있던 잠자가 막 침대에서 뛰어내린 참이었다. 잠자는 거기서 자는 걸 좋아했다. 아직 잠이 덜 깼는지 졸린 눈으로 다가와 그녀의 종아리에 몸을 비벼댔다. 웬디는 세탁기를 작동시킨 뒤 아래층으로 내려가 잠자에게 밥을 주고 커피를 내렸다.

# 2012

i

집을 나서기 전에 톰이 말했다. "예전에는 당신이 이런 모험에 동참하기도 했는데."

"아, 술집에 가는 게 모험이야?"

"거기서 누구를 만나게 될지 혹은 뭘 얻게 될지 모르니까."

웬디는 그가 뭘 얻을지 뻔히 알고 있었다. 몇 잔의 스카치 위스키, 그리고 단골에 가까운 사람들과 혀 꼬부라진 소리로 했던 말을 하고 또 하는 대화. "이번에는 사양할게." 웬디가 말했다.

"당신 손해지, 뭐." 톰은 그렇게 말하고 옆문으로 나갔다.

"엄마도 가고 싶으면 가." 제이슨이 말했다. 그녀를 배려해서거나 혼자 봐서는 안 되는 텔레비전 프로그램을 보고 싶어서 하는 말일 수도 있었다. "봐서 이따 갈지도 몰라." 웬디는 제이슨에게 그렇게 말하고 부엌 정리를 마저 했다. 구스넥에는 술집이 세 군데 있었는데 연중무휴로 영업하는 곳은 원슨 여관에 있는 태번이 유일했다. 태번은 진갈색 나무 패널로 마감된 지하 술집으로 선창처럼 생긴 둥근 창문이 있었지만 창밖으로 아무것도 보이지 않았다. 그곳에서 오랫동안 바텐더로 일한 하워드는 손님의 주문을 무시하고 자기 기분에 따라 마티니나 맨해튼을 내놓기로 유명했다. 특히 관광객에게는 더욱 그랬다. 신혼 시절에는 한동안 저녁 식사를 마친 뒤 종종 거기까지 걸어가 한두 잔 마시고는 했다. 나도 가볼까? 웬디는 생각했다. 아니면 최소한 가서 살짝 들여다보기만 하거나. 10월 말치고는 상쾌한 밤이었다. 미풍에 낙엽이 흩날렸고, 스웨터를 입어야 할 정도로 쌀쌀했지만 겉옷을 걸쳐야 할 정도는 아니었다. 웬디는 태번에 가기로 했다.

짧은 계단을 내려가 육중한 문을 밀치고 지하 바로 들어서자 늘 앉는 자리, 구부러진 바 테이블 끝에 앉은 톰이 보였다. 그는 웬디가 잘 모르는 어떤 남자와 열띠게 얘기하는 중이었다. 그들에게 다가가자 톰은 놀란 동시에 정말로 기쁜 듯했다. 웬디는 오랜만에 남편을 향한 애정이 솟아났다.

"여기 내 새 친구를 소개하지…. 미안해요. 당신 이름을 들었는데…."

남자가 손을 내밀자 웬디는 그와 악수했다. "저는 스탠이라고 합니다. 남편분이 이 지역을 설명해주고 있었어요." 그의 손은 아주 따뜻했고 아주 건조했다. 말투에는 희미한 억양이 섞여있었는데 그녀에게 익숙한 억양이었다.

"댈러스 출신인가 봐요." 그녀가 말했다.

"눈치가 정말 빠르시네요. 그쪽 억양은 오래전에 고친 줄 알았는데. 네, 텍사스주 출신입니다. 지금은 그냥 떠돌이처럼 살고 있죠."

스탠은 많아야 쉰 살 같았는데도 산전수전 다 겪은 사람처럼 굴었다. 웬디는 대번에 그가 싫어졌고, 상황에 떠밀려 톰을 만나러 온 자신에게 짜증이 났다. 잠깐 인사만 하러 들렀다고 말하려는 찰나, 갑자기 그녀 앞에 주문하지도 않은 마티니가 등장했다. 하워드의 서비스였다.

"고마워요, 하워드." 웬디는 그렇게 말하고 덧붙였다. "근데 내가 달라고 하기 전에 또 줄 필요 없어요."

"댈러스 억양을 어떻게 그리 빨리 알아차렸죠?" 스탠이 물었다.

웬디가 미처 대답하기도 전에 톰이 말했다. "아내가 첫 번째 결혼을 거기서 했거든요. 댈러스는 아니었지만…."

"러벅에서 2년 정도 살았어요."

"아, 그래요? 대학 진학 때문에?"

"아뇨. 하지만 대학 졸업 직후이기는 했죠."

"텍사스주는 어땠나요?"

"너무 오래전이라서요." 웬디는 그렇게 대답하고 얼른 덧붙였다. "당신은 무슨 일을 하나요?"

"음, 저는 운이 좋게도 일찍 은퇴할 수 있었습니다. 25년간 경찰로 일했죠. 댈러스 외곽의 플라워마운드라는 곳인데 들어봤나요?"

"아뇨. 근데 여기는 무슨 일로 오셨어요?"

스탠은 머뭇거렸고, 웬디는 그가 뭐라고 대답할지 고민한다는 걸 알 수 있었다. "음, 예전부터 낚시를 좋아했어요. 그래서 평소처럼 코퍼스크리스티*에 갈 준비를 했는데 문득 이런 생각이 드는 겁니다.

* 텍사스주 남부의 해안 도시로 낚시의 명소다.

이제 시간도 많으니 미국 각지를 돌아다니면서 낚시를 해보면 어떨까? 그래서 지금은 자동차로 대장정에 나섰습니다. 뉴에식스는 거의 내 첫 번째 목적지였고요."

이 얘기를 하는 동안 그의 텍사스주 억양이 더욱 도드라졌다.

"릭하고 얘기해보세요. 오늘 밤늦게 올 텐데 아주 지겹도록 낚시 얘기만 할 거예요."

"아, 그러고 보니 며칠 전에 벌써 릭과 얘기한 거 같네요."

"맞아요. 그게 릭입니다." 톰은 그렇게 말했고, 웬디는 스탠이 태번을 들락거린 지가 꽤 됐다는 걸 깨달았다.

그때 문이 활짝 열리더니 나이 지긋한 커플 둘이 들어왔다. 아마 위층 레스토랑에서 저녁을 먹고 왔으리라. 스탠은 바 테이블을 따라 자신의 자리로 미끄러지듯 돌아갔다. 웬디와 톰은 술잔을 부딪쳤다.

"당신이 와서 너무 좋은데." 톰이 말했다.

"제이슨에게 등 떠밀려서 온 거야. 그 애가 지금 뭘 하고 있을지 누가 알겠어."

톰은 목소리를 낮춰 속삭였다. "스탠한테는 왜 그런 거야?"

"무슨 말이야?"

"꽤 쌀쌀맞게 굴던데."

"음, 그랬을 거야. 처음 보자마자 누군가가 바로 싫었던 적 없어?" 그 말을 하고 나서 아마 톰은 그런 적이 없을 거라고 웬디는 깨달았다. 그게 둘의 근본적인 차이점이었다.

"괜찮은 사람 같던데." 톰이 말했다.

웬디는 하워드에게 얼음을 한 잔 받아 자신의 마티니에 부은 다음, 토닉을 더 넣어달라고 부탁했다. 오늘 밤에는 여기 눌러있기로 했다. 적어도 톰이 집에 갈 마음이 들 때까지. 다시 문이 활짝 열리더니 몇 명이 더 들어왔다. 관광객들과(최근 몇 년간은 관광 시즌이 11월까지 이어졌다) 그들의 이웃인 프레드 헤이스였다. 웬디는 그에게 함께 마시자고 권했다.

그렇게 프레드와 얘기를 나누며 스탠을 지켜봤다. 그는 라이트 맥주로 보이는 술을 아주 천천히 홀짝였는데 하워드에게 맥주를 받아내다니 운이 좋았다. 자세히 살펴본 결과 그녀는 스탠이 보기보다 나이가 많다는 걸 깨달았다. 다만 여전히 탄탄한 체격에 머리숱이 많을 뿐이었다. 그의 손에는 힘줄이 도드라졌고, 얼굴은 햇볕에 그을렀으며, 술을 많이 마시는 사람들이 가끔씩 그렇듯 실핏줄이 터져서 볼이 불그레했다. 하지만 오늘 밤은 일부러 술을 자제하고 있었다. 스탠이 여기 구스넥에, 그리고 태번에 온 이유가 그녀와 톰 때문이라는 강한 직감이 들었다. 예전에도 누군가 자신들을 지켜본다는 기분이 든 적 있었고 그때는 모두 착각에 불과했지만, 스탠만큼은 예외라고 확신했다.

톰과 마찬가지로 프레드 역시 할리우드 고전 영화의 열혈팬이었고, 두 사람은 자신이 좋아하면서도 별로 잘 알려지지 않은 영화의 제목을 대며 각자의 지식을 과시했다. 웬디는 하워드에게 올여름 장사가 어땠냐고 물었다. 하워드는 미소 지으며 "인간애는 줄었지만 지갑은 두둑해졌죠"라고 말했다.

"그 정도면 공평하네요."

"나도 그렇게 생각해요. 뭐 다른 거 줄까요?"

"그냥 탄산수 한 잔 주세요. 레몬 넣어서요."

하워드가 탄산수를 가져오자 웬디는 스탠의 자리를 향해 고갯짓하며 새로 온 남자에 대해 아는 거 있냐고 물었다. 현재 그 자리는 비어있었지만 곧 돌아온다는 표시로 잔 위에 컵 받침이 놓여있었다.

"일주일 동안 매일 출근했어요. 당신 남편의 새로운 단짝이 됐죠."

"그런 거 같네요."

그녀와 톰이 태번을 나섰을 때 기온은 급격히 떨어진 뒤였다. 웬디는 얇은 겉옷이라도 가져올걸 그랬다고 후회했다. 좁은 길을 따라 집으로 걸어가며 근처에 주차된 차들의 번호판을 훑어봤다. 그중에서 렌터카로 보이는 차 한 대를 발견했다. 흰색 포드 퓨전이었는데 창문에 렌터카에서 흔히 볼 수 있는 바코드 스티커가 붙어있었다. "왜 그렇게 차를 유심히 보는 거야?" 톰이 말했다.

"내가 그랬어?"

그날 밤 톰이 아래층에서 월드시리즈를 보는 동안, 웬디는 침대에 누워 왜 톰에게 그의 새 친구 스탠이 의심스럽다고 선뜻 말하지 못했는지 의아해했다. 아마 편집증 환자처럼 보일까 두려웠을 것이다. 하지만 그게 진짜 이유는 아니었으리라. 왜냐하면, 사실 그녀는 자신이 괜한 의심을 한다고 생각하지 않았다. 전남편 브라이스가 죽었을 때 그의 누나 슬론은 웬디가 동생의 죽음에 책임이 있다고 굳게 믿었다. 장례식에서 그런 말을 하기도 했고, 배링턴가의 몇몇 친척과 함께 웬디의 유산 수령을 최대한 지연시키기도 했다. 슬론이 동생 브라이스의 죽음을 다시 파헤치려고 사립 탐정을 고용했다고 해도 전혀 놀랄 일이 아니었다. 스탠은—그가 성을 말했던가? 안 했던 것 같다—텍사스주 출신에 전직 경찰이고 이상할 정도로 톰과 얘기하는 데 관심이 있었다. 게다가 그의 말은 어딘가 앞뒤가 맞지 않았다. 만약 그가 정말 미국 각지의 낚시터를 돌아다니는 '대장정'에 나섰다면 자신의 차로 이동하지 않았을까? 아마도 그럴 것이다. 아닐 수도 있지만. 어쨌거나 태번 앞에 텍사스주 번호판이 달린 차는 없었고, 어느 모로 보나 렌터카로 보이는 차만 눈에 띄었다. 물론 그 차가 스탠의 것이 아닐 수도 있지만, 그럼에도 웬디는 본능적으로 스탠이 골칫거리라는 느낌이 들었다. 궁금한 건 왜 이제 와서 나타났냐는 것이다.

이튿날 밤, 톰은 몇몇 동료와 함께 베벌리에 있는 펍에서 퀴즈 게임을 했고, 제이슨은 친구 줄리아의 집에 영화를 보러 갔다. 웬디는 저녁을 먹은 뒤 혼자 태번에 갔다가 그곳이 사람들로 붐비는 걸 보고 또 한 번 놀랐다. 하지만 바 테이블에 앉아있는 스탠을 보고는 놀라지 않았다. 그녀는 그의 빈 옆자리로 가서 앉았다. 스탠이 몸을 돌려 그녀를 마주 봤다. "오늘은 혼자예요?"

"네, 혼자예요."

하워드가 주문하지도 않은 진토닉을 내왔다. 하지만 적어도 마티니는 아니었다. 스탠은 그녀에게 질문을 퍼부어댔다. 주로 이 동네에 대해서였고, 여기서 얼마나 살았는지, 무슨 일을 하는지 같은 기본적인 질문이었다. 웬디는 괜한 의심을 했나 싶었지만, 그녀가 하워드에게 계산서를 달라고 하자 스탠이 불쑥 이렇게 물었다. "톰이 그러는데 예전에 텍사스주에 살았다면서요?"

"음, 아주 오래전 일이죠."

"정확히 어디였나요?"

"지난번에 말한 대로 러벅 근처요. 다 합해서 2년 정도 살았죠."

"전남편은 무슨 일을 했나요?"

설사 이 스탠이라는 사람이 전남편의 시댁에서 보낸 사람이 아니라고 해도 끝없는 질문으로 그녀를 짜증 나게 한다고 웬디는 생각했다. "뮤지션이었어요. 이름은 데클런 맥매너스*였고요." 웬디가 말했다.

스탠은 고개를 끄덕였지만 당황한 기색이 역력했다. 그의 표정으로 보아 방금 웬디가 거짓말했다는 사실을 어떻게 받아들여야 할지 고민하는 듯했다.

"당신은 남의 사생활에 관심이 아주 많은 사람이거나 아니면 실력이 별로인 사설 탐정이에요, 스탠." 웬디가 말했다.

스탠이 웃음을 터뜨렸다. 웬디는 그렇게 입을 벌린 그의 모습은 처음 본다는 걸 깨달았다. 평생 담배를 피웠는지 이가 누렇게 변색돼 있었다. "왜 그런 말을 하는 겁니까?"

"왜냐하면 당신이 꼬치꼬치 캐물으니까요. 그것도 아주 대놓고. 아마도 내 예전 시누이에게 고용돼서 브라이스 배링턴의 죽음을 조사하고 있겠죠?"

그녀는 스탠이 뭐라고 대답할지 생각하는 모습을 지켜봤다. 마침내 그가 말했다. "당신의 전남편이 자택 수영장에서 익사했던 주말에 당신의 현재 남편이 텍사스주 오스틴에 있었다는 사실을 아나요?"

웬디는 가슴이 조였고 자신의 목소리가 동요하지 않기를 바랐다. "그러니까 당신은 사립 탐정이었군요. 슬론 배링턴에게 고용됐나요?"

- 유명한 가수 엘비스 코스텔로의 본명이다.

"유감스럽지만 의뢰인의 신원은 밝힐 수 없습니다. 하지만, 네. 브라이스 배링턴의 죽음을 조사 중이라는 건 말씀드리죠. 내 의뢰인은 재수사를 시작할 수 있을 정도로 중요한 새 정보가 있다고 믿어요."

"그 새 정보라는 게 브라이스가 죽었을 때 우연히 톰이 같은 주에 있었다는 건가요? 당시 나는 톰과 아는 사이도 아니었는데요?"

"그것만이 아닙니다. 그리고 당신은 이미 톰을 알고 있었죠."

"당시에는 몰랐어요." 웬디가 대답했다. 마음속에서 불안이 고조됐다.

"당신은 톰과 뉴햄프셔주 링우드에서 같은 학교를 다니지 않았나요?"

웬디는 약간 감탄하며 대답했다. "그건 맞아요. 열두 살 때는 서로 아는 사이였지만 첫 결혼 당시에는 톰과 전혀 연락하지 않았어요. 남편이 죽고 한참 후에 다시 만났죠. 설마 톰이 중학생일 때 나와 사랑에 빠졌고, 세월이 흐른 뒤에 나를 독차지하려고 텍사스주까지 날아가 내 전남편을 죽였다고 생각하는 건가요?"

"사실 나는 아무 생각도 없습니다. 그저 모든 가능성을 알아내려는 것뿐이죠. 예를 들어, 어쩌면 두 사람은 학교를 졸업한 후로 계속 연락하고 지냈을 수도 있어요. 그 사실을 아는 사람이 아무도 없기 때문에 톰은 당신이 집을 비운 사이에 텍사스주에 가서 당신의 전남편을 죽이기에 완벽한 사람이죠."

"전남편은 살해되지 않았어요. 집에 있던 수영장에서 익사했죠."

"알렉산드라 프리치는요?"

"누군지 모르겠어요."

"그 여자는 당신의 전남편과 같은 날에 죽었습니다. 러벅 시내에서 칼에 찔려 죽은 대학생이죠. 또한 캐프록대학 성매매 조직의 일원이기도 했고요. 그 스캔들 기억해요?"

웬디는 이 고용된 탐정이 브라이스가 죽던 날 톰이 텍사스주에 있었다는 걸 알아냈다는 사실에 당황한 상태였다. 게다가 톰과 그녀가 같은 중학교를 다닌 일까지 알고 있었다. 하지만 대학 성매매 조직 얘기를 하는 걸 보니 결정적인 증거나 정보는 없을 수도 있었다. "전혀 기억나지 않아요. 하지만 설사 전남편이 매춘 조직과 연관이 있었다고 해도 전혀 놀랍지 않네요. 당신도 알겠지만 문제가 많은 결혼이었죠. 그이는 매일 밤 혼자 나가서 술을 마셨어요. 틀림없이 바람도 피웠을 거고요."

"그럼 브라이스 배링턴과의 결혼 생활이 행복했다고는 못 하겠네요."

"그게 당신과 무슨 상관인지는 잘 모르겠지만, 맞아요. 행복한 결혼은 아니었어요. 그리고, 아뇨, 나는 그이를 죽이지 않았어요. 내 남편에게 당신의 진짜 정체를 말했나요?"

"내 정체를 밝히기 전에 먼저 어떤 사람인지 알아보려고 했죠. 아주 좋은 사람이더군요."

"맞아요. 저기, 스탠…. 그나저나 성이 뭐예요? 스탠이라는 이름이 본명이기는 해요?"

"스탠 베넬리요. 이제야 제대로 인사하네요, 웬디 이스트먼 씨." 그가 손을 내밀었고, 웬디는 거절하고 싶었지만 자기도 모르게 그의 손을 잡았다. 이번에도 그의 손바닥이 너무 마르고 따뜻해서 놀랐다.

"스탠, 당신이 배링턴가에서 돈을 받고 낚시 여행을 왔다니 정말 잘됐네요. 하지만 아무것도 찾지 못할 거예요. 나올 게 없으니까요."

"나도 웬만하면 당신 말에 동의했을 겁니다. 한데 당신 남편에게 텍사스주에 가본 적이 있냐고 물었더니 가본 적이 없다고 단호하게 말하더군요."

웬디는 아둔한 남편에게 짜증이 확 치밀었지만 그냥 이렇게 말했다. "솔직히 말해서, 그이는 요즘 깜빡깜빡해요."

"왜죠?"

그녀는 심호흡을 하며 자신이 짜증 났다는 걸 스탠이 알아차리기를 바랐다. "술을 너무 많이 마셔서 가끔씩 옛날 일을 잊어버려요. 저기, 지금은 당신한테 짜증이 나서 집에 가야겠어요. 내 술값은 당신이 낼 거죠?"

"업무 경비로 처리하죠." 자신의 명함을 바 테이블에 내려놓더니 그녀 쪽으로 밀며 스탠이 말했다. 웬디는 그냥 두고 가려다가 혹시 몰라서 명함을 집어 들었다.

유달리 밝은 별로 뒤덮인 밤하늘 아래에서 웬디는 집으로 걸어가며 남편에게 전화해 당장 집에 오라고 할까 고민했다. 하지만 톰은 이미 꽤 취했을 테고, 그녀는 톰이 맨정신일 때 얘기하고 싶었다. 내일 아침에 얘기해도 늦지 않았다. 집에 도착해 와인 한 잔을 따른 다음, 날씨가 꽤 쌀쌀했는데도 방충망이 설치된 포치에 나가 앉았다. 톰이 텍사스주에 가지 않았다고 거짓말을 한 것과 바에서 새로 사귄 친구가 누가 봐도 사립 탐정이라는 걸 눈치채지 못한 것 둘 다 한심하기는 마찬가지였다.

차 한 대가 진입로에 들어서며 헤드라이트가 포치의 방충망을 스쳐 지나갔다. 차 문이 쾅 닫히더니 제이슨이 "고맙습니다!"라고 외치는 소리가 들렸다. 그가 뒷문으로 들어오자, 웬디는 자신이 포치에 있다고 소리쳤다. 제이슨은 그녀에게로 와서 그날 본 영화에 대해 이런저런 얘기를 했다. 〈원스〉라는 영화였는데 아일랜드 가수들 얘기인 듯했다.

## ii

금요일에는 오후 수업만 있었으므로 톰은 약간 늦잠을 잘 생각이었으나 웬디가 그를 흔들어 깨우더니 출근 전에 할 얘기가 있다고 했다. 톰은 옷을 입으면서 자신이 뭘 잘못했을지 머릿속으로 온갖 가능성을 훑었다.

"나 혼나는 거야?" 조리대 앞 스툴에 미끄러지듯 앉으며 톰이 말했다. 웬디는 잼 바른 토스트를 먹고 있었다. 매일 먹는 아침 식사였다.

"글쎄. 잘 모르겠어." 그녀의 얼굴에 스친 뭔가가 그를 불안하게 했다. 웬디는 초조해 보였다.

"커피부터 마셔야겠어." 톰이 말했다.

"거기 있어. 내가 가져올게."

웬디가 그에게 커피가 든 머그잔을 건네며 말했다. "태번에서 알게 된 당신 친구 스탠은 사립 탐정이야. 브라이스의 죽음을 조사 중이라고."

"뭐?"

"어떻게 그걸 모를 수가 있어, 톰? 너무 뻔하잖아."

"너무하네. 그냥 술집에서 말 좀 섞은 남자가 20년 전 일로 나를 조사 중이라는 걸 내가 무슨 수로 알겠어?"

웬디는 목소리를 낮춰서 말했다. "우리는 평생 방심하면 안 된다는 거 알잖아. 어딘가에 우리를 지켜보는 눈이 있으리라는 것도. 예전에 다 얘기했잖아."

"나는 방심하지 않았어."

"아닌 거 같던데."

"그 남자에게 아무 말도 안 했다고."

"텍사스주에 간 적 없다고 했다며."

"맞아. 그게 왜?"

"왜냐하면 당신은 간 적이 있으니까, 톰. 그리고 스탠은 그 사실을 알아. 당신의 탑승 기록이 남아있거나, 오스틴에 있는 당신 친구들과 얘기를 했겠지. 누가 알겠어. 그건 중요하지 않아. 어쨌든 스탠은 당신이 거짓말했다는 걸 안다고."

"맙소사." 갑자기 목구멍 뒤로 쓴맛이 올라왔고, 이러다 토할 것 같았다. 톰은 쓴 커피를 한 모금 삼켰다. "나는 별일 아니라고 생각했어. 그 남자는 텍사스주 출신이었잖아. 그래서 나한테 물었을 때, 그러니까, 나는 까맣게 잊어버리고…."

"신경 쓰지 마. 이 일은 내가 알아서 할게, 톰. 대신 다시는 스탠과 얘기하지 마. 알았지? 설사 스탠이 우리 집이나 당신 사무실로 찾아와도. 아니면 뭐, 말은 해도 돼. 하지만 중요한 얘기는 하지 마. 그냥 텍사스주에 갔던 걸 잊어버렸다고 해. 나도 그렇게 말했으니까."

"대체 그 남자랑 언제 얘기한 거야?"

웬디는 어젯밤에 스탠과 나눈 대화를 전부 말해줬다. 웬디가 말하는 동안 톰은 자기도 모르게 그녀의 목에 붉거진 힘줄을 뚫어지게 바라봤다. 화가 나서 유독 힘줄이 도드라진 건지, 나이를 먹으며 진작 그렇게 됐는데 그가 이제야 알아차린 건지 알 수 없었다.

"하지만 아무것도 찾아내지 못하겠지?" 웬디의 말이 끝나자 톰은 그렇게 말했다. 확인받고 싶어 안달 내는 어린애처럼 들리지 않기를 바라며.

"당연하지. 배링턴가에서 나를 의심하리라는 건 처음부터 알았잖아. 하지만 그 사람들은 아무것도 증명할 수 없어. 당신이 바보 같은 말만 안 하면 걱정할 거 없다고."

톰은 속이 뒤틀려 자리에서 일어나 화장실에 다녀오겠다고 했다. 몸이 너무 안 좋았다. 하지만 어젯밤 퀴즈 게임에서 그의 팀이 역전승한 기념으로 마신 위스키 사워 때문일 수도 있었다. 그때가 100년 전처럼 아득하게 느껴졌다.

부엌으로 돌아온 톰은 출근하려고 코트를 입고 있던 웬디에게 사과했다.

"당분간은 집에서 마시는 게 좋겠어." 그녀가 말했다.

"술을 줄일게. 아예 끊거나. 어차피 그래야 했어. 근데 이 남자는 어떻게 하지?"

"내가 알아서 할게. 이제 그자의 정체를 알았으니까 말 안 섞으면 그만이야. 걱정할 거 없어. 게다가 당신이 그때 텍사스주에 있었다는 건 별일 아닐 거야. 스탠도 그렇게 생각할 거고. 스탠은 죽은 여자에게 더 관심이 있더라고. 아마 브라이스랑 함께 자던 여자였겠지."

"뭐?"

"미안. 내가 그 얘기를 안 했네. 알렉산드라 프리치라고 했던 거 같아. 대학생인데 아마 성매매 조직에 연루됐을 거야. 브라이스와 같은 날 죽었대. 그 사건이 대체 이 일과 무슨 상관이 있다는 건지 모르겠지만. 당신 괜찮아?"

"괜찮아. 어젯밤에 너무 많이 마셨어."

"그만 가야겠다. 회의에 늦었어."

웬디가 떠난 후에 톰은 화장실로 가 심하게 토했다.

### iii

웬디가 사무실에 도착해서 제일 먼저 한 일은 전 직원이 참석하는 회의를 취소한 것이었다. 새로운 운영 목표를 설정하기 위한 아이디어 회의였는데 한동안 미뤄도 아무 문제 없었다. 그런 다음 사무실 문을 닫고 노트북을 열어 사립 탐정 스탠이 언급했던 여자의 이름을 기억해내려 했다. '프리치'와 '러벅'으로 검색하자 관련 기사가 떴다. 알렉산드라 프리치는 캐프록대학 재학생으로 1992년 8월 22일, 브라이스가 익사한 바로 그 날 흉기에 찔려 사망했다. 머릿속에서 여러 가능성이 꼬리에 꼬리를 물었다. 브라이스가 죽던 날 밤, 혹시 알렉산드라가 어떤 식으로든 그와 함께 있었을까? 하지만 그건 앞뒤가 맞지 않았다. 브라이스는 해피레이크에 있는 집에 있었던 반면, 그녀는 러벅에서 살해됐기 때문이다.

가장 신경 쓰이는 건, 그녀가 여자의 죽음을 언급했을 때 톰이 보인 반응이었다. 그의 표정에는 변화가 없었지만 핏기가 사라지며 얼굴이 아주 창백해졌다. 그 순간, 웬디는 톰이 그녀에게 말하지 않은 비밀이 있는 게 아닐까 의심스러웠다. 마음속에서 의심의 문이 열리며 수많은 가능성이 쏟아져 들어왔다. 그들, 그러니까 톰과 그녀는 서로에게 모든 걸 말하기로 했다. 둘 사이에 비밀은 없어야 했다. 하지만 이제는 혹시 목격자가 있었던 게 아닐까 의심하지 않을 수 없었다. 만약 그렇다면 왜 톰은 그 얘기를 하지 않았을까? 몸이 경직되자 웬디는 어깨에서 힘을 빼고 숨을 들이쉬었다. 톰의 핏기 없는 얼굴은 어젯밤에 술을 너무 많이 마셨기 때문일 수도 있었다. 톰이 아침이면 숙취로 고생하는 걸 숱하게 봐온 터라 그가 한나절 동안 울렁증과 싸우다 결국 다시 술을 마시리라는 걸 알았다. 하지만 그 가설은 톰이 텍사스주에서 있었던 중요한 일을 숨긴다는 가설보다 설득력이 떨어졌다. 웬디는 다시 차를 타고 집으로 가서 톰에게 전부 다 말하라고 다그칠까 생각했다. 10년 전이었다면 그렇게 했으리라.

결국 좋든 싫든 둘은 한배를 탔다. 하지만 마음 한구석으로는 텍사스주에서 무슨 일이 있었든지 간에 톰이 그 일을 감당하지 못하는 게 아닐까 걱정됐다. 또한 자신이 진실을 알고 싶은지도 확실하지 않았다. 차라리 그냥 문제를 해결하고 싶었다.

웬디는 가방을 뒤적여 어젯밤에 받은 명함을 꺼냈다. '스탠리 베널리, 보안 컨설턴트'라는 문구와 전화번호만 적혀있었다. 그가 실제로 승인받은 사립 탐정인지 의심스러웠다. 명함만 보면 아닌 듯했다. 그녀는 스탠에게 전화해 약속을 잡았다.

그날 오후, 톰이 출근하고 없을 때 웬디는 일찌감치 퇴근해 침실의 금고를 열었다. 1킬로그램짜리 골드바 하나를 꺼낸 다음, 혹시 필요할지 모를 물건 두 개도 챙기기로 했다. 2008년에 금융 위기를 맞아 보유 중이었던 주식이 거의 휴지 조각이 되는 걸 지켜본 후로 그녀는 골드바를 구입했다. 예전에 엄마가 현금이 든 봉투를 냉동고 깊숙이 숨겨두고는 했는데 그녀에게는 골드바가 그런 존재가 아닐까 싶었다.

스탠은 구스넥 반도에서 유일하게 저렴한 숙소인 쇼어뷰 모텔 19호실에 묵고 있었다. 웬디는 길 건너 편의점과 댄스 스튜디오, 지금까지 그녀가 먹어본 중국 식당 중에서 최악이었던 식당을 포함해 상점이 늘어선 상가의 주차장에 차를 댔다. 묵직한 가방을 옆에 멘 채 길을 건너 스탠이 묵는 방의 문을 두드렸다. 그가 문을 열어줬다.

웬디는 쇼어뷰 모텔 방에 들어가본 적이 없었지만 방 안은 상상했던 그대로였다. 어두웠고 쿰쿰한 냄새가 났으며 벽에는 촌스럽고 색이 바랜 바닷가 풍경화가 걸려있었다. 그녀는 하나뿐인 의자에 앉았다. 스탠은 침대 가장자리에 앉았다. 그는 회색 정장 바지에 누렇게 바랜 흰 셔츠를 입고 있었다.

"무슨 일이 있었는지 알 거 같지만 당신 의뢰인은 내 설명이 탐탁지 않을 거예요." 너무 연습한 것처럼 들리지 않기를 바라며 그녀가 말했다.

"무슨 일이 있었는데요?"

"당신도 알다시피 브라이스가 죽던 날, 나는 러벅에 없었어요. 그 인간에게서 벗어나 너무 행복했죠. 아마 브라이스도 혼자 있어서 좋았을 거예요. 브라이스는 개쓰레기였어요. 틀림없이 매춘과도 관련돼

있을 거고요."

"그럼 두 사건이 연관됐다고 생각하나요?"

"모르겠어요. 당신이 말했던 여자는 들어본 적이 없어요. 내가 하고 싶은 말은 그날 밤 브라이스가 시내에 나가 술을 마셨다고 해도 나로서는 전혀 놀랄 일이 아니라는 거예요. 브라이스에게 살인자의 자질이 있다고는 생각하지 않아요. 그런 성향이 있는 사람은 아니에요. 하지만 그 여자가 우연히 죽었고, 브라이스는 무서워서 그걸 살인으로 위장하려고 했을 수도 있죠. 나도 모르겠어요. 만약 그랬다면 집에 돌아온 브라이스가 죄책감에 수영장에서 스스로 목숨을 끊었을 수도 있고요."

스탠이 흉한 이를 드러내며 미소를 지었다. "네, 그 생각도 해봤습니다. 하지만 내 의뢰인은 그렇게 생각하지 않아요."

"그 의뢰인 생각을 내가 굳이 알아야 하나요?"

"내 의뢰인은 알렉산드라 프리치가 브라이스에게 무슨 일이 일어났는지 목격했고, 그래서 살해됐다고 생각합니다."

"브라이스에게 일어난 일이라는 건 멍청하게 자기 집 수영장에 빠져서 나오지 못한 거예요. 당신 의뢰인은 지푸라기라도 잡는 심정으로 이 일에 매달리는 거고요. 그리고 내 말 믿어요. 내 남편은 이 일과 아무 상관 없어요. 자기가 텍사스주에 간 것조차 기억하지 못하는 사람이에요."

"글쎄요. 아마 기억할 거 같은데요. 근데 여기 온 진짜 이유가 뭡니까?" 스탠이 말했다.

"당연히 당신은 하고 싶은 대로 할 수 있어요. 하지만 나는 당신에게 부탁하러 왔어요. 내 인생에서 슬론 배링턴이 사라졌으면 좋겠어요. 그 여자는 내가 자기보다 가족의 재산을 더 많이 받았다는 이유로 수년간 나를 집요하게 괴롭혔어요. 이 모든 일이 다 그 돈 때문이에요. 다른 이유는 없다고요. 그리고 나는 현재 힘든 시간을 보내고 있는 남편을 신경 쓰게 하고 싶지 않아요. 내가 원하는 건 그것뿐이에요."

"남편분은 전혀 힘들어 보이지 않던데요."

"남편이 술을 마실 때 봐서 그래요. 톰이 유일하게 편안해하는 시간이죠."

스탠은 다리를 풀었다가 다시 꼬더니 이렇게 말했다. "네, 내 의뢰인이 그런 말을 하기는 했습니다. 자기가 받아야 할 유산 중에서 당신이 꽤 많은 액수를 가져갔다고요."

웬디는 숨을 들이쉬며 그런 모습을 스탠에게 들키지 않았기를 바랐다. 그녀가 바랐던 대로 스탠은 협상할 의사가 있어 보였다. 그래서 웬디는 대수롭지 않다는 듯이 이렇게 말했다. "당신이 텍사스주로 돌아가 의뢰인에게 아무것도 찾아내지 못했다고 말하려면 내가 뭘 해야 하나요?"

30분 뒤 다시 모텔 밖으로 나온 웬디는 강한 햇살에 실눈을 떠야 했다. 아까도 이렇게 눈이 부셨던가? 기억나지 않았다.

아스팔트 도로를 가로지르는데 왼쪽에서 남자 목소리가 들렸다. "웬디 그레이브스?"

돌아보니 남편의 역겨운 동료 알렉스 데이턴이 만면에 미소를 지은 채 모습을 드러냈다. 중년의 위기를 겪으며 자신의 남성성을 과시하고자 구입한 머스탱을 빙 돌아 그녀에게 다가왔다.

"이게 누구야. 역시 당신이었네요." 알렉스는 그녀가 나온 문을 돌아봤다. "근데 여기는 어쩐 일이에요, 웬디?"

"당신이 알 바 아니에요, 알렉스. 그리고 나도 당신에게 같은 질문을 할 수 있어요."

"나는 다 말해줄 수 있어요. 당신이 듣고 싶다면."

웬디는 고개를 저었다. "미안하지만 관심 없어요. 그리고 이만 가봐야 해요."

"차는 어디에 댔나요?" 그는 고개를 좌우로 돌리며 주차장을 둘러보다가 길 건너편 상가를 발견했다. "아, 저기 있군요. 정말 나쁜 짓을 하려고 왔나 봐요, 웬디. 내가 질이 나쁜 인간이었다면 이 일로 당신을 협박했을 겁니다."

"알렉스, 지금 농담할 기분 아니에요. 늦었어요. 그만 갈게요."

길을 건너 차로 걸어가는 동안 웬디는 자신을 바라보는 알렉스의 눈길을 느낄 수 있었다. 무력하고 벌거벗은 기분이었다. 집 진입로에 차를 세울 무렵, 그 감정은 완전히 다른 뭔가로 바뀌었다. 예전부터 알렉스가 싫기는 했지만—그를 좋아하는 사람은 없었다—지금은 그에게 순수한 증오를 느꼈다. 그에게 약점이 잡혔다는 약간의 두려움도 함께.

웬디는 집으로 들어가 잠자에게 밥을 준 뒤 가방을 들고 위층으로 올라갔다. 모텔방에서 필요할지도 모른다고 생각했던 물건을 몇 개 가져간 터였다. 첫 번째는 약을 보관하는 욕실 수납장 맨 위 칸 깊숙한 곳에서 찾아낸 콘돔이었는데 결국 사용하지 않은 채 제자리에 뒀다. 그다음에는 금고를 열어 전기 충격기와 끝에 납이 달린 가죽 곤

봉을 다시 넣었다. 두 물건은 어디까지나 자기방어용이었다. 비록 스탠 베널리가 샤워를 하다가 크게 넘어져 죽은 것처럼 위장하는 계획이 잠시 머릿속에 떠오르기는 했지만, 그래도 그 계획을 실행할 필요가 없어서 다행이었다. 그녀는 그저 자기가 맡은 일을 할 뿐인 이 탐정에게 아무런 유감이 없었다.

금고를 닫기 전에 남은 골드바 여섯 개를 바라봤다. 골드바 하나가 사라진 걸 톰이 눈치챌 리 없었다.

웬디가 진이 빠져 침대에 눕자 잠자가 관심을 바라며 슬며시 다가왔다. 그녀는 눈을 감고 생각에 잠긴 채 잠자의 등을 쓰다듬었다. 알렉스 데이턴과 그의 얄미운 미소, 그녀의 비밀을 알아냈다는 사실에 그가 느꼈을 기쁨을 생각했다. 예전부터 웬디는 그들이 함께 저지른 범죄에서 톰 혼자만 살인의 기억을 안고 살아야 한다는 사실이 마음에 걸렸다. 하지만 이제는 적어도 그녀만의 살인을 저지르기에 손색없는 대상이 생겼다.

그 생각만으로도 기분이 나아졌다.

3부

# 검은 구멍

# 2011

웬디와 가장 친한 직장 동료 주디는 일주일 후에 워싱턴 DC로 이사할 예정이었다. 그래서 그들은 남은 시간 동안 가능한 한 자주 함께 점심을 먹기로 했다. 마침 금요일이었으므로 둘은 로커웨이 호텔의 야외 테라스에 앉아있었다. 매사추세츠주의 이상적인 9월 날씨였다. 기온은 따뜻하고 습도는 낮았으며 관광객도 비교적 드물었다. 그들은 각자 피시 타코를 주문했고, 소비뇽 블랑 한 병을 나눠 마시고 있었다. "이렇게 있으니까 휴가 온 거 같다." 로커웨이 호텔에서 점심을 먹을 때마다 주디는 늘 그렇게 말했다.

"네가 떠난다니 믿기지가 않아."

"알아. 그래도 나를 만나러 올 거잖아."

"당연히 가야지." 웬디는 그렇게 말했지만 거짓말임을 알고 있었다. 주디를 좋아하기는 해도 어디까지나 직장 동료일 뿐이었다. 주디가 떠나고 나면 둘은 한동안 연락을 주고받을 테지만 아마 다시는 만나지 않을 터였다. 주문한 음식이 나왔고, 웨이터는 둘의 잔에 와인을 좀 더 따라줬다. 막 식사를 시작하려는데 갑자기 주디의 눈이 살짝 커졌다. 주디는 해를 등진 채 레스토랑 안쪽을 향해 앉아있었다.

"누구를 봤는데 그래?" 웬디가 뒤를 돌아보며 물었다.

"톰. 혼자가 아니야."

음모라도 꾸미는 듯한 주디의 속삭임에 짜증이 나서 웬디는 의자에 앉은 채 몸을 완전히 돌려 그쪽을 바라봤다. 톰은 웬디가 모르는 여자와 바에 함께 있었는데 그보다 적어도 열다섯 살은 어려 보였다. 톰은 메뉴판에 집중하고 있었고—아마 맥주 목록을 들여다보는 중이리라—야외 테라스에 앉은 아내를 못 본 게 분명했다.

"급이 다른 상대를 노리고 있네." 웬디가 말했다.

"그게 무슨 말이야?" 주디가 당황하며 말했다. 그제야 웬디는 주디에게 비유를 잘 이해하지 못하는 특이한 면이 있다는 사실을 떠올렸다.

"아냐, 그냥 농담이야. 만약 톰이 저 여자애와 잘해보기를 바란다면 어림도 없다는 말이었어. 딸뻘인 데다 엄청나게 예쁘잖아."

주디가 테이블 위로 몸을 내밀었다. "톰이 바람피우니?"

웬디는 한숨을 쉬며 뭐라고 대답해야 할지 생각할 시간을 벌었다. "아니, 그렇지는 않아. 하지만 톰은 주제를 모르는 아저씨니까 틀림없이 이런저런 상상을 하겠지. 별일 아냐. 나는 신경 안 써."

"무슨 상상?"

"아마 자신의 결점을 모르는 여자가 자신을 완벽한 남자로 봐주기를 바랄 거야. 새출발하고 싶은 거지. 다들 그러지 않아?"

"그럼 너는 바람피워?"

주디가 점점 더 믿기지 않는다는 듯이 질문하자 웬디는 그녀를 약간 놀라게 해주고 싶었다. "당연히 심각한 건 아냐. 우리 관계는 끈끈해. 하지만 이렇게 오래 살다 보면 가끔 한눈을 팔 수도 있지."

"정말?"

"응."

"나 지금 약간 충격받았어. 이유는 모르겠지만 나는 너랑 톰이…. 둘은 내게 이상적인 부부였거든. 너무 잘 어울리고 사이도 좋잖아."

"그건 아마 서로 누구랑 식당에 가는지 신경 안 써서 그럴 거야."

"아, 나는 그런 뜻으로 한 말은…."

"주디, 괜찮아. 톰 때문에 우리 점심을 망치지 말자."

그들은 화제를 바꿨다. 주디는 기금 마련 부서에서 자신의 후임으로 뽑힌 어린 신입 사원에 대해 장황하게 늘어놨다. 신입 사원은 벌써 일을 시작했고, 주디는 인수인계를 하는 중이었다. 주디의 말을 들으며 와인을 마시던 웬디는 문득 그녀와 주디의 관계가 온통 다른 동료에 대한 험담과 주디의 끔찍한 연애사에 대한 수다를 기반으로 했음을 깨달았다. 다음 주쯤이면 주디가 사무실 사람들에게 그녀와 톰이 일종의 오픈 릴레이션십이라는 소문을 퍼뜨리는 게 아닐까? 그건 사실도 아니었다. 물론 톰은 두어 번 짧게 바람을 피웠고 일시적으로 누군가에게 홀딱 반한 적도 많지만, 웬디는 그런 일을 그저 살면서 재미나 희망을 잃지 않게 해주는 양념 정도로만 생각했다. 웬디는 톰이 과거에서 벗어나지 못한다는 걸 알고 있었다. 따라서 귀여운 새 조교든 누구든 간에 저렇게 데이트하는 게 잠시나마 과거를 잊는 데 도움이 될 터였다. 그녀가 유일하게 진심으로 걱정하는 일은 톰이 정말 누군가와 사랑에 빠져 그가 한 짓, 아니 그들이 한 짓을 털어놓는 것이었다.

그녀의 경우에는 3년 전 세인트루이스에서 열린 세미나에서 만난 남자와 딱 한 번 바람을 피웠을 뿐이었다. 혹은 섹스만 했거나. 말도 안 되게 잘생긴 남자였다. 아니면 그저 영국식 억양 때문에 그렇게 느꼈을 수도 있고. 어쨌든 웬디는 그 남자와 한번 자보기로 했다. 왜냐하면 당시 톰은 다른 여자에게 빠져서 2주에 한 번 꼴로 집에 왔으며 컨트리송 가사에 나오는 진부한 묘사처럼 싸구려 향수와 술 냄새를 잔뜩 풍겼기 때문이다. 그녀가 잤던 남자는 제이컵 램버트였는데 ─심지어 이름도 매력적이었다─ 다소 짧은 잠자리 후에 자신은 섹스 중독으로 힘든 시기를 보내고 있으며 그 때문에 결혼 생활도 파탄이 났다고 털어놨다. 그녀로서는 부담스러운 얘기였고, 웬디는 다시는 바람을 피우지 않으리라 다짐하며 호텔방에서 나왔다. 그녀 인생에 예민하고 의존적인 남자는 한 명으로 족했다.

"맙소사, 나중에 여기가 그리울 거야." 바다를 보며 주디가 말했다.

"주디, 부탁이 있는데 방금 내가 한 말, 직장 사람들에게는 비밀로 해줄래? 그냥…."

"당연하지. 절대 말하지 않을게. 우리 둘만의 비밀이야."

"고마워."

"비밀 얘기가 나와서 말인데 상대가 누구였어? 내가 아는 사람?"

웬디는 대충 지어낼까 하다가 결국에는 세인트루이스에서 만난 영국 남자 얘기를 했다. 또한 나중에 그가 섹스 중독 얘기를 하면서 울었던 일도. 주로 웬디가 주디의 끔찍한 데이트 얘기를 들어주는 쪽이었기 때문에 이렇게 입장이 바뀐 건 둘의 관계에서 신선한 변화였다.

"그래도 잘생겼다며." 주디는 그렇게 말하더니 와인을 한 병 더 시킬지 물었다.

"나는 잠깐 얼굴이라도 비추러 사무실로 돌아가야 해. 너는 마음대로 해. 어차피 잘릴 걱정도 없으니까."

"톰에게 인사할 거야?"

"아니. 톰이 나를 봤다면 모를까. 나를 본 거 같아?"

"봤을 리가 없지."

"그냥 내버려두고 오늘 저녁에 뭐라고 하는지 봐야겠어."

"좋은 생각이야." 주디가 이번에도 공모하듯이 속삭였고, 불현듯 웬디는 그녀가 곧 떠난다는 사실에 안도했다.

그날 저녁 여덟 시가 넘어 마침내 톰이 집에 왔을 때, 그는 누가 봐도 만취한 상태였다. 살갗에서 술 냄새가 진하게 배어 나왔고, 희미한 담배 냄새까지 풍겼다. "오늘 제대로 놀았나 봐." 톰이 한 손에 큰 생수병을 들고, 다른 손에는 칵테일 같은 술을 든 채 그녀가 있는 포치로 나왔다.

"솔직히 에일 맥주 몇 잔밖에 안 마셨어." 톰이 영국식 억양을 흉내 내며 말했다. 웬디가 그다지 좋아하지 않는 영국 영화 〈회색빛 우정〉에 나오는 대사였다.*

"오늘 로커웨이 호텔에서 당신을 봤어. 데이트 중이더라?"

"그랬어? 그게 언제였는데?"

---

• 술에 잔뜩 취한 주인공이 경찰에게 변명조로 하는 대사. 영화 마니아들이 자주 패러디한다.

"낮에 주디랑 점심 먹으러 갔어. 주디가 송별 기념으로 매일 점심을 함께 먹어야 한다고 우기잖아. 그 여자애는 누구야?"

"음, 점심 시간에 내 데이트 상대는 사랑스러운 에마 레비에바였어. 로렌이 진행했던 여름 댄스 프로그램에 참여했던 친구야. 근데 당신, 그 난리통은 못 봤겠군."

"무슨 말이야?"

"문과 교수들을 위한 새 학기 기념 파티였어. 여름 방학 동안 일했던 인턴들의 송별회이기도 했고. 난리도 아니었어."

"누가 왔는데?"

"늘 오는 사람들. 알렉스가 끔찍한 연설을 했지."

"누구에게?"

"모든 사람에게. 모두가 다 듣지는 않았지만 그래도 했어."

"또 무슨 일이 있었는데?"

톰이 그날 오후에 있었던 일을 말해주려고 기억을 더듬는 동안 웬디는 그가 이 파티에 대해 미리 말했는지 기억해내려 했다. 아마 말했는데 관심이 없어서 잊어버렸으리라. 웬디는 톰이 말하면 할수록 그가 얼마나 취했는지 알 수 있었다. 같은 얘기를 하고 또 하는가 하면 몇몇 단어는 제대로 발음하지 못했다. 제이슨이 친구 줄리아네 식구들과 영화를 보러 가서 다행이었다.

그날 밤늦게 둘은 소파에 앉아 톰이 새로 구입한 크라이테리온 컬렉션\*의 〈사냥꾼의 밤〉을 봤다. 웬디는 자신도 모르게 텔레비전 화

---

• 고전 영화를 최상의 품질로 복원해 출시하는 DVD 제작 회사다.

면의 깜빡이는 불빛 속에서 톰을 유심히 바라봤다. 그는 위스키를 홀짝이며 화면을 응시했고, 가끔 그녀를 돌아보며 영화 속 상황에 대해 한마디씩 했다. 웬디는 마음이 복잡했다. 사실 요즘 들어 계속 그랬다. 그녀는 남편이 정신적으로 더 강해지고, 술은 줄이고, 삶을 어느 정도 통제할 수 있기를 바랐다. 톰의 현재 모습은 그녀를 화나게 했다. 하지만 동시에 안쓰럽기도 했다. 그런 마음이 들 때면 톰이 오래전 처음 만났을 때처럼 어린 소년으로 보였다. 당시 그는 지금의 제이슨보다 고작 서너 살 위였다. 만약 그가 스쿨버스에서 그녀의 옆자리에 앉지 않았더라면 어떻게 됐을까? 아마 그녀의 삶은 더 나빠지고, 그의 삶은 더 나아졌을 테지만 모를 일이었다.

톰은 그녀를 돌아보며 손가락 마디가 보이게 두 주먹을 내밀었다. "봐, 나는 HATE와 HATE야." 지금 그들이 보는 영화 속 장면을 흉내 낸 것이었다. 영화에서 주인공 로버트 미첨은 자신의 내면에서 선악이 충돌한다는 의미로 주먹을 쥐었을 때 보이는 네 개의 손가락 마디에 문신을 새겼다. 한쪽 주먹에는 'LOVE(사랑)', 다른 쪽 주먹에는 'HATE(증오)'였다.

"당신이 정말 증오로만 가득 찬 사람이라고 생각하는 건 아니지?"

"가끔은." 톰은 그렇게 말하며 웃었다. "나는 나쁜 놈이잖아."

몇 주 전 어느 밤, 술에 취해 우울과 절망에 빠진 톰이 침대로 와 웬디를 깨우더니 나중에 자신들이 죽으면 지옥에 가냐고 물었다. 그는 정신이 나간 듯했다. 자기 자신을 비웃었지만 정말로 괴로운지 눈에는 눈물이 맺혀있었다. 이튿날 그녀는 톰에게 기분이 어떠냐고 물었는데, 그의 대답으로 보아 전날 밤 일은 전혀 기억하지 못하는 게 분명했다. 지금 일도 제대로 기억하지 못하는 게 아닐까 의심스러웠다.

"당신은 사랑이 많은 사람이야, 톰." 그녀가 말했다.

"응, 나도 알아. 하지만 다른 사람은 그렇게 생각하지 않을 거야. 내가 한 짓을 알게 된다면."

웬디는 이 화제가 넘어가기를 바라며 대답하지 않기로 했다. 하지만 잠시 후 그가 큰 소리로 말했다. "그럼 한 손가락에만 'LOVE', 나머지에는 'HATE'를 새길까 봐."

"쉿. 곧 제이슨이 돌아올 거야."

톰은 한 손으로 한쪽 눈을 꾹 눌렀고, 순간 그녀는 톰이 금방이라도 울 것 같다고 생각했다. 그래서 곁으로 다가가 두 손으로 그의 얼굴을 감쌌다. "당신은 좋은 사람이야, 톰 그레이브스. 한 가지 행동만으로 그 사람을 규정할 수는 없어."

"알아, 알아." 톰은 이를 악물고 울지 않으려 했다.

"내 말 들어. 정신 똑바로 차려야 해. 나만이 아니라 이제는 제이슨도 생각해야 해. 과거는 과거일 뿐이야."

"당신은 아무렇지도 않아?" 톰이 갈라지는 목소리로 물었다.

웬디는 그의 눈에 비친 텔레비전 화면을 보고 뒤를 돌아봤다. 한밤중에 아이들이 강물 위를 떠내려가고 있었다. 그녀는 리모컨을 들어 화면을 정지했다.

"나는 그 일을 잊지 않았어. 하지만, 맞아. 나는 아무렇지도 않아. 우리는 과거로 돌아가서 그 일을 되돌릴 수 없어. 설사 그럴 수 있다고 해도 내가 그렇게 할지 잘 모르겠어. 왜냐하면 지금 우리는 잘 살고 있잖아. 안 그래?"

"그렇지, 그래." 이제 톰은 이를 악물고 어깨를 들썩이며 본격적으로 울었다.

웬디는 그를 더 꼭 끌어안았고 그의 눈물이 그녀의 볼에 닿았다. 제이슨이 언제 올지 몰라 마음이 조마조마한 상황에서도 남편을 향한 깊은 사랑이 복받쳤다. "쉿." 웬디는 그를 더 바짝 끌어당겼다.

"우리는 잘 살고 있어." 톰이 울먹이며 말했다. "그 사람들은 그러지 못하지만 우리는 잘 살고 있어."

"'그 사람들'이 누구야?" 그녀가 물었지만 톰은 더 크게 울었을 뿐, 끝내 대답하지 않았다.

10분쯤 뒤 마침내 울음을 그친 톰은 자리에서 일어나 욕실로 갔다. 세수를 했는지 젖은 얼굴로 돌아왔고 한 손에는 새로 따른 술을 들고 있었다. "내 꼴이 엉망이네. 제이슨은 언제 와?" 그가 말했다.

"올 시간이 지났어. 당신은 그만 자는 게 어때?"

"알았어." 그렇게 말한 톰은 손에 든 위스키를 보더니 어리둥절한 표정이었다.

"술 잘 마실게." 웬디는 톰의 손에서 위스키를 가져가 길게 들이켰다. 위스키의 독한 맛에 몸서리치지 않으려고 노력하며. "침실까지 부축해줄게."

자갈이 깔린 진입로에 차 소리가 날 무렵에 톰은 잠들어있었다. 코니 앨버레즈가 제이슨을 차로 데려다주는 소리였다. 웬디는 아들을 맞이하러 아래층에 내려갔다. 제이슨은 오늘 본 영화 〈혹성 탈출〉에 대해 할 말이 많았지만, 웬디는 아들이 피곤하다는 걸 알 수 있었다. 열한 시쯤에야 간신히 제이슨을 침실로 들여보내고 방문을 닫았다. 그다음에는 양치를 하고 침실로 들어갔다. 톰이 술을 많이 마신 날이면 늘 그렇듯 그의 목 깊숙한 곳에서 터져 나오는 특유의 코골이 소리가 간간이 정적을 깨뜨렸다.

웬디는 홑겹 이불 아래로 미끄러지듯이 들어가 조앤 디디온의 《상실》을 펼쳤다. 몇 페이지밖에 남지 않았는데도 도무지 집중이 되지 않았다. 대신 망각의 잠에 빠진 톰을 지켜봤다. 만약 그가 영영 깨어나지 않는다면, 한밤중에 갑자기 그의 심장이 멎는다면 어떤 기분일까? 물론 마음이 아플 테지만 한편으로는 다른 감정도 있었다. 안도감? 홀가분함? 톰은 지금 상태가 좋지 않았고 앞으로도 나아질 것 같지 않았다. 아까 남편에게 한 말, 과거를 후회하지 않는다는 말은 사실이었다. 하지만 가끔은 그녀가 직접 해낼 방법을 찾아내지 않았다는 사실이 후회됐다.

웬디는 독서등을 끄고 몸을 웅크렸다. 그녀가 잘 때 즐겨 하는 자세였다. '그 사람들'이 누구일까? 그녀는 톰이 했던 말을 속으로 생각했다가 신경 쓰지 않기로 했다. 내일이면 톰도 술이 깰 것이다. 어쩌면 가족끼리 나들이를 갈 수 있을지도 모른다. 어쨌든 내일은 토요일이었고, 날씨도 좋을 거라고 했으니까.

# 2009

i

"내가 전화해볼게." 톰이 말했다.

"아마 그 애는 몽상에 빠져서 어딘가를 맴돌고 있을 거야."

"그래도." 톰은 이미 손에 유선 전화기를 들고 있었다. "번호 알아?"

웬디는 휴대폰을 뒤져 코니의 번호를 찾아내 톰에게 불러줬다. 하지만 내심 톰이 몇 분 더 기다렸다가 전화했으면 싶었다. 왠지 전화하는 순간 모든 게 달라질 것 같았다. 제이슨은 공식적으로 실종자가 되리라.

"아, 안녕하세요, 코니." 톰이 말했다. "혹시 제이슨 아직 거기 있나요?"

웬디는 코니의 비음 섞인 목소리가 울리는 건 들을 수 있었지만 무슨 말을 하는지는 알아들을 수 없었다.

"아뇨, 아직요." 톰이 말했다. "아마 그냥 어디서 빈둥거리고 있을 거예요. 제이슨이 정확히 몇 시에 나갔나요?"

전화를 끊은 뒤 톰이 웬디를 올려다봤다. 그의 얼굴이 하얗게 질려있었다. "나가서 찾아봐야겠어."

"그래." 웬디가 말했다. 코니와의 통화보다 창백한 톰의 얼굴 때문에 지금이 얼마나 심각한 상황인지 실감이 났다. 비록 걱정할 일은 없을 거라고 자신을 다독였지만. 제이슨은 여름 내내 단짝 줄리아의 집을 오갔다. 멀지 않은 거리여도 중간에 차가 제법 붐비는 길을 하나 건너야 했다. 또한 제이슨이 가끔씩 절벽 근처의 보호 구역을 가로질러 지름길로 가고는 한다는 사실을 웬디는 알고 있었다. 톰이 그러지 말라고 주의를 줬는데도 귀담아듣지 않았다.

"당신은 여기 있어." 톰이 말했다.

"어디를 찾아볼 건데?"

"그냥 마운트세일럼가까지 되짚어 가보려고."

"숲에도 가볼 거야?"

"내가 거기로 다니지 말라고 했어."

웬디는 어깨를 으쓱였다.

"알았어. 거기도 가볼게." 톰이 말했다.

"당신한테 휴대폰이 있으면 좋았을 텐데." 웬디가 말했다. 지난 몇 년간 둘은 이 문제로 끊임없이 다퉜다. 톰은 마치 이 세상에서 마지막으로 휴대폰을 사는 사람이 되겠다고 결심한 듯했다.

"알았어, 알았어. 하나 살게, 됐지? 하지만 지금 당장 살 수는 없잖아."

"내 걸 가져가. 혹시 제이슨을 찾으면 집으로 전화해. 알았지?"

그러나 30분 뒤에도 톰은 돌아오지 않았고, 전화도 하지 않았다. 웬디는 부엌 전화로 자신의 번호를 눌렀다.

"아직 못 찾았어." 톰이 말했다.

"숲에 가봤어?"

"응. 근데 지금은 코니네 집이야. 줄리아 말이 제이슨이 정확히 다섯 시에 나갔대."

"맙소사." 웬디는 지금이 거의 여섯 시 반이라는 걸 알면서도 손목시계를 봤다.

"저기, 여기 밥이 있는데 나를 도와주겠대."

"경찰에 신고해야 할 거 같아."

"그래, 알았어. 신고하자. 당신이 전화할 거야?"

"내가 할게."

결국 브림벌 숲에서 제이슨을 찾아낸 사람은 션 베리라는 경찰관이었다. 이미 해가 지고 난 여덟 시 직후였다. 경찰관이 손전등을 들고 길을 벗어나 수색하고 있을 때 도와달라는 제이슨의 힘없는 목소리가 들렸다. 알고 보니 그들의 아홉 살짜리 아들은 숲의 큰 바위에 올라갔다가 옆으로 떨어져 두 바위 사이의 틈에 껴버렸다. 발목을 심하게 삐었고, 머리에서는 피가 났다. 도와달라고 계속 소리를 질러댄 탓에 목도 쉬어버렸다.

제이슨은 뉴에식스 메모리얼 병원으로 이송돼 발목에 붕대를 감았고 인지 검사도 받았다. 웬디는 아들에게서 눈을 뗄 수 없었다. 제이슨은 그날 아침과 똑같았지만 왠지 완전히 달라 보였다. 아들이 실종된 두 시간 동안, 웬디는 어느새 마음속으로 아들에게 이별을 고했다.

이제 제이슨은 세상을 떠났으며 자신은 공허하고 끔찍한 여생을 보낼 거라고 단정했다. 심지어 짧게 기도까지 했는데 그 내용은 혼자만 간직하기로 했다. 웬디는 종교와 무관한 환경에서 자랐지만 초등학교 5학년 때 온 가족이 플로리다의 스위트검으로 이사해 1년간 산 적이 있었다. 당시 친구라고는 크리스티뿐이었는데, 그 애는 웬디가 세례를 받지 않았으니 죽으면 곧장 지옥에 갈 거라고 했다. 크리스티의 가족은 웬디를 성당에 데려갔고, 그 후로 한 달 동안 웬디는 기도만이 지옥 불에 떨어져 영원히 고통받지 않는 유일한 길이라고 믿었다. 그 습관은 한 달밖에 지속되지 않았지만, 그날 밤 웬디는 믿지도 않는 신에게 매달려 기적을 구했다.

제이슨이 절뚝거리며 침대로 간 후에 그녀와 톰은 손을 잡고 아래층으로 내려갔다. 톰은 앞쪽 포치로 나갔고, 웬디는 그에게 술을 마시겠냐고 물었다.

"모르겠어. 아예 술을 끊을까 생각 중이야."

"오늘 같은 날 술을 끊겠다고? 나는 아예 대접에 와인을 따라 마실 거야."

"그럼 조금만 마실게. 작은 잔으로."

둘은 나란히 앉아 만 쪽을 바라봤다. 안개가 자욱하고 별빛조차 없는 밤이면 마치 심연을, 세상의 끝을 바라보는 듯했다.

"제이슨을 다시는 못 볼 줄 알았어." 웬디가 말했다.

"나는 다시는 못 볼 거라고 확신했어." 톰이 말했다. "아니, 그건 아니야. 확신하지는 않았고 마음 깊은 곳에서 그 애가 우리 곁을 영영 떠났다고 느꼈어. 누군가가 밴을 몰고 나타나 그 애를 납치했고, 우리는 평생 어떻게 된 영문인지 모른 채 다시는 그 애를 못 볼 거라고."

"나도 그랬어."

둘은 잠시 말이 없었다. 웬디는 세상이 다시 제자리로 돌아왔다는 사실을 음미하려 했다.

"우리가 벌받은 줄 알았어." 톰이 말했다.

잠시 후에야 그 말의 뜻을 깨달은 웬디는 이렇게 말했다. "설사 끔찍한 일이 일어난다고 해도 그걸 벌이라고 할 수는 없어."

"무슨 뜻이야?"

"세상은 그런 식으로 돌아가지 않아."

"당신이 어떻게 알아?"

그들은 이 주제에 대해 오랫동안 얘기하지 않았고, 웬디는 싸우지 않고 이 대화를 빨리 마무리 지을 방법을 모색했다. "물론 그게 천벌일 수도 있지. 하지만 나는 그렇게 생각하지 않아."

"세상에는 자기가 저지른 짓으로 벌을 받는 사람도 있고, 보상을 받는 사람도 있어. 그건 사실이야."

"당연하지. 나는 단지 그런 일이 어떤 이유 때문에 일어난다고 생각하지 않아. 적어도 당신이 말하는 그런 이유 때문은 아니라고 생각해. 이 우주에 카르마를 관장하면서 착한 일을 한 인간에게 보상을 주는 보이지 않는 손은 없어."

"그런 손이 있다고 생각하는 사람도 많아."

"뭐 종교가 있는 사람들은 그러겠지. 저기, 당신과 싸우기 싫지만 지금 당신은 그냥 시비를 거는 거 같아. 사실은 당신도 나랑 같은 생각이잖아."

"왜? 내가 종교가 없어서? 나 예전에 교회 다녔던 거 잊지 말라고."

"기도한 적은 있고?"

톰은 대답하지 않았고, 웬디는 말을 이었다. "당신도 나랑 같은 생각이라고 말하는 이유는 당신이 이성적인 사람이기 때문이야. 나쁜 짓을 저지르고도 벌받지 않는 경우가 얼마나 많은지 알잖아. 그런가 하면 좋은 사람에게도 나쁜 일은 생겨. 그냥 마구잡이야."

"그래도 완전히 마구잡이는 아니야. 안 그래? 만약 내가 좋은 이웃이 되려고 열심히 노력한다면 나중에 도움이 필요할 때 이웃들이 나를 도울 거야. 그리고⋯ 내 말 끝까지 들어⋯. 만약 내가 법을 잘 지키고 범죄를 저지르지 않는다면 감옥에 안 가겠지."

"당신도 알 테지만 그건 너무 순진한 소리야. 그래, 우리는 운 좋게도 우리 같은 사람들에게 그나마 사법 제도가 작동하는 나라에 살고 있어. 하지만 그게 전부야. 착하게 산다고 해서 아무것도 보장받지 않아. 약간 영향을 받을 수는 있겠지. 거기에는 동의해. 건강도 마찬가지야. 매일 다섯 가지 과일과 채소를 먹는다고 해서 장수한다는 법도 없고, 매일 치즈버거만 먹는다고 해서 일찍 죽는다는 법도 없어. 건강한 사람들도 갑자기 쓰러져 죽는 게 현실이니까."

포치의 불이 꺼져있던 터라 톰의 표정을 볼 수 없었지만, 그는 곧바로 대답하지 않았다. "한 잔 더 할래?" 마침내 그가 말했다.

"이 논쟁은 끝난 거야?"

"논쟁이 아니야. 우리 둘의 근본적인 차이점이지."

웬디는 순간적으로 분노가 확 치밀었다. 논쟁할 때마다 톰이 토라져서 말이 없어지는 게 늘 거슬렸다. "저기, 내가 지금 화나는 이유는 마음 깊은 곳에서는 이 문제에서 우리의 생각이 같다는 걸 알기 때문이야. 아니면 거의 비슷하거나. 다만 큰 차이점은 당신은 세상이 지금과 다르기를 바란다는 거지."

"당신은 아니고?" 철제 의자에 앉아있던 톰이 몸을 앞으로 내밀었고, 목소리는 약간 날카로워졌다.

"당연히 나도 이 세상이 좀 더 정의롭고 평등해지고 뭐 그러기를 바라지. 하지만 중요한 건 그게 아니야. 현실은 그렇지 않다는 거지."

"만약 세상이 좀 더 정의로웠다면 당신과 나는 지금쯤 감옥에 있었을 거야."

"알았어. 맙소사. 지금은 이 얘기를 할 때가 아닌 거 같네." 웬디가 말했다.

"술 한 잔 더 가져올게. 당신도 와인 더 마실래?"

"아니, 나는 됐어." 웬디가 말했다.

톰은 주방으로 갔고, 웬디는 만을 바라봤다. 만은 여전히 어두웠지만 건너편 웨스트 에식스 항구에 희미하게 일렬로 늘어선 불빛이 보였다. 바람의 방향이 바뀌었는지 물 빠진 갯벌의 비릿한 냄새가 났다. 톰이 포치로 돌아오는 발소리가 들려 뒤를 돌아보니 잠옷 차림의 제이슨이 서있었다. "잠이 안 와."

"이리 오렴."

제이슨이 옆으로 다가와 그녀의 무릎에 앉았다. 적어도 지난 1년간은 안 하던 행동이었다. "오늘 너 때문에 엄마랑 아빠는 무서워서 죽는 줄 알았어."

"엄마는 내가 무슨 일을 당했다고 생각했어?"

"글쎄. 별별 생각이 다 들었지. 네가 바위에서 떨어져 머리를 다친 건 아닐까 생각했어. 잠깐만, 그러고 보니 진짜로 그랬네."

"내가 유괴됐다고 생각했어?"

"솔직히 말해서 우리는 너한테 무슨 일이 있었는지 몰랐어. 그게 제일 무서웠지. 하지만 아니, 이 동네에 유괴범이 있을 거라고 생각하지는 않았어."

톰이 포치로 돌아와 조용히 자기 자리에 앉았다.

"만약 내가 밤새 그 바위틈에 껴있었다면 어떻게 됐을까?" 제이슨이 말했다.

"아침에 너를 발견했겠지. 하지만 밤새 정말 무서웠을 거야."

"대신 훨씬 더 재밌는 사건이 됐을 텐데."

"무슨 말이야? 네가 밤새 거기 껴있었던 게?"

"응." 제이슨이 씩 웃었다. "그랬다면 뉴스에 나왔을 수도 있잖아."

톰이 말했다. "원한다면 너를 다시 거기로 데려가서 바위틈에 끼워놓고 내일 아침에 데리러 갈게. 어때?"

"글쎄…." 제이슨이 말했다. 요즘 그 애가 자주 쓰는 말버릇으로 대개 양손을 옆으로 벌리며 말했다.

"집에 있으니까 좋아?" 웬디가 물었다.

"글쎄…." 제이슨이 또 그렇게 말했다.

"머리는 어때?"

"이제는 많이 안 아파. 근데 발목은 아파."

"다행이다. 머리 외상보다는 발목 외상이 나으니까."

"나 발목 절단하는 거야?"

"발목만 절단하지는 않을걸. 발까지 같이 잘라야 할 거야."

"그럼 머리는 절단할 수 있어?"

"머리도 절단하기는 해. 하지만 보통 병원에서는 안 하고 단두대에서 하지."

톰이 다시 일어서자 웬디는 제이슨을 침대로 데려다주려고 그런가 보다 생각했다. 하지만 그는 "한 잔 더 마셔야겠어"라고 말했다. 이제 그의 손에는 로우볼 잔이 들려있었다. 아마 위스키일 것이다. "당신은 와인 더 마실래? 너도 뭐 마실래, 제이슨?"

"아빠랑 같은 거요."

"그럼 따뜻한 우유 한 잔 대령하죠."

톰이 자리를 뜨자 제이슨이 말했다. "숲에서 굶어 죽으려면 얼마나 걸릴까?"

## ii

이튿날 아침, 톰은 컴퓨터를 바라보며 존 치버에 관한 평론을 써보려고 했으나 도무지 집중이 되지 않았다. 대신 새 워드 파일을 열고 맨 위에 '소설'이라고 쓴 다음 한 줄을 써 내려갔다. "성벽에서 화살이 쏟아진다고 상상하며 놀던 에드거 딕슨은 발을 헛디뎌 인류가 출현하기 전부터 존재했던 거대한 두 바위 사이에 껴버렸다." 톰은 그 문장을 여러 번 읽은 다음 저장하지 않은 채 문서를 닫았다. 서재 창가로 가서 만을 내다봤더니 1인용 요트로 가득했다. 요트 강습이 진행 중이었다.

다시 컴퓨터 앞으로 돌아가 이메일을 확인했다. 웬디가 새로 보낸 메일 하나가 있었는데 곧 제이슨을 데리고 줄리아 모녀와 함께 채석장에 갈 거라고 했다. 톰은 답장을 썼다. '나 집에 있는데 웬 메일?' 그런 다음 답장이 오기를 기다리며 화면을 바라봤다. 마침내 온 답장에는 이렇게 적혀있었다. '미안. 무릎 위에 잠자가 있어서. 우리는 20분 후에 출발할 거야. 같이 갈 거야, 말 거야?'

톰은 아래층으로 어슬렁어슬렁 내려가 거실 소파에서 책을 읽는 제이슨에게 가볍게 한마디 하고 웬디의 서재로 들어갔다. 정말로 잠자가 그녀의 무릎에 있었지만 웬디가 톰을 향해 의자를 돌리자 바닥으로 뛰어내렸다. "나는 빠질게." 그가 말했다.

"정말?"

"응, 할 일이 있어. 제이슨은 수영해도 괜찮겠어?"

"안 괜찮지. 그래도 수건 깔고 누워서 책은 읽을 수 있잖아. 걱정하지 마."

"그래." 잠자가 반바지 아래로 드러난 그의 종아리에 몸을 비볐다. 웬디는 몸을 돌려 다시 컴퓨터를 마주 봤다.

웬디와 제이슨이 떠난 뒤 톰은 냉동실에 보관해둔 보드카를 꺼내 두 잔 따라 마셨다. 카탈리나와의 관계를 끊으려면 오늘 오후에, 그것도 얼굴을 보고 말해야 했다. 톰은 그녀의 집으로 전화했다. 신호음이 두 번 울린 뒤에 카탈리나가 전화를 받았다. "여보세요." 전화한 상대가 누구인지 알기 전까지 그녀의 억양은 늘 더 두드러졌다.

"안녕, 캣. 나 톰이에요."

"안녕, 톰." 그녀의 목소리에서 의아해하는 기색이 느껴졌다. 둘은 몰래 만난 지 이제 1년이 넘었다. 그녀의 집에서 가까운 피보디의 허름한 바에서 매달 둘째 주와 넷째 주 목요일에 만났다. 가끔은 그냥 술만 두어 잔 마시고 헤어졌고, 가끔은 그녀의 집에 갔다. 작은 침실이 두 개인 집에서 캣은 동생과 함께 살았다. 동생은 오전에는 어린이집에서 일했고, 저녁에는 식당에서 서빙을 했다. 카탈리나 소토는 지역 병원에서 일하는 간호사였는데, 톰보다 나이 어린 이혼녀였지만 다 큰 자녀를 둘이나 뒀다.

톰은 영문학과에서 주최한 낭독회에서 그녀를 만났다. 네 명의 작가가 단편을 하나씩 읽어주는 자리였고, 행사가 끝난 뒤에 와인과 치즈가 제공됐다. 카탈리나는 낭독회 사회자였던 톰에게 먼저 다가가 자신을 소개했다. 그녀가 자신도 작가라고 말하자 톰은 주저하지 않고 그녀의 작품을 읽어보고 싶다고 했다. 이튿날 캣은 자신의 단편 소설을 메일로 보냈다. 응급실 간호사의 하룻밤을 시간의 흐름에 따라 기록한 얘기였다. 다행히도 톰은 소설이 마음에 들었고, 몇 가지 피드백을 적어 답장을 보냈다. 만나서 커피를 마시자는 제안과 함께.

"유부남이세요?" 피보디 카페에서 만난 지 5분쯤 됐을 때 캣이 물었다.

"네." 톰이 대답하자 그녀가 천천히 고개를 끄덕였다. 톰이 물었다. "왜요?"

"당신 마음에 든 게 내 소설인지 나인지 궁금해서요. 어느 쪽이든 괜찮아요. 그냥 호기심이에요."

"나는 당신 소설이 정말로 마음에 들었어요. 당신도 마음에 들고요. 하지만 네, 나는 유부남입니다. 완벽한 남편은 아니어도 아내와 헤어질 생각은 전혀 없어요."

"어머, 우리가 벌써 그런 얘기를 하는 사이가 됐네요." 캣이 웃으며 말했다. "제발 저 때문에 헤어지지는 마세요."

"그냥 아내와 사는 게 행복하다는 말입니다."

"아내분도 행복한가요?"

"그건 얘기가 다르죠."

"알겠어요. 너무 직접적으로 물어봐서 미안해요. 하지만 요즘은 너무 매사에 쉬쉬해서요. 안 그래요?"

"맞아요. 아, 그리고 줄 게 있습니다." 톰은 메신저 백에 손을 뻗어 책꽂이에서 가져온 책을 꺼냈다. 데니스 존슨이 쓴 《예수의 아들》이었다. "부담 갖지는 마세요. 당신이 여기 실린 단편들을 좋아할 거 같아서요. 이 작가도 간호사 출신이죠."

"고마워요." 캣은 그렇게 말하며 책을 받았다.

둘은 세 번 더 만나서 커피를 마셨고, 두 번 더 만나서 낮술을 마신 후에는 캣의 아파트로 가게 됐다. 그녀의 동생은 자신의 침실에서 자고 있었는데—오전 근무가 끝나고 저녁에 출근하기 전이었다—캣 말로는 백색 소음기를 틀어두고 자기 때문에 어떤 소리에도 깨지 않는다고 했다. 그날 오후에 둘은 세 시간이 넘게 침대에 누워있었고 마침내 캣의 실패한 결혼에 대해 얘기하다가 톰과 웬디의 관계로 넘어갔다. 그는 갑자기 얘기를 지어내 아내가 유부녀일 때 처음 만났고, 둘의 관계는 불륜으로 시작됐다고 말했다. 당시 그들은 코네티컷주에 살았는데 그들의 불륜 사실을 알아낸 남편이 술에 취해 차로 나무를 들이받았다고 했다.

"세상에." 캣이 말했다.

"그 일을 극복할 수 있을 거라고 생각하지만 사실 아직까지 극복하지 못했어요."

"극복할 필요 없어요. 그냥 함께 사는 거죠. 그 사람도 선택을 한 거고, 당신도 선택을 한 거예요."

"그렇겠죠."

이제 1년이 흐른 지금, 두 사람은 처음 만났던 바로 그 카페에 마주 앉아있었다. 톰은 그녀에게 그만 만나자고 말했다. "좋아요." 캣은 딱히 놀란 기색이 아니었다.

"그래도 이유는 있어요."

"이유야 늘 있죠."

톰은 전날 밤 제이슨이 실종돼 아들이 죽었다고 확신했던 일을 말했다. 그리고 숲에서 혼자 아들의 이름을 외치다 무릎을 꿇고 기도했던 일도. "하느님과 거래를 했어요."

"제이슨을 살려주면 나를 만나지 않겠다고 했군요."

"그래요."

"이제 그 약속을 지키려는 거고요."

"네."

캣은 늘 마시던 녹차를 한 모금 마시고 말했다. "어차피 그럴 때가 되기는 했어요. 그렇죠?"

"그런 거 같군요. 그래도 당신이 보고 싶을 거예요."

"나도요. 아, 그리고 궁금한 게 있어요."

"뭔데요?"

"내게서 당신이 찾던 걸 얻었나요?"

톰이 머뭇거리자 캣이 말을 이었다. "미안해요. 내 말이 약간 비난처럼 들리네요. 그런 뜻으로 한 말은 아니었어요. 다만 당신을 처음 봤을 때 당신이 내게서 뭔가를 필요로 한다는 걸 알았죠. 그걸 찾았는지 궁금해요."

"당신을 알아가는 건 정말 좋았지만, 지금 나는 우리가 처음 만났을 때와 똑같아요. 불행히도. 당신은 어때요? 내게서 원하던 걸 얻었나요?"

"음, 나도 당신을 알아가는 게 좋았어요. 글쓰기에 대해, 그리고 당신이 권한 책에 대해 얘기하는 것도 좋았고요. 사실 당신에게 알려줄 일이 있어요."

캣은 큼직한 가방을 뒤적이더니 뜯어진 봉투 하나를 톰에게 건넸다. 톰은 봉투 안에서 종이 한 장을 꺼내 펼쳤다. 꽤 큰 대학 문예지에 그녀의 단편이 실릴 예정이라는 내용이었다. "굉장한데요." 그는 그렇게 말하고 맞은편에 앉은 캣을 바라봤다. 그녀는 지금껏 본 적이 없는 환한 미소를 짓고 있었다.

"겨우 단편 하나인데요."

"그래도 이게 시작일 수 있어요, 캣. 정말로."

집에 돌아오니 웬디와 제이슨이 여전히 수영복 차림으로 앉아 주방에서 크래커에 땅콩버터를 발라 먹고 있었다. 톰은 맥주 한 병을 꺼내 들고, 해먹에 누워 레드삭스 경기를 들을 거라고 말했다. 햇볕에 달궈진 자갈이 깔린 진입로를 건너 작고 누런 잔디밭으로 가 해먹에 올라갔다. 거기 누운 후에야 라디오를 깜빡 두고 왔다는 걸 깨달았지만 다시 가지러 갈 기운이 없었다. 그래서 머리 위의 나뭇잎을 멍하니 바라보며 근처 까마귀들이 서로 언성을 높여 회의하는 듯한 소리에 귀를 기울였다. 카탈리나와 헤어진 건 옳은 선택이었다. 사실은 하느님을 믿지 않았고, 하느님이 애를 돌려주는 대가로 거래한다고는 더더욱 믿지 않았다. 하지만 불과 24시간도 되기 전에 그는 깊은 슬픔에 빠져 왠지 모르게 아들을 영영 볼 수 없을 거라고 확신했다. 그런데 이제 제이슨이 돌아왔으니, 그 대가로 뭔가를 희생해야 했다.

    톰은 맥주를 반쯤 들이켰다. 일부가 턱으로 흘러내리자 기도할 때 했던 또 다른 약속이 떠올랐다. 그는 하느님에게 캣을 포기하겠다고 했지만 또한 술도 끊겠다고 약속했다. 당시에는 진심이었다. 제이슨이 다시 돌아오기만 한다면 무엇이든 포기할 각오가 돼있었다. 하지만 캣과 헤어지는 걸로 충분했다. 그건 잘된 일이었다. 그에게나, 웬디에게나, 제이슨에게나. 아마 캣에게도 좋은 일이리라. 곧 술도 끊을 것이다. 어쩌면 새해가 시작되는 1월에.

# 2005

i

"만조야." 웬디에게 말한다기보다 혼잣말하듯 톰이 말했다. 비록 그녀가 옆에서 또 다른 상자를 풀고 있었지만.

웬디가 옆에 와서 섰고, 둘은 새로 구입한 빅토리아 양식 저택의 완만하게 돌출된 퇴창 너머로 놈케그 만을 바라봤다. 일렁이는 바다는 거의 검은빛이었다. "볼 때마다 느낌이 달라. 우리가 여기 살게 됐다는 게 믿어져?" 톰이 말했다.

"아직은 실감이 잘 안 나."

"비 오기 전에 산책하고 올까 봐."

"산책보다 당신 서재에서 이삿짐을 푸는 건 어때?" 웬디가 말했다.

"산책보다 내 서재에서 이삿짐을 풀 수도 있지." 톰이 따라 말했다.

다락을 개조한 서재로 가는 길에 톰은 2층에 있는 제이슨의 방을 슬쩍 들여다봤다. 제이슨은 이번 이사를 불안해했던 터라 그들은 아이의 짐을 제일 먼저 풀어 케임브리지에서의 방과 똑같이 꾸며줬다.

그 방법은 효과가 있는 듯했다. 제이슨이 동물무늬 러그에 엎드린 채 톰이 어릴 때 읽었던 리처드 스캐리의 《부릉부릉 자동차가 좋아》를 뒤적이고 있었기 때문이다. 케임브리지 집의 공용 지하실에서 짐을 정리하다 찾아낸 책이었다.

톰은 비스듬히 기울어진 천장과 오래된 철제 라디에이터가 있는 서재로 들어갔다. 책상 하나만 놓여있을 뿐 별다른 물건은 없었다. 한쪽 벽에는 책이 담긴 상자들이 늘어섰고, 할아버지에게 물려받은 텅 빈 책장이 방 한가운데 놓여있었다. 톰은 엄지손톱을 이용해 상자 하나를 뜯었다. 고등학교와 대학교 졸업 앨범과 그의 소설이나 평론이 실린 문학잡지 및 정기 간행물로 가득 찬 상자였다. 그는 1990년도의 매더대학 졸업 앨범을 꺼내 설렁설렁 넘기다가 "해외 유학"이라고 적힌 페이지에서 멈췄다. 거기에는 톰이 페넬로페 해리슨, 애니 임보르노니, 질 링골드와 함께 콜로세움 앞에서 찍은 사진이 있었다. 로마를 방문했던 질과 함께 보낸 시간은 또렷이 기억하면서도 넷이서 콜로세움에 갔던 일은 잘 기억나지 않는다니 이상한 일이었다. 게다가 이 사진을 찍은 사람은 누굴까? 그건 중요치 않았다. 그는 사진 속 얼굴을 유심히 뜯어봤다. 페넬로페와 애니의 얼굴보다는 자신과 질의 얼굴을. 둘은 그 전날에 연애를 시작할 뻔했다가 불발로 끝났다.

한 달 전, 톰은 매더대학 동창회 소식지를 받았고 거기서 질이 8월에 갑자기 세상을 떠났다는 글을 읽었다. 애니에게 전화했더니 질이 마트 주차장에서 예기치 않게 차에 치여 사망했다고 했다. 사건 직후에는 괜찮은 듯했으나 질은 결국 그날 밤에 뇌출혈로 사망했다.

톰은 현재 책상에 있는 유일한 물건인 맥 컴퓨터를 켜고 전원이 들어오기를 기다렸다. 컴퓨터를 산 지 1년이 넘었지만 케임브리지에서는 인터넷이 연결되지 않아서 오직 소설이나 평론을 쓰고 버그덤 게임을 하는 용도로만 사용했다. 하지만 웬디가 새집에는 케이블과 인터넷을 둘 다 설치해야 한다고 고집을 부려서 지금은 두 개 모두 연결돼있었다. 브라우저를 열고 질 링골드의 이름을 입력했다. 마음의 준비를 하기도 전에 사진 몇 장이 실린 부고 기사가 순식간에 떴다. 기사를 읽어보니 질은 결혼하고 애를 막 출산한 직후였다. 사진 속 그녀는 머리 길이만 다를 뿐 예전과 똑같았다.

질의 언니가 쓴 부고 기사를 읽으며 톰은 또다시 생각했다. 그날 밤 로마에서 질과 하룻밤을 보냈다면—그때는 불가능한 일도 아니었기에—그녀의 삶이 바뀌어서 아직 살아있었을지도 모른다고. 당연히 달라졌으리라. 인생은 정해진 게 아니라 사소한 우연의 연속이다. 만약 그들이 그날 밤을 함께 보냈다면, 질의 삶이 바뀌어서 그녀는 절대 마트 주차장의 그 자리에 서있지 않았으리라. 물론 그녀가 일찍 죽었거나 아니면 그가 일찍 죽었을 수도 있다. 모든 건 우연이었다.

톰은 자리에서 일어나 창가로 가 아래쪽 도로를 내다봤다. 혼자 개를 산책시키는 여자가 눈에 들어왔다. 노란 레인코트를 입은 그녀를 보면서 톰은 생각했다. 훗날 저 여자와 알고 지내게 될까? 그에게 혹은 웬디에게 중요한 사람이 될까? 그는 그녀의 장례식에 가게 될까? 저 여자는 그의 장례식에 올까? 왠지 모르게 노란 레인코트를 입었다는 건 저 여자의 나이가 많다는 뜻이라는 생각이 들었지만 그가 뭘 알겠는가. 젊은 여자일 수도 있었다.

다시 컴퓨터 앞에 앉은 톰은 새로운 단어를 검색했다. 예전에 다녔던 대학의 도서관 컴퓨터로도 검색해본 적이 있었지만 한 번 더 찾아보기로 했다. 그는 '브라이스 배링턴' 그리고 '사망'을 입력했다.

웬디의 전남편과 관련된 부고는 두 개였는데, 하나는 '러벅 애벌랜치 저널'에 실린 기사였고, 또 하나는 라이스대학교에서 올린 글이었다. 아카이브에 남은 짧은 신문 기사도 하나 있었는데 브라이스 배링턴의 죽음이 사고사로 종결됐다는 내용이었다. 기사의 날짜는 1992년 8월 25일이었다. 톰은 그 날짜의 신문 전체를 보고 싶었지만 그럴 방법은 없어 보였다. 대신 '사망'과 '러벅', '1992년'을 입력하고 검색 버튼을 눌렀다. 검색 결과가 몇 개 떴지만 그가 찾던 정보는 아니었다. 그래서 '성매매'라는 단어를 추가하고 다시 검색 버튼을 눌렀다. 이번에는 온라인 기사 하나가 떴다. "러벅 흉기 사건, 캡스록대학 성매매 조직 수사로 확산"이라는 제목이었다. 이제 그의 심장 박동 소리가 귀에 들릴 정도였다. 클릭하자 긴 기사가 떴고, 그는 첫 문단만 읽었다.

캡스록대학 2학년이었던 알렉산드라 프리치의 미해결 살인 사건이 그 명문 사립 대학교의 매춘 혐의에 대한 수사로 이어졌다. 휴스턴 출신의 열아홉 살 대학생인 프리치는 8월 22일 밤, 러벅 북서부 지역에서 흉기에 여러 차례 찔려 숨진 채 발견됐다.

그가 읽을 수 있는 건 거기까지였다. 오랫동안 그녀의 이름을 알고 싶었는데 드디어 알게 됐고 그걸로 충분했다. 톰은 브라우저를 닫았다가 잠시 생각한 끝에 다시 브라우저를 열고, 방문 기록을 삭제한 뒤 컴퓨터를 껐다.

다시 창가로 가서 이웃집의 지붕들을 바라봤다. 이제 그녀가 이름을 가진 존재가 된 이상 모든 게 달라졌다. 이름이 있다는 건 그녀에게 가족, 어린 시절, 과거가 있다는 뜻이었다. 그녀가 정말로 존재했다는 뜻이었다. 톰은 늘 그녀와의 일이 끔찍한 악몽이며 죄책감이 만들어낸 환상일지도 모른다는 실낱같은 희망을 품고 살았다. 돌풍에 빗줄기가 유리창을 후드득 때렸다. 창문에서 돌아서는 순간, 웬디가 서재로 들어오는 바람에 톰은 놀라서 경련하듯 움찔했다.

"간 떨어질 뻔했잖아." 그가 말했다.

웬디는 깔깔 웃었다. "내가 올라간다고 외치는 소리 못 들었어?"

"못 들었어."

웬디는 큼직한 액자를 들고 있었는데 〈말타의 매〉 오리지널 대형 포스터였다. 그가 소장한 포스터 중에서 가장 귀한 것으로 첫 번째 결혼기념일에 그녀가 사준 선물이었다. "당신이 여기에 걸어두고 싶어 할 거 같아서." 그녀가 말했다.

"고마워."

웬디가 서재를 둘러보는 동안 톰은 다가가 액자를 받았다. "아주 정리가 착착 진행 중이네." 웬디가 비꼬듯 말했다.

톰은 머쓱해하며 웃어넘겼다.

"여기는 당신 서재니까 내가 올라와서 인테리어로 이러쿵저러쿵하는 일은 없을 거야. 하지만 그 포스터는 틀림없이 여기 걸어두고 싶어 할 거라고 생각했어."

웬디가 떠난 뒤 톰은 포스터 액자를 상자 더미에 기대어두고 물끄러미 바라봤다. 웬디가 액자에 보호 유리를 끼워둔 덕분에 포스터

색감이 아직 선명했다. 톰은 이 선물을 받았을 때 어떤 기분이었는지 떠올렸다. 그들이 라스베이거스 카지노 예배당에서 결혼한 지 1년이 지났을 때였다. 당시 그들은 케임브리지로 처음 이사했고, 훗날 구입하게 될 아파트에 세 들어 살았다. 어느 날 늦잠을 자고 일어났더니 벽에 이 포스터가 걸려있었다. 원래 빛바랜 〈차이나타운〉 포스터가 걸려있던 자리였다. 톰은 고맙다고 인사한 뒤 그녀에게 얼마를 줬는지 물었다.

"시가라고 수상한 남자가 그러던데." 그게 웬디의 대답이었다. 톰이 얼굴을 찡그렸는지 그녀는 이렇게 덧붙였다. "이제 우리는 부자야. 당신도 알잖아. 굳이 그 사실을 세상에 알리고 싶지는 않더라도."

"알아."

"게다가 당신은 이걸 가질 자격이 있어."

포스터를 볼 때마다 바로 그 말, '이걸 가질 자격이 있다'는 말이 그를 괴롭혔고 지금도 머릿속에서 메아리쳤다. 〈말타의 매〉는 이제 바다가 보이는 그들의 새집으로 자리를 옮겼다. 만약 그들이 조교수인 그의 월급과 1년 전 출간된 웬디의 시집에서 나오는 쥐꼬리만 한 인세로 살아야 했다면 지금 어디에 살았을까?

"그게 뭐가 중요해?" 톰은 그렇게 생각했다가 자신이 실제로 그 말을 입 밖으로 뱉었다는 걸 깨달았다. 손목시계를 봤다. 오후 네 시가 막 지났지만 이미 해가 만 너머로 지며 하늘에 길게 뻗은 분홍빛 노을을 드리웠다. 웬디에게 집 안에서 담배를 피우지 않겠다고 약속했는데도 그는 창문을 열고 담배에 불을 붙였다. 이제 파이프로 바꿔야 할지도 모르겠다고 생각하며 문득 책 커버 안쪽에 파이프를 문 자신의 사진이 실리는 걸 상상했다. 그러자 희망과 수치심이 뒤섞인 감정이 밀려들었다.

ii

웬디는 새집의 현관 계단에 앉아 노을을 바라봤다. 제이슨도 데려와 함께 보고 싶었지만 방을 살짝 들여다보니 그 애는 읽고 있는 책에 푹 빠져있었다. 웬디는 뉴에식스 내항을 배경으로 한 눈앞의 일몰이 이제 자신의 것이며 여생 동안 실컷 볼 수 있다고 되뇌었다. 한 여자가 작고 비에 젖어 후줄근한 강아지에게 이끌려 집 앞을 지나갔다. "어머, 안녕하세요." 후드 달린 코트를 입은 여자가 말했다. "더와트 주택을 사셨군요."

웬디는 이 집이 필립 더와트의 그림에 나왔다는 이유로 간혹 그렇게 불린다고 들은 터였다. 그 화가는 오래전에 여름을 구스넥에서 보내고는 했다.

"네." 웬디가 말했다.

여자는 천천히 고개를 끄덕였고, 웬디는 이걸로 대화는 끝인가 생각했다. 그때 여자가 말했다. "나는 자닌이라고 해요. 우리는 모퉁이의 흰 대문이 달린 초록색 집에 살아요. 다가가 악수하고 싶은데 내가 감기에 걸렸어요."

"괜찮아요." 웬디는 그렇게 말하며 계단에 앉은 채 자기소개를 하고 그녀와 악수하는 시늉을 했다. "남편 톰은 서재에서 이삿짐을 푸는 척하고 있죠."

"아." 자닌은 어리둥절한 표정으로 말했다. "곧 두 분을 집으로 초대할게요. 남편 래리가 피시 차우더를 잘 만들거든요."

"그거 좋죠." 웬디는 거짓말을 했고, 자닌은 자리를 떴다.

다시 집에 들어가 조명을 몇 개 켜고, 주방에서 접시 정리를 시작했다. 얼마 정리하지 않았을 때 새로 구입한 휴대폰이 울렸다. 엄마였다. 오랫동안 병적일 정도로 독립적인 생활을 하던 엄마가 갑자기 이틀에 한 번씩 전화해 안부를 물었다.

"어, 엄마."

"너니, 웬디? 잘 안 들린다."

웬디는 휴대폰 신호가 더 잘 잡히는 집 뒤쪽으로 걸어가며 "여보세요?"라고 말했다.

"아, 이제 잘 들리는구나, 얘야. 이사는 어땠니?"

웬디는 인부들이 소파 겸 침대를 2층 손님용 침실로 옮기기를 거부한 일이며 방금 지나가던 이웃이 피시 차우더를 만들어주겠다고 그들을 초대한 일, 잠자가 위층 침실과 아래층 거실은 들어가려 하지 않고 집의 절반만 돌아다니는 일을 얘기했다.

"거기는 귀신이 들렸나 보구나." 엄마가 말했다.

"그런 거 같아. 한번 올 수 있어? 세이지로 우리 집 정화해줘."

"네가 그런 말을 다 하네. 그래, 네 호화로운 새집에 당연히 가봐야지. 그러려면 이 강아지들을 어떻게 해야 할지 생각해봐야 해. 버트에게 나 대신 닭 모이를 줄 수 있는지도 확인해야 하고. 언제 가는 게 좋겠니? 겨울은 안 좋겠지?"

웬디는 여름이 가장 좋을 거라고 말했지만, 아빠와 결혼해 사는 동안 숱하게 이사를 다닌 엄마가 결국 이런저런 핑계를 대고 오지 않을 게 뻔했다.

통화가 끝난 뒤 웬디는 다시 주방으로 돌아갔지만 계속 엄마를 생각했다. 아마 엄마는 브라이스가 죽은 직후 웬디가 와이오밍주에 사준 그 작은 집을 절대 떠나지 않을 것이다. 사실 굳이 떠나야 할 이유도 없었다. 엄마는 지난 20년간 무능한 남자와 살았고, 아빠는 가능한 한 많은 곳에서 실패를 거듭하려고 작정한 사람처럼 전국 방방곡곡으로 엄마를 끌고 다녔다. 웬디도 같은 심정이었다. 케임브리지의 사랑스러운 집을 떠나는 건 쉽지 않았지만, 마침내 평생 꿈꿔온 바닷가 집을 갖게 된 이상 이곳을 떠날 일은 없었다. 아마 이 집에서 죽게 될 테고, 그렇게 생각하면 위안이 됐다.

웬디는 아까 이삿짐 상자에서 접시를 모두 꺼내 상판이 대리석으로 된 아일랜드 식탁에 늘어놓은 터였다. 접시가 너무 많았는데, 그중에는 가장자리에 작은 초록색 꽃이 그려진 코렐 식기 세트도 몇 개 있었다. 아마 어릴 때 톰이 쓰던 접시가 아닐까 싶었다. 웬디는 코렐 접시들을 다시 상자에 넣어 차고로 가져간 다음, 사다리를 타고 올라가 작업대 뒤쪽 가장 높은 선반에 밀어 넣었다. 톰은 절대 이 접시를 찾지도, 어디에 뒀냐고 묻지도 않을 것이다. 갑자기 웬디는 자신들이 죽은 뒤 중년이 된 제이슨이 여기 그대로 보관된 접시를 찾아내는 모습을 상상했다. 그때쯤에는 이 접시가 정말로 빈티지 제품이 됐을지도 모른다. 어쩌면 조금은 값어치가 생겼을 수도.

# 2003

웬디가 집 주소를 직접 써둔 편지가 도착했다. 발신인은 커노샤대학교 출판부였다. 혹시나 싶을 정도로 두툼했지만 웬디는 여전히 거절 통보일 거라고 생각했다. 그녀는 지난봄 커노샤 신인 시 문학상에 응모했다.

    그래도 봉투를 뜯으며 아주 작은 희망의 불씨가 살아났다. 편지는 이렇게 시작했다. "친애하는 미즈 이스트먼, 귀하의 원고 《말하지 않은 것들》이 2004년 제러마이아 헐 신인 시 문학상에 선정됐음을 기쁜 마음으로 전해드립니다." 갑자기 엇갈린 감정에 사로잡힌 웬디는 편지를 읽다 말았다. 오랫동안 원한 일이었지만—특별한 이유가 있다기보다 그저 인정받고 싶은 마음이었으리라—막상 그 순간이 닥치

• 미국에서는 출판사나 문학상에 응모자가 원고를 보낼 때 회신을 위해 자기 주소를 쓴 봉투를 동봉하는 관행이 있다.

자 막연한 공포가 그녀를 덮쳤다.

웬디는 편지를 들고 책을 읽을 때 즐겨 앉는 의자로 갔다. 2층짜리 집의 거실 퇴창 옆에 놓인 의자였다. 거기 앉아 편지를 끝까지 다 읽었다. 책은 1년 뒤인 2004년 가을에 출간될 예정이었다. 상금으로 1,500달러를 받고, 추후 정해질 날짜에 따라 대학교에서 열릴 출간 기념 낭독회에 초청될 예정이었다. 그 편지 외에도 세 장짜리 계약서와 그녀의 원고가 뽑힌 이유를 설명하는 심사 평이 동봉돼있었다. 엘리자베스 그리브의 심사 평이었다. 웬디는 숨을 들이쉬고 심사 평을 처음부터 끝까지 읽었다.

《말하지 않은 것들》은 웬디 이스트먼이라는 젊은 시인이 쓴 주목할 만한 시집이다. 그녀는 시적 관습을 현대적으로 활용해 시의 다층적 의미를 드러내는 신형식주의자이다. 주로 약강 4보격인 시구와 종종 교묘하게 불완전운˙을 이루는 압운은 평범한 사물마저도 밤바다에 흩뿌려진 발광체처럼 빛나게 한다. 〈조각 공원에서〉라는 시를 인용하자면, '이곳에는 불멸을 갈망하는 무모할 정도로 간절한 의지가 흐르고 있으며/ 그것은 이렇게 말하는 듯하다. 우리가 나무보다 더 빛나야 한다고.' 책 말미에 실린 표제시는 정체성을 규정하는 요소들이 모두 제거된 세상을 상정하면서 오히려 그 자체로 또 다른 정체성을 부여한다.

구체적인 사항을 말하지 않음으로써 이 시들은 노골적으로 구체화된다. 어둠을 명명하지 않음으로써 모든 단어에 어둠이 스며든다. 이스트먼은 자신

- 압운을 이루지만 모음이 다르고 발음되는 음절의 수가 다른 경우를 말한다.

의 시 세계에서는 자연의 정밀한 세부 묘사나 형식의 절제를 통해 그리고 이 놀라운 예술 작품 속에 (모순되는 게 아닌) 공존하는 단순함과 복잡함을 통해 세상의 본질이 저절로 드러날 거라고 말한다.

이 짧은 심사 평을 읽은 뒤 웬디는 자리에서 일어나 이 방, 저 방을 돌아다니며 생각을 정리하려 했다. 머릿속이 복잡했다. 자신이 문학상을 받았으며 이제 곧 책을 출간한 작가가 된다는 사실이 도무지 실감 나지 않았다. 엘리자베스 그리브의 어처구니없는 심사 평도 계속 곱씹었다. 그 평론은 마치 그녀의 시집이 제2의 《황무지》라도 되는 듯 포장해놨다. 하지만 그녀가 문학상에 선정된 건 사실이었다. 안 그런가? 아마 이 공모전에 응모한 시인이 그녀만은 아니리라. 또한 엘리자베스 그리브가 진심으로 저 글처럼 생각했을 수도 있었다. 웬디는 어느새 다시 의자에 앉아 또 심사 평을 읽었다.

잠시 후 웬디는 방금 읽은 글에 대한 공포에 사로잡혀 꼼짝할 수 없었다. 어떤 면에서 저 평론가는 그녀의 시에 자기 고백적 요소가 있다는 걸 간파할 정도로 그녀를 완벽하게 이해했다. 당황스러운 동시에 웬디가 결코 의도하지 않았던 일이었다. 아닌가? 웬디가 맨 처음 쓴 시는 열다섯 살 때 앤디 이모와 멘도시노 곶에서 살았던 날들을 다뤘다. 그녀는 이모의 허름한 시골집, 인근 절벽, 키가 큰 소나무들을 묘사했다. 당시 캘리포니아에 간 이유를 시에서 언급할까 하다가 결국 빼기로 했던 기억이 났다. 그 후로 시에 자전적 요소를 넣지 않는 것을 원칙으로 삼았다. 그랬기에 처음 친구들의 시를 읽었을 때 경악하지 않을 수 없었다. 죄다 일기처럼 사적인 고백의 글을 제멋대로 잘라 붙여 자유시처럼 꾸며놨기 때문이다. 각운이 있고 연으로 나뉘며 자연에 대한 묘사가 들어간 자신의 시 역시 우스꽝스럽게 보이리라는 걸 알았지만 그래도 그녀는 자신의 원칙을 고수했다. 예외가 있기는 했지만. 당시 톰에 대한 시도 한 편 썼는데 그때도 표면적으로는 묘지에 관한 시로 보이도록 위장했다.*

그리고 이제 한 심사 위원이 그녀를 고백적인 시인이라고 여긴 덕분에 그녀의 시가 출간될 예정이었다. 아이러니한 일이었다. 왜냐하면 그녀는 시를 일인칭으로 쓰지 않고, 인간관계를 드러내지 않으며, 동시대 작가들이 빠지는 듯한 함정, 즉 대중에게 소비되려고 사적인 경험과 삶을 끊임없이 적나라하게 드러내는 함정을 피하려고 오랫동안 무척 노력했기 때문이다.

웬디가 심사 평을 세 번째로 읽기 시작했을 때 낮잠에서 깬 제이슨이 엄마를 찾는 소리가 들렸다.

몇 시간 뒤, 톰이 전화해 보스턴대학교에서 돌아가는 길이며 아침에 말한 대로 인도 음식을 포장해 가겠다고 했다.

"까맣게 잊고 있었네." 웬디가 말했다.

"진수성찬이라도 차려놓은 거야?"

"놀랍게도 아니야. 하지만 놀랄 만한 소식이 있어."

"그렇게만 말하고 안 알려주면 반칙이야."

"집에 오면 말해줄게."

"혹시 또 임신한 거야?"

---

• 톰의 성이 무덤을 뜻하는 '그레이브스graves'이기 때문에 묘지graveyard 로 위장했다.

웬디는 이상한 질문이라고 생각했다. 그들은 이미 아이는 하나로 충분하다고 합의를 봤기 때문이다. "미쳤어. 아니야."

"정말로 말 안 해줄 거야?"

"좋은 소식이기는 한데 별거 아냐."

"샴페인이라도 사 갈까?"

"그냥 샤르도네 좋은 걸로 한 병 사와."

한 시간 뒤 웬디가 바닥에 앉아 제이슨과 함께 플라스틱 공룡을 치우고 있을 때 톰이 현관문을 열고 들어왔다. "뭔지 알 거 같아. 정규직 제안받은 거지?"

현재 웬디는 케임브리지 린지앤드라틴고등학교에서 출산 휴가 중인 교사를 대신해 학생들을 가르치고 있었다. "아니." 그녀가 말했다. "더 좋은 거야. 공모전에 당선됐어."

"뭐?"

"커노샤대학교 출판부가 주최하는 신인 문학상을 받게 됐어. 내년 가을에 출간될 거래." 그렇게 말한 순간, 웬디는 책 출간이 두 사람이 공유했던 꿈이고 그녀가 먼저 그 꿈을 이뤘음을 처음 깨달았다. 하지만 톰의 얼굴에 질투하는 기색은 없었다. 그저 자부심뿐이었다.

"뭐라고 말해야 할지 모르겠네." 그가 말했다. "자기가 너무 자랑스러워. 제이슨, 너도 엄마가 자랑스럽지? 엄마의 책이 나온대."

제이슨은 장난감 익룡을 집어 들고 울부짖는 소리를 냈다.

저녁 식사가 끝나고 와인까지 다 마신 후에 톰은 다시 나가서 샴페인을 사 오겠다고 우겼다. "이런 일은 제대로 축하해야 해."

톰이 나간 사이에 그녀는 부엌을 치웠고, 〈괴물들의 편지 대소

동〉을 두 번이나 읽어주며 제이슨을 간신히 재웠다. 샴페인을 사러 나간 톰이 도통 돌아오지 않자 혹시 교통사고라도 나서 죽은 게 아닐까 싶었다. 그렇게 된다면 두고두고 이야깃거리가 될 것이다. 출판사와 계약을 따낸 날 남편이 죽다니. 원래 인생이 그런 건지도 모른다. 좋은 일 다음에 나쁜 일이 따르거나 혹은 그 반대이거나. 결국에는 그렇게 굴러가는 것 같기도 하다. 죽음 앞에서는 우리 모두가 평등하니까. 웬디는 조심스럽게 제이슨의 방에서 나와 다시 아래층으로 내려갔다. 톰이 현관문을 열지 못해 부스럭대는 소리가 들려 문을 열어보니 그가 샴페인 한 병이 아닌 상자를 품에 안고 있었다. "못살아." 그녀가 말했다.

"알에게 좋은 소식을 말했더니 이런 일에는 와인 한 상자는 사야 한다고 설득하더라고. 이 안에 샴페인도 한 병 들었어. 꽤 비싸."

그들은 샴페인 잔 두 개를 들고 현관 앞 계단으로 나가 축배를 들었다. "다음은 당신 차례야." 웬디는 그렇게 말했다가 곧바로 후회했다.

"아니, 다음은 분명 당신의 두 번째 책이 될 거야. 나야 가능성이 희박하지. 하지만 상관없어. 한 집에 작가가 둘일 필요는 없지."

"이미 둘인걸."

"그거야 그렇지만 책을 출간한 작가 말이야."

"음…." 웬디는 말끝을 흐렸다.

"봉투를 뜯을 때 기분이 어땠어?"

"정말 기묘하고 복잡했어. 기뻤지만 금세… 뭔가 다른 감정으로 넘어갔어. 아마 불안일 거야. 무섭기도 했고. 무엇보다 실력도 안 되는데 사람들을 속여서 상을 받아낸 기분이었어. 그러다 심사 평을 읽었더니 기분이 더 나빠졌어."

"심사 평이라니?"

"심사 위원이 왜 내 시를 뽑았는지 글을 썼어."

"읽어보고 싶네."

"끔찍해."

"무슨 말이야?"

"너무 민망해. 그 사람은 마치 내가…. 당신이 직접 읽어봐."

웬디는 심사 평이 적힌 출력물을 가져오려고 집 안으로 들어갔다. 다시 현관으로 돌아가는 길에 방충망으로 들어오는 톰의 담배 냄새를 맡을 수 있었다. 가까이 다가가니 그가 누군가와 얘기하는 소리가 들렸다. 그녀는 현관문 뒤쪽에서 걸음을 멈추고 대화를 들었다. 그는 릴리스 요크와 얘기하는 중이었다. 릴리스는 아키타견을 산책시키러 나왔으리라. 톰이 이렇게 말했다. "제목은 《말하지 않은 것들》이에요. 책이 출간되면 성대한 파티를 열 겁니다." 그 말을 들으니 가슴이 약간 찡했다.

잠시 조용해진 틈을 타 웬디는 다시 포치로 나갔다.

"미안." 톰이 담배 피운 걸 사과하고는 손가락으로 꽁초를 톡 튕겼다. 꽁초는 포물선을 그리며 높이 날아가더니 인도의 물웅덩이에 떨어져 치지직 소리를 내다가 꺼졌다.

"괜찮아. 이 심사 평을 읽고 나면 한 대 더 피워야 할 거야." 그녀가 말했다.

"당신이 읽어줘."

"알았어." 웬디는 그렇게 말하고는 구역질이 나는 걸 참으며 간신히 소리 내 읽었다. "너무 과해." 다 읽은 뒤에 그녀가 말했다.

"그 심사 평이 맞는다면?"

"무슨 말이야?"

"어쩌면 당신에게 굉장한 재능이 있을지도 몰라. 나야 그걸 알고 있었지만 이제는 그 사실이 온 세상에 드러나려 한다면?"

"첫째로 아무도 이 책을 읽지 않을 거야. 엘리자베스 그리브는 본인이 시인이야. 그러니까 마치 자기가 차세대 앤 섹스턴을 뽑은 것처럼 써야만 자신의 선택을 합리화할 수 있지."

"시인이 되기로 한 선택?"

"그래." 갑자기 기분이 좋아져서 웬디는 톰의 담배를 한 대 피울까 생각했다.

"그래도 그 여자 말이 맞을지 몰라."

"아냐. 그래, 내 책이 백만 권이나 팔릴 수도 있지. 하지만 그래도 이 여자가 쓴 심사 평이 완전히 쓰레기라는 사실은 바뀌지 않아."

"문단 활동을 그런 마음가짐으로 시작하는 게 잘하는 일일까?"

"나는 지금 상처받지 않으려고 무장하는 거야. 내 말 믿어. 아무도 그 책 안 읽을 거야."

"제목은 그대로 가고?"

"응. 당연하지."

"그래." 톰이 말했다. 그는 시집에서 〈나방들의 파티〉라는 시를 제일 좋아했고, 시집 제목도 그걸로 바꾸라고 설득하던 참이었다.

그날 밤, 톰은 그녀보다 먼저 잠들었다. 평소 적어도 한 시간은 뒤척인 후에야 잠드는 그로서는 드문 일이었다. 반면 웬디는 좋아하는 시 몇 편을 마음속으로 되뇌다 보면 20분 안에 깊이 잠들었다. 하지만 그날은 잠들지 못한 채 침대에 누워 방의 열기를 식히려고 고군분투하는 선풍기 소리에 귀를 기울였다. 그녀는 심사 평에 적힌 말과 그걸 읽고 얼마나 민망했는지를 계속 곱씹었다. 애초에 왜 시를 출간하고 싶어 했을까? 명성을 얻고 돈을 벌기 위해서? 그녀는 유명해지기를 원치 않았고, 돈이라면 충분했다. 게다가 이건 시였다. 그렇다면 경력을 쌓으려고? 아니다. 그녀는 학문에 큰 뜻이 없었다. 그렇다면 대체 왜? 웬디는 골똘히 생각했다. 아까 낮에 엄마에게 전화로 이 소식을 전했을 때 엄마는 기뻐했지만 별다른 질문은 하지 않았다. 다만 아빠가 살아있었다면 그녀를 자랑스러워했을 거라고 했다. 혹시 그것 때문일까? 아마 그럴 것이다.

아빠의 단점은, 뭐 한두 개가 아니었지만, 뭔가에 꼭 성공하고 싶다는 절박한 욕구가 있었고 그걸 한 번도 이루지 못했다는 것이다. 어쩌면 웬디에게도 그런 면이 조금은 있었는지 모른다. 자신의 가치를 증명해 보이고 싶은 욕망. 어떤 면에서는 그저 자신이 시를 출간할 수 있는지 알아보고 싶었을 수도 있다. 하지만 그로 인해 세상의 따가운 시선 아래 자신을 노출하게 될 수 있다는 사실은 꿈에도 생각하지 못했다. 엘리자베스 그리브가 쓴 문장 하나가 머릿속을 스쳤다. "어둠을 명명하지 않음으로써 모든 단어에 어둠이 스며든다." 맙소사, 내가 대체 무슨 짓을 한 거지? 공황 장애와 비슷한 감정이 배에서 올라와 가슴으로 퍼졌다. 톰이 경미한 공황 발작을 겪을 때 이런 기분이었을까? 그녀는 침대에서 일어나 앉아 엷은 커튼에 어른거리는 도시의 불빛을 바라봤다.

마침내 웬디를 잠들게 한 건 현실에는 도저히 있을 수 없는, 이상하고 엉뚱한 상상이었다. 엘리자베스 그리브가 그녀에게 집착하면서 시 속의 모든 단어를 낱낱이 분석하다가 그녀가 한 짓을 전부 알아냈다고 상상했다. 웬디는 방방곡곡을 뒤져 그녀를 찾아내 영원히 입을 다물게 해야만 했다. 그 일을 어떻게 실행할지를 두고 몇 가지 섬뜩한 방법을 상상해보다가 마침내 엘리자베스 그리브의 긴 포니테일을 살해 도구로 삼아 목을 조르는 쪽으로 마음이 기울었다. 그 생각만으로도 마음이 차분해졌다. 마침내 잠들기 직전, 웬디는 이제 다시는 시를 쓰지 않겠다고 다짐했다.

# 2000

웬디는 천천히 잠에서 깼다. 톰은 그녀의 팔을 쓰다듬으며 그런 그녀를 지켜보고 있었다. 마침내 부은 눈을 완전히 뜬 그녀는 톰을 올려다보며 미소 지었다. 그러더니 갑자기 표정을 바꾸며 말했다. "아기는 어디 있어?"

"아기는 무사해. 신생아실에 있어. 내가….."

"아. 나는 또 혹시나…. 정말 괜찮은 거지?"

"괜찮다니까. 아기는 완벽해. 당신은 어때?"

"피곤하고 아파. 하지만 행복해."

"이렇게 많은 감정이 한꺼번에 밀려든 적은 처음인 거 같아." 톰이 말했다. "어떻게 처음 보는 아이를 이렇게 열렬히 사랑할 수 있지? 그랬다가 또 내가 이 모든 걸 망쳐버릴까 봐 엄청나게 두려워. 그리고 피곤해 죽겠어."

"눈 좀 붙여."

"그럴 거야."

웬디는 몸을 약간 일으켜 베개에 기댔다. 그녀에게서 모유와 땀이 뒤섞인 냄새가 났다. "에드거라는 이름 어때?" 그녀가 물었다.

"별로인데. 제이슨 이름을 바꾸고 싶은 거야?"

"제이슨으로 확실히 정한 거였어?"

"그런 줄 알았는데. 당신이 정한 거 아니었어?"

"응, 그랬을 거야. 근데 왠지 태어나고 나니까 에드거라는 이름이 맞는 거 같아. 이유는 모르겠지만."

톰과 웬디는 지난 몇 달간 500개쯤 되는 남자아이 이름을 소리 내 발음해봤다. 톰이 기억하는 한 에드거라는 이름은 언급된 적이 없었다. "가족 중에 그런 이름이 있어?"

"아니."

"그럼 에드거 앨런 포에서 따온 거야?"

웬디는 놀란 듯했고, 옅은 눈썹이 보일 듯 말 듯하게 올라갔다. "그런 거 같아. 예전부터 그 이름이 좋더라고. 당신은 싫어?"

"응. 별로야. 게다가 나는 벌써 그 애를 제이슨으로 생각해왔어. 당신도 그런 줄 알았는데."

"아." 웬디는 그렇게 말했고, 톰은 그녀가 반쯤 잠들었거나 잠꼬대를 하는 중이거나 출산과 약 기운 때문에 몽롱한 상태임을 깨달았다.

"엄마가 된 기분이 어때?" 그가 물었다.

웬디는 가끔씩 책을 읽을 때 그러듯이 아랫입술을 깨물며 곰곰이 생각하더니 이렇게 말했다. "나는 이미 오래전부터 엄마였던 거 같아. 당신도 오래전부터 아빠였고."

"무려 24시간이나 됐지."

"내 말 맞잖아. 하루면 긴 시간이야." 웬디는 그를 올려다보며 미소 지었다. 화장하지 않은 얼굴은 출산 과정에서 힘을 준 여파로 아직 홍조를 띠었고, 그 순간만큼은 웬디가 다시 열네 살 소녀로 돌아간 듯했다. 긴 세월이 흘렀는데도 전혀 달라지지 않은 듯이.

병실 문이 획 열리자 톰은 뒤를 돌아봤다. 간호사가 병실로 머리를 들이밀었다가 얼른 물러갔다. 톰이 다시 웬디에게로 몸을 돌렸을 때 그녀는 어느새 잠들어버렸다.

그는 웬디를 남겨둔 채 케임브리지 병원 산부인과 병동 복도로 나왔다. 대기실에는 그의 엄마가 혼자서 잡지 '양키'를 휙휙 넘겨 보고 있었다. 아빠는 10분 이상 가만히 앉아있을 수 없는 사람이니 아마 복도를 어슬렁거리거나 주차된 차를 살펴보러 갔으리라.

"웬디는 어떠니?" 엄마가 잡지에서 고개를 들며 말했다.

"비몽사몽이에요. 조금 전에 또 잠들었어요."

"너도 피곤하겠구나."

"잠이 안 와요. 아빠는 어디 가셨어요?"

"크랜베리 주스가 마시고 싶었는데 매점에 없더라고. 그래서 네 아빠에게 사 오라고 시켰지."

"잘하셨어요, 엄마."

"이제 네 아들을 보러 갈까?"

그들은 함께 신생아실로 걸어갔다. 그곳에는 제이슨 혹은 에드거가 포대기에 싸인 채 투명한 플라스틱 요람 안에 잠들어있었다. 신생아실에는 제이슨 말고 다른 세 아이도 있었는데, 장차 전혀 다른 삶을 살게 될 애들이 평생 같은 날을 생일로 맞이하리라는 사실에 톰은 잠시 경이로움을 느꼈다. 그는 1968년 2월 13일 뉴햄프셔주 콩코드에서 태어나 포대기에 무력하게 싸여있었던 자신을 떠올렸다. 같은 날 웬디 역시 남부 캘리포니아 어딘가에서 태어났고, 둘은 14년 후에 만날 운명이었다. 톰이 약간 휘청거렸는지 엄마가 팔로 그를 감쌌다. 감정적 위로라기보다 부축에 가까웠다. "나는 아기가 별로야." 엄마가 말했다.

"그래요?"

"말을 시작할 무렵에야 좋아지더라. 하지만 네 아빠는 달랐어. 너랑 네 누나가 갓난아기였을 때 놀랄 정도로 잘 보살폈지. 너를 달래주고, 안고 이 방에서 저 방으로 돌아다니는 걸 좋아했어. 네 누나를 재우려고 차에 태우고 드라이브를 했던 일도 기억나는구나."

"하지만 우리가 말하기 시작했을 때는…."

엄마가 미소를 지었다. "그래, 그때부터 흥미를 잃었지."

톰은 아들을 바라봤다. 아이가 숨을 멈춘 건 아닌가 싶어서 잠시 패닉에 빠졌다가 꼼지락거리는 걸 보고 온몸에 안도감이 퍼졌다. 정말이지 그는 저 애를 사랑했다. 이름이 뭐든 간에.

그의 마음을 읽은 듯 엄마가 물었다. "그래서 저 애 이름은 제이슨으로 정해진 거니? 아니면 아직 의논 중이야?"

"90 대 10으로요." 톰이 말했다.

"10은 뭔데?"

"아까 병실에 있을 때 웬디가 에드거라는 이름을 꺼내더라고요. 그 이름을 말한 건 처음이었어요."

"에드거라니. 세상에. 늙은이 이름 같구나."

"제이슨으로 할 거예요." 톰이 말했다.

"밖에 나가서 바람 좀 쐬고 오렴. 날씨가 아주 좋아. 아빠도 있는지 찾아보고."

병실을 들여다보고 웬디가 아직 자는 걸 확인한 후 톰은 밖으로 나갔다. 출근 시간이라서 보도는 사람들로 붐볐는데, 다들 굳고 결연한 얼굴로 서둘러 걸어갔다. 왜 저들은 살아있다는 사실에 행복해하지 않는 걸까? 어쨌거나 새로운 밀레니엄이 시작됐고, 지구가 멸망할 거라는 예언은 전부 심한 과장으로 밝혀졌다. 지구의 시간은 계속 흘러갔다. 영화는 계속 제작됐고, 책도 계속 출판됐다. 아기도 계속 태어났다. 공기는 차가웠지만 하늘에는 구름 한 점 없었고, 눈부신 파란색은 희망으로 가득 찼다. 웬디에게 담배를 끊겠다고 약속했는데도 톰은 잽싸게 편의점으로 들어가 카멜 라이트 한 갑을 샀다. 빈 벤치 세 개가 있는 길 건너 작은 광장의 공원으로 가 햇볕이 가장 잘 드는 벤치에 앉았다. 담배에 불을 붙이고 첫 모금을 길게 빨아들였다가 푸르스름한 연기를 햇살 속에 내뿜었다. 마지막으로 몰래 담배를 피운 지 몇 주가 지난 터라, 니코틴이 머릿속에 확 퍼지자 몸이 햇살 속에 둥둥 뜬 기분이었다. 하지만 필터 끝까지 다 피운 뒤에는 담뱃갑을 벤치 팔걸이에 올려두고 그 위에 성냥까지 얹어둔 다음 병원으로 걸어갔다.

아빠는 엄마가 마실 주스를 사서 돌아왔고, 웬디는 다시 깨어있었다. 혹시 웬디가 그의 옷에서 담배 냄새를 맡았을지 궁금했지만 그녀는 아무 말도 하지 않았다. 대신 이렇게 물었다. "우리 제이슨은 어때?"

"부리토처럼 포대기에 꽁꽁 싸여있어."

"아, 다행이네."

간호사가 고개를 들이밀었다. "엄마가 깨어났네요. 아기 보실래요?"

"네." 웬디는 몸을 일으켜 베개에 기댔다.

간호사는—이름은 섀넌으로, 산부인과 병동에서 만난 예쁜 간호사 중에서도 제일 예쁘다고 톰은 생각했다—제이슨을 데리러 갔다.

"우리 아기에게 새 이름을 지어줄 거야?" 톰이 말했다.

"무슨 말이야? 제이슨한테?"

"에드거라며."

웬디가 어리둥절한 표정을 짓자 톰이 말했다. "한 시간 전에 잠에서 깼을 때 애 이름을 에드거로 해야 한다며."

"내가?"

"기억 안 나?"

"어렴풋이 나. 그게 꿈인 줄 알았어."

"또 우리가 오랫동안 부모였다고도 했어."

그녀의 눈에 뭔가가 스쳤다. 아마도 약간의 두려움이 섞인 웃음기였으리라. "그런 기분이었어. 안 그래?" 웬디가 말했다.

"그런 거 같아. 그럼 아기 이름은 안 바꾸는 거지?"

"응. 이 애는 제이슨이야. 제이슨 에드거 그레이브스."

"참나."

"농담이야. 제이슨 버저론 그레이브스로 하자." 버저론은 톰 외할머니의 처녀 적 성이었다.

"좋아. 그걸로 정한 거다."

"그걸로 정해."

# 1998

i

"나한테 좋은 생각이 있어." 톰은 문간에서 자는 걸 좋아하는 오렌지색 고양이 트리말키오\*를 비켜 가며 말했다.

"그래?"

"응. 당신은 싫어하겠지만 그래도 말해볼게."

"말해봐." 웬디가 갑자기 긴장하며 말했다.

"오늘 밤 크리스마스이브 예배에 가는 거 어때?"

전혀 예상치 못했던 제안에 웬디는 왠지 모르게 웃음이 났다.

"왜 웃는 거야?"

"모르겠어. 너무 뜻밖이라서. 오늘 밤에 선물을 모두 뜯어보자고 말하려는 줄 알았어."

---

• 고대 로마의 작가 페트로니우스의 풍자 소설에 등장하는 인물. 해방 노예 출신이나 엄청난 부자가 된다.

"그것도 하고."

"예배에는 왜 가고 싶은데? 무슨 일 있어?"

"아니, 아무 일 없어. 그냥 걸어가다가 교회를 봤어. 당신이 좋아하는 그 술집 있잖아…."

"리버 스틱스."

"그래, 리버 스틱스…. 그 술집 건너편 모퉁이에 교회가 있는데 그 앞에 오늘 밤 촛불 예배가 열린다는 안내판이 있더라고. 그래서 그냥…."

"당신 혼자 다녀와. 나는 굳이 가고 싶지 않아."

"내가 종교적 신념이 있어서 가고 싶다는 건 아냐. 나도 어릴 때 교회 가는 거 싫어했는데 크리스마스이브 예배는 예외였어. 찬송가가 근사했지. 촛불 예식도 좋았고…."

"촛불 예식은 뭐야?"

톰은 어릴 때 갔던 예배를 설명해줬다. 웬디는 톰이 다정하고 보수적인 시댁 식구들과 함께 패딩 점퍼를 입고 목도리를 두른 채 광장 잔디밭을 가로질러 하얀 교회로 가는 모습을 상상할 수 있었다. 교회 옆, 조명을 켜둔 아기 예수 탄생 전시물에는 눈이 내려앉았으리라.

"알았어. 갈게." 웬디가 말했다. 가장 큰 이유는 톰이 그녀가 함께 가기를 간절히 바랐기 때문이고, 혹시 무슨 일이 있나 걱정되는 마음도 있었다.

저녁 식사를 마친 후—톰은 크리스마스이브에는 꼭 굴 스튜를 먹어야 한다고 우겼다—그들은 단단히 껴입은 채 밤길을 나서 교회로 향했다. 맑고 추운 밤이었다. 일기 예보에서는 눈보라와 강풍이 불

거라고 했다. 사람들로 북적이는 교회에 들어서서 일부러 뒤쪽 자리에 앉았을 무렵에는 양 볼이 얼얼할 정도였다. 톰은 그녀에게 각 자리 앞 찬송가 보관함에 놓인 자그마한 흰색 양초를 보여줬다. 양초에는 촛농이 떨어지지 않도록 마분지로 만든 받침대가 끼워져있었다. 톰은 몹시 들떠 보였다. 아니면 그냥 어린 시절 추억에 잠겼을 수도 있고. 웬디는 가까운 이웃들이 이렇게 은밀하게 종교 생활을 하고 있었다는 사실이 그저 신기했다. 위층에 사는 루스 플래어티가 그들보다 두 줄 앞에 앉아 옆자리 커플과 얘기를 나누고 있었다.

오르간 연주자가 〈참 반가운 성도여〉의 연주를 마치고 "눈이 내렸네, 눈 위에 또 눈"이라는 가사가 등장하는 크리스마스 찬송가로 넘어갔다. 노래가 끝나자 목사가 연단에 올라갔다. 그는 세련된 바텐더 혹은 포크 가수 지망생처럼 생겼는데 설교를 시작하기 전에 신도들을 보며 환하게 웃었다.

전반적으로 나쁘지 않은 시간이었다. 웬디는 설교를 경청했고— 사실상 예수의 탄생 신화에 불과했다—찬송가도 함께 부르면서 계속 옆에 앉은 톰을 살폈다. 그에게서 뭘 찾는지는 그녀도 정확히 알 수 없었다. 아마 진정으로 신앙의 감동을 느낀다거나 내면에서 각성이 일어나는 기색이 있는지 살폈으리라. 하지만 톰은 집중한 것 같기는 해도 딱히 감동한 표정은 아니었다. 기도하는 동안 눈을 감지도 않았고, 예배 시간에는 앞줄에 앉아 계속 뒤를 돌아보는 어린 소녀와 장난을 치느라 바빴다.

예배가 끝나갈 무렵, 드디어 촛불 예식이 시작됐다. 조명이 점점 어두워지더니 맨 앞에 있는 하나의 초에만 불이 켜졌다. 그 불꽃이 좌석을 타고 한 줄, 한 줄 내려왔고 마침내 모두가 촛불을 들었다. 웬디는 이 예식이 미적으로 아름답다고 인정하지 않을 수 없었다. 비록 코듀로이 바지에 촛농이 떨어지기는 했어도.

"멋있지?" 톰이 그녀의 귀에 속삭였다.

예배가 끝나자 놀랍게도 톰이 주머니에서 지폐 몇 장을 꺼내 교회 뒤쪽의 헌금 접시에 놨다. 게다가 나가는 길에 걸음을 멈춰 목사와 부목사에게 자신과 웬디를 소개하기까지 했다.

"새로 오신 분들을 보니 좋네요." 앤드루라는 이름의 목사가 말했다. 이렇게 가까이서 보니 작가 데이비드 포스터 월리스를 닮았다고 웬디는 생각했다.

검은 예복을 입고 알록달록한 스카프를 두른 부목사 아리엘은 나이 지긋한 신도들과 어린 자녀를 둔 부부들로 바글거리는 이 교회에 있기에는 너무 젊고 예뻤다. 그러다가 이 사람들은 신부가 아니니 아마 섹스도 즐길 수 있을 거라는 사실이 떠올랐다.

집에 돌아온 톰은 위스키를 듬뿍 넣은 에그노그를 두 잔 만들었고, 그들은 텔레비전 앞에 앉았다. 영화 〈멋진 인생〉의 마지막 장면이 나오더니 곧 처음부터 다시 시작됐다. 둘 다 채널을 돌리지 않았다. 웬디는 톰에게 교회에 다녀온 소감을 어떻게 물어봐야 할지 고민했다. 집에 온 이후로 톰이 유달리 조용했기 때문이다. 톰에게는 올해가 힘든 한 해였다. 오랫동안 이틀에 한 번꼴로 통화했던 할아버지를 여의었고, 아이오와주와 프로빈스타운에서 열리는 두 개의 문예 창작 프로그램에 지원했지만 모두 떨어졌다. 그 후로는 방황하는 듯했다. 하버드 북스토어의 일도 그만두고, 잠깐 수채화 수업을 듣더니 마침내 영문학 박사 과정에 응시하기로 마음먹었다. 한동안은 지원서 작성하는 일에 몰두하느라 그나마 덜 우울해 보였다.

웬디의 가장 큰 걱정은 그가 우울증에 걸렸다는 사실이었다. 아마도 그에게 가장 필요한 건 상담이리라. 하지만 그런 말을 꺼낼 수가 없었다. 그들이 과거에 한 짓을 누군가에게 털어놓는 위험을 감수할 수 없었기 때문이다. 설사 내담자의 비밀을 지키겠다고 맹세한 상담사라고 해도. 같은 이유로 웬디는 그의 음주 습관도 걱정이었다. 톰은 사람들을 만나는 자리에 가기 전에 늘 맥주를 한두 캔씩 마셨다. 한 캔은 옷을 입는 동안, 다른 한 캔은 만약 그들이 차를 몰고 간다면 차 안에서 마셨다(그는 맥주가 탄산음료나 마찬가지라고 둘러댔다). 왜 외출 전에 늘 술을 마시냐고 물었더니 톰은 "우리 친구 중에 맨정신으로 대화하고 싶은 사람이 한 명이라도 있어?"라고 되물었다.

웬디는 회상을 멈추고 남편을 보며 말했다. "그럼 이제 당신은 교인이 된 거야?"

"응?" 텔레비전을 보던 톰이 고개를 돌려 그녀를 바라봤다.

"그 교회에 다시 갈 거냐고."

"아. 내년 크리스마스이브에는 확실히 갈 거야. 하지만 그 외에는 아니, 아마 안 갈 거야. 왜? 걱정돼?"

"아냐. 그냥 궁금해서."

"당신은 어때? 괜찮았다면서."

"예뻤어, 솔직히. 하지만 결국에는 다 헛소리잖아. 안 그래?"

"예수 탄생을 축하하는 거 말이야? 아니면 그냥 종교 자체를 말하는 거야?"

웬디는 잠시 생각에 잠겼다. 그녀의 눈이 텔레비전 영화 속 조지 베일리를 향했다. 그는 고등학교 졸업 파티에서 춤을 추다가 바닥이 갈라져 그 아래 있는 수영장에 빠지기 직전이었다. "둘 다. 전부 다. 멋진 얘기지만 그걸로 끝이야. 사람들에게 힘든 삶이 꼭 부질없지만은 않다는 희망을 주려고 꾸며낸 거잖아."

"시니컬하네." 역시 영화를 보며 톰이 말했다.

"그래서 나랑 결혼한 거 아냐?"

"맞아."

"저기, 나는 종교가 그렇게 나쁘다고는 생각하지 않아. 인간이 이 삶을 견디게 해주는 거라면 대체로 좋게 생각해. 다만 진짜라고 생각하지 않을 뿐이야. 하지만 당신이 그 교회에 다니고 싶다면 말리지 않을게. 어쩌면 거기서 뭔가를 찾을 수도 있으니까."

"하지만 걱정돼?"

"아니. 왜 그런 말을 해."

"모르겠어. 그냥 느껴져. 당신은 내가 양심의 가책을 느끼고 지금보다 나를 더 한심하게 여기게 될까 봐 걱정하는 거 같아."

"당신이 한심하다고 생각해?" 웬디는 몸을 돌려 리모컨을 쥐고 있는 그의 손에 자신의 손을 포갰다.

"아니, 나는 괜찮아. 신을 찾아서 내가 한 짓을 전부 고백하지는 않을 거야. 다만 교회에 가면 뭔가 위안을 받는 거 같아. 우리가 바에 들어갔을 때 아는 사람을 보는 거랑 비슷한 기분이야. 뭔가의 일부가 된 기분."

"일리가 있네." 웬디가 말했다.

"하지만 당신의, 우리의 일부가 되는 게 가장 중요하지. 지금도, 앞으로도."

그건 톰이 전에도 했던 말이었다. '지금도, 앞으로도.' 그녀는 그 어감이 마음에 들었고, 톰에게도 그렇게 말했다.

그들은 영화를 끝까지 다 본 뒤에 그만 자기로 하고 위층으로 올라갔다. 잠들기 전 웬디가 말했다. "우리 애를 가져볼까?"

"아." 톰이 말했다.

"괜찮아?"

"응, 갑자기 말해서 놀랐을 뿐이야."

둘은 아기를 갖는 일에 대해 몇 번 얘기한 적은 있었지만, 늘 언젠가 생길 수도 있다는 듯이 막연하게 말하는 데 그쳤다.

"지금 얘기할 필요는 없어. 그냥, 오늘 밤 예배에서 당신이 애들을 바라보는 시선을 봤거든."

"나를 보는 당신 표정이 어땠는지 알아? 이 인간은 아빠가 되고 싶어 미쳤거나 아니면 변태네."

"거의 내가 생각한 그대로야."

"당신이 원하면 나도 좋아."

"좋아. 오늘은 여기까지 하자. 피곤해."

"잘 자, 여보." 톰이 말했다.

웬디는 옆으로 돌아누워 시계를 봤다. 자정을 막 지나고 있었다. "메리 크리스마스." 웬디가 몸을 둥글게 말며 말했다. 바람에 침실 창문이 덜컹거렸다.

## ii

그들은 점심에 각자 맥주를 두 잔씩 마셨고—첫 번째 실수였다—지금은 서머빌에 있는 아리엘의 원룸에, 낡아서 너덜너덜해진 소파에 있었다. 톰은 아리엘의 청바지를 벗기는 중이었다. 불안했던 올봄 내내 그는 줄곧 이 순간을 꿈꿨고, 막상 현실로 닥치자 기쁨과 이제 곧 모든 게 변하리라는 막연한 두려움이 반씩 섞인 감정에 휩싸였다. 변화는 이미 일어났을 것이다. 이제 그는 불륜남이었고, 그 낙인은 평생 따라다니리라.

둘은 벌거벗은 채 어색하게 소파에 누웠다. 손만 뻗으면 닿을 거리에 더블 침대가 있었지만, 톰은 거기는 넘보면 안 되는 공간이라고 직감했다. 아마 아리엘의 남자 친구 때문이었을 것이다. 그는 a가 아니라 u가 들어간 '앨런$^{Alun}$'이라는 생소한 이름의 정체를 알 수 없는 인물이었다.

"정말 괜찮겠어요?" 톰이 팔로 몸을 지탱해 아직 서로 닿지 않은 상태에서 물었다. 둘 다 마음을 굳혔다는 건 누가 봐도 뻔했지만.

"네."

섹스가 끝난 후 둘은 대충 옷을 걸쳤고, 아리엘은 커피를 내렸다. 그들은 손에 머그잔을 쥔 채 다시 소파에 나란히 앉았다. 빗줄기가 창문을 톡톡 두드렸다. 유니언스퀘어에서 점심을 먹고 시청과 서머빌고등학교가 내려다보이는 가파른 언덕 위의 이 원룸까지 걸어온 뒤로 날이 어두워졌다. 톰이 그녀의 집에 온 건 이번이 처음이었다. 집주인뿐 아니라 집 내부에도 시선을 돌릴 여유가 생기자 그는 자기도 모르게 아리엘의 종교적 사명감이 드러나는 흔적을 찾아 주변을 둘러봤다. 하지만 침대 머리맡 테이블에 독서등과 함께 놓인 성경처럼 보이는 책 한 권이 전부였다.

"무슨 생각해요?" 아리엘이 물었다.

"벽에 대형 십자가라도 걸려있을 줄 알았어요. 침대 위에."

아리엘이 웃음을 터뜨렸다. "신학대학 석사 학위증은 액자에 넣어서 욕실에 걸어뒀어요."

"봤어요."

"실망했나요?"

"어떤 점에?"

"집이 내 직업이랑 안 어울려서."

"아뇨, 아뇨. 그냥 궁금했을 뿐이에요. 당신이 사는 공간을 보고 싶었어요."

"당신 집은 어때요?"

"아내가 산다는 거 빼고요?"

"그건 좀 아프네요."

"미안해요. 이상한 소리를 했네요. 멋진 집이에요. 말키라는 고양이를 키우는데 그건 당신도 알죠. 또 책이 아주, 아주 많아요."

"당신 집을 상상하면 어른스러운 공간이 떠올라요. 우디 앨런 영화 속 집 같은 거죠. 사실 나는 아직도 기숙사 방에 사는 기분이에요."

"이 집에서 사는 게 좋아요?"

"지금은 좋아요. 당신이랑 함께 있어서 좋아요." 아리엘은 상판이 유리로 된 커피 테이블에 머그잔을 내려놓고 톰에게 미끄러지듯 다가갔다. 그는 한 팔로 자연스럽게 아리엘을 감싸안아 그녀의 머리가 자신의 가슴에 닿을 정도로 꽉 끌어당겼다. 그러면서 당장이라도 이 집에서 도망치고 싶은 감정을 애써 억눌렀다. 이 일은 실수였다. 그건 일이 벌어지기 전부터 이미 알고 있었다. 사실 모든 게 실수였다. 아리엘은 톰과 웬디의 집에서 가까운 유니테리언 교회의 부목사였다. 톰은 크리스마스이브에 그녀를 처음 만났고, 이틀 뒤 자주 가는 와인 가게 겸 치즈 가게에서 그녀를 다시 마주쳤다.

"우리 어디서 본 적 있죠?" 와인 라벨을 유심히 바라보는 아리엘에게 그가 말했다.

"저희 교회의 크리스마스이브 예배에 오셨죠. 사모님이랑 함께요. 사모님 성함은 웬디였는데, 죄송하지만 성함이?"

"톰 그레이브스예요. 기억력이 좋으시네요."

"그런 것도 제 일이라서요."

"하긴 성경 구절도 다 외우시니."

아리엘이 웃음을 터뜨렸다. 앞으로 그가 숱하게 보게 될 웃음의 시작이었고, 그 순간 톰은 약간 사랑에 빠졌다. 예배가 끝나고 웬디가 그녀를 뭐라고 불렀더라? "섹시한 요정"이라고 했던가? 정확히 기억나지 않았지만, 아무튼 아리엘은 꽤 자그마했고 꽤 예뻤다. 짧게 자른 진갈색 머리에 눈은 크고 갈색이었다. 그리고 웃을 때면 갑자기 큰 소리로 웃음을 터뜨렸다.

"네, 맞아요. 성경 구절도 외우죠. 하지만 주로 신도들 이름을 기억해야 해요."

"유감이지만 웬디와 저는 기껏해야 1년에 한 번만 오는 신도가 될 겁니다. 그러니까 굳이 기억하려고 하지 마세요. 뇌 용량만 낭비하는 겁니다."

"이미 늦었어요." 그녀가 말했다.

그 만남이 전부였다면 그들의 관계도 거기서 끝났을 테지만 그들은 2월 중순에 우체국에서 다시 마주쳤다. 톰은 합격하리라는 기대 없이 코넬대학교 박사 과정 지원서를 부치러 온 참이었고, 아리엘은 그녀 말로는 공식 업무차, 즉 교회 소식지를 대량으로 발송하려고 왔다. 일이 끝난 뒤에 둘은 매사추세츠 대로에 있는 카페에서 두 시간 동안 얘기를 나눴다.

알고 보니 아리엘 가농 역시 뉴햄프셔주 출신이었다. 하지만 둘은 각자 살던 도시가 뉴햄프셔주 안에서 더 이상 멀어질 수 없을 만큼 떨어져있다는 사실을 알게 됐다. 아리엘은 뉴햄프셔주의 최북단 지역 출신으로, 부모님은 두 분 다 인간보다 자연에 더 관심이 많은 야생 동물 관리사였다. "사람들이 제게 왜 주님을 찾게 됐냐고 물으면, 외로워서 그랬다고 말해요. 어릴 때 말할 사람이 아무도 없어서 주님과 말하게 됐다고."

"그랬더니 주님이 응답해줬군요."

"사실 그러지는 않았어요. 그래도 주님은 존재한다고 생각해요."

"방금 '존재한다'가 아니라 '존재한다고 생각한다'라고 했어요."

"맞아요. 목사라고 해서 의심이 없지는 않아요. 그런데도 이 일을 하는 진짜 이유는 일종의 사회봉사라고 생각해서예요. 사람들을 돕고 싶거든요. 치즈 가게에서 제가 당신 이름이 기억나지 않는다고 했죠? 사실은 기억났어요. 그런데 왜 그렇게 말했는지 모르겠어요. 계속 당신을 생각하고 있었거든요. 당신은 교회에 온 목적이 있어 보였어요.

뭔가를 찾는 사람처럼."

톰은 농담을 하려다가 대신 이렇게 말했다. "저는 용서를 구하는 거 같아요."

"뭐에 대한 용서요?"

"제 이기심에 대한 용서겠죠. 모르겠어요. 저는 그냥 제 자신이 별로예요."

"이 대목에서 제가 '주님은 당신을 사랑하세요'라고 말해야 할 테지만 그건 당신도 이미 알 거예요. 적어도 그게 종교의 기본 원리라는 걸요. 그래서 저는 대신 이렇게 말할 거예요. '저는 당신이 좋아요.' 그리고 저는 사람 보는 눈이 정확하죠."

"정말입니까?" 톰이 물었다.

"제가 당신을 좋아한다는 거요?"

"아뇨. 사람 보는 눈이 정확하다는 말."

"지금까지는 틀린 적이 없어요."

카페에서 이 대화를 나눈 날과 서머빌에 있는 그녀의 원룸 소파에서 보낸 오후 사이에 그들은 거의 일주일에 한 번꼴로 만나 점심을 먹거나 커피를 마셨다. 아리엘은 만났다가 헤어지기를 반복하는 자신의 남자 친구 앨런과 목회에 대한 흔들리는 소명 의식에 대해 말했다. 톰은 자신이 느끼는 끝없는 불안과 자신과 전혀 다르게 삶을 대하는 웬디의 태도에 대해 말했다.

"웬디는 행복하다는 말인가요?"

"그런 거 같아요."

"힘들겠어요."

"네, 힘들어요." 톰은 미들 이스트라는 식당의 테이블 위로 손을 뻗어 마치 연극의 한 장면을 연출하듯 아리엘의 손을 잡았다. 둘은 팔라펠 모둠 요리를 나눠 먹으며 낮술로 와인까지 마시던 중이었다.

"우리가 처음 얘기를 나눴을 때 당신은 용서받고 싶다고 했잖아요. 무슨 일 때문에 그런 거예요?"

"웬디와 내가 처음 만났을 때 웬디는 유부녀였어요. 그 얘기는 이미 했죠. 그런데 내게도 여자 친구가 있었어요. 진지하게 만나던 여자 친구요. 하지만 그 친구에게는 죄책감을 느끼지 않았던 거 같아요. 어차피 오래갈 사이는 아니었거든요."

"웬디와 오래갈 사이였죠."

"맞아요. 나는 그렇게 믿어요. 영원히 웬디와 함께할 겁니다. 하지만 웬디와 브라이스의 결혼이 끝난 일에 대해서는 죄책감이 들어요. 아무래도 그걸 용서받고 싶은 거 같아요."

아리엘은 의아한 표정으로 남은 와인을 톰의 잔에 다 따라줬다. "브라이스는 죽은 거 아닌가요?"

톰은 황급히 당황한 기색을 감추며 자신이 예전에 뭐라고 했는지 기억해내려 했다. "그랬죠, 맞아요. 하지만 우리는 이미…."

"네, 그 얘기 했어요. 저기, 내가 보기에 당신은 그저 마음 가는 대로 했을 뿐이에요. 그게 중요하죠. 당신이 누군가에게 상처를 줬다고는 생각하지 않아요."

그날 점심이 끝날 무렵—아니면 그냥 재미 삼아 보스턴의 유명한 바 치어스에서 만났을 때였나?—아리엘이 말했다. "웬디는 우리가 이렇게 만나는 거 모르죠?"

"어느 정도는 알아요." 톰이 말했다.

"무슨 말이에요?"

"지난주에 우리가 하버드대학교 캠퍼스를 가로질러 갔던 거 기억하죠? 그때 웬디가 우리를 봤어요. 건널목 앞에 차를 세우고 있었는데 우리가 지나갔대요."

"웬디가 뭐래요?" 아리엘은 진심으로 놀란 듯했다.

"별다른 말은 없었어요. 당신과 내가 친구라는 걸 말하지 않았다는 사실에 약간 상처를 받았더라고요."

사실 웬디는 톰을 들볶아 그들이 벌써 몇 주째 만나 서로 속 깊은 대화를 나눴다는 자백을 받아냈다. 그걸 들은 웬디는 차라리 아리엘과 잠이나 한번 자고 끝내버리라고 말했다.

"정말 그래도 괜찮다는 거야?" 톰이 물었다.

웬디는 지난 1년 동안 그가 몇 번 봤던 표정, 그가 자신보다 한 박자 반쯤 뒤처졌다고 말하는 듯한 표정으로 이렇게 말했다. "당연히 싫겠지. 하지만 당신 삶을 속속들이 알고 싶어 하는 새로운 절친이 생기는 것보다는 그게 낫다는 말이야."

톰은 화제를 바꾸고 싶어서 아리엘에게 그의 남자 친구에 대해 물었다.

"앨런은 왜요?"

"앨런도 우리 사이를 아나요?"

"아뇨. 하지만 상관없어요."

"왜 상관없어요?"

"왜냐하면 나는 앨런을 사랑하지 않으니까요."

그로부터 채 일주일이 되지 않아 사각팬티만 입은 아리엘은 소파에서 톰의 가슴에 머리를 기댄 채 말했다. "우리 방금 실수한 거죠?"

"만약 그렇다면 아주 행복한 실수죠."

"하지만 당신은 죄책감을 느끼잖아요. 나는 알 수 있어요."

"당신 마음이 투사된 거 아니고요?"

"당연히 투사됐죠. 나는 너무 죄책감이 들어요. 웬디를 딱 한 번 만났지만 좋은 사람 같았거든요."

"당신은 웬디에게 미안해할 필요 없어요. 내가 미안해해야지."

"알아요. 하지만 그렇다고 해서 마음이 편해지지는 않네요. 웬디 때문이 아니라 나 때문이에요. 나는 앨런을 배신한 게 아니에요. 주님을 약간 배신한 거 같아요. 내 말이 이상한가요?"

"잘 모르겠어요."

"내가 외로워서 신과 대화하기 시작했다고 했던 말 기억해요?"

"네."

"당신 덕분에 내가 아직 외롭다는 걸 깨달았어요. 내 삶에 주님이 있는데도요."

"미안해요."

"그럴 필요 없어요. 당신 잘못이 아니에요. 이게 끝난 것도 당신 잘못이 아니고요."

"무슨 말이에요?"

"우리는 끝난 거죠? 이런 짓을 저질렀으니까요."

톰은 거짓말이 목구멍까지 올라왔으나 꾹 참았다. "그런 거 같네요. 그래도 당신이 그리울 겁니다."

"나도 그럴 거예요."

그날 오후 늦게 집에 돌아왔을 때 톰은 자신이 무슨 짓을 했는지 얼굴에 다 적혀있을 거라고 생각했다. 웬디가 그를 한번 보기만 해도 전부 알게 될 거라고. 하지만 웬디는 기분이 좋았고, 로린 힐 CD를 틀어둔 채 화분에 물을 주고 있었다. 저녁 식사가 끝난 뒤 웬디는 생리 예정일이 사흘이나 지났다고 말했다. "임신한 거야?" 톰이 물었다.

"그럴 수도 있지."

"드러그스토어에 가서 임신 테스트기를 사 올게." 톰이 그렇게 말하며 자리에서 일어났다가 식탁에 무릎을 찧었다.

"아냐, 지금 당장 할 필요 없어. 내일 하면 돼. 오늘 밤은 그냥 수수께끼로 남겨두자고."

나중에 침대에 누웠을 때 톰은 하마터면 오늘 아리엘과 있었던 일, 그리고 그 관계가 어떻게 끝났는지 말할 뻔했다. 하지만 말하지 않아도 웬디가 뭐라고 할지 들리는 듯했다. "저기, 자기야. 우리가 결혼했다고 해서 내게 전부 다 말할 필요는 없어." 웬디는 여러 번 그렇게 말한 터였다. 그리하여 톰은 그 일을 혼자 간직했다. 그렇게 또 다른 비밀이 생겼고 부디 이게 마지막 비밀이기를 바랐다.

# 4부

# 영화 속 주인공

# 1995

　클라크 카운티 결혼 허가소 밖은 눈부실 정도로 햇빛이 강했다. 웬디는 선글라스를 썼지만 톰은 호텔방에 선글라스를 두고 온 탓에 손을 들어 눈가에 그늘을 만들었다.
　"이제 어디로 가? 곧장 결혼식장으로?" 톰이 말했다.
　"어느 결혼식장?"
　"어디든. 길 건너에 무려 두 군데나 있어."
　"좋아. 네가 골라." 웬디가 말했다.
　그들은 대로를 건넜다. 둘 중 한 곳은 작은 교회처럼 생겼는데 화살이 관통한 커다랗고 붉은 하트 네온사인에 짓눌려 작아 보였다. 다른 한 곳은 상점이 늘어선 상가에 있었는데 결혼식장 이름이 '회전목마'였다. 가까이 다가가보니 유리창 너머로 진짜 회전목마가 보였다. 작동하지는 않았는데 아마 커플 한 쌍이 거기에 올라가 사진을 찍고 있었기 때문일 것이다. 여자는 손을 들어 카메라를 향해 손가락에 낀 반지를 보여주고 있었다. 남자의 한 손은 여자의 등에, 다른 손은 플라스틱 말의 갈기에 올라가있었다.

"상징치고는 별로인 거 같아." 톰이 말했다.

"뭐가?"

"회전목마. 회전목마를 타는 건 변덕스러운 일 같아. 언제든 탔다가 내릴 수 있고, 파트너도 바꿀 수 있지."

"파트너가 아니라 말이겠지."

"맞아."

"글쎄." 웬디는 슬그머니 톰의 팔짱을 끼며 그에게 다가갔다. "어쩌면 결혼의 완벽한 상징일지 몰라. 아무런 진전도 없이 계속 제자리만 빙빙 돌고, 그러는 내내 살짝 울렁거리고 말이야."

"그거 참 낭만적이네." 톰이 말했다.

"우리 호텔에도 결혼식장 있는 거 알지?"

그들은 3박 일정으로 스트립˙에 있는 플라밍고 호텔에 머물고 있었다. 둘 다 라스베이거스가 처음이었고, 호텔을 정한 사람은 톰이었다. 듣자 하니 그 호텔은 프랭크 시내트라 주연의 범죄 영화 〈오션스 일레븐〉에 나왔던 모양이었다. "그래?"

"못 봤어? 체크인 카운터 바로 옆에 있었어. 거기 가도 돼. 나는 진짜 어디든 상관없어." 웬디가 말했다.

그들은 라스베이거스 중심부에서 택시를 타고 플라밍고 호텔로 돌아갔다. 택시비를 내는 톰의 손에 기사가 홍보용 명함 하나를 쥐여

• 라스베이거스의 중심 대로.

줬다. 명함에는 반짝이는 브래지어를 입은 여자의 상반신 사진이 있었다. 적힌 문구는 간단했다. "스트립에서 가장 아름다운 여자들." 그리고 옆에 전화번호가 있었다. 객실로 올라가는 엘리베이터 안에서 톰은 웬디에게 명함을 보여줬다. "방에 전화기 있지?"

"있어. 전화해봐. 우리 아직 결혼 안 했잖아."

에어컨을 틀어둔 방은 냉기가 돌았지만 밖이 워낙 더웠던 터라 둘 다 개의치 않았다. 웬디는 입고 있던 스커트와 블라우스를 벗어 던지고 킹사이즈 침대에 올라가 톰이 이번 여행을 위해 구입한 가이드북 《포더스 라스베이거스 Fodor's Las Vegas》를 펼쳤다. "오늘 저녁은 어디서 먹지?"

톰은 웬디 옆에 누웠다. 갑자기 알 수 없는 이유로 불안해졌다. 요즘 들어 점점 더 자주 일어나는 현상이었다. 담배를 한 대 피우고 싶었지만 여기는 금연실이었다. 웬디가 금연실을 더 선호하리라는 걸 알았기 때문이다. "그냥 아래층 결혼식장에 내려가서 기다렸다가 결혼식을 올린 다음에 스트립을 거닐면서 식당을 찾아보자."

"자기 하자는 대로 할게, 여보." 웬디가 말했다. 최근에 웬디는 저런 애칭으로 그를 불렀는데 톰은 아직 적응이 되지 않았다. 들을 때마다 은근히 비꼬는 것처럼 들렸다.

"결혼 허가서도 받았으니까 빨리 정식으로 결혼해야 할 거 같아서."

"그래서 우리가 여기 온 거잖아." 웬디가 포더스 가이드북을 계속 뒤적거리며 말했다.

결혼해야 한다고 웬디를 끝내 설득한 사람은 톰이었고, 라스베이거스로 가자고 제안한 사람은 웬디였다. 웬디는 자신이 이미 한 번 결혼식을 치렀기 때문에 결혼식은 그걸로 충분하다고 했다. 톰은 흔쾌히 동의했다. 우선 그의 가벼운 불안 발작이 점점 심해졌고, 많은 친구와 가족 앞에 서서 혼인 서약을 낭독하는 일은 생각만 해도 다리에서 힘이 빠졌기 때문이다. 게다가 부모님도 싫어할 것 같지 않았다. 특히 작년에 케이프코드에서 누나 재니스의 결혼식을 치르느라 온갖 스트레스를 받고 많은 돈을 쓴 걸 생각하면 더더욱. 부모님에게 이 얘기를 꺼냈을 때는 역시나 예상대로였다. 엄마는 "네가 웬디와 결혼만 한다면 결혼식이야 어떻게 하든 상관없다. 우리가 옛날부터 그 애를 얼마나 예뻐했는지 알잖니"라고 말했다. 당연히 그의 부모님은 톰과 웬디가 어릴 때 서로 좋아하는 사이였다는 사실을 기억하는 유일한 사람들이었다. 톰과 웬디는 케임브리지에서 새로 사귄 친구들에게 이 사실을 숨기지 않았지만 굳이 먼저 말하지도 않았다.

　웬디는 엄마에게 전화해 톰과 라스베이거스로 가서 결혼할 계획이라고 말하며 결혼식에 참석할 수 있도록 비행기표를 보내주겠다고 했다. "엄마는 늘 재혼하는 신부의 엄마가 되고 싶다고 했잖아." 웬디가 그렇게 말하자 엄마는 웃으며 말했다. "나는 그저 행복한 애들의 엄마가 되고 싶었을 뿐이야. 그 소원은 이뤄졌고." 오빠는 최근 수의보조학과를 졸업했고, 엄마가 사는 곳에서 한두 시간 떨어진 도시로 이사했다. 웬디와 마찬가지로 오빠도 약혼한 상태였다. 웬디는 오빠가 엄마 근처에서 살게 돼 기뻤지만 꼭 그럴 필요는 없다고 생각했다. 엄마는 지금 사는 와이오밍주 랜더에서 평생 사귀었던 친구들보다 더 많은 친구가 생겼다. 엄마가 라스베이거스로 가는 비행기표를 거절하며 차라리 그들이 사는 집을 보러 가겠다고 말했을 때 웬디는 놀라지 않왔다.

"자, 그럼 이렇게 하자." 톰이 웬디의 허벅지에 손을 올리며 말했다. "너는 여기 남아서 식당을 찾아봐. 나는 아래로 내려가서 오늘 오후에 결혼식장을 사용할 수 있는지 알아볼게. 잘하면 예약할 수 있을지도 몰라. 그런 다음에 다시 만나서 이 결혼식을 화끈하게 해치워버리자고."

"약속해?"

웬디는 자신의 허벅지에 있던 톰의 손을 다리 사이로, 새로 산 레이스 팬티 위로 가져갔다. 이번 여행을 위해 구입한 것 같다고 톰은 생각했다. "우리 아직 결혼 전이야." 그는 그렇게 농담하며 몸을 굴려 침대에서 내려왔다.

그날 오후 늦게 그들은 호텔 결혼식장에서 식을 올렸다. 주례는 양 끝이 위로 말린 콧수염을 기른 남자였고, 증인은 근무 시간이 끝난 바카라 딜러였는데 이름이 조앤 웹스터였다. 톰은 조앤에게 〈내가 가는 곳은 어디인가〉에서 웬디 힐러가 연기하는 주인공 이름도 조앤 웹스터라는 걸 아냐고 물었다. 조앤은 그 영화나 배우를 들어본 적이 없다고 했다. 공식적으로 부부가 된 톰과 웬디는 바로 플라밍고 호텔에 가서 샴페인 칵테일을 마셨다. 그런 다음 라스베이거스 스트립을 거닐며 이른 저녁 산책을 했다. 눈에 띄게 화려한 카지노들이 어떻게 생겼는지 궁금해서 도중에 잠깐 들르기도 했다. MGM 그랜드에서는 슬롯머신으로 50달러를 땄지만 블랙잭에서 두 번 베팅했다가 다 잃었다. 그러다가 시저스 팰리스의 터무니없이 비싼 고급 레스토랑에서 저녁을 먹게 됐다. 마침 몇 분 전에 누군가가 예약을 취소한 덕분에 운

좋게 자리를 잡을 수 있었다. 그들은 전채 요리로 에스카르고를, 메인 요리로 각자 크림소스 스테이크를 먹었고, 250달러짜리 레드와인 한 병을 나눠서 마셨다. "우리가 결혼식을 생략해서 절약한 비용을 생각하면 이 정도쯤이야." 웬디가 말했다.

톰은 그것 말고도 그녀가 최근에 상속받은 브라이스의 돈도 있다고 말하려다 말았다. 사소한 법적 분쟁이 있었으나 브라이스의 재산은 유언 검인 절차를 마쳤고, 웬디는 억만장자가 된 터였다. 톰도 덩달아 그렇게 됐다고 봐야 하리라. 그 돈으로 웬디는 제일 먼저 자신의 엄마가 세 들어 살던 와이오밍주의 집을 시세보다 훨씬 비싸게 구입했다. 엄마가 이사라면 치를 떤다는 걸 알기 때문이다. 그다음으로는 오빠의 학자금 대출을 모두 갚아줬다. 그녀는 톰에게도 혹시 시댁에 해주고 싶은 게 있냐고 물었다. 톰은 없다고, 심지어 그녀가 막대한 유산을 물려받았다는 사실조차 알리지 않았다고 말했다. "우리 아무에게도 알리지 말자. 우리는 이제 부자지만 사치스럽게 살고 싶지는 않아." 웬디가 말했다.

저녁 식사 후에는 다시 플라밍고 호텔의 바에 들러 샴페인 칵테일을 몇 잔 더 마셨다. 그러다 바의 유일한 다른 손님, 최근 아내와 사별한 영국인 제이슨과 얘기를 나누게 됐다. 플로리다주에 사는 그는 혼자 라스베이거스를 방문했다. 그들이 오늘 결혼했다고 말하자 제이슨은 술값을 대신 내주겠다고 고집을 피웠으며 결혼의 본질에 관한 감동적인 건배사까지 해줬다. 제이슨은 결혼 생활 40년 동안 아내와 살았던 도시들을 말해줬고, 행복한 결혼 생활의 비결도 공유해줬다 (매일 아침 방금 요리한 따뜻한 음식을 함께 먹고 휴가는 따로 가기). 도중에 웬디가 화장실에 가려고 자리에서 일어나자 톰과 제이슨은 바를 빠져나가는 그녀의 뒷모습을 바라봤다. 웬디의 걸음걸이가 아주 멋지다고 톰은 생각했고, 그런 생각을 새 친구에게 그대로 말했다. "자네는 굉장한 행운아야. 행운을 낭비하지 말게." 제이슨이 말했다.

"네, 저희는 오랫동안 함께할 겁니다. 죽을 때까지요."

자정 직전에서야 톰은 웬디를 두 팔로 번쩍 안아 호텔방으로 데려갔고, 웬디는 문틀에 머리를 살짝 부딪혔다. 그녀는 너무 피곤해서 서서도 잠들 수 있을 것 같다고 했지만, 톰은 첫날밤을 위해 준비한 속옷으로 갈아입으라고 고집을 부렸고 자신은 옷을 벗은 채 침대 한가운데로 올라갔다. 욕실에서 나온 웬디 역시 벌거벗은 상태였는데 자신이 산 속옷은 너무 민망해서 도저히 보여줄 수 없다고 했다.

"새 친구가 내게 행운을 낭비하지 말라고 했어." 웬디가 그의 몸에 올라타는 동안 톰이 말했다.

"네가 낭비 안 하면, 나도 안 할 거야." 웬디가 그녀답지 않게 약간 취한 말투로 말했다.

"너도 안 할 거고, 나도 안 할 거야."

둘은 사랑을 나눈 뒤, 시트에 뒤엉킨 채 침대 한쪽 끄트머리에 나란히 누워있었다. 이제 둘 다 완전히 잠이 깼다.

"내 쌍둥이." 톰이 말했다.

"내 잘생긴 쌍둥이."

"오늘은 우리가 결혼한 날이야."

"맞아." 웬디가 말했다.

"지금 우리가 평생 기억에 남을 순간 속에 있다는 게 신기해. 지금 이 순간이 우리가 함께할 인생의 첫날이잖아."

"그렇게 생각해?"

"우리 결혼 생활의 첫날. 의미 있는 날 아니야?"

"네가 나를 이미 냉소적이라고 생각하는 건 알지만, 나는 냉소적인 게 아냐. 다만 오늘이 우리가 함께했던 다른 날보다 더 중요하거나 의미 있는 거 같지 않을 뿐이야. 나는 의식이며 기념일, 생일이 다 의미 없다고 생각해. 사실은 모든 게 무의미하지."

"모든 게 무의미하다고?"

웬디는 잠시 침묵하다가 말했다. "응, 시간과 우주 같은 큰 틀에서 보면 모든 게 꽤 무의미해. 우리는 그저 시간의 아주 작은 조각만 가졌을 뿐인데 대부분의 사람은 그 조각이 500년 전 혹은 5천 년 전 혹은 앞으로 500년 후의 시간보다 더 의미 있다고 믿지. 하지만 그렇지 않아. 당연히 이 시간은 내게, 그리고 네게도 의미가 있어. 왜냐하면 우리가 살아있는 시간이니까. 하지만 그게 전부야."

"결혼하자마자 그렇게 허무주의적인 발언을 하다니 고맙네."

"내게 그런 성향이 있다는 걸 너도 아는 줄 알았는데."

"아니, 그냥 농담한 거야."

웬디는 팔꿈치로 바닥을 짚어 상체를 살짝 일으켰다. "너는 내게 중요한 사람이야. 엄마도 그렇고, 오빠도 그래. 하지만 우리의 결혼을 증명하는 서류나 생일 파티, 세상을 바꾸겠다는 캠페인, '의미 있는 삶' 운운하는 말은… 잘 모르겠어. 우리는 살다가 언젠가 죽을 거야. 그전까지는 사랑하는 사람들을 보호해야 해."

"네가 쓰는 시는?"

"그게 뭐?"

"시는 의미가 있어?"

"별로. 가끔은 의미가 있기도 해. 의미가 있는 시도 있고, 없는 시도 있지. 나 말고 다른 사람에게도 의미가 있는지는 모르겠어. 시를 쓰는 이유는 그게 좋기 때문이야. 도전이기도 하고 시간도 잘 가고. 너한테 글쓰기는 어떤 의미야?"

톰은 이 대화가 즐거웠지만 담배를 피우고 싶어서 몸이 근질거렸다. "다른 사람에게는 말한 적 없지만 나는 아주 훌륭한 작품을 쓰는 게 꿈이야. 미국 문학의 걸작 같은 거. 후대에 길이 남을 작품. 솔직히 말해서, 내가 쓸 수 있다는 게 아니라 쓰고 싶다고."

"너는 해낼 수 있을 거야."

"하지만 철없는 소리라고 생각하지?"

"아니, 그럴 리가. 다만 내 사고방식과 다를 뿐이야. 게다가 후대에 길이 남는 작품이 무슨 소용이야? 그때는 이미 죽어서 누리지도 못할 텐데."

"그럼 너를 행복하게 하는 건 뭐야?"

"전부 다. 지금 이 순간, 오늘, 또 우리가 걱정 없이 살 수 있다는 사실. 우리에게는 돈이 있고, 그건 사람들이 우리를 건드릴 수 없다는 뜻이야. 너는 돈 걱정을 해본 적이 없어서 그걸 이해하지 못하는 거 같은데, 돈은 중요해. 그리고 우리에게는 서로가 있지. 너야말로 내 진정한 행복이야. 우리가 늘 서로에게 솔직하고, 다른 사람에게 한눈을 팔지만 않는다면 괜찮을 거야. 내가 너만큼 자주 말하지 않는다고 해서 너를 열렬히 사랑하지 않는다는 뜻은 아니야. 나는 너를 진심으로 사랑해. 얼마나 사랑하는지 아마 너는 모를 거야."

"나도 알아. 나도 너를 진심으로 사랑해."

"가끔 나는 한 번에 한 사람만 진정으로 사랑할 수 있는 거 같아. 어릴 때는 오로지 엄마만 진정으로 사랑했어. 그리고 이제는 너만 진정으로 사랑하고."

"그럼 이제 엄마는 사랑하지 않는다는 말이야?" 톰이 농담으로 말했지만 웬디는 진지하게 생각하는 듯했다.

"아니, 당연히 사랑하지. 하지만 달라. 이제 엄마는 안전하고, 곁에는 강아지들이 있어. 오빠도 있고. 이제 내게는 네가 있지."

"만약 우리에게 아이가 생기면?" 톰이 말했다.

"음, 그건 두고 봐야지. 네가 2등으로 밀려날 수도 있어." 웬디는 미소를 짓더니 그에게 슬그머니 달라붙었다. 그녀의 살결은 차가웠다. "나 또 졸려."

"내가 창문을 살짝 열고 이 방에서 담배를 피우면 호텔에 걸릴까?"

"아마도. 하지만 피우고 싶으면 피워. 나는 괜찮아. 아니면 그냥 아래층 카지노에 내려가서 피우지 그래?"

"첫날밤에 너를 두고 갈 수는 없어."

"나는 금세 잠들 테니까 걱정 말고 내려가. 피곤해?"

"이제는 잠이 깼어."

"그럼 내려가서 피우고 술도 한잔 마셔. 나는 여기 있을게."

톰이 아래층에 내려가려고 옷을 입었을 무렵 웬디는 깊이 잠들었다. 그녀는 침대 한쪽으로 가서 몸을 공처럼 동그랗게 웅크리고 있었다. 웬디를 두고 가려니 왠지 불길한 일이라도 생길 듯해서 기분이 이상했다. 마음 깊은 곳에서는 그럴 리 없다는 걸 알고 있었는데도. 하지만 일단 카지노로 내려가는 엘리베이터를 타자 만족감에 휩싸였다. 누가 뭐래도 오늘은 그가 결혼한 날이었고, 살다 보면 뿌듯한 기분을 마음껏 느껴도 되는 날이 있는데 오늘이 바로 그런 날이었다. 그는 웬디를 정식으로 아내로 맞이했고, 웬디는 그를 정식으로 남편으로 맞이했다. 고루한 표현이지만 그들에게는 의미가 있었다.

엘리베이터 문이 소리 없이 열리자 그는 웅성거리는 카지노로 들어서며 잠시 그들이 여기까지 오기 위해 했던 일들을 짧게 떠올렸다. 그들은 중대한 죄를 저질렀다. 그도 알고 있었다. 하지만 사랑과 아름다운 로맨스를 위해 한 일이었으므로 덜 추악하다는 사실 또한 알고 있었다. 담배에 불을 붙이려고 걸음을 멈췄다가 테이블 사이를 거닐자 다시 만족감이 밀려왔다. 낮에 웬디와 술을 마셨던 바로 가려다가 잠시 룰렛 테이블을 지켜봤다. 룰렛은 해본 적이 없지만 영화와 책을 통해 기본 규칙은 알고 있었다. 이 테이블에 앉은 손님은 커플 하나와 혼자 온 듯한 남자와 여자였는데 톰이 라스베이거스에서 기대했던 화려한 분위기를 살짝 풍겼다. 그는 이번 여행에서 처음으로 카지노에 와봤고, 카지노에 대한 그의 선입견은 거의 전적으로 '007' 시리즈 영화로 형성됐다. 그가 상상했던 카지노의 고객은 턱시도와 드레스를 입은 사람들이었지 허리에 힙색을 차거나 휴대용 산소통을 찬 고령의 관광객은 아니었다. 하지만 늦은 시간이라서 그랬는지 플라밍고 카지노의 손님들은 그의 상상과 현실의 중간쯤이었다.

"술 한 잔 드릴까요?"

빈 쟁반을 들고 있던 칵테일 웨이트리스가 말했다. 톰은 별생각 없이 스카치 앤드 소다를 주문했고, 여자는 술을 가지러 서둘러 떠났다.

톰은 룰렛 게임을 보려고 테이블로 다가갔다. 커플은 30대 같았는데 고급 레스토랑에 들렀다 온 듯했다. 여자의 드레스가 카지노의 화려한 조명 아래서 은은하게 번쩍거렸고, 남자는 흰 셔츠를 입었는데 맨 위 단추를 풀어 금으로 된 체인 목걸이를 드러냈다. 보통 그런 모습은 촌스러워 보이기 마련이지만 이 남자는 굉장한 미남이었고, 흰 셔츠와 금목걸이는 그의 검은 피부를 돋보이게 했다. 혼자 앉은 남자는 상대적으로 나이가 더 많았고, 자수를 화려하게 수놓은 카우보이 셔츠를 입고 있었다. 그 남자도 잘생겼지만, 마치 서부 영화를 대표하는 배우 조엘 매크리어가 평생 땡볕 아래서 살아온 듯 피부가 그을리고 거칠었다. 혼자 온 또 다른 여자는 동양계로 긴 검은 머리에 군데군데 흰머리가 섞여있었다.

톰이 주문한 술이 도착했다. 그는 나중에 웨이트리스가 또 술을 가져다주도록 팁을 넉넉히 줬다. 그런 다음 두 번째 담배에 불을 붙이고 손님들이 전략적으로 베팅하는 모습을 지켜봤다. 영화로만 이 게임을 접했던 톰은 늘 그저 숫자만 고르면 된다고 생각했다. 아니면 블랙이나 레드에 돈을 전부 걸면 그걸로 끝인 줄 알았다. 하지만 딜러가 룰렛을 돌리기 전까지 플레이어는 여러 칸에 나눠서 베팅했고, 종종 특정 숫자를 중심으로 그와 인접한 숫자들까지 베팅했다. 다들 꽤 규칙적으로 돈을 따는 듯했다. 딜러를 포함해 모두가 웃고 있었다. 톰은 술을 다 마신 뒤 지갑에서 100달러를 꺼내 테이블로 다가가 칩으로 바꿨다. 100달러가 다 떨어질 때까지만 게임을 하다가 방으로 올라가자고 마음먹었다. 첫 번째 베팅에서는 다른 사람들을 흉내 내 17번에서 19번까지의 숫자에 분산해서 걸었고, 몇몇은 숫자 사이의 선에도 칩을 올려놨다*. 공이 레드 18에서 멈추자 카우보이 셔츠를 입은 남자가 그의 등을 툭 치며 축하했다. 톰은 처음 걸었던 칩의 두 배쯤 되는 칩을 받았다.

한 시간 뒤 톰은 스카치를 두 잔 더 마셨고, 거의 500달러를 벌었다. 조지아주 스머나에서 온 커플인 폴과 재스민은 톰에게 룰렛의 기본 전략을 알려줬는데, 지난 30분 동안 그 전략은 그들보다 톰에게 더 잘 통하는 듯했다. 동양계 여성은 떠났지만 샘 엘리엇처럼 콧수염을 수북하게 기른 카우보이 짐 스미스는 자신이 최근 폐암 진단을 받았고, 그래서 죽기 전에 실컷 즐기려고 왔다고 했다. 그 때문인지 룰렛 테이블에 앉은 누구보다 담배를 많이 피웠다.

새벽 세 시, 톰이 100달러를 잃고 아직 400달러 정도 남았을 때 재스민이 그를 설득했다. "그만 신부에게 돌아가세요. 내일을 위해서 기운을 남겨둬야죠. 그래야 오늘 딴 돈으로 신부를 시내로 데려가서 놀 수 있지 않겠어요?"

"그렇네요." 톰은 그렇게 말했지만 웨이트리스 토냐가 그에게 막 스카치를 한 잔 더 가져다줬다. 그래서 술을 다 마시고, 담배를 한 개비 더 피운 다음 마지막으로 한 판만 더 하기로 했다. 톰은 원래 22라는 숫자를 좋아했는데, 영화 〈카사블랑카〉의 룰렛 장면 때문이었다. 거기서 주인공 릭은 젊은 헝가리 커플에게 여행 비자를 딸 돈을 얻으려면

---

• 선에 올려놓으면 두 숫자에 동시에 베팅하게 된다.

22에 돈을 걸라고 했다. 게다가 그 숫자는 계속 그의 삶에 등장하는 듯했고 대부분 좋은 쪽이었다. 웬디와 연애를 다시 시작했던 오하이오주 코코싱에서 그가 묵었던 방도 22호였다. 매더대학 문예지에 발표한 그의 첫 소설도 22페이지였고, 10월 22일은 엄마의 생일이었다.

스카치를 다 마시고 담배도 다 피운 뒤에 톰은 칩 전부, 그야말로 한 무더기를 22에 밀어 넣었다. 질 게 뻔했지만 이 얼마나 시적인 장면인가. 그는 여기에 100달러를 잃으러 왔다. 어차피 돈은 필요 없었다. 그가 돈을 전부 걸자 재스민은 신나서 비명을 지른 반면 폴은 신음 소리를 냈다. 짐은 그저 웃었다. 딜러는 테이블 위로 손을 휘저어 더는 베팅이 허용되지 않는다고 알린 다음, 룰렛 휠을 돌렸다. 공이 휠 위에서 두 번 튀어 오른 뒤 마지막으로 어느 칸에서 멈췄다. 승산이 거의 없었는데도, 딜러인 브렌다가 약간 힘주어 "블랙 22, 블랙 22"라고 외쳤을 때 톰은 딱히 놀라지 않았다.

# 1993

i

행사가 매진됐지만, 주최 측은 표 없는 사람 스무 명 정도가 교회 강당 뒤쪽에 서서 대담을 듣도록 들여보내줬다. 톰은 기대설 수 있는 기둥 하나를 찾아냈다. 그 자리에서는 시야가 가려졌지만 그래도 무대에서 오가는 대화를 들을 수 있었다. 폴딩 도서전의 회장이 소설가 마틴 에이미스와 대담 중이었는데 그다지 순조롭게 진행되지 않는 듯했다. 질문이 대답보다 길었기 때문이다.

한 시간짜리 대담이 끝나갈 무렵에서야 대화는 약간 더 활기를 띠었다. 아마도 에이미스가 대담하는 동안 레드와인 한 병을 다 마셨고, 또 대화의 주제가 에이미스의 《시간의 화살 Time's Arrow》에서 핀볼 머신으로 옮겨 갔기 때문일 것이다.

질의응답 시간이 끝난 뒤에 톰은 계속 기둥에 기댄 채 청중이 찜통 같은 강당을 서서히 빠져나가는 모습을 지켜봤다. 다들 손에 재킷이나 스웨터를 들고 있었고, 이마가 땀으로 번들거렸다.

"톰?"

그는 이 순간을 예상했지만 그래도 막상 그 말을 듣게 되니 깜짝 놀랐다. 그의 앞에 웬디 이스트먼이 서 있었다. 엷은 미소를 띠고, 손에는 폴딩 도서전 행사 일정표를 든 채. 웬디에게는 동행이 있었다. 동년배로 보이는 여자가 옆에 서 있었는데 그녀 역시 엷은 미소를 띠고 있었다.

"어디서 봤더라?" 톰이 말했다.

"나 웬디 이스트먼이야."

"세상에, 맞네. 맙소사, 잘 지냈어?" 두 사람은 포옹했고, 서로의 뺨이 살짝 스쳤다.

"이쪽은 내 친구 베키."

톰은 자신을 소개하며 베키와 악수했다. "만나서 정말 반가워요." 베키가 말했다. "근데 이 망할 놈의 강당에서 얼른 나가도 될까요? 바람을 쐐야겠어요."

세 사람은 천천히 출구로 걸어가는 인파에 합류했다가 폴딩스 서점 맞은편의 이스트 59번가로 나왔다. 밖은 영하 18도였고 칼바람까지 불었다. 톰과 두 동행은 코트를 입고 머플러를 두른 뒤 장갑을 꼈다.

"너는 여기 살아?" 톰이 웬디에게 말했다.

"아니, 나는 아니고 베키가 여기 살지. 나는 주말 동안 베키네 집에 머무는 중이야. 너는?"

"나는 뉴헤이븐에 살아. 여기서 그다지 멀지 않아. 대담은 잘 봤어?"

그때 베키가 껴들어 너무 추우니 어디 들어가서 술이나 한잔하자고 했다. 세 사람은 바람을 가르며 공원 쪽으로 걸어갔고, 처음으로 눈에 띈 바의 문을 밀치고 들어갔다. 그곳은 담배 연기가 자욱하고 지저분한 아이리시 펍으로, 칸막이 좌석 몇 개가 비어있었다. 그들은 겉옷을 모두 벗은 뒤 배스 맥주 한 피처를 주문하고 잔 세 개를 달라고 한 뒤 도서전에 대해 얘기했다. 알고 보니 셋 다 그날 더 이른 시간에 열렸던 샤론 올즈의 시 낭독회에 갔었다. 그 행사장은 에이미스의 대담보다 훨씬 더 붐볐던 터라 톰과 웬디가 마주치지 않은 게 당연했다. 세 사람 다 북토크에 질렸다는 사실을 인정했고, 일요일 아침에 열리는 현대 러시아 소설 좌담회는 건너뛰기로 했다.

"두 사람은 어떻게 아는 사이예요?" 베키가 물었다.

톰과 웬디는 서로 바라볼 뿐 둘 다 곧바로 대답하지 않았다. 마침내 톰이 말했다. "웬디가 중학교 때 내 여자 친구였어요."

베키는 방금 톰이 굉장히 재치 있는 말이라도 했다는 듯 고개를 뒤로 젖히고 웃었다. "정말이에요?"

"내가 열네 살에서 열다섯 살에 아주 잠깐 뉴햄프셔주에 살았어. 그 시절을 견디게 해준 유일한 즐거움은 톰이었지" 웬디가 말했다.

"그거 정말 사랑스러운 얘기네. 그 뒤로는 만난 적 없고?" 베키가 말했다.

톰은 웬디와 잠깐 눈을 마주치더니 이렇게 말했다. "웬디가 내 주소를 알고 있었지만 편지를 보낸 적이 없어요. 나는 상처받았죠."

베키가 주먹으로 웬디의 팔을 쳤다. "왜 안 보냈어?"

"톰이 보내지 말라고 했어."

"톰, 왜 보내지 말라고 했어요?" 베키가 즐거워하며 자신의 잔에 맥주를 따랐다.

"알잖아요. 우리는 그저 밤바다에서 잠시 교감한 두 척의 배일 뿐이었죠.* 그것도 미숙하고 사춘기가 막 지난 배요. 너한테 연락이 없어서 정말 상처받았어."

웬디는 슬픈 표정을 짓더니 이렇게 말했다. "하지만 이제 다시 만났잖아."

베키가 말했다. "내가 지금 두 사람 인생의 중요한 순간에 껴있는 거 같네. 나는 빠질까?"

웬디는 베키의 팔을 잡았고, 둘 다 미소 지었다. "아니."

"둘은 진지한 사이였어요?"

"진지하기는 했죠. 그래 봐야 중학생이었지만." 톰이 말했다.

"엄밀히 말하면 고등학교 1학년까지였어."

"그래, 고등학교 1학년까지였지. 베키, 당신은 웬디와 어떻게 아는 사이예요?"

"라이스대학교 동문이에요. 문예창작과."

"둘 다 지금도 글을 쓰나요?"

베키가 웬디를 돌아보자 그녀가 말했다. "아니. 대학에서는 시를 집중적으로 공부했어."

"웬디는 아주 소질이 있었죠." 베키가 말했다.

"그럼 지금은 무슨 일을 해? 보아하니 결혼한 거 같네." 톰이 그녀의 반지를 향해 고갯짓했다.

---

* 헨리 워즈워스 롱펠로의 시집 《웨이사이드 여인숙 이야기 Tales of a Wayside Inn》의 한 구절이다.

"아, 그랬지. 근데 5개월 전에 남편이 죽었어." 웬디가 말했다.

"아이고, 이런. 미안해." 톰이 말했고, 베키는 웬디의 등을 살며시 토닥였다.

"그 얘기는 하지 말자. 내가 여기 온 건…."

"맞아요. 그 얘기는 하지 말죠." 베키가 갑자기 진지하게 말했다. "적어도 이번 주말만큼은요. 당신은 어때요, 톰? 대학에서 문예창작학을 전공했나요?"

"매더대학에는 문예창작과가 없어요. 그래서 영문학을 전공했죠."

"그래도 글은 쓰죠?"

"네. 주로 단편을 쓰는데 별 소질은 없어요."

"그럼 무슨 일을 하세요?"

"별로 재미없는 일을 합니다. 비디오 가게에서 일해요."

"어머, 재밌겠는데요."

"나쁘지는 않아요. '페니 파딩스 비디오'라고 개인이 운영하는 꽤 멋진 비디오 가게죠. 최근에 매니저로 승진해서 그나마 위안이 됩니다."

베키와 웬디는 잔을 들어 그의 승진을 축하했다.

그들은 각자의 일에 대해 좀 더 얘기했다. 베키는 크노프 출판사의 유명한 편집자 밑에서 일했고, 덕분에 문학계의 소문을 많이 알고 있었다. 그들은 맥주를 한 피처 더 시켰고, 베키는 화장실에 갔다. 웬디는 고개를 돌려 이제는 손님들로 붐비는 내부를 가로지르는 친구의 모습을 지켜본 다음, 다시 고개를 돌려 톰을 봤다. 둘 다 아무 말 없이 미소만 지은 채 테이블 반대편에 앉은 상대를 바라봤다. 톰은 단둘이 있고 싶은 마음이 간절했지만 베키가 그들의 재회를 지켜보는 목격자로 남는 것이 좋다는 사실 또한 알고 있었다. 웬디도 그걸 바라는지 궁금했다. 톰은 그녀에게 물어볼까 생각했지만 웬디가 아직 입을 열지 않았고, 둘은 테이블 아래로 무릎을 맞댄 채 그저 서로 바라만 봤다.

"다시 만나서 정말 반가워." 톰이 먼저 입을 열었다.

"응. 너는 괜찮아?"

"괜찮아. 너는?"

"나도."

베키가 다시 그들에게 걸어오는 걸 본 톰은 불편한 나무 의자에 등을 기대고 담배에 불을 붙였다. 베키가 다시 웬디 옆자리에 앉으며 말했다. "이런 부탁 안 하려고 했는데 도저히 못 참겠네요. 나도 그거 하나만 줄래요? 끊은 지 석 달이나 됐어요."

톰은 베키에게 담배를 주고 불까지 붙여줬다. 오늘 밤 웬디와 단둘이 있기는 틀렸지만 상관없었다. 그녀는 바로 맞은편에 있었고, 이건 꿈이 아니었다. 당분간은 그걸로 충분했다. 마음 한구석으로는 단둘이 아니라서 좋았다. 오늘 밤에는 텍사스주에서 있었던 일에 대해 웬디에게 거짓말할 필요가 없어서 행복했다.

ii

"여기서 차로 한 시간 거리야." 톰이 공항 주차장을 빠져나가며 사과하듯이 말했다. 그들은 지난 5개월 동안 계속 통화했지만 실제로 만나는 건 뉴욕에서의 재회 이후로 처음이었다.

"괜찮아. 텍사스주에서는 이웃집까지도 차로 한 시간이야." 웬디가 말했다.

"다행이다. 네가 계속 이동하느라 지쳤을까 봐 걱정했어."

웬디는 그날 아침 러벅에서 비행기를 타고 날아왔다. 동트기 직전에 출발해 승객이 거의 없는 워싱턴 DC행 비행기 창가석에서 일출을 지켜봤다. 경유지 DC에서 갈아탄 하트퍼드행 비행기는 승객들로 가득 찼고, 적어도 15분간 강한 난기류에 시달렸다. 옆자리에 앉은 남자는 눈을 감은 채 기도하는 듯했다. 웬디는 창밖을 내다보며 이렇게 죽는 걸까 생각했다. 그렇게 되면 매우 비극적인 얘기로 남으리라. 남편은 1년쯤 전에 자택 수영장에서 익사하고, 슬픔에 잠긴 아내는 동부 해안 상공에서 비행기 추락으로 생을 마감하다니. 불안해하는 승객들을 안심시키려고 기장이 기내 방송을 했다. "예상치 못한 약간의 난기류를 만났으나" 착륙할 때 바람은 문제 되지 않을 거라고 했다. 웬디는 차분해졌고, 최근에 상속받은 재산은 자신이 죽으면 자동으로 엄마가 물려받을지 궁금했다.

"비행은 어땠어?" 톰이 물었다.

"난기류가 심했어."

1월에 폴딩 도서전에서 만난 뒤로 그녀와 톰은 수십 통의 편지를 주고받았으며, 적어도 일주일에 한 번은 전화 통화를 했다. 물론 웬디의 죽은 남편 브라이스에 대해서도 얘기했지만 그의 죽음과 관련된 구체적인 얘기는 하지 않았다. 그들의 통화가 도청되고 있을지도 모른다고 생각해서는 아니었다. 비록 웬디는 그럴 가능성도 있다고 생각했지만. 또한 누군가가 그녀의 편지를 읽을 수 있다고도 생각했다. 그 또한 충분히 가능성이 있었다. 하지만 그런 이유 때문이라기보다 지금 두 사람은 각자 정해진 역할을 연기하는 중이었고, 그 역할에 충실한 게 중요했다.

그들은 하트퍼드를 가로질렀고, 톰은 자신이 다닌 매더대학을 가리켰다. 고속 도로에서도 대학의 첨탑이 보였다.

"학교 구경 안 시켜줄 거야?" 웬디가 말했다.

"말도 마. 나 아직 거기 아는 사람들 있어."

그들은 이른 오후 뉴헤이븐에 도착해 좁은 거리에 주차했다. 길 양옆으로 3층짜리 연립 주택이 늘어서있었다. 예쁜 색으로 칠해지고 잘 관리된 건물도 있었지만 대부분은 허물어져서 포치는 내려앉고 PVC 외장재는 빛이 바랬다. "기대하지 마. 나 완전 허름한 집에 살아." 톰이 말했다.

"상관없어. 알잖아."

그들은 차에서 키스했는데 버킷 시트라 자세가 어색했다. 웬디는 갈비뼈 너머로 그의 심장 박동을 느낄 수 있었다. "맙소사, 너랑 키스하는 게 얼마나 좋은지 잊고 있었어." 그녀가 말했다.

"정말?"

"당연하지."

톰은 숨을 들이쉬더니 뭔가가 생각난 듯 손가락을 튕겼다.

"왜 그래?" 웬디가 물었다.

"아무것도 아냐. 우리만 아는 농담. 이따 말해줄게. 우선 내 집으로 올라가자."

톰은 차 트렁크에서 캐리어 가방을 꺼냈다. 웬디는 그를 따라 건물의 침침한 복도로 들어간 다음 두 층을 올라 그의 집으로 들어갔다.

톰이 벗겨진 벽지와 계단의 느슨한 난간에 대해 농담했고 웬디는 웃음을 터뜨렸지만, 둘은 공항에서 만난 후로 약간 어색했다. 불과 이틀 전, 이번 여행이 얼마나 기다려지는지 서로 얘기했던 마지막 통화 때와는 분위기가 너무 달랐다. 톰의 침실 하나짜리 집에 들어서는 지금은 서로가 낯설기만 했다. 톰은 그녀에게 집을 구경시켜줬다. 예상보다 깨끗했지만 아마 그녀가 오는 걸 알고 미리 치웠기 때문이리라. 엄청나게 크고 너덜너덜해진 벨벳 소파가 거실을 거의 독차지했다. 오래된 문짝에 다리를 달아 만든 커피 테이블도 있었다. 그 위에는 책과 재떨이, 거의 다 타고 남은 양초들이 어질러져있었다. 오래된 서랍장 위에는 대형 텔레비전이 있었고, 바닥에는 비디오테이프가 벽을 따라 쌓여있었다. 벽에는 영화 포스터가 잔뜩 걸려있었는데 액자에 표구한 것도 있었고, 그냥 못질해서 걸어둔 것도 있었다. 입 밖으로 말하지는 않았지만 대학생의 기숙사 방 같다고 웬디는 생각했다. 톰이 창문을 열어둔 터라 자동차 배기가스와 빵 굽는 냄새가 흘러 들어왔다.

"멋지다." 웬디가 말했다.

"허접하지. 솔직히 말해도 돼."

"아냐. 개성 있어. 텍사스주에 있는 내 집은 당연히 허접하지는 않지만 하품이 날 정도로 지루해." 웬디는 톰이 그녀의 집에 다녀간 적이 있다는 사실, 적어도 그 집의 외관을 본 적이 있다는 사실이 기억났다. "이 많은 포스터는 다 어디서 났어?"

"대개는 비디오 가게에서 공짜로 얻었어. 하지만 수집할 가치가 있는 것들도 서너 장 있어." 톰은 〈다이얼 M을 돌려라〉의 작은 영화 포스터 액자 앞으로 그녀를 데려갔다. 포스터는 두 장이었는데 그중

한 포스터에서는 목이 졸린 그레이스 켈리가 손을 쭉 뻗고 있었다. 그 다음에는 〈킬링〉이라는 영화의 전면 포스터를 보여줬다. 노란색 바탕에 갱스터 영화 풍의 그림들이 배열돼있었다. 거친 인상에 총을 든 남자. 침대에서 비명을 지르는 여자.

"이건 모르는 영화야." 웬디가 말했다.

"아, 이거 걸작이야. 나한테 비디오테이프가 있어."

"있잖아." 웬디가 그의 팔을 만지며 말했다. "이런 얘기 하면 안 되는 거 아는데 텍사스주에서 별일 없었어? 너한테 아무 일도 없었는지 알고 싶어."

"일단 술 한잔할까?"

"그래."

톰은 그녀를 주방으로 데려갔다. 녹슨 금속 다리가 달리고 상판에 유약이 발린 작은 테이블에 술 몇 병이 진열돼있었다. "뭐 마실래?"

"너는 뭐 마실 건데?"

"맥주. 아니면 진저에일을 넣은 버번."

"그거 좋다."

"어떤 거?"

"버번."

톰은 버번에 진저에일을 섞었고, 둘은 술을 들고 거실로 갔다. "담배 피워도 돼?" 이미 담배를 손에 든 채 톰이 물었다. 웬디는 피우라고 했고, 예전부터 톰이 담배 피우는 건 상관없었다고 말했다. 둘은 큼직한 소파 양 끝에 앉았다. 그녀가 마신 술은 꽤 독했다.

"너는 어땠어? 시신은 누가 발견했어?" 톰이 물었다.

"예상대로 도우미가 발견했어. 에스텔라는 격일로 오는데 마침 이튿날이 우리 집에 오는 날이었거든. 가여운 에스텔라. 나는 그날 밤 늦게서야 시부모님이 호텔방으로 전화해주셔서 알았어."

"그분들은 어땠어?"

"시부모님? 시어머니는 히스테리를 부렸지만 원래 클럽샌드위치가 삼각형이 아니라 사각형으로 잘려있어도 히스테리를 부리는 성격이라서. 시아버지는 그냥 화가 난 거 같았어. 브라이스에게 화가 난 거 같더라고. 자기 아들이 수영장에 빠져서 나오지도 못하고 죽었다는 게 창피했던 모양이야."

"누군가가 브라이스를 밀쳤을지도 모른다고 의심하는 사람은 없었어?"

"경찰이 형식적으로 조사하기는 했어. 나도 조사를 두 번이나 받았고. 하지만 브라이스의 죽음을 수상하게 여기는 느낌은 받지 못했어. 브라이스의 음주 습관에 대해 주로 물어보더라. 또 남편이 수영할 수 있는지 뭐 그런 거에 대해서도. 내가 대답할 수 없는 남편의 여자관계에 대해서도 물었어. 경찰은 브라이스가 알고 지냈을지 모르는 여자들 이름을 알고 있었어."

"그게 누군데?"

"나는 모르는 여자들이야. 숨겨둔 여자 친구거나 스트리퍼거나 누가 알겠어. 하지만 그날 밤 누군가가 우리 집에 있었다는 물리적 증거는 전혀 없었어."

"확실해?"

"정확히 그렇게 말해준 사람은 없었지만 브라이스의 사망은 사고사로 판정됐어."

톰은 고개를 끄덕이고 있었다. 웬디는 그의 술잔이 거의 빈 걸 알아차렸다.

"너는 어땠는지 말해줄래?" 웬디가 말했다.

톰은 마치 생각에 잠겨 기억을 더듬는 것처럼 얼굴을 찡그렸다. "네 계획은 완벽했어. 나는 교회에 주차한 다음 집 뒤쪽으로 걸어갔지. 브라이스는 네가 알려준 시간에 풀장 옆에서 시가를 피우고 있었어."

"그래서 브라이스를 밀었어?"

"응. 네가 말한 대로였어. 그냥 밀기만 하면 끝이었어. 쉽더라."

"그럼 너는…?"

"나는 괜찮아. 이미 끝난 일이야. 우리가 해냈어."

"맞아, 제발 그 사실을 잊지 마. 우리가 함께한 거야. 너 혼자가 아니라." 웬디는 그의 뺨에 손을 댔고, 톰은 그 손에 얼굴을 기울였다. 그의 목에 닿은 새끼손가락을 통해 웬디는 그의 맥박을 느낄 수 있었다. 그가 살아있고, 그녀도 살아있으며, 마침내 둘이 함께한다는 사실을 짜릿하게 실감했다.

"상속 문제는 어떻게 됐어?" 톰이 말했다.

"그렇게 말하니까 너무 거창하게 들리네. 브라이스는 유언장을 남기지 않고 사망했기 때문에 그의 계좌에 있던 돈은 모두 내게 올 거야. 나는 부자가 될 거야, 톰. 우리는 부자가 될 거라고." 웬디는 조심스레 미소를 지었다. "어떤 식으로든 축하하자. 거창하게 하자는 건 아니고 근사한 식당에서 식사하고 와인도 좀 마시고 함께하는 삶을 시작하자고."

"그건 이미 시작된 거 아니었어?"

웬디는 술잔을 내려놓고 톰 옆으로 미끄러지듯 다가가 그의 무릎에 손을 올렸다. "그래, 우리는 나쁜 짓을 저질렀고 이제는 더 나은 삶을 살게 됐어. 그저 그 사실을 인정하고 앞으로 나아가면 돼."

"나는 너랑 결혼하고 싶어."

"나도. 하지만 내가 보기에 우리는 이미 결혼한 거나 다름없어. 내년쯤 진짜 결혼식을 올리고 정식으로 부부가 되자."

"텍사스주에는 언제까지 있을 거야?"

"다음 달에 엄마네 집에 가서 잠시 지내다가 이사하려고. 내가 뉴헤이븐으로 올까?"

웬디는 더 가까이 다가왔고, 이제 톰의 손은 그녀의 허리에 있었다. "아예 새로운 도시로 가는 건 어때? 그럼 너랑 나, 새출발할 수 있잖아."

"생각해둔 곳이라도 있어?"

"뉴헤이븐에서 너무 멀지 않은 곳으로 하자. 보스턴이나 케임브리지 정도."

웬디는 불현듯 미래의 한 장면이 생생하게 떠올랐다. 가로수가 늘어선 좁은 거리의 벽돌집. 쌀쌀한 날씨에 대비해 스웨터와 목도리로 무장한 두 사람. "그거 정말 좋은 생각이다." 그녀가 말했다.

# 1992

### 8월 28일

텍사스주답게 장례식 날도 타는 듯이 더웠다. 브라이스의 많은 친척 아저씨 중 하나인 홀리스는 그날 오후 웬디의 수행인 역할을 자처하며 장례식 예배 동안 그녀의 뒷자리에서 자꾸만 그녀의 어깨를 토닥였다. 또한 그 후 끝날 줄 모르고 계속되는 뒤풀이 자리에서는 그녀에게 음료와 간식을 끊임없이 가져다줬다. 오죽했으면 이미 세 번이나 결혼한 아저씨가 그녀를 네 번째 부인으로 점찍었나 싶을 정도였다.

    그날을 버틸 수 있게 해준 유일한 사람은 오빠 앨런이었다. 앨런은 웬디의 남편 브라이스가 자택 수영장에서 사체로 발견된 지 이틀 후에 도착했다. 엄마도 장례식에 참석하려고 비행기표를 예매했으나 막판에 반려견에게 비상 상황이 발생했다. 웬디는 엄마가 오지 않아서 안도했지만 그래도 오빠가 와줘서 다행이라고 생각했다. 시댁 식구들은 필요 이상으로 그녀를 걱정했다가 또 싸늘하게 굴기를 반복했다. 특히 브라이스의 누나 슬론이 그랬다. 그녀는 어색할 정도로 웬디를 오래 껴안거나, 아니면 쥐를 몰래 따라다니는 고양이처럼 방 건너편에서 그녀를 노려봤다.

장지에서 간소한 의식을 마친 뒤 직계 가족과 가까운 몇몇 친구가(웬디의 친구가 아닌 시댁 쪽 친구였다) 시가에 모였다. 웬디는 브라이스의 장례를 치르는 순간이 오리라는 걸 알았고, 막상 닥치면 어떤 기분일지 궁금했다. 그날 아침, 침대에서 일어나기 전에 그녀는 그날 느낄 감정을 미리 정리했다. 브라이스와 처음으로 친해지게 됐던 밤을 떠올리며 잠시 슬픔에 잠겼다. 당시 브라이스는 어린애 같았고, 자신을 보살펴줄 사람을 간절히 원하는 듯했다. 또 웬디는 장례식에 참석한 사람들이 그녀를 한 번만 봐도 그녀가 한 짓을 다 알아차릴 거라고, 그래서 공든 탑이 무너지고 여생을 감옥에서 보내거나 혹은 땡전 한 푼 없이 보낼 거라고 걱정하는 시간도 가졌다. 그런 다음 이런 감정들을 다시 마음 깊은 곳에 묻고 침대에서 일어나 장례식에 가기 위해 옷을 입었다.

장례식 뒤풀이에 참석한 지금은 오로지 강렬한 안도감만 느껴졌다. 이제 브라이스는 세상을 떠났고, 이는 곧 그녀도 조만간 그의 세상에서 벗어날 수 있다는 뜻이었다. 텍사스주에서도, 인간미라고는 찾아볼 수 없고 오로지 돈만 밝히는 시댁에서도, 쓸데없이 큰 방과 지나치게 화려한 가구들로 꾸며진 이 촌스러운 저택에서도. 그녀는 손톱만큼도 후회하지 않았다. 그리고 솔직히 말해서 시댁 식구들이 전혀 가엾지도 않았다. 그들이 브라이스를 별로 좋아하지 않았다는 걸 알고 있었기 때문이다. 아무도 그를 좋아하지 않았다.

"좀 어떠니?" 시댁 식구 중에서 유독 악의적인 셸비 시이모였다.

"실감이 안 나요." 웬디가 말했다. "브라이스가 금방이라도 걸어 들어올 것만 같아서 주위를 자꾸 둘러보게 돼요. 그이가 정말로 죽었다는 게 아직 믿기지 않아요."

시이모는 기괴할 정도로 긴 목 위에서 고개를 끄덕이고 있었다. "있잖니, 그나마 다행스러운 점은 이제는 너도 배링턴가의 일원이라는 거야. 브라이스가 세상을 떠났다고 해도 너는 여전히 이 집 식구야. 아까 써니랑 얘기했는데 그 애도 같은 말을 하더구나. 이 일을 견딜 수 있게 해주는 건 브라이스가 죽기 전에 네가 우리 가족이 됐다는 사실이라고. 덕분에 우리에게는 또 하나의 딸, 또 하나의 조카, 슬론에게는 자매나 다름없는 올케가 생긴 거지. 우리 가여운 슬론에게는 의지할 수 있는 사람이 필요해."

"저도 같은 생각이에요." 웬디는 그렇게 말하며 거실 건너편에 있는 앨런과 어렵사리 눈을 마주쳐 도움을 청했다. 앨런은 둘의 대화를 끊으려고 그들에게 다가왔다.

해 질 무렵이 되자 조문객이 대부분 떠났고 자고 갈 사람들은 방으로 들어갔다. 웬디와 앨런은 텍사스주 깃발이 그려진 커버를 씌운 소파에 나란히 앉았다. 앨런이 말했다. "엄마도 정말로 오고 싶었을 거야. 하지만 너도 알잖아…."

"엄마는 안 와도 괜찮아. 어차피 엄마가 여기 오는 건 상상이 안 돼. 안 그래?"

"나도 요즘에는 엄마가 집을 떠나 다른 곳에 있는 모습이 낯설어. 그래도 행복하다잖아. 엄마는 지금이 내가 본 중에서 제일 행복해."

웬디는 잠시 조용히 오빠의 말을 곱씹었다. 자신이 물려받게 된 돈

덕분에 이제 엄마가 죽을 때까지 지금처럼 살 수 있게 됐음을 깨달았다.

"여기 일이 정리되는 대로 갈게. 최대한 빨리."

"얼마나 걸리는데?" 앨런이 물었다.

"하루도 안 걸리면 좋겠어."

앨런은 어깨를 들썩이며 특유의 소리 없는 웃음을 지었다. "참 대단한 집안이랑 결혼했네."

"누가 아니래."

"그 시댁 식구 중 몇몇이 이제 너는 배링턴가 사람이니까 계속 여기 살았으면 좋겠다고 그러더라고."

"응, 나한테도 그랬어. 브라이스의 돈을 계속 여기 두고 싶어서 그런 거 같아. 내가 브라이스의 돈을 들고 떠나버릴까 걱정되나 봐."

무슨 테리어종이라고 했던 시아버지의 반려견이 흰 카펫에 떨어진 음식을 찾아 코를 킁킁거리며 어슬렁거렸다. "유산이 많아?" 앨런이 물었다.

"여기 텍사스주에서는 쌈짓돈이지만 여기를 벗어나면 나는 부자야. 그건 오빠 돈이기도 해. 오빠랑 엄마의 돈."

"나는 괜찮아. 엄마도 돈은 더 필요 없고."

"나도 알아. 하지만 혹시 돈이 필요하면 이제는 내게 있다는 걸 두 사람이 알았으면 좋겠어. 전에도 돈이 있기는 했지만 이제는 전부 내 거야."

"내 거다, 전부 내 거." 앨런이 장난스럽게 양손을 비비며 만화 캐릭터 흉내를 냈다. 그러더니 갑자기 정색을 하고 사과했다. "아, 미안."

"아냐, 괜찮아. 웃겼어."

시아버지의 여자 친구 멜라니가 낮은 커피 테이블에서 떨어진 음식을 먹고 있는 반려견을 발견하고는 후다닥 달려와 얼른 강아지를 들어 올렸다. 그러고는 웬디와 앨런 옆을 지나가며 잔뜩 취한 목소리로 말했다. "웬디, 우리 곧 한번 만나서 신나게 놀아야지?"

"좋아요." 웬디는 그렇게 말하고 오빠를 돌아보며 말했다. "나는 이제 별채로 갈 거야. 오빠도 갈래? 아니면 호텔로 돌아갈래?"

"내가 같이 가주기를 바라는 게 아니면 혼자 가. 나는 여기 좀 더 남아서 너를 찾는 사람이 있으면 수면제 먹고 일찍 자러 갔다고 말해줄게."

웬디는 오빠 뺨에 키스했다. 장발이 된 앨런은 이제 그녀보다 머리가 길었지만 잘 어울렸다. 저물어가는 햇살 속으로 나온 웬디는 고개를 숙인 채 별채로 걸어갔다. 미풍에 담배 냄새가 실려 와 근처에 누군가가 있다는 걸 알 수 있었다. 별채 문 앞에 다다랐을 때 누군가가 말했다. "웬디, 잠깐만."

돌아보니 슬론이 손가락 사이에 피우다 만 담배를 끼운 채 비틀거리며 아스팔트를 가로질러 왔다. 새삼 슬론이 브라이스와 판박이처럼 닮았다는 생각이 들었다. 작은 눈과 턱선이 똑같았다. 다만 슬론은 화려한 화장으로 그걸 보완했고, 머리를 잔뜩 부풀려 실제보다 3센티미터는 더 커 보였다. "웬디, 얘기 좀 해."

"저 피곤해요. 오늘은 그냥 일찍 자고 싶어요."

"그래, 그래, 이해해. 나는 그냥…. 이 담배 마저 피울래? 이거 피우니까 어지럽네."

"아뇨, 괜찮아요. 일찍 주무세요. 오늘 여기서 자고 갈 거죠?"

"응, 예전의 내 방에서. 아빠가 무슨 짓을 했는지 내가 말했나? 내 방을 손님용 침실로 만들어버렸어. 그러더니 요만한….” 슬론은 엄지와 검지를 살짝 벌려 작다는 걸 표현했다. "요만한 비누를 욕실에 놓고, 베개에도 작은 환영 선물들을 놔뒀더라고.”

"유감이네요.” 웬디는 그렇게 말하고 별채를 향해 한 발짝 더 다가갔다.

"저기, 웬디.” 슬론이 고개를 숙이고 담배를 멀리 튕기며 말했다. "올케는 내 방은 신경도 안 쓰지? 이제 부자가 됐는데 신경 쓸 이유가 없지. 쿠퍼 브라이스인지 브라이스 쿠퍼인지 그 신탁 기금의 돈을 받게 됐잖아. 내가 스물한 살이 됐을 때 얼마를 받았는지 알아? 100억 달러? 천만에. 내가 첫째인데도 딸이라는 이유로 고작 10억 달러밖에 못 받았다고. 믿어져? 내가 딸이라는 이유로 말이야. 내 친구 빌리가 올케에 대해 뭐라고 했는지 알려줄까? 빌리 알지?”

"모르는데요.”

"음, 빌리는 내 게이 친구야. 빌리 말이 올케가 브라이스의 돈을 노리고 그 애를 죽였을 거라는 거야. 말이 돼?”

"저는….”

"나는 말도 안 된다고 했지. 근데 빌리 말로는 당연히 올케가 죽였다는 거야. 그래서 내가 웬디는 그럴 리가 없다고, 내 동생을 사랑했다고 했어. 근데 이제는….” 슬론은 의심스럽다는 듯이 검지를 흔들어댔고, 웬디는 이런 상황은 막장 드라마에 나와도 욕을 먹을 거라고 잠시 생각했다. "이제는 모르겠어. 내 동생을 사랑하기는 했어? 아니면 돈 때문에 그 애를 죽인 거야?”

"안녕히 주무세요." 웬디는 그렇게 말하고 몸을 돌려 별채 안으로 들어갔다.

뒤에서 슬론이 "나쁜 년!"이라고 외치는 소리가 들렸고, 순간적으로 다시 밖에 나가 그녀를 달래줘야 할까 생각했지만 내버려두기로 했다. 방금 전까지만 해도 체면상 적어도 한 달 정도는 러벅에 남아있어야 한다고 생각했지만 이제는 그게 무슨 소용인가 싶었다. 어차피 다들 슬론과 같은 생각을 할 텐데 굳이 남아있어야 할까? 브라이스가 죽은 직후, 해피레이크로 돌아온 웬디는 아주 친절한 경관에게 조사를 받았다. 경관은 거의 미안하다는 말투로 그녀에게 몇 가지 질문을 던졌다. "브라이스가 다른 사람을 만나고 있었나요?" "브라이스가 원한을 산 사람이 있을까요?" "브라이스에게 알코올 문제가 있었을까요?" 살인의 증거가 전혀 없다는 게 명백했는데도 그는 그렇게 물었다. 그렇기는 해도 그녀가 브라이스의 죽음을 계획했다고 의심하는 가족이 적어도 한 명은 있다는 사실이 놀랍지 않았다. 어쨌든 브라이스의 유산은 꽤 많았으니까.

웬디는 누군가가 찾아와 그녀가 아직 깨어있는지 살펴보지 않도록 별채의 불을 모두 껐다. 그런 다음 손전등과 최근에 힘겹게 읽는 중인 밀란 쿤데라 소설을 들고 침대로 들어갔다. 그러다 마침내 선잠이 들었지만, 그 전에 여기까지 오기 위해 자신이 한 일과 앞으로 뭘 할지를 곱씹고 또 곱씹었다. 시댁 식구들에게 자신이 곧 떠날 거라고, 엄마에게 가봐야 한다고 말한 다음, 새로 살 집을 알아보는 쪽으로 마음이 기울었다. 만약 시댁 식구들이 그녀를 악녀로 생각한다면 굳이 말리고 싶지 않았다.

# 1992

8월 22일 10:23 P.M.

맨 처음 목 깊숙이 칼에 찔렸을 때 그녀는 아마도 죽었으리라. 혹은 결국에는 죽었으리라. 그렇게 피를 철철 흘렸으니. 하지만 그는 그녀를 두 번이나 더 찔렀다. 머릿속에서 작은 목소리가 미치광이 살인마가 저지른 짓처럼 보이게 하라고 속삭였다. 왜냐하면 실제로 지금 그 미치광이 살인마가 이 짓을 저지르고 있었으니까.

다시 렌터카에 타기 전, 그는 손에 쥔 사냥용 칼을 내려다봤다. 손에는 여전히 장갑을 끼고 있었다. 칼에는 피가 묻었고, 장갑도 마찬가지였다. 렌터카 바로 뒤에 격자 덮개가 설치된 배수로가 있었다. 톰은 허리를 숙여 좁은 격자 사이로 접이식 칼을 떨어뜨린 다음 장갑도 함께 밀어 넣었다. 그러고는 자리에서 벌떡 일어났더니 순간적으로 다시 쓰러질 것 같았다. 머리가 목에서 굴러떨어질 것 같았고 시야는 흐릿했다. 하지만 이내 정신을 차리고 자동차 운전석 쪽으로 걸어가 주위를 잠시 둘러본 뒤 차에 탔다. 거리에는 아무도 없었다. 오로지 그와 보도에 누운 여자의 시신뿐이었다. 톰은 시신을 굴려서 벽돌 건물 벽에 몸을 기댄 채 비스듬히 누워있게 했다. 마치 살인 피해자가 아니라 잠든 노숙자처럼 보이도록. 하지만 실제로는 그렇게 보이지 않았다. 비스듬히 누웠어도 누가 봐도 죽은 사람이었다. 곧 누군가가 시신을 발견할 터였다.

톰은 차를 몰아 그 자리를 떠났다. 나중에는 자신이 어떻게 했는지 기억나지 않았지만 어쨌든 우여곡절 끝에 러벅을 빠져나와 다시 84번 도로를 타고 오스틴으로 향했다. 제한 속도를 정확히 지키는 데 집중하며 한 시간 정도 차를 몰았을 때 주유 경고등이 켜졌다. 톰은 계속 운전했고 꽤 오래 달렸으나 주유소는 눈에 띄지 않았다. 문득 이렇게 끝나는 건가 싶었다. 기름이 떨어져서 이대로 잡히는 걸까? 길가에서 오도 가도 못한 살인자. 하지만 그때 기름과 음식을 판매한다고 안내하는 출구가 나왔다. 톰은 그 출구로 빠져나갔고 마침내 주유소를 찾아냈다. 개인이 운영하는 셀프서비스식 주유소였다. 매장 내부가 아닌 외부에서 바로 이용할 수 있는 화장실도 있었다. 톰은 화장실이 잠겨있을까 봐 걱정했지만 문은 쉽게 열렸다. 안으로 들어가보니 소변기는 없고 세면대와 변기뿐이었다. 형광등의 차가운 백색 불빛 아래 말라붙은 때가 적나라하게 드러났다.

톰은 화장실 문을 잠갔다. 울렁거린다고 생각할 겨를도 없이 변기에 몸을 숙인 채 심하게 토했다. 눈에서 눈물이 줄줄 흘렀다. 다 토한 뒤에는 세면대 위에 나사로 고정된 금 간 거울 속에서 자신의 얼굴을 봤다. 얼굴은 창백했고 평소보다 눈이 부었지만, 그걸 제외하고는 평소와 똑같았다. 이제 그는 살인자였고, 앞으로도 영원히 그럴 것이었다. 그건 절대로 변하지 않을 사실이었다. 불현듯 아까 손에서 뚝뚝 떨어지던 피가 기억나 눈으로 옷을 훑으며 자신이 저지른 범죄의 증거가 있는지 살폈다. 그러다 거울 속 자신을 더 잘 보기 위해 뒤로 물러섰다. 얼굴에도, 머리카락이나 옷에도 아무런 흔적이 없었다. 찐득거리거나 축축한 자국이 있는지 보려고 양손으로 다리 뒤쪽을 훑었지만 깨끗했다. 어떻게 몸에 피가 한 방울도 튀지 않을 수 있었을까? 혹시 그 모든 게 상상이었을까? 지금 논리가 전혀 통하지 않는 자각몽이라도 꾸는 중일까? 그러다 헤어라인 부근에서 작은 점을 하나 발견했다. 피가 딱 한 방울 튀어있었다. 그는 그 핏방울이 완전히 사라질 때까지 종이 타월 모서리로 한참을 문질렀다.

    화장실을 나서기 전에 얼굴에 찬물을 끼얹었고, 손을 모아 수돗물을 받아 마셨다. 가게 안으로 들어가 밀짚으로 만든 카우보이모자를 쓴 노인에게 20달러를 낸 다음 주유기로 가서 기름을 직접 넣었다. 미터기가 20달러를 가리키자 주유기 레버가 자동으로 멈췄고, 톰은 노즐을 제자리에 꽂았다. 다시 차에 탔지만 자신이 어디로 가려고 했는지 기억나지 않아 잠시 멍하니 앉아있다가 간신히 조용한 고속 도로로 돌아갔다.

    그러다 20분쯤 지나자 몸이 떨리기 시작했다. 맨 먼저 입이 떨렸다. 이를 꽉 물지 않으면 이가 딱딱 부딪쳤다. 그러더니 온몸이 부르르 떨렸고, 몸 중심에서 뼛속까지 시린 한기가 서서히 퍼져 갔다. 온 근육에 힘을 주고 운전대도 꽉 잡았지만 몸은 더 떨릴 뿐이었다. 전방 2킬로미터 정도에 트럭 휴게소가 있다는 표지판이 나오자 톰은 거기에 차를 세우기로 했다. 그렇게 결정하자마자 몸이 더 심하게 떨렸다. 온

몸이 그의 의지와 상관없이 격렬하게 움직였고, 톰은 자신이 심장 마비나 뇌졸중으로 죽어가는 건 아닌지 의아했다.

마침내 트럭 휴게소로 들어섰다. 어둠침침한 식당 뒤쪽으로 돌아 고장 난 가로등 아래 주차 공간에 간신히 차를 세웠다. 시동을 끈 다음 몸을 동그랗게 움츠렸지만 여전히 심하게 떨렸다. 아직 믿을 수 없을 정도로 추웠는데도 두피와 목덜미에 땀이 맺히기 시작했다. 톰은 운전석을 힘겹게 넘어가 뒷좌석에 몸을 웅크리고 누웠다. 시간이 얼마나 흘렀는지 모르지만 마침내 몸이 진정됐다. 고비는 넘긴 것 같다고 생각하며 뒷좌석에 일어나 앉았다. 멀리서 트럭 운전사가 트럭 뒤쪽에 기댄 채 담배를 피우고 있었다. 톰은 담배를 끊은 지 얼마 안 됐지만 오스틴에 돌아가자마자 24시간 영업하는 편의점을 찾아내 담배를 한 갑 사야겠다고 마음먹었다.

그는 차에서 내려 팔다리를 털었다.

'누구도 이 사실을 알아서는 안 돼.' 톰은 그렇게 다짐했다. 물론 웬디가 일부 사실을 알게 될 테지만 러벅 시내에서 일어난 일은 모를 터였다. 지금 그가 어떤 심정인지도. 그렇게 결심하자 왠지 마음이 진정됐고, 그는 텍사스주 공기를 깊이 들이마셨다. 다시 차에 타기 전에 광활한 하늘을 올려다봤다. 그 노래가 다시 뇌리를 스쳤다. '크고 빛나는 밤하늘의 별.•' 최근에 그 노래를 들었던 것 같은데 어쩌면 머릿속에서만 맴돌았는지도 몰랐다.

- 텍사스주의 주가.

# 1992

8월 22일 9:55 P.M.

톰은 발끝에 힘을 주고 앞으로 튀어 나가 콘크리트 바닥을 재빨리 가로질렀다. 브라이스의 허리를 세게 밀치자 웬디의 남편은 소리를 꽥 내질렀다. 몸이 밀쳐진 충격 때문이라기보다는 놀라서 나온 듯한 소리였다. 브라이스는 팔을 마구 휘두르다 중심을 잃은 채 물속에 떨어졌고, 얼굴이 수면을 강타했다. 그러더니 5초 동안 제자리에서 허우적거리며 수면 밖으로 머리를 내밀 때마다 알아들을 수 없는 말을 외쳤다. 톰은 나뭇잎을 건지는 데 사용하는 뜰채를 진작에 봐둔 터라 그쪽으로 다가갔다. 브라이스의 큼직한 머리에 뜰채를 씌워 물속으로 밀어 넣을 수 있을 듯했다. 하지만 뜰채를 잡았을 때 브라이스는 여전히 물속에서 허우적거렸고, 물에 젖은 맨투맨 티셔츠 때문에 몸이 가라앉고 있었다. 이제 그는 입이 수면 밖으로 나올 때마다 또렷하게 "살려주세요!"라고 외쳤다. 너무 겁에 질린 나머지 톰이 거기 있다는 것도 모르는 듯했다. 톰은 브라이스를 주시하며 쪼그리고 앉았다. 이제 그는 물을 삼키지 않으려고 노력하며 느리지만 꾸준히 수영장 가장자리로 다가왔다. 그러다 거의 다 왔을 때 다시 물속으로 조용히 가라앉았다. 그러더니 마지막으로 혼신의 힘을 다해 간신히 한 손으로 수영장 가장자리를 잡았다.

수면 위로 머리를 든 브라이스는 자신을 내려다보는 톰을 어렴풋이 봤다. 희망으로 눈을 반짝이며 뭔가를 말하려는 듯했지만 입에는 물이 가득했다. 흥분한 나머지 수영장 가장자리를 잡았던 손도 놔버렸다. 톰은 바닥에 무릎을 꿇고, 몸을 앞으로 내밀어 브라이스의 머리에 손을 올린 다음 수면 아래로 눌렀다. 브라이스는 저항하지 않았고 다시 가라앉았다. 톰은 30초간 그렇게 누르고 있었다. 혹은 그보다 더 오래일 수도 있었다. 손을 뗐을 때 브라이스는 움직이지 않았다. 타다 만 시가가 수영장 가장자리에 톡톡 부딪혔다. 그걸 보자 톰은 터무니없게도 열두 살 때 좋아했던 영화 〈캐디쉑〉이 떠올랐다. 물에 떠있는 초콜릿 바를 보고 모두가 똥으로 착각했던 장면이.

톰은 그 자리에 우두커니 앉아 브라이스를 지켜봤다. 브라이스는 양팔을 쭉 뻗은 채 수면 위에서 출렁거렸다. 또 다른 영화가 슬그머니 떠올랐다. 수면 아래에서 찍은, 수영장에 떠있는 남자의 시체. 〈선셋 대로〉. 밤은 다시 고요해졌고, 멀리서 들리던 코요테 울음소리마저 사라졌다. 톰은 어디선가 경찰이 무리를 지어 들이닥치거나 본채에서 브라이스의 아버지가 나오기를 계속 기다렸지만 아무 일도 일어나지 않았다. 그저 브라이스가 수영장에 빠져서 죽었을 뿐이었다.

톰이 자리에서 일어나자 그와 동시에 수면 아래 조명이 모두 꺼졌다. 공포심이 몰려와 가슴이 철렁했지만 자동 타이머에 맞춰 꺼진 거라고 자신을 다독였다. 시계를 보니 열 시 정각이었다.

"아무도 없어요?" 여자 목소리였다. 처음에는 별채에서 나는 목소리인 줄 알았는데, 사실은 본채 앞쪽에서 뻗어 나간 콘크리트 도로에서 들렸다. 그녀가 다시 큰 소리로 외쳤다.

톰은 몸이 차갑게 굳었다. 여자가 땅에 조명이 설치된 길을 따라 수영장 쪽으로 다가오는 모습이 보였다. 뒤에 울타리가 있으니 얼른 울타리를 넘어 주차해둔 차로 갈 수 있었지만 너무 늦었다. 여자는 그를 볼 것이고 그다음에는 시신을 볼 것이다. 그와 웬디는 이미 브라이스의 죽음을 사고사로 위장하기로 합의한 터였다.

톰은 아무 생각 없이 빠르게 수영장을 돌아 여자에게 다가가 말했다. "안녕하세요." 그의 귀에는 꽤 평범하게 들리는 목소리였다.

"여기 있었군요." 여자는 그렇게 말했고, 다행히도 걸음을 멈췄다. 그녀는 그와 비슷한 또래로 아주 짧은 스커트에 털이 북슬북슬한 스웨터를 입었는데, 조명을 받아 은은하게 빛났다. 숱이 많은 머리카락은 그 주위로 어두운 후광 같은 실루엣을 만들었다. 그녀의 향수 냄새는 공기 중에 맴도는 락스 냄새만큼이나 강렬했다.

"브라이스는 여기 없어요." 톰이 말했다.

"아, 당신은 브라이스가 아니군요." 그녀가 가방의 똑딱이 단추를 열며 말했다. 순간적으로 톰은 그녀가 경찰 배지나 총을 꺼내는 게 아닐까 생각했다.

"아닙니다. 나도 브라이스를 찾으러 왔어요."

"그렇군요." 여자는 이제 담뱃갑을 톡톡 두드려 담배를 꺼냈다. "그래도 여기가 브라이스가 사는 집 맞죠?" 텍사스주 억양이 아주 강한 말투였다.

"맞아요." 톰은 그렇게 말하면서 여자가 수영장에 있는 시신을 보지 못한 채 여기서 나가게 할 방법을 재빨리 궁리했다. "하지만 브라이스는 여기 없어요."

"오케이." 여자가 '오'를 길게 늘여 말했다. 어떤 상황인지 전혀 알 수 없었지만 저 여자는 마치 모르는 남자와 데이트라도 하러 온 듯한 분위기였다. "그럼 브라이스가 금방 돌아오지는 않겠네요?"

"음, 아마 그럴 거예요." 갑자기 톰은 자신의 오른손과 맨투맨 티셔츠 소매가 젖었다는 걸 알아차리고 오른손을 허벅지에 문질렀다. 그 순간 여자의 시선이 재빨리 아래로 향하며 그의 행동을 바라보는 게 느껴졌다. "손이 젖어서요." 톰은 그렇게 말하고 웃었다.

"브라이스가 돌아오면 홀리가 왔었다고 전해주세요. 알았죠?" 그녀는 담배를 빨아들이고는 완전히 돌아서지 않은 채 두 걸음 뒤로 물러섰다.

"그러죠." 톰에게는 자신의 말이 어색하게 들렸다. 게다가 갑자기 텍사스주 억양까지 쓰는 듯했다.

홀리는 몸을 돌려 아까 왔던 길을 다시 걸어갔다. 처음 이곳에 어슬렁거리며 들어왔을 때보다 훨씬 빠른 걸음이었다. 그녀가 모퉁이를 돌자 톰도 몸을 돌려 불 꺼진 수영장을 재빨리 지나갔다. 수심이 깊은 쪽에 둥둥 떠있는 브라이스의 시신이 또렷이 보였다. 톰은 울타리를 붙잡고 올라가 반대편으로 넘어갔다. 얼른 나침반을 꺼내 북서쪽 방향을 확인한 뒤 달리기 시작했다. 이번에는 울퉁불퉁한 땅을 신경 쓰지 않고 무작정 달렸다. 그의 머리도 다리만큼이나 미친 듯이 빠르게 돌아갔다. 홀리는 그를 똑똑히 봤지만 그게 과연 의미가 있을까? 그 지역의 부자가 수영장에 빠져서 죽었다는 뉴스를 듣기나 할까? 만약 듣게 된다면 경찰을 찾아가서 자신이 그 집에 갔었고 거기서 다른 사람을 봤다고 말할까? 그 남자는 정말 이상하게 굴었어요, 경관님. 그리고 손이 젖어있었던 거 같아요. 톰으로서는 전혀 예측할 수 없었다. 한 가지 확실한 사실은 일이 아주 잘 풀리다가 갑자기 완전히 틀어졌다는 것이다.

땅의 움푹 팬 부분에 발이 푹 빠지는 바람에 톰은 균형을 잃고 비틀거렸지만 넘어지지 않고 계속 달렸다. 이제 교회가 보였는데 오직 별빛만이 교회를 밝혔다. 하지만 교회 오른쪽으로 어둠을 가르며 쏜살같이 지나가는 자동차 헤드라이트가 보였다. 만약 그 여자, 홀리가 배링턴 저택에서 나와 우회전했다면 아마 저 차가 그녀의 차일 것이다. 만약 좌회전했다면 영영 놓쳐버릴 테지만 좌회전을 했을 리가 없었다. 러벅 시내에 가려면 저 교회를 지나가야 했다.

톰이 다시 렌터카에 갔을 때는 그 차가 시야에서 사라진 뒤였다. 그래도 운전석에 올라타 열쇠를 밀어 넣고 시동을 건 다음, 자갈을 튀기며 후진해 다시 도로로 진입했다. 2분쯤 운전한 후에야 헤드라이트를 켜지 않았다는 걸 깨달았다. 스위치가 어디 있는지 기억나지 않았지만, 교차로에 이르렀을 무렵에 간신히 헤드라이트를 켰다. 앞에서 달리던 유일한 차가 좌회전을 해 시내로 향하는 길로 들어섰다. 톰은 거리를 두고 그 차를 따라갔다. 홀리의 차가 맞는지 확신할 수 없었지만 그럴 가능성이 컸다. 교회에서 차를 몰고 오는 길에 도로에서 다른 차는 보지 못했다.

러벅이 가까워지자 차량이 늘어났다. 예진에 밤에 차를 추적하기란 비교적 쉽다는 글을 읽은 적이 있었다. 아마도 추리 소설에서였으리라. 대부분의 자동차는 후미등이 눈에 띌 정도로 독특하기 때문이었다. 톰은 그 말이 맞다는 걸 깨달았다. 그가 뒤쫓는 차의 후미등은 가늘고 기다란 직사각형 모양으로 서로 멀찍이 떨어져있었다. 톰은 자신의 차와 뒤쫓는 차 사이에 다른 차가 끼어들어도 걱정하지 않으며 계속 그 후미등을 주시했다. 그들은 이제 번화가에 들어섰다. 술집이 줄지어 늘어섰고, 대학생들이 인도를 오갔다. 톰이 쫓던 차가 갑자기 좌회전을 하더니 인적이 드물고 양옆에 높은 빌딩이 늘어선 거리로 들어갔다. 차는 속도를 늦췄고, 톰은 홀리가 주차할 곳을 찾는 게 아닐까 싶었다. 그는 홀리의 차와 거리를 유지하고 있었으나 홀리가 차를 세운 터라 먼저 앞으로 갈 수밖에 없었다. 그녀의 차 옆을 천천히 지나가는 동안 위험을 무릅쓰고 운전석 쪽을 힐끗 봤다가 자신이 제대로 따라왔다는 걸 알고 톰은 놀랐다. 거기 앉아있는 사람은 홀리였다. 똑같이 숱이 많은 머리에 입에는 불이 붙은 담배를 문 채 소형 닛산이 간신히 들어갈 만한 공간으로 후진하고 있었다.

톰은 우회전이 가능한 길이 나오자 곧바로 차를 돌린 다음, 대학 서점과 앞면이 거대한 판유리로 된 박물관처럼 생긴 건물 사이의 골목 입구를 반쯤 가린 채 차를 세웠다. 두 건물 모두 불이 꺼져있었다. 톰은 운전석에 앉아 어떻게든 이 일을 해결해야 한다는 생각에 사로잡혔고, 정신을 차려 보니 어느새 손에 칼을 든 채 차 밖에 서있었다. 그저 그녀를 위협하거나 애걸할 수도 있었다. 이 일을 절대 아무에게도 말하지 말라고, 만약 말했다가는 찾아내서 가만두지 않겠다고 협박하는 것이다. 하지만 과연 그 방법이 통할까? 톰은 홀리가 주차한 쪽으로 되돌아갔다. 그가 손에 칼을 쥔 채 모퉁이에 이르렀을 때 홀리가 먼저 모퉁이를 돌아 나왔고, 둘은 정면으로 마주쳤다.

"어머, 당신이네요." 홀리가 어리둥절한 눈빛으로 말했다. 톰은 그녀를 덮쳤고, 둘은 함께 인도로 쓰러졌다. 폐에서 공기가 빠져나갔는지 홀리가 비명을 지르려고 입을 벌렸지만 아무 소리도 나지 않았다. 마치 무성 영화를 보는 듯했다.

# 1992

8월 22일 8:02 P.M.

해피레이크 침례교회 주차장에서 배링턴 저택까지는 도로를 따라 걸어가면 1.6킬로미터였지만, 관목이 듬성듬성 난 사막 지대를 가로지르면 800미터 정도밖에 되지 않았다.

"꼭 해피레이크 침례교회에 주차해. 턱시도밸리 제일침례교회 말고. 그 교회도 우리 집에서 꽤 가까운데 거기는 아니야." 웬디는 그렇게 말했었다. 톰은 웬디가 텍사스주에 관련된 얘기를 할 때마다 텍사스식 억양을 아주 살짝 사용했던 기억이 났다. 알아차리기 힘들 정도로 모음을 살짝 길게 발음했다.

"해피레이크 침례교회." 톰은 웬디에게 그렇게 말하며 주소를 외웠고, 거기서 배링턴 저택까지 걸어가는 법도 외웠다.

"나침반을 가져가서 정확히 남동쪽으로 가." 웬디가 그렇게 말했었다. "그러면 우리 집 수영장 바로 뒤쪽으로 가게 될 거야. 울타리가 있기는 한데 넘기 쉬워."

이제 톰은 주차장에 있었다. 렌트한 닷지는 시동이 꺼졌고, 헤드라이트도 꺼져있었다. 오후 세 시에 오스틴을 나섰는데 지금은 여덟 시 직후였다. 그는 차에서 내려 따뜻한 밤공기 속으로 나아갔다. 바람 한 점 없이 고요했다. 노래 가사처럼 정말로 크고 밝은 텍사스주의 별이 새하얀 성당과 텅 빈 주차장을 불쾌한 노란빛으로 물들였다. 그는 블랙진에 회색 후드티를 입고 있었다. 몸에 지닌 물건이라고는 후드티 주머니에 든 장갑 한 켤레, 한 달 전 뉴잉글랜드의 군납품 상점에서 구입한 싸구려 나침반, 그날 오후 오스틴에서 나침반보다는 비싸게 구입한 사냥용 칼이 전부였다. 흉기는 가져올 생각이 없었고, 그걸 쿠퍼 브라이스 배링턴에게 쓸 생각도 없었지만, 그래도 그건 심리적으로 안도감을 줬다. 혹시 일이 틀어지면 유용하게 쓸 수 있는 도구였다.

나침반은 오래 사용할 필요가 없었다. 이내 지평선에 배링턴 저택의 불빛이 보였기 때문이다. 웬디 말로는 가장 가까운 이웃집도 대략 2킬로미터 정도 떨어져있다고 했으니 틀림없이 저 집이었다.

그는 나침반을 주머니에 밀어 넣었다. 접이식 칼의 손잡이가 손가락에 닿았다. 코요테들이 사냥감 주위에 모여든 듯 벌써 날카롭게 짖어대는 소리가 들렸고, 톰은 칼이 있어서 다행이라고 생각했다. 울퉁불퉁한 땅에서 눈을 떼지 않은 채 저택 불빛을 향해 계속 걸어갔다.

울타리는 웬디 말대로 철제였지만 그의 키보다도 작았다. 그래도 잠시 울타리 앞에 서서 안쪽 부지를 바라봤다. 그가 서있는 곳은 수영장 바로 뒤였는데, 수중 조명이 켜진 수영장이 으스스한 빛을 내뿜었다. 예전에 웬디는 그곳을 사용하는 사람이 자신뿐이라고 했다. 이제 톰은 흰 원피스 수영복을 입고 저 수영장을 왕복하는 그녀의 모습을 떠올렸다. 사각형 수영장 맞은편이 웬디와 남편 브라이스가 사는 별채가 틀림없었다. 그녀 말대로 별채라고는 해도 보통 사람들이 사는 실제 집만 한 크기로, 이 부지의 본채를 그대로 본떠서 단층으로 만든 집이었다. 본채는 1980년대에 지어진 터무니없이 큰 저택으로 창문이 모두 칠흑처럼 어두웠다. 반면 별채는 불이 환히 켜져서 창마다 강렬한 빛이 흘러나왔고, 현관문과 수영장 데크를 따라 강한 스포트라이트가 켜져있었다. 톰이 보기에 가장 어두운 곳은 아마도 수영장 장비를 보관할 듯한 작은 창고 뒤쪽이었다.

톰은 얇은 원예용 장갑을 낀 뒤 울타리의 평평한 위쪽을 잡고 올라가 반대편으로 뛰어내려 쿵 소리와 함께 착지했다. 그 순간 예전에 엄마가 읽으라고 줬던 탐정 소설에서 살인 사건의 주요 단서는 늘 창문 밑의 발자국이었다는 사실이 떠올랐다. 허리를 숙이고 자신이 착지한 지점을 봤지만 조약돌이 좁고 길게 깔려있어 발자국이 남을 것 같지 않았다. 그래도 장갑 낀 손으로 표면을 약간 매만진 다음, 창고 뒤쪽으로 가서 길게 드리운 그림자 속에 웅크리고 앉았다. 거기서는 별채 현관이 보였다. 집의 처마 아래 그네형 벤치가 달려있었지만 웬디 말로는 브라이스가 시가를 피우러 나올 때는 늘 수영장 가장자리를 따라 서성거린다고 했다.

"자신의 소유지를 시찰하는 거지." 웬디는 그렇게 말했다.

"그래?"

"비슷해."

"집 안에서는 안 피워?"

"절대 안 되지. 내가 허락 안 해. 역겹다고."

"하지만 너는 집을 비울 거잖아."

"그래도 내가 돌아오면 알아차리니까. 게다가 브라이스는 밖에서 피우는 걸 좋아하는 거 같아."

"그리고 술에 취해있을 거고?"

"응. 브라이스는 하루를 마무리할 즘에는 늘 술에 취해있어."

"또 혼자 있을 거고."

웬디는 머뭇거렸다. "그럴 거야. 예전에 다툰 적이 있는데 그때 내가 분명히 말했어. 다른 여자를 만나서 무슨 짓을 하든 상관없지만 집으로 끌어들이지는 말라고."

"그랬더니 뭐래?"

"다른 여자를 만나는 거 자체를 부인했어. 하지만 내 뜻은 분명히 전했어. 그러니 틀림없이 혼자일 거야. 하지만 혹시라도 혼자가 아니거나 하루를 마무리하기 위한 시가를 피우러 나오지 않는다면 그건 이 일을 하지 말라는 계시야. 우리 계획은 취소야."

여전히 쪼그리고 앉아 별채를 주시하던 톰은 브라이스가 집에 있기나 한 건지 의아했다. 집 안의 불이란 불은 다 켜졌지만 창 너머로 사람 그림자가 보이지 않았다. 집 처마를 훑어보다가 마침내 홈통 아래 단단히 고정된 카메라를 발견했다. 웬디는 수영장 쪽으로 설치된 카메라가 있을 테지만 그저 보여 주기용이라고 했다. "우리 부지 전체에 가짜 CCTV가 설치돼있어." 웬디가 그렇게 말했다. "집 앞면에도 하나 더 있어. 부지를 감시 중이라고 적힌 표지판과 경비견이 그려진 표지판도 있고. 그렇게 돈이 많으니 제대로 된 보안에 돈을 쓸 거라고 생각할 테지만 어쩌면 그래서 부자인지도 몰라. 아주 구두쇠들이거든." 톰은 카메라를 뚫어지게 바라봤다. 수면에서 일렁이는 빛에 카메라의 텅 빈 눈이 보였다. 저 카메라가 가짜라는 웬디의 말이 맞기를 바랐다.

    톰은 멀리서 들리는 코요테의 울음소리에 귀를 기울였다. 집은 여전히 고요했다. 어쩌면 브라이스는 어디 술집에 갔거나 다른 사람의 집에서 자고 있는지 몰랐다. 그렇게 생각하니 잔뜩 긴장했던 몸이 잠시 이완됐다. 브라이스가 영영 나타나지 않아 결국 기회를 잡지 못한다면 기분이 어떨까? 지금은 그래도 괜찮을 듯했다. 어차피 웬디는 이혼할 테고 둘은 여전히 함께할 것이다. 대신 가난해지겠지. 정확히 말해서 가난하지는 않아도 부자는 아니리라. 웬디의 말에 따르면 브라이스는 스물한 살이 됐을 때 할아버지 재산에서 1천만 달러를 상속받았다. 그 얘기를 하는 웬디를 보며 톰은 그녀에게 그 돈이 얼마나 절실한지 알 수 있었다.

    쿠퍼 브라이스 배링턴이 이 세상에 발붙일 자격도 없다는 사실은 두말할 나위 없었다. 톰은 브라이스를 개인적으로 알지 못했지만 웬디 덕분에 그렇게 믿게 됐다. 웬디는 그가 죽어 마땅한 인간이라고 말한 적은 없었지만, 그의 죽음이 딱히 비극은 아닐 거라고 했다. "시부모님조차도 그이를 좋아하지 않으니까."

    이제 브라이스가 나타나기를 기다리며 톰은 자신이 오로지 한 가지 이유로 여기 왔다고 되뇌었다. 그를 죽이고 그 죽음을 사고로 보이게 하려고 온 것이다. 돈을 위해, 그리고 웬디를 위해 하는 일이었다. 옳은 일은 아니었다. 옳은 일이라고 자기 합리화를 한 적은 없었다. 그들은 그저 세상이 준 기회를 이용할 뿐이었다. 쓰레기 한 명을 죽이고 1천만 달러를 손에 넣을 기회. 그리고 그들이 하려는 일에는 뭔가 특별한 점이 있었다. 톰이 오랫동안 곱씹어온 생각이기도 했는데, 둘이 함께 이 일을 계획하고 끝까지 잡히지 않는다면 그들은 어딘가 특별한 사람이 될 것이다. 책과 영화 속 주인공들이 범접할 수 없는 존재이듯 그들도 그렇게 될 터였다. 아주 오래전 조지타운에서 첫 키스를 한 뒤로 톰은 늘 그렇게 생각했다. 자신이 특별한 얘기의 주인공이라고.

그때 집에서 소리가 나더니 브라이스가 유리로 된 미닫이문을 열고 밖으로 나왔다. 반바지에 크루넥 맨투맨 티셔츠 차림이었다. 맨발인 듯했고, 입에는 기다란 시가를 꽉 물고 있었다. 브라이스는 유리문을 닫더니 고개를 숙였다. 찰칵하고 라이터를 켜는 소리, 불을 붙이려고 시가를 빨아들이는 소리가 났다. 그가 어깨를 뒤로 젖힌 채 잠시 서서 쪽쪽거리며 시가를 뻐끔거렸다. 톰은 웬디가 보여준 브라이스의 사진을 본 적이 있었지만 이렇게 덩치가 클 줄은 미처 몰랐다. 그는 은퇴한 대학 럭비팀의 라인배커처럼 생겼는데 사실이 그렇기도 했다. 두꺼운 허벅지에 똥배가 나오기 시작했고 머리는 덥수룩했다. 시가에 제대로 불이 붙자 그는 웬디가 말한 대로 서성이기 시작했다. 처음에는 수영장 건너편 가장자리를 따라 걷더니 그다음에는 울타리 너머로 어두운 대지를 내다봤다. 그러다가 다시 조명이 켜진 수영장을 내려다보며 수심이 깊은 쪽을 빙 돌아 갔다. 톰은 공기에서 짙은 염소 냄새와 뒤섞인 시가 연기 냄새를 맡을 수 있었다. 브라이스는 잠시 걸음을 멈추고 균형을 잡으려는 듯 다리를 널찍이 벌린 채 다시 수영장 너머 먼 곳을 응시했다.

톰은 한쪽 무릎에서 우두둑 소리가 나는 걸 의식하며 자리에서 일어났지만 브라이스는 돌아보지 않았다. 이제 보니 그는 몸을 살짝 흔들거리며 뭐라고 나직이 중얼거리고 있었다. 지금이 기회였다. 브라이스는 수영장 가장자리에서 60센티미터가량 떨어져있었다. 그저 그를 밀어 물속에 빠뜨린 다음 다시 기어 나오지 못하게 하면 그만이었다. 톰은 전력 질주를 준비하는 주자처럼 무릎을 살짝 구부렸다. 톰에게는 다른 선택지도 있었다. 아무것도 하지 않는 것이었다. 그림자 속에 숨어서 브라이스가 시가를 다 피우고 다시 집에 들어가기를 기다릴 수도 있었다. 그런 다음 다시 차를 몰고 오스틴으로 돌아가 렌터카를 반납한 뒤 비행기를 타고 코네티컷주로 돌아간다. 두 달 뒤에 웬디를 만나 그 일을 해내지 못했다고 말하는 것이다. 웬디는 그래도 사랑한다고, 어차피 천만 달러는 필요 없다고 말하리라. 이런 생각들이 뭉게뭉게 피어올랐다가 갑자기 사라져버렸다. 그는 지금 이 상황에서 자신이 어떻게 할지 머릿속으로 숱하게, 적어도 100번은 연습해봤다. 그가 여기 있는 건 아무것도 하지 않는 선택지는 이미 버렸기 때문이다.

# 1992

### 6월

#### i

웬디가 이미 버크셔스의 허름한 여관에서 열리는 틴훅 문학 축제에 참가 신청을 해뒀는데도 톰은 현금 결제가 가능한 옆 동네 모텔에 묵고 있었다. 그렇게까지 조심할 필요는 없을 테지만 이제 웬디의 남편을 죽이는 계획은 허황된 상상이 아니라 점점 현실이 돼가고 있었다.

"가장 가까운 술집이 어디인가요?" 웬디는 안내 데스크 업무를 마무리하던 행사 자원봉사자에게 물었다.

"여기서요?" 여자는 왠지 누군가가 자신에게 질문을 했다는 사실에 놀란 듯했다.

"여기 틴훅 안에서요. 걸어서 갈 수 있는 거리면 좋겠어요."

"아, 그거야 많죠." 그녀는 도수가 높은 안경을 썼고, 배우 루이즈 브룩스처럼 일자로 자른 앞머리에 딱 떨어지는 단발머리를 했다. 시인이로군. 웬디는 속으로 생각했다. "하지만 여기 환영회에서 맥주와 와인을 제공할 거예요."

"그렇군요. 그게 언제죠?"

"여섯 시에 앨링엄 룸에서요."

웬디는 일부러 시계를 보는 척했다. 시인은 바로 옆 거리에 적어도 두 군데의 술집이 있다고 알려줬다. "진저 도어가 곧 영업을 시작할 거예요." 지금은 거의 다섯 시가 다 된 시각이었다. 웬디는 고맙다고 인사하고 호텔을 나섰다. 조금 전 올버니 공항에서 택시를 타고 틴혹에 도착했는데 행사가 열리는 로드조지 여관이 도시 주택가에 있는 듯해서 적잖이 당황했다. 예전에 톰과 틴혹에서 만나기로 했을 때 행사장에서 가장 가까운 술집에서 금요일 다섯 시에 만나기로 했기 때문이다. 걸어갈 수 있는 거리에 술집이 없을지도 모른다는 생각은 전혀 못 했다. 밖으로 나오니 저녁 공기가 선선했고, 태양은 아직 하늘 높이 떠있었다. 웬디는 옛 시가지 쪽을 가리키는 표지판을 발견했다. 5분 뒤 그녀는 양옆에 벽돌 건물이 늘어선 대로에 서있었다. 가게 절반은 셔터를 내린 듯했지만 아직 영업 중인 절반의 가게는 피자나 술을 팔았다. 웬디는 진저 도어를 발견하고, 아마 저기가 로드조지 여관에서 가장 가까운 술집일 거라고 추정하며 그쪽으로 갔다. 톰은 벌써 와있었다. 그의 앞에는 가득 따른 맥주 한 잔이 있었고, 그는 방금 담배에 불을 붙인 참이었다. 다른 손님이라고는 칸막이 좌석에 앉은 네 명의 중년 여성뿐이었다. 그들 모두 담배를 피우고 있었는데 큰 유리창으로 들어오는 늦은 오후 햇살에 담배 연기가 푸른 빛을 띠며 실내를 가득 채웠다.

"여기 자리 있어요?" 웬디가 가죽을 씌운 스툴 위로 슬며시 올라가 앉으며 톰에게 물었다.

"저를 아세요?" 톰이 간신히 웃음을 참으며 말했지만 웬디는 그의 눈에서 행복을 읽을 수 있었다. 불현듯 이번 재회를 앞두고 계속 긴장해있었으나 막상 눈앞에 톰이 있으니 긴장이 스르르 사라졌다. 그녀 역시 기쁨에 가까운 감정을 느꼈다.

"글쎄. 우리 서로 아는 사이 아냐? 이미 그러기로 하지 않았나?" 웬디가 말했다.

바텐더는 멜빵을 메고 벨트를 찬 중년 남자로 바 반대편 끝에서 레몬을 썰고 있었다. 칸막이 좌석에 앉은 여자들은 이미 두세 잔쯤 마신 사람들처럼 깔깔 웃었다. "여기서 함께 얘기하는 건 괜찮을 거야. 아, 다시 보니 정말 좋다."

웬디는 한 손으로 그의 허벅지를 꽉 잡았다가 그가 반바지를 입은 걸 알고 놀랐다. "어머."

"바지를 깜빡했어."

"그러게."

"뭘로 할래?"

"술?"

"응. 술."

"톰 콜린스로 할까? 아빠가 즐겨 마시던 술이었는데 여기 오니까 아빠 생각이 나네."

톰이 그녀의 술을 주문하고 기다리는 동안 웬디가 말했다. "이거 한 잔만 마시고 행사 환영회에 돌아가야 해."

"거기는 어때?"

"여관?"

"여관이랑 행사."

"모르겠어. 신경도 안 썼고, 관심도 없어. 너를 다시 봐서 기쁠 뿐이야."

"내가 와서 놀랐어?"

"지난번에 우리가 나눈 얘기를 생각하면 약간 놀라기는 했지. 네가 안 왔다고 해도 이해했을 거야."

"그럴 일은 없어. 나는 언제나 너를 만나러 올 거야. 우리가 뭘 했든 하지 않았든."

웬디가 주문한 술이 나왔고, 술맛을 본 웬디는 즉시 후회했다. 이걸 마시니 정말로 아빠 생각이 났다. "우웩." 그녀가 말했다.

"바꿔 마실래? 내 맥주도 별로야."

"그러자."

둘은 술을 바꿨고 웬디는 미지근한 맥주를 맛봤다. "이게 더 낫다."

"우리 언제 볼 수 있어?"

"생각해봤는데 오늘 밤에 네가 우리 여관으로 와서 자고 가. 저녁 만찬이 있지만 여덟 시면 끝날 거야. 여관 안에 바가 있어서 다른 참가자들은 전부 거기서 술을 마실 거야. 나는 내 방으로 갈 테니까 너도 거기로 와. 아무도 모를 거야."

"술맛은 괜찮은가요, 아가씨?" 둘이 술을 바꾼 걸 알아차리고 바텐더가 물었다.

"네, 괜찮아요. 다만 마시고 싶었던 술이 아니었어요. 술 자체에는 아무 문제도 없어요."

30분 뒤 웬디는 다시 로드조지 여관으로 걸어갔다. 이제 태양이 인도 위로 그녀의 길고 일그러진 그림자를 드리웠고, 웬디는 이제부터 각별히 조심해야 한다고 다짐했다. 그래도 톰이 여관으로 와서 밤을 함께 보내는 건 괜찮으리라. 아무도 둘이 함께 있는 모습을 보지 못할 것이다. 하지만 이제 공개적으로 함께 있는 건 실수일지 몰랐다. 술을 바꿔 마셔서 바텐더의 눈에 띄었다고 큰일이 나지는 않겠지만 이런 사소한 일이 나중에는 큰 문제가 될 수 있었다. 둘이 함께 있는 모습을 누구에게도 보여서는 안 됐다. 브라이스가 죽은 뒤에 톰과 웬디가 남남으로 재회하는 게 무엇보다 중요했다. 완전한 남남은 아니더라도, 어릴 때 헤어진 뒤 처음 만나는 걸로 꾸미면 될 것이다.

6개월도 더 전에 케임브리지에서 마지막으로 만난 후로 웬디는 동네 비디오 대여점에서 영화 〈보디 히트〉를 빌려 왔다. 사실은 브라이스에게 빌려 오라고 했지만. 그는 그 영화를 〈폭풍 속으로〉와 함께 빌려 왔고, 둘은 두 영화를 연달아 봤다. 브라이스는 〈폭풍 속으로〉를 먼저 보겠다고 우겼는데 오히려 잘된 일이었다. 〈보디 히트〉의 오프닝 크레디트가 나올 때는 그가 이미 곯아떨어졌으니까. 그건 톰이 추천한 영화였다. 아니, 추천이라기보다는 언급한 적이 있었다. 케임브리지에서 처음으로 브라이스를 죽이자는 말이 나왔기 때문이다. 둘은 한동안 농담 삼아 그 일에 대해 얘기하다가 자신들이 꼭 농담을 하는 건 아님을 깨달았다. "누군가의 남편을 죽이는 법에 있어서 내가 아는 거라고는 당연히 〈이중 배상〉과 〈보디 히트〉에서 본 게 전부야." 그러더니 톰은 두 영화에서 살해 계획이 어떻게 처참히 실패했는지 말해 줬다.

"왜 그렇게 됐는데?"

"여자가 남자를 그냥 이용만 하고 버리려고 했으니까."

"만약 우리가 그 일을 한다면, 그런 일은 없을 거야. 약속해."

"알아. 우리가 기존 패턴을 깨버리자. 남편을 죽이고 그 후로 영원히 행복하게 사는 거야."

웬디는 결국 〈보디 히트〉를 반납하기 전에 두 번이나 봤다. 〈청춘의 양지〉에서 봤던 배우가 이 영화에도 조연으로 출연했는데 아주 인상적인 말을 했다. 범행이 틀어질 수 있는 요소는 무려 50개쯤 되는데 천재만이 그 절반을 생각해낼 수 있다고. 〈보디 히트〉에서 두 살인범이 저지른 결정적 실수로는 캐슬린 터너가 윌리엄 허트를 처음부터 끝까지 이용만 했다는 사실뿐 아니라 둘이 범행을 저지르기 전에 연인처럼 함께 있는 모습이 목격됐다는 점도 있었다. 그 영화를 보며 웬디는 결심했다. 나중에 자신이 과부가 된 뒤에 훗날 열릴 문학 행사에서 톰과 재회하기 전까지 둘은 사실상 남남으로 지내야 한다고. 당분간은 둘 사이에 아무런 접점이 없어야 했다. 톰이 이 틴훅 문학 축제에 등록하지 않은 이유도 그 때문이었다.

웬디는 칵테일을 제공하는 환영 파티는 건너뛰었지만 만찬에는 참석해 세 여자와 한 테이블에 앉았다. 그들 역시 그녀와 마찬가지로 단순한 참가자였다. 하지만 웬디는 그들이 작가 지망생이며, 그중 두 사람은 독립 출판에 관한 세미나까지 신청했다는 사실을 알고도 놀라지 않았다. 특히 그 세미나에 참석하면 강의를 맡은 편집자에게 작품을 제출할 기회도 주어졌다. 웬디는 식사하는 동안 비교적 침묵을 지켰다. 사람들의 기억에 남고 싶지 않았고, 평범하게 보이고 싶었다. 그

또한 〈보디 히트〉에서 기억에 남는 대사였다. 캐슬린 터너―아니면 윌리엄 허트였던가?―가 말하기를 살인을 저지르기 전까지 평소와 다른 행동은 하지 말아야 된다고 했다.

저녁 식사를 마친 뒤 웬디는 방에서 톰을 기다렸다. 무릎에 A. S. 바이어트의 《소유》를 펼쳐놨지만 도무지 눈에 들어오지 않았다. 그래서 대신 벽지를 바라봤다. 짙은 빨간색 바탕에 장미인지 달리아인지 모를 꽃이 뒤엉켜있었다. 웬디는 벽지를 유심히 바라보며 어느 지점부터 무늬가 반복되는지 알아내려 했다. 한편으로는 호텔 내부 소리에 귀 기울였다. 바에서 연주되는 곡이 희미하게 울렸지만 그보다는 위층 객실에서 삐걱거리는 소리가 주로 들렸다. 누군가가 객실 안에서 서성이고 있었다. 말소리도 들렸지만 무슨 말인지는 알아들을 수 없었다. 아마 옆 객실이나 그 옆 객실에서 들리는 소리일 것이다. 웬디는 나중에 톰이 오면 조용히 해야 한다고 되새겼다.

여덟 시가 조금 넘어 문 두드리는 소리가 나자 웬디는 높은 침대에서 폴짝 뛰어내려 안쪽으로 문을 활짝 열었다. 톰이 얼른 들어왔다.

"너를 본 사람 있어?" 그녀가 물었다.

"이 층에는 아무도 없었어. 아마 로비에서도 없었을 거야. 거기 아주 난리더라."

웬디가 미소 지었다. "내가 재밌는 걸 놓쳤네."

"맞아. 네가 갔더라면 염소수염을 기른 삼류 시인을 만날 수도 있었을 텐데."

"그 남자를 따라 노스다코타주의 어느 대학으로 이사했을 수도 있지."

"그 남자가 종신 교수직이라도 받았어?"

"아직. 하지만 그게 꿈이지. 나도 그럴 거고. 그렇게 되면 우리는 신혼집을 장만할 거야."

"정말 중요한 건 이거야. 그 시인이 너를 위해 남편을 죽여줄까?"

"알았어. 그 문제부터 얘기하자." 웬디가 말했다.

"아니, 우선 침대로 가야지."

나중에 시트에 파묻힌 채 톰이 말했다. 이제 호텔은 기이할 정도로 고요했다. "아무래도 우리가 그 일을 해야 할 거 같아. 네 남편을 죽이는 일."

웬디가 듣고 싶었던 말이지만 막상 듣게 되니 갑자기 조심스러워졌다. "꼭 죽여야 할 필요는 없어. 그냥 이혼하고 네가 있는 코네티컷주로 가서 일자리를 구할 수도 있어. 우리는 행복할 거야."

"그리고 평범해지겠지."

"그게 어때서?"

"그게 잘못됐다는 건 아냐. 다만 우리에게는 맞지 않는 거 같아서. 우리가 처음 키스했던 밤에 뭔가가 시작됐어. 어쩌면 모든 게 이 살인을 위한 과정이었는지도 몰라."

"나도 같은 생각이야." 웬디가 솔직히 말했다. 사실 그녀는 평범하게 사는 데 관심이 없었다. 비록 지금은 앞으로 그들이 하려는 일 때문에 평범해 보이고 싶었지만.

"내가 많이 생각해봤어." 톰이 말했다. "사실 이 생각만 했지. 근데 계속 이 일이 운명이라는 이상한 느낌이 드는 거야. 우리는 아등바등 절약하며 시시한 직장에나 다니려고 태어난 게 아냐. 함께하기 위해 살인을 하도록 태어난 거야. 특별한 존재가 돼야 할 운명이라고."

"내가 계속 생각하는 건, 만약 우리가 이 일을 해내고 또 경찰에 잡히지 않는다면 엄마가 여생을 보낼 집을 사줄 수 있으리라는 거야. 지금은 내가 엄마의 월세를 내주지만 브라이스와 이혼하면 그때는⋯. 그걸 생각하면 이건 전혀 어려운 결정이 아냐. 만약 버튼을 눌러서 브라이스를 지구상에서 지워버리고 엄마의 안전을 보장할 수만 있다면 나는 망설이지 않을 거야."

"그럼 하자. 그 버튼을 누르자고."

웬디는 한 손으로 그의 목을 감쌌다. "당연히 네가 하는 거야. 실행은."

"우리가 함께 하는 거지. 하지만 그래, 무슨 말인지 알아."

"정말 괜찮겠어? 그 일이 영원히 너를 괴롭히지 않겠냐고."

"계획을 다시 말해봐. 자세하게."

## ii

새벽 다섯 시에 톰은 침대에서 내려와 최대한 조용히 옷을 입었다. 웬디는 은신처에서 잠든 작은 동물처럼 몸을 동그랗게 만 채 자고 있었다. 톰은 그녀가 잠들기 전에 내일 새벽에 조용히 나가겠다고 이미 말해둔 터라 굳이 그녀를 깨워서 이제 간다고 말할 필요가 없었다. 그런데도 흔들어서 깨우고 한 번 더 키스하고 싶은 걸 참기가 힘들었다. 다시 만날 때까지 얼마나 오래 걸릴지 생각하면 거의 견디기 힘들 정도였다.

그들은 밤새 계획을 꼼꼼히 검토하며 얘기를 나눴다. 계획은 대부분 웬디가 생각해냈다. 그녀는 날짜와 시간을 이미 정해뒀고, 모든 게 완벽히 진행된다면 내년 이맘때 둘은 함께 새로운 삶을 시작할 터였다.

호텔 로비에서 톰이 러닝복을 입은 여자 옆을 지나가자 그녀가 "아침형 인간이 또 있네요"라고 했다.

"네." 톰은 멍청하게도 그녀의 말에 대꾸하고 얼른 문 쪽으로 갔다. 차는 메인 스트리트에 주차해뒀는데 거기까지 잠깐 걸어가는 동안 몽환적이면서 으스스한 기운이 감돌았다. 오늘 날씨는 더울 듯했고, 앞마당에서 피어오르던 안개가 서서히 걷히며 풍경이 조금 흐릿해 보였다. 자신이 묵는 싸구려 모텔에 도착하자 톰은 마음이 놓였다. 즉시 옷을 벗어 던지고 이불 속으로 들어가 코네티컷주로 돌아가기 전에 잠이나 좀 자두기로 했다. 체크아웃은 열두 시까지였다.

그는 꿈도 꾸지 않고 한 시간 동안 단잠을 자고는 다시 일어나 머릿속으로 계획을 되짚어봤다. 이번 여행에 노트를 한 권 가져왔는데, 거기에 남자 고등학생이 2주간 교환 학생으로 온 여학생과 사랑에 빠지는 단편 소설의 개요를 적어나가던 참이었다. 톰은 노트를 앞으로 넘겨 빈 페이지에 계획을 세세히 적을까 고민했다. 나중에 그 페이지를 찢어내서 태우면 그만이었다. 하지만 적지 않기로 했다. 어떤 증거든 남기지 않고, 계획은 오로지 그의 머릿속에만 있어야 했다.

8월 21일에 웬디는 대학 동창의 전시회 오프닝에 참석하기 위해 비행기를 타고 뉴욕에 갈 예정이었다. 그 주 주말, 톰은 오스틴을 방문해 싸구려 모텔에 머물 것이다. 그의 대학 동창 서맨사가 거기서 남자 친구 이선과 살고 있었는데, 컨트리 가수 지망생 이선이 일요일 밤에 공연할 예정이었다. 명목상 톰의 여행 목적은 그들을 만나는 것이었다. 토요일에 차로 러벅 외곽에 있는 웬디의 집까지 운전하는 건 쉬운 일이었다. 웬디는 브라이스가 매일 밤 자기 전에 밖에 나가 수영장 주위를 거닐며 시가를 피운다고 말해줬다. 톰이 할 일은 그저 그를 수심 깊은 곳으로 밀쳐 밖으로 나오지 못하게 하는 것뿐이었다. 브라이스는 수영을 거의 못하니 그냥 수영장으로 밀치기만 하면 충분하다고 웬디가 말했다. 또한 해피레이크 침례교회에 주차해야 한다는 것과 거기서 배링턴 부지 뒤쪽까지 걸어가는 법도 알려줬다. 가장 중요한 건 이 죽음이 사고로 보여야 한다는 것이라는 데 둘 다 동의했다. 만약 브라이스가 살해된 것처럼 보였다가는 설사 웬디가 당시 집에 없었다고 해도 의심을 받게 될 터였다. 배링턴가에서 그녀가 브라이스의 유산을 받는 걸 막을 수는 없지만, 그래도 시도는 할 수 있었다.

웬디는 톰에게 마지막으로 이렇게 당부했다. "만약 뭔가 이상하다 싶으면 이 일을 꼭 해야 할 필요는 없다는 걸 명심해. 만약 브라이스가 누군가와 함께 있으면 그냥 뒤돌아서 나와. 예감이 안 좋거나 이 일을 못 하겠다 싶어도 하지 마. 나한테는 브라이스의 돈보다 네가 더 중요해. 돈이 없어도 우리는 여전히 함께일 테니까."

"알았어." 톰은 그렇게 말했다.

"진심으로 하는 말이야. 여름이 끝나면 우리는 어떻게든 함께할 거야. 하지만 중요한 건 이거야. 네가 정말로 그 일을 해낸다면 그 후에 우리가 하는 일은 완벽해야 해. 네가 그 집에 갔었다는 흔적이 없어야 해. 오스틴으로 돌아가는 길에 경찰의 검문에 걸려서도 안 돼. 술에 취해 누군가에게 털어놔도 안 되고, 후회해서도 안 돼. 이 일을 할 거라면 제대로 해야 해. 우리는 함께 멋진 삶을 살 거고, 브라이스는 합당한 결말을 맞이하게 될 거야. 알았지?"

톰은 고개를 끄덕였지만 방은 캄캄했다. 그래서 "실망시키지 않을게"라고 대답했다.

그는 체크아웃했다. 모텔에서는 부대 비용을 대비해 그의 신용카드를 보관하고 있었지만 톰은 현찰로 계산했다. 그러고는 떠나기 전에 프런트 여직원이 그의 신용 카드 압인이 찍힌 전표를 찢어서 쓰레기통에 버리는 걸 지켜봤다. 코네티컷주까지 장거리 운전을 하는 동안 톰은 웬디가 했던 말을 계속 생각했다. 여름이 끝날 즘이면 둘은 함께 있을 거라던 말. 영화나 책에서처럼 손가락을 탁 튕겨 그 순간으로 바로 이동할 수 있다면 좋으련만. 그는 차 안에서 손가락을 튕겨봤지만 여전히 이 순간에 갇혀 운전대를 잡고 있었다. '결국 그렇게 될 거야.' 톰은 마음속으로 생각했다. '조심하기만 하면 모든 건 정확히 계획대로 될 거야.'

# 1991

### 10월

노스 케임브리지에 있는 레이철의 집에서 하버드 자연사 박물관까지는 걸어서 40분이었지만, 날씨가 더할 나위 없이 좋아서 웬디는 평생 매일 이 길을 걸을 수 있을 듯했다. 레이철이 사는 동네는 약간 허름하기는 해도 러벅의 고급 주택가보다 개성과 매력이 넘쳤다. 포터 광장을 빠져나온 후에는 양옆에 가로수와 빅토리아풍 저택, 운치 있는 벽돌 연립 주택들이 늘어선 옥스퍼드가를 걸어갔다. 좁은 인도는 나무 뿌리와 오랜 겨울 탓에 지면 곳곳이 울퉁불퉁 솟아올랐다. 웬디는 가장 오래됐으면서 제일 편한 청바지에 어제 보스턴 시내의 대형 할인 매장 파일린스 베이스먼트에서 구입한 새 스웨터를 입었다. 공기 중에 굴뚝 연기 냄새가 감돌았고, 땅은 낙엽으로 뒤덮여있었다. 웬디는 예전에 뉴햄프셔주에 잠깐 살았을 때처럼 여기야말로 자신이 있어야 할 곳이라고 확신했다.

대학에 가까워질수록 옥스퍼드가가 넓어졌다. 주택은 사라지고 콘크리트로 지은 대학 건물이 등장했으며, 집집마다 딸린 자그마한 앞마당 대신 널찍한 캠퍼스 녹지가 길게 펼쳐졌다. 자연사 박물관을 찾는 데는 시간이 조금 걸렸다. 웅장한 벽돌 건물의 박물관 세 채가 연달아 있었기 때문이다. 그녀는 입장료를 내고 두 대가족 사이에 끼어 천천히 들어갔다. 약속 시간보다 이르게 왔지만—그들은 정오에 만나기로 했다—그 전까지 제대로 박물관을 둘러보고 싶었다. 주요 전시장에 들어가기 전에 웬디는 유리로 만든 꽃 전시물을 한동안 넋을 잃고 바라봤다. 아주 작고 섬세한 조형물이었다. 원래 유리 공예나 심지어 진짜 꽃에도 별로 관심이 없었는데—오히려 엄마가 열렬히 좋아했다—100년도 더 전에 만들어진 이 작품들은 어쩐지 마음을 사로잡는 구석이 있었다. 옆에서 누군가가 말을 거는 바람에 웬디는 감상에서 깨어났다. "나는 10년째 매일 여기 온다오." 돌아보니 나이가 아주 많은 노인이 서있었다. 그의 입꼬리에 침이 마른 자국이 있었다. 웬디는 고개를 끄덕였고 미소를 지으며 전시실을 나섰다.

열두 시까지 대부분의 전시실을 다 둘러봤고 어느새 대형 포유류 전시실에 와있었다. 그곳에 들어서니 마치 현실에서 벗어나 빅토리아 시대 영국으로 들어서는 듯했다. 박제된 기린과 대형 유인원이 있었고, 높은 천장에는 고래 뼈대 몇 구가 매달려있었다. 전시실을 빙 둘러 설치된 발코니에는 수백 마리의 박제된 새가 진열됐고, 거기서는 천장에 걸린 고래를 더 자세히 볼 수도 있었다. 웬디가 발코니에 올라갔을 때 아래층 전시실로 들어서는 톰이 눈에 띄었다. 그는 양손을 호주머니에 넣은 채 천천히 걷고 있었는데 청바지에 단추를 채우지 않은 피코트를 입은 모습이 전형적인 뉴잉글랜드 지역 대학생 같았다. 머리는 지난번에 봤을 때보다 더 길었다.

그는 주머니에서 손을 빼더니 손목시계를 봤다. 그러고는 아래층에 있는 다른 관람객을 훑어봤다. 웬디를 찾는 게 분명했다. 웬디는 가만히 서서 그를 지켜봤고, 훔쳐보는 짜릿함을 즐겼다. 아까 웬디가 그랬듯이 그도 전시실의 장엄한 분위기에 압도됐다는 걸 알 수 있었다. 그는 천천히 움직이더니 — 아직까지 위를 올려다보지도 않았다 — 박제된 여우원숭이가 전시된 대형 유리 케이스 앞에 멈춰 서서 더 자세히 보려고 허리를 숙였다. 그가 머리를 살짝 쓸어 올리자 웬디는 그가 유리에 비친 자신의 모습을 보고 있음을 깨달았다. 톰에게 가려고 발코니를 막 벗어나려는데 갑자기 그가 고개를 들어 처음으로 전시실을 둘러보며 그 크기에 압도당하는 듯했다. 웬디는 걸음을 멈췄고, 그녀를 발견한 그의 얼굴에 미소가 번졌다. 그 순간 웬디는 그의 눈에 비친 자신이 어떤 모습일지 생각했다. 박제된 동물에 둘러싸여 발코니에 차분히 서있는 줄리엣 같으리라. 웬디가 내려가기 전에 그가 먼저 발코니로 이어지는 계단을 향해 걸어왔다.

나중에 호텔방에 갔을 때 그는 욕실에서 나와 잠시 알몸으로 선 채 침대에 누운 그녀를 우두커니 바라봤다. 베개 더미에 몸을 기대고 있던 웬디 역시 알몸이었는데 허벅지 위쪽까지 시트를 덮고 있었다. "뭐 하는 거야?" 그녀가 물었다.

"지금 이 순간을 머릿속에 새기고 있어."

웬디는 그가 전신을 볼 수 있도록 다리에서 시트를 걷어내고 섹시한 포즈를 취했다. 웃지 않으려고 했지만 약간 웃음이 났다. 하지만 톰은 따라 웃지 않은 채 침대로 기어올라 그녀에게 천천히 다가갔다.

"자꾸 진부한 표현만 떠올라." 20분 뒤에 그가 말했다.

"무슨 말이야?"

"모르겠어. '지금처럼 살아있는 기분을 느낀 적이 없다', '너를 보면 숨이 막힌다', '내가 본 중에서 가장 완벽한 피조물이다' 같은 말이 하고 싶다고. 무슨 말인지 알아?"

"너랑 함께해야만 행복해진다는 건 알아."

"거봐. 그것도 진부하잖아."

"상관없어. 어떤 표현이 진부해진 건 그만큼 다들 공감했기 때문이야. 그리고 우리가 이런 생각을 다른 사람에게 말할 것도 아니잖아. 우리끼리만 말하는 거지."

"여기 언제까지 있을 수 있어?"

아까 박물관에서 그가 투숙 중인 호텔까지 1킬로미터도 안 되는 거리를 걸어오는 동안에도 그는 이미 같은 질문을 했다.

"레이철에게 저녁 식사 때쯤 돌아가겠다고 했지만 전화하면 돼. 레이철은 요즘 새 남자 친구에게 빠져서 내가 주말에 머무는 걸 별로 달가워하지 않더라고."

"그냥 우연히 옛 남자 친구를 만났고 그래서 지금껏 살면서 가장 행복하다고 말해."

"그래야겠지. 못 할 것도 없어. 근데 모르겠어. 레이철은 내 결혼식에 참석했기 때문에 브라이스를 알아. 나는 이 일을 우리만 알았으면 좋겠어."

"당연하지. 그게 최선이야."

"그래도 레이철에게 전화는 할 거야. 전화해서 여덟 시쯤 갈 거라고 해야겠어. 그래도 괜찮을 거야. 여기는 내일 또 올 수 있어."

"여기서 너를 기다리고 있을게."

"나 궁금한 게 있는데… 요즘 여자 친구랑은 어때?"

"끝났어. 매기와 헤어졌어. 오하이오주에서 돌아오자마자 내가 헤어지자고 했어."

"둘이 동거하지 않았어?"

"맞아. 근데 그냥 월세라서 집을 처분할 필요는 없었어. 마침 룸메이트를 구하는 친구가 있어서 매기는 그 집으로 들어갔어. 나는 여전히 그 집에 살고. 하지만 월세를 감당할 수 없어서 나도 집을 알아봐야 해."

"여자 친구에게 뭐라고 한 거야?"

톰은 한쪽 눈을 비볐다. 웬디는 그가 이 주제에 대해 얘기하기 싫어하는 걸 알았지만 마음 한구석으로는 무슨 일이 있었는지 정말로 알고 싶었다. 그래서 기다렸다.

"끔찍했어." 마침내 톰이 말했다. "지금도 생각하면 기분이 별로야. 나는 그냥 '정착하기에는 아직 내가 너무 어린 거 같다', '자유로운 몸으로 살고 싶다', '너와는 상관없는 문제다'라고 말했어."

"진부해, 진부해, 진부해."

톰은 코웃음을 쳤다. "그래, 맞아. 매기도 안 믿더라고. 그때도 지금도 내게 다른 사람이 생겼다고 확신했어. 계속 그 얘기만 하면서 뭐가 잘못됐는지 되짚으려고 하더라고. 핵심은 내가 한때는 매기를 사랑했지만 이제는 아니라는 걸 그 애는 이해하지 못한다는 거야. 차라리 내가 잔인하게 굴었으면 일이 더 쉬웠을 거라는 생각이 자꾸 들더

라. 우리는 그저 하룻밤 불장난이었고, 처음부터 너를 그다지 사랑하지 않았다고 말하는 거지. 그랬다면 나는 그냥 재수 없는 전 남자 친구가 됐겠지. 하지만 좋게 정리하려고 했고, 그랬더니 매기는 계속 만나서 이번 일을 처음부터 다시 얘기해보재."

"네가 그런 사람인 걸 어쩌겠어." 웬디가 말했다.

"무슨 말이야?"

"너는 원래 착하잖아. 재수 없게 굴지도 못하고."

"그런 거 같아." 톰은 그렇게 말하더니 옆으로 돌아누워 한쪽 팔꿈치를 짚고 상체를 비스듬히 세웠다. "하지만 나는 재수 없는 놈이야. 바람을 피웠잖아. 그리고 거짓말까지 했지. 게다가 내가 네 남편에 대해 얼마나 살벌한 생각을 하는지 안다면…."

"어머, 그래? 무슨 생각인데?" 웬디도 돌아누웠다.

"그런 거 있잖아. 우리가 돈을 노리고 네 남편을 살해하는 거지."

그 말에 생각보다 큰 웃음이 터져서 웬디는 깜짝 놀랐다. "내 생각이랑 똑같네. 그러려면 어떻게 해야 할까?"

"음, 네가 이 작전의 설계자가 돼야 해. 나는 당연히 행동 대장이고. 어떻게 해야 할지 네가 말해줘."

"짐작하겠지만 나는 이 일을 정말 많이 생각해봤거든." 웬디는 목소리가 너무 커졌다는 걸 깨닫고, 진지한 분위기를 내려고 다시 목소리를 낮춰 말을 이었다. "브라이스는 여러 면에서 죽이기에 딱 좋은 인간이야."

"왜냐하면 브라이스이기 때문이지." 톰이 말했다.

"맞아, 첫 번째 이유는 브라이스이기 때문이야. 두 번째 이유는 브라이스가 습관이 몸에 밴 사람이라서야. 거의 매일 루틴이 똑같아. 적어도 월요일에서 금요일까지는. 주말은 약간 다른데 평일에는 밤새 술을 마시다가 주말에는 종일 술을 마시거든."

"그래서 브라이스의 루틴이 뭔데?"

"매일 아침 일곱 시에 일어나서 헬스장에 가. 거기에 한 시간 정도 머무는데, 아마 주로 사우나실에 있을 거야. 그런 다음에 출근하고, 늘 가는 중국 식당에서 점심을 먹지. 오후에는 내가 잘 있는지 확인하려고 전화해서 두기나 슈룸, 빅댄 같은 친구가 근처에 왔으니 맥주나 한잔하고 들어오겠다고 말해. 나는 그러라고 하지. 그럼 열한 시쯤 고주망태가 돼서 횡설수설하며 집으로 비틀비틀 기어들어 와."

"집까지 운전해서 오는 거야?"

"아, 당연하지. 택시는 쫄보들이나 타는 거라고."

"그다음에는?"

"그다음에는 큰 잔에 잭 앤드 코크를 만들어서 수영장으로 들고 나가서 시가를 피우지."

"정말?"

"응. 매일 밤."

"그럼 우리는 폭발하는 시가를 구해야겠네."

"응. 그것도 좋은 방법이기는 하다."

"네 계획은 뭐야?"

"음, 나는 밤에 브라이스가 포르셰를 몰고 집으로 오다가 나무를 정면으로 들이받았으면 좋겠어. 그게 내 은밀한 꿈이야. 하지만 나는 운이 나쁘고, 브라이스는 운이 좋으니까 아마 나무가 아니라 사람을 정면으로 들이받아 상대만 죽이겠지. 본인은 상처 하나 없이 멀쩡할 테고."

"결국에는 누군가가 그의 손에 죽겠군."

"아, 당연하지. 시간문제야."

"영화에서 다른 사람의 자동차 브레이크 선을 끊는 장면을 몇 번 본 거 같은데 그게 현실적으로 가능할까?"

"나보다 네가 더 잘 알겠지만 불가능할 거야."

"또 생각해둔 계획은 없어?" 톰이 물었다.

"브라이스가 시가를 피울 때 수영장으로 밀치는 것도 계속 생각했어. 그이는 돌덩이처럼 곧장 가라앉을 거야."

"수영을 못해?"

"못할 거야. 적어도 잘하지는 못해. 옷을 입은 상태에 술까지 취했다면 더더욱. 브라이스가 바다나 호수에 간 적은 제트 스키를 탈 때뿐이었어. 그때도 구명조끼를 입었지. 설사 수영장에 들어간다 해도 수심이 얕은 쪽으로 가서 그쪽에만 있어. 아니면 튜브 위에 누워있거나. 한번은 그의 사촌이 말썽꾸러기 쌍둥이 아들을 데려왔는데 그 애들이 브라이스가 타고 있던 튜브를 뒤집어버렸어. 그렇게 수심이 깊은 곳도 아니었어. 수영장 바닥이 깊어지기 시작하는 중간 지점쯤이었을 거야. 그런데도 완전히 사색이 됐더라고. 나중에, 그날 밤 말고 일주일쯤 지나서 내가 물어봤지. 수영하는 거 좋아하냐고. 그랬더니 자기가 수영을 잘하기는 하는데 별로 좋아하지는 않는데. 나는 그 말을 수영을 못한다는 뜻으로 해석했지."

"그거 꽤 괜찮은 생각 같아. 생각해보면 거의 완전 범죄잖아. 사인은 익사고, 나중에 혈액 검사를 하면 술에 취해있었다고 나오겠지."

"응. 다만 다들 내가 죽였다고 생각할 거야. 적어도 시댁 식구들은 전부. 그 사람들은 내가 브라이스를 어떻게 생각하는지 알 거야. 내가 돈을 얼마나 물려받는지도 당연히 알고."

"하지만 혼전계약서를 썼지?"

"응, 그래서 이혼은 의미가 없어. 아니, 정확히 말해서 이혼은 할 수 있지만 돈은 한 푼도 못 받아. 하지만 브라이스가 죽으면 내가 아는 한 그의 돈은 내 몫이야. 브라이스에게 집이나 다른 재산은 없어. 부모님이 다 갖고 있거든. 하지만 스물한 살이 됐을 때 할아버지에게 신탁기금을 물려받았어."

"그게 얼만데?"

"천만 달러. 대충."

"맙소사."

"물론 포르셰 산 돈은 빼고."

"그래도 여전히 큰돈이야."

"맞아."

톰이 한동안 말이 없자 웬디가 말했다. "우리 이제 다른 얘기하자."

"그래. 우리에게 천만 달러가 생기면 뭘 할지 얘기해보자."

웬디가 호텔에서 다시 레이철의 아파트로 돌아갈 때는 해 질 무렵이었다. 이번에는 옥스퍼드가가 아닌 매사추세츠 대로를 따라 걸어갔고, 손님들로 붐비기 시작하는 술집과 레스토랑을 지났다. 저녁이 되자 쌀쌀했지만 그녀는 개의치 않았다. 여기서 살고 싶다고 이미 마음을 굳힌 터였다. 오래된 벽돌 건물들이 즐비하고, 가을이면 쾌청해지는 여기 케임브리지에서. 아니면 뉴잉글랜드 지역 어디든 괜찮았다, 정말로. 텍사스주만 아니면 된다. 브라이스 곁만 아니라면. 그리고 엄마를 아무리 사랑해도 와이오밍주에서 살 생각은 없었다. 그녀는 문화생활을 누릴 수 있는 곳에서 살고 싶었다. 극장과 훌륭한 레스토랑, 대학에 둘러싸인 도시에서. 또 바다 근처에서 살고 싶었다. 살면서 바다를 본 적이 별로 없었는데도, 아니 어쩌면 그래서인지도 몰랐다. 어린 시절, 아빠는 가족을 끌고 적어도 열다섯 번은 이사를 다녔다. 일확천금의 꿈을 좇아 혹은 그저 새출발할 곳을 찾아 전국 방방곡곡을 돌아다녔는데 대부분 서부 지역이었다. 뉴햄프셔주에서 살았던 2년만이 예외였다. 당시 아빠는 낡은 경마장을 콘도로 개발할 거라는 수상한 친구의 꾐에 넘어가 그곳으로 이사했다. 웬디는 거기서 처음으로 바다를 봤다. 엄마와 그녀는 넓게 펼쳐진 자갈 주차장에 차를 세우고, 모래 언덕을 지나 바다로 이어지는 데크를 따라 걸었다. 눈앞에 펼쳐진 끝없는 바다를 보자 집에 돌아온 듯한 느낌이 들었다. 내가 살아야 할 곳은 바로 여기야. 그렇게 생각했던 기억이 났다. 그때는 여름이었지만 그들은 수영복이나 해변용 담요, 심지어는 모자도 없이 해변에 갔다. 그런 물건이 하나도 없었기 때문이다. 하지만 그들은 모래에 앉아 신발을 벗은 채 밀려왔다가 밀려가는 파도를 바라봤다.

　레이철의 집으로 돌아온 웬디는 친구에게 받았던 여분의 열쇠로 문을 열고 들어갔다. 식탁에 놓인 쪽지에는 걸어서 갈 수 있는 근처 술집 이름과 함께 "여기로 와!"라고 적혀있었다. 오늘은 딱히 레이철의 들뜬 기운에 맞춰줄 기분이 아니었지만 배가 고파 죽을 지경이어서

레이철의 방으로 들어가 옷을 갈아입었다.

이튿날 웬디는 레이철과 조시에게 자신은 숙취가 너무 심해서 밖에 나가 브런치를 먹을 수가 없으니 둘이서 다녀오라고 했다. 그들이 나가자마자 그녀는 옷을 입고 이제는 익숙해진 길을 따라 케임브리지를 가로질러 톰이 묵는 호텔로 갔다. 그는 카키색 바지에 체크무늬 셔츠를 입은 채 호텔 앞 인도에 서서 담배를 피우며 몸을 살짝 떨고 있었다. "어디 가서 점심 먹을까?" 웬디가 말했다.

"우선 내 방으로 가자. 너랑 할 얘기가 있어." 그 말을 하는 톰은 진지해 보였고 얼굴이 굳어있었다. 톰을 따라 삐걱거리는 낡은 계단을 올라 그의 2층 객실로 가면서 웬디는 그동안 즐거웠다고 생각했다. 하지만 문이 닫히고 방에 단둘이 있게 되자 톰은 숨을 깊이 들이쉬더니 이렇게 말했다. "우리 하자. 브라이스를 죽이자."

"뭐라고?"

"내 말을 끝까지 들어봐. 네가 나랑 헤어져서 다시는 보고 싶지 않다고 해도 이해해. 하지만 이 말은 꼭 해야겠어. 나는 우리에게 기회가 주어진 거 같아. 정말로 멋진 삶을 살 수 있는 기회. 단지 돈 때문만이 아니야. 이건 우리가 어떤 사람인지 세상에 보여주는 행동이야. 그 일은 어떤 면에서 우리를 이어줄 거야. 워싱턴 DC로 수학여행을 떠난 이후로, 우리의 생일이 같다는 걸 알게 된 이후로 우리는 계속 이어져 있었지만 더 끈끈하게. 이 일을 하는 게 우리 운명이라는 말은 아니지만 나는 꼭 그런 기분이야. 우리가 특별한 존재인 기분. 쓰레기 한 명을 죽이고 그에 대한 속죄로 여생을 백만장자로 살자." 여전히 굳은 얼굴로 그가 미소 지었다.

웬디는 폐로 들어오고 나가는 숨을 생생히 느낄 수 있었다. "진심이야?"

"그런 거 같아." 톰이 침대 가장자리에 앉았다. 희미한 불빛 속에서 바라본 톰의 얼굴은 오래전 그를 처음 봤을 때와 별로 달라 보이지 않았다.

"그런 거 같다고?"

"밤새 한숨도 못 자고 계속 생각했어."

"내가 그냥 이혼할게. 복잡하고 힘들겠지만 브라이스에게서 벗어나게 될 거야. 너랑 나, 우리가 꼭 가난해지는 건 아니야."

"네 어머니는 어쩌고?"

웬디도 침대 위 톰 옆에 앉았다. "나도 엄마가 걱정돼. 하지만 방법이 있겠지."

"어젯밤 비몽사몽 상태에서 계속 이상한 꿈을 꿨어. 꿈에서 나는 언젠가 네 남편이 끔찍한 일을 저지르리라는 걸 알고 있었지. 네 남편이 연쇄 살인범이나 전쟁을 일으키려는 정치인 같았어."

"〈데드존〉에서처럼."

"그래, 그거야. 내 생각에는… 말도 안 되는 거 아는데… 우리는 어떻게든 이 일을 할 운명인 거 같아. 이건 나쁜 짓이지만 더 큰 선을 위한 일이야."

"브라이스는 연쇄 살인범이 아니고, 절대 정치에 출마할 일도 없어. 하지만 솔직히 말해서 그이는 이 세상을 더 나쁘게 만드는 인간이야. 한때 그에게 다른 뭔가가 있다고 생각했는데 없었어. 그저 돈 때문에 결혼했던 걸 합리화하기 위해 브라이스가 괜찮은 인간이라고 나를 속였던 거야."

"이 얘기 그만할까?" 톰이 말했다.

웬디는 생각하는 척하다가 말했다. "아니, 계속 얘기해도 돼. 다만 우리가 지금 어떤 영화의 주인공이고, 끔찍한 결정을 내리려고 하는데 우리만 빼고 모두가 그 사실을 아는 듯한 기분이야."

"만약 우리가 이 일을 한다면, 우리는 잡히지 않을 거야. 서로를 배신하지도 않을 거고. 우리는 일생일대의 특별한 일을 할 거야. 유산으로 받은 돈의 절반은 기부할 거고."

"절반이나?" 웬디가 말했다.

"나 진지해."

"알아."

"그리고 우리는 특별해. 너도 알지? 그렇게 느끼고 있지?"

웬디는 솔직하게, 조금도 주저하지 않고 말했다. "응."

# 1991

8월

접수대 주변에 있던 사람들이 양옆으로 갈라지며 웬디 이스트먼이 그의 시야에 들어왔다. 마지막으로 본 후 8년 만에 만난 그녀는 이제 완전히 성숙한 여인이었다. 이미 명찰과 일정표를 받아 든 톰은 다른 참석자들 사이에 어색하게 서서 이제 뭘 해야 할지 고민하던 차였다. 이 주말 워크숍은 오하이오주 코코싱대학에서 '신예 작가 세미나'라는 이름으로 매해 여는 행사였는데, 문학적 글쓰기를 직업으로 삼고 싶은 최근 졸업생을 대상으로 했다.

톰이 웬디를 본 후에 이내 웬디도 톰을 발견하고 그에게 다가왔다. 웬일인지 그녀는 그들의 우연한 재회에 전혀 당황하지 않은 듯 얼굴에 여유로운 미소를 띠었다. 그녀가 바로 앞에 멈춰 서자 톰은 자신도 모르게 웃음을 터뜨렸다. "내가 그렇게 웃겨?" 그녀가 말했다.

"너를 다시 보다니 믿기지가 않아."

"나랑 포옹 안 할 거야? 적어도 악수는 해야지?"

그들은 포옹했고, 톰은 자신이 떨고 있는 걸 웬디가 눈치챘을지 궁금했다.

"정말 믿기지가 않아." 톰이 다시 말했다.

"네가 여기 올 거라는 걸 알고 있었어. 오리엔테이션 자료집에 있던 참석자 명단에서 네 이름을 봤거든."

"아, 맞다. 그랬겠네."

"내 이름도 거기 있었는데 너는 몰랐나 봐."

"웬디 배링턴." 톰은 그 이름을 봤던 기억이 났다. 심지어 텍사스주 러벅 출신의 그 참석자가 자신이 아주 오래전에 알았던 웬디이며, 결혼해서 성이 바뀌었을 수도 있다고 잠시 생각했다. 하지만 터무니없는 망상으로 치부해버렸다.

"맞아, 이제 나는 배링턴이야." 웬디는 자신의 왼손을 보여줬다. 약지에 유난히 큰 다이아몬드 반지를 끼고 있었다.

"축하해."

"너는?"

"나는 아직 안 했어. 하지만 동거 중이야." 톰은 그렇게 말하며 반지를 끼지 않은 왼손을 들어 보였다.

"코네티컷주에 살아?"

"응."

"이름이 뭐야? 네…."

"내 여자 친구 이름은 매기야. 우리는 캠퍼스 커플이야."

"나도 그래. 대학 때 사귄 남자 친구랑 결혼했지. 남편 이름은 브라이스야."

"브라이스 배링턴이로군."

"정답."

잠시 대화가 끊겼다가 둘 다 다시 웃었다. "이제 얘기 다 끝난 건가? 그만 헤어져야 하나?" 톰이 말했다.

"더 할 말이 남지 않았다면."

"너는 텍사스주에 살아?"

"재미없는 화제네. 근데 맞아, 나 텍사스주에 살아." 웬디는 남부 특유의 느릿한 억양으로 말했고, 농담할 때처럼 눈을 번득였다. 마치 톰이 예전에 알던 웬디로 돌아간 듯했다. 어린애였는데도 세상에 염증을 느끼고 냉소적이었던, 그가 가장 좋아했던 대화 상대로.

"텍사스주 어디?" 톰이 물었다.

"러벅. 남편이 거기 출신이야. 학교도 거기서 다녔고, 돈 많은 시댁 전부가 거기 살지. 그러니까 나도 여생을 거기서 살게 될 거야. 이혼하지 않는 한."

"그럴 가능성은 없어?"

"우리가 여기 서서 얼마나 오래 더 얘기를 나누느냐에 달렸지." 웬디가 한층 더 눈을 반짝이며 말했다. 톰이 곧바로 대답하지 않자 웬디가 웃었다. "겁먹은 얼굴이네."

"맞아. 너는 늘 나를 겁나게 해."

"내가?"

"겁나게 하는 것까지는 아니고… 뭐라고 해야 하지? 너를 보면 늘 압도당해서 멈칫하게 돼."

"보고 싶었어, 톰." 웬디가 목소리를 낮추며 말했다.

"네가 나를 잊었을 거라고 생각했어. 워낙 오래전 일이잖아."

"내 말 믿어. 나는 너를 잊지 않았어."

둘은 서로를 바라보며 다시 침묵했고, 톰은 다가올 주말에 그들이 자게 될 거라고 확신했다. 그 일은 미리 정해진 운명 같았다. 어떤 면에서는 이미 일어난 일처럼 느껴지기도 했다. 톰은 다정하고 믿음직한 여자 친구 매기에 대한 생각을 반사적으로 마음 깊숙이 밀어 넣으며 배신할 준비를 했다. 이 문제에 있어서 자신에게는 선택의 여지가 없다고 합리화하며.

"어디에 묵어?"

"기숙사에. 참가자들 다 그렇지 않아?"

"그럴 거야. 나도 기숙사에 묵어."

웬디는 명찰을 만지작거렸다. 그건 톰의 명찰과 마찬가지로 투명한 플라스틱 케이스에 끈이 달린 채 배부됐다. "명찰 뒤에 방 번호와 비밀번호가 적혀있다고 했어." 그녀는 명찰에서 쪽지를 꺼냈다. "벤츨리관, 22호실."

톰도 자신의 명찰 뒤에서 비슷한 쪽지를 발견했다. 아까 접수처 직원이 숙소 정보를 명찰 뒤에서 확인할 수 있다고 말해줬던 기억이 났다. 하지만 그는 원래 지시 사항을 처음 말해줄 때 흘려듣는 버릇이 있었다. 평생 고치지 못할 버릇이었다.

"나는 로빈슨관이야. 331호실."

"안내도를 보고 어디로 가야 할지 찾아보자." 웬디는 그렇게 말하고 몸을 돌려 걸어갔다. 안내도가 무엇이고 어디에 있는지 아는 눈치였다.

톰은 그녀를 따라갔다.

두 사람은 오후 내내 함께 다녔다. 각자 기숙사 방에 짐을 가져다 둔 뒤 다른 참석자들을 피해 캠퍼스를 거닐다가 물이 탁한 연못가에서 벤치를 발견하고 양 끝에 앉았다.

"왜 나한테 편지 안 보냈어?" 톰이 물었다.

웬디는 입술을 꼭 다문 채 재밌다는 듯이 미소를 지었다. "우리가 열다섯 살 때 얘기하는 거야? 네가 먼저 나한테 편지 보내지 말라고 했잖아. 기억나지?"

"진심으로 한 말이 아니었어. 그때 나는 허세가 심했다고."

"진심이 아니었으면 그런 말은 하지 말았어야지."

"맞아. 하지만 네가 내 말을 안 들을 줄 알았어. 입장이 바뀌었다면 나는 네 말을 안 들었을 거야."

"사실은 나 편지 썼어. 아주 많이. 수시로. 다만 보내지 않았을 뿐이야. 우리는 너무 멀리 떨어져 살았잖아. 당시 나는 여러 가지 일로 정신이 없었고, 솔직히 네 말을 믿었어. 서로 연락하지 말고 생일에만 서로를 기억하자고 했던 말."

"그때 나는 그저 허세만 부리던 애송이였어. 그런 말을 한 건 미안해. 근데 너…."

"생일에 너를 기억했냐고? 당연하지. 너는?"

"나도. 매해 생일에 너를 생각했어."

하늘에 구름이 몰려들었다. 대기에 긴장감이 감돌았으며 곧 폭우가 쏟아질 기세였다. 하지만 그들은 벤치에 앉아 지나간 생일을 되돌아봤고, 생일을 축하하기 위해 어디서 뭘 했는지 얘기했다. 굵은 빗방울이 떨어지자 그들은 학생회관 쪽으로 달려갔지만 이미 늦었다. 하늘에 구멍이 뚫린 듯 비가 엄청나게 쏟아졌고, 둘이 손을 잡고 처마 밑에 섰을 때는 이미 흠뻑 젖은 뒤였다.

"우리 개막 행사에 가야 해." 웬디가 말했다.

"가야지."

톰이 기숙사로 돌아왔을 무렵에는 비가 그쳤고, 공기는 습기로 후텁지근했다. 톰은 찬물로 샤워한 다음 칵테일파티에 참석하기 위해 옷을 갈아입었다. 이제는 세미나에도, 다른 작가에게도, 자신의 경력에도 아무 관심이 없었다. 오로지 웬디를 다시 만나는 데만 관심이 있었다. 설사 멀리서 바라보는 것뿐이라 해도 상관없었다. 그녀가 다시 그의 삶에 등장했다.

그날 밤, 떠들썩한 파티에서 그들은 정식으로 소개를 받았다. 웬디가 신청한 워크숍 강사가—그녀는 시 집중 과정을, 톰은 단편 소설 과정을 신청했다—톰의 모교인 매더대학의 교수였는데 그가 둘을 소개해줬다.

"이번 주말에 워크숍에서 발표할 소설 가져왔어?" 교수가 사람들 속으로 사라지자 웬디가 물었다.

"두 편을 가져오기는 했는데 여기 오는 기차에서 다시 읽어보고 패닉에 빠졌어."

"별로야?"

"그런 거 같아. 하지만 내가 뭘 알겠어. 모르니까 여기 배우러 왔겠지."

"제목이 뭐야?"

"내 소설?"

"응."

"음, 레이먼드 카버를 흉내 낸 소설은 〈당신을 소개하겠습니다〉고, J. D. 샐린저를 흉내 낸 소설은 〈델릴라 스노우의 아홉 살 생일 파티〉야.'"

"흠."

"네 시는?"

"내 시 제목은 하나도 말해주지 않을 거야."

"그거 불공평한데."

웬디는 고개를 갸웃한 채 어깨를 으쓱였고 잠시 후에 그녀의 워크숍 담당 교수가 다시 와서 그녀를 데려갔다.

파티가 끝나갈 무렵 그들은 음식이 차려진 테이블 앞에서 다시 마주쳤다. "프로그램에는 이 파티에서 '든든한 애피타이저'를 제공한다고 적혀있던데 그게 무슨 뜻일까?" 톰이 물었다.

"저녁은 제공하지 않을 예정이니까 이 미니 샌드위치나 잔뜩 먹으라는 뜻이겠지."

"그래야겠어. 이미 많이 먹었지만."

"이 근처에 술집이 있다던데 몇몇 사람이 파티가 끝난 뒤에 거기 가려나 봐. 혹시 네가 갈 생각이 있으면…."

"너도 갈 거야?"

"생각 중이야. 하지만 거기 가려면 이걸 방에 두고 가야 해." 웬디는 등록할 때 나눠줬던 종이 가방을 들어 올렸다. "이걸 왜 가져왔는지 모르겠어."

"내가 같이 가줄게." 톰이 쉰목소리로 말했다. 그는 웬디가 "아냐, 그냥 술집에서 봐" 같은 말을 하기를 기다렸으나 웬디는 "그래"라고 말했고, 둘은 함께 자리를 떴다.

두 시간 뒤 웬디의 좁은 침대에서 알몸으로 땀에 젖은 채 서로 뒤엉켜 있던 톰이 말했다. "너는 하나도 안 변했구나."

웬디는 웃음을 터뜨렸다. "변했으면 좋겠는데. 우리가 마지막으로 함께 잤을 때 나는 열다섯 살이었잖아."

"조금은 변한 거 같아."

웬디는 자신이 '인상 주름'이라 부르는 이마의 주름을 보여줬고, 톰은 손끝으로 주름을 만져봤다. 웬디가 허벅지도 살이 쪘다고 말하자 톰은 그녀의 오른쪽 허벅지 안쪽을 땀자국을 따라 쓰다듬었다. "아냐. 너는 완벽해." 방 안의 공기는 바깥과 마찬가지로 후텁지근했다.

"우리가 이렇게 함께 완전히 벌거벗은 적은 없었던 거 같아. 안 그래?" 톰이 말했다.

"솔즈베리 해변?"

톰은 그때를 떠올렸다. 그들이 모래 언덕 뒤쪽으로 몰래 숨어들어 섹스를 했던 기억이 두세 장면 떠올랐다. 첫 섹스는 아니었고 두 번째였다. "내가 기억하기로 나는 섹스하는 내내 수영 팬츠를 무릎에 걸치고 있었어." 그가 말했다.

"그랬던 거 같네."

"그리고 너도 수영복을 거의 그대로 입고 있었을 거야."

"기억력이 좋구나."

"경우에 따라 다른데, 그런 편이야."

톰의 손은 아직 웬디의 허벅지에 있었고, 그들의 살갗이 닿은 곳에는 땀이 고였다. "여기는 왜 이렇게 더워?"

"에어컨을 안 틀었으니까."

"아, 그거네."

웬디는 일어나서 어둑한 방 안을 가로질렀다. 불빛이라고는 밖에서 흘러 들어오는 외등의 노란빛뿐이었다. 웬디가 온도 조절 장치를 만지작거리는 동안 톰은 그녀의 몸을, 우아한 몸의 곡선을 넋을 잃고 바라봤다. 열기와 노란 불빛, 멀리서 들리는 천둥소리가 합쳐져 톰은 잠시 자신이 황홀한 지옥에 떨어졌다는 생각이 들었다. 절대 벗어나고 싶지 않은 지옥이었다. 잠시 뉴헤이븐에 있는 여자 친구 매기를 떠올렸다. 그녀는 소파에 웅크리고 앉아 양다리를 들어 올려 옆으로 뉜 채 허벅지에 책을 올려놓고 있으리라. 웬디가 침대로 돌아오자 톰은 매기를 머릿속에서 떨쳐냈다.

나중에 둘은 남은 주말 동안 지킬 두 가지 규칙을 정했다. 첫째, 각자의 현실에 대해서는 말하지 않기로 했다. 적어도 지금 당장은. 둘째, 각자 애인을 두고 바람을 피우는 중이었으므로 그 사실을 들키지 않도록 사람들 앞에서는 그저 아는 사이로만 행동하기로 했다. 이걸 먼저 제안한 사람은 웬디였고 그 후로 몇 년간 톰은 종종 그 사실을 떠올렸다. 또한 앞으로 몰래 만날 때는 웬디가 배정받은 기숙사 벤틀리 관에서만 보기로 했다. 브루털리즘 양식으로 지은 이 기숙사 건물은 코코싱대학의 남쪽 끝자락에 있었다. 그녀의 방은 춥고 단출했지만 1인실치고는 넓었고 욕실까지 딸려있었다. 반면 로빈슨관에 있는 톰의 방은 천장이 높고, 캠퍼스의 사각형 잔디밭이 내다보이는 고풍스러운 유리창 두 개가 있어 나름 운치가 있었지만 같은 기숙사에 머무는 사람이 많았고 공동욕실을 사용해야 했다.

톰은 토요일 워크숍이 끝난 뒤 학생회관에 있는 공중전화로 딱 한 번 매기에게 전화했다. 매기는 주말에 아기용 누비 담요를 만드는 중이었다. 결혼한 언니가 9월에 딸을 낳을 예정이었기 때문이다. 또한 늘 하던 대로 다음 주에 먹을 수프를 잔뜩 끓여두고, 엄마와 매일 최소 한 시간씩 통화했으리라. 그리고 적어도 친구 두셋이 그녀에게 전화해 함께 술을 마시자고 했을 테지만 거절했으리라는 사실도 알고 있었다. 대학을 졸업한 후로 매기는 친구들에게 관심이 전혀 없는 듯했고, 오로지 톰하고만 시간을 보내고 싶어 했다.

토요일 밤 함께 침대에 누워 톰은 웬디에게 브라이스랑 얼마나 자주 통화하냐고 물었다. 남편 얘기를 많이 하지는 않았어도 웬디가 그의 이름에 대해 설명해준 적이 있었다. 정식 이름은 쿠퍼 브라이스 배링턴이지만 다들 미들네임인 브라이스로 부른다고. 배링턴 집안의 전통이었다. 시아버지의 이름은 브라이슨 쿠퍼였으나 쿠퍼로 불렸다. 시할아버지의 이름은 쿠퍼 브라이슨이었고 역시 브라이슨으로 통했다. 대대로 그런 식이었다.

"그야말로 백인 부자들이나 할 법한 짓거리네."

"부자 맞지. 백인도 맞고."

알고 보니 웬디도 톰과 마찬가지로 남편과 딱 한 번만 통화했다. "남편은 전화를 별로 안 좋아해." 그녀는 그렇게만 말했다.

일요일 오후가 되자 각자 워크숍 그룹과의 마지막 모임이 끝났다. 웬디는 현지 진행자의 차를 얻어 타고 공항으로 가기 두 시간 전에 남편에 대해 좀 더 말해줬다. "라이스대학교에서 4학년 때 만났어. 물론 진작 아는 사이였지만 그때부터 사귀었지. 브라이스는 돈 많은 파티족이었고, 나는 장학금을 받는 파티족이었지. 브라이스가 환각 버섯을 먹고 힘들어할 때 내가 집에 데려다주면서 옆에서 달래줬어. 그 일로 사귀게 됐지. 브라이스에게 단순히 꼬셔서 자고 싶은 상대가 아니라 한 인간으로 보이는 여자는 내가 처음이었던 거 같아. 우리는 대학 졸업 직후에 결혼했어."

"너는 왜 브라이스랑 결혼했어?"

웬디는 잠시 생각하다가 말했다. "처음에 내가 끌린 이유는 브라이스가 내게 끌린 이유와 같았어. 파티족이라는 겉모습 아래 감춰진 인간적인 면을 보고 내가 그걸 온전히 끌어낼 수 있을 거라고 생각했어. 하지만 이내 브라이스는 결코 변하지 않으리라는 걸 깨달았지. 원래 인간은 변하지 않아."

"그런데도 헤어지지 않았네."

"브라이스가 청혼했거든. 정말 놀랐어. 하지만 그이가 예전에 그런 말을 한 적이 있어. 배링턴가의 남자들은 전부 대학 동창과 결혼했다고. 그이는 전통을 굉장히 중요시하거든. 나는 거절하려고 했는데 솔직히 말하면 돈을 봤어. 사실 그게 전부야. 그이는 더럽게 부자야. 너도 알겠지만 나는 더럽게 가난한 집에서 자랐고 그게 진절머리 났어. 그런데 부잣집 남자가 나랑 결혼하고 싶어 하는 거야. 그 남자가 세상에서 제일 좋은 남자는 아니라는 걸 알았고, 그를 진정으로 사랑하지도 않았지만…."

웬디는 말을 멈췄다. 그녀의 눈은 톰이 아니라 기숙사 방문 옆에서 대기 중인 자신의 캐리어로 향했다. "네가 겁먹을지 모르겠지만 내가 그를 사랑하지 않는다는 사실은 중요치 않았어. 왜냐하면 나는 그때도 너를 사랑했으니까. 너와 연락이 끊긴 뒤로, 너를 다시 만나지 못할 수도 있지만 너를 대신할 사람은 절대 없을 거라고 다짐했지. 너만이 내 진정한 사랑이라고. 그래서 내가 시를 사랑하게 된 거 같아. 그게 시의 위대한 주제잖아. 잃어버린 사랑. 그러니까 내가 브라이스나 한심한 시댁을 사랑하지 않는다는 사실은 중요치 않았어. 나는 부자가 될 거고, 원하는 건 뭐든 할 수 있을 테니까. 그리고 엄마도 보호할 수 있지. 보호가 아니라 생계를 책임질 수 있었어. 내가 매달 월세를 보내주는 덕분에 엄마는 거리로 쫓겨날 걱정 없이 반려견들과 살 수 있었거든. 가끔은 그것만으로도 브라이스와 결혼하기를 잘했다는 생각이 들어."

"너 불행하구나." 톰이 말했다.

"일주일 전이었다면 행복하다고 말했을 거야. 사는 게 힘들지는 않아. 문제는 브라이스가 쓸모없는 인간이라는 거야. 과장이라고 생각하겠지만 사실이야. 그이는 인간의 온갖 나쁜 특성은 다 갖고 있어. 게으름, 이기주의, 어리석음, 식탐, 성욕. 전부 다."

"남편이 애를 갖고 싶어 해?"

"언젠가는 낳기를 바라지, 당연히. 브라이슨 쿠퍼라고 부를 수 있는 아들."

"헤어질 거라면 애가 생기기 전에 헤어져야 해."

"그렇게 생각해?" 웬디는 진지하게 묻는 듯했지만 얼굴은 웃고 있었다. "당연히 헤어져야지. 헤어질 거야. 문제는 시댁을 상대하는 일만으로도 지독한 악몽이 될 거라는 거지. 게다가 결정적으로 혼전계약서를 썼어. 만약 이혼하게 되면 나는 한 푼도 못 받아. 설사 정당한 이유가 있다고 해도 마찬가지야. 시댁이 부자인 데는 이유가 있다고."

"시댁이 무슨 일을 하는데?"

"원래 목축업자였고, 지금도 그 일을 부업처럼 하기는 해. 하지만 증조할아버지 때부터 삼대에 걸쳐 대규모 목장을 운영하는 목축업자들을 상대로 금융 자문 일을 해왔어. 나는 대문에 문패가 걸린 저택에 살아. 드라마〈댈러스〉처럼. 사실 우리는 수영장 옆 별채에 살지."

"정말?"

"별채기는 해도 아주 큰 별채야. 본채도 자유롭게 쓸 수 있어. 시아버지가 거기 살기는 하지만 대부분은 시내에 있는 여자 친구 집에서 지내거든."

"남편은 너를 어떻게 생각해?"

"그냥 자기 부인으로 생각하지 뭐. 그게 전부야. 그이는 바람을 피워."

"정말?"

"응, 당연하지. 그리고 다행이기도 하고. 덕분에 집에 잘 안 들어오니까."

"그런데도 이혼하지 않겠다고?"

웬디는 톰의 다리에 한 손을 올렸다. "당연히 이혼할 거야. 이제 이유가 생겼으니까. 하지만 꼭 지금 이런 얘기를 해야 해? 매기는 어때?"

"매기는 좋은 여자야."

톰이 더 말하지 않자 웬디가 물었다. "그게 다야?"

"내가 매기를 사랑하는 것보다 더 많이 매기가 나를 사랑해. 매기도 속으로는 그 사실을 알아서 아주 불안해해. 이번 주말에도 내가 바람을 피웠다고 확신할 거야."

"그 확신이 맞았네."

"그러게. 그리고 자기 합리화인 건 아는데 한편으로는 이런 생각도 들어. 매기가 이미 내가 바람을 피운다고 의심하니까 차라리 그냥 바람을 피우자고 말이야."

"전에도 바람을 피웠구나."

"많이는 아니고 함께 일하는 직원이랑."

"자세히 알고 싶지 않아." 웬디가 웃으며 말했다.

"질투하는 거야?"

"당연히 질투하지. 나는 매기도 질투해. 너랑 시간을 보내는 사람, 이 몸을 만지는 사람 모두를 질투해." 웬디가 그의 배에서 가슴으로 손을 쓸어 올렸다.

"그래서 우리는 어떻게 되는 거야?" 톰이 말했다.

"내가 생각해봤는데…."

"각자의 삶과 결별하고 함께 새출발할까?"

웬디는 윗입술을 깨물었다. "그래야 할 거 같아. 하지만 일단 다시 만나야 하지 않을까? 시간을 좀 두고 생각해봐야 하지 않아?"

"굳이 그럴 필요는 없다고 봐." 톰이 말했다.

"두 달 뒤에 대학 동창을 만나러 동부로, 보스턴에 갈 예정이야. 친구 집에서 일주일간 지낼 건데 내가 있는 동안 친구는 출근해야 해서 낮에는 대부분 한가할 거야."

"나도 갈게. 어떻게든 시간을 내볼게. 날짜를 알려줘."

웬디가 보스턴에 가는 날짜와 케임브리지에 있는 친구의 집 주소를 알려줬고, 둘은 화요일 오후에 하버드 자연사 박물관에서 만나기로 했다. "그때 만나서 다음에 어떻게 할지 생각하자. 알았지?" 웬디가 말했다.

"그럼 그때까지는?"

"그때까지는 이번 주말의 추억을 간직하며 살아야지."

# 1991

## 6월

전화가 울렸지만 웬디는 받지 않았다. 출근한 브라이스가 심심해서 수다를 떨려고 전화했거나 아니면 엄마가 반려견이 아프다고 전화했을 텐데, 어느 쪽이든 계속 책을 읽는 편이 더 좋았다.

하지만 일단 읽던 페이지에 손가락을 끼워둔 채 자동 응답기에 녹음된 자신의 목소리에 귀 기울였다. 삐 소리 후 메시지를 남기라는 말이 끝나자 전화를 건 상대가 말했다. "안녕, 웬디. 나 케리야. 오랜만…."

웬디는 전화기를 집어 들었다. "안녕, 케리."

"아, 안녕. 전화 가려서 받는 거야?"

"아마도."

"잘 지내?"

둘은 5분간 거짓말로 근황을 말했지만 웬디는 케리가 용건이 있어서 전화했다는 걸 알 수 있었다.

"3학년 때 문예지에 발표됐던 네 시 기억해? 〈묘지〉?"

"응, 당연하지. 너는 그걸 어떻게 기억해?"

"너랑 함께 수업을 들었으니까."

"맞다." 웬일인지 웬디는 그 시를 처음 발표했던 수업에 케리도 있었다는 사실을 까맣게 잊고 있었다.

"하지만 사실 그거 때문이 아냐. 내가 기억하는 이유는 그게 정말로 멋진 시였기 때문이야. 지금도 몇 구절 암송할 수 있을걸."

"사양할게."

케리가 웃었다. "어쨌든 뜬금없지만 너랑 그 시가 생각나서. 내가 코코싱대학에서 일하는 거 알지? 우리 대학에서 매년 8월에 신예 작가 세미나를 여는데 올해는 내가 근로 장학생이라서 그 행사의 행정 업무를 전담하고 있거든. 근데 그 세미나 참석자 중에 코네티컷주 뉴헤이븐에 사는 톰 그레이브스가 있어. 그 이름 혹시…"

웬디는 자신이 썼던 시를 금세 떠올릴 수 있었다. 이렇게 시작했다.

바닷가 마을 햄프턴 부근
모래밭에서 그레이브스라는 이름의 소년을 만났네.

헌사에 '톰에게'라고 적어둔 판본이 있기도 했다.

"맞아. 아주 오래전에 톰 그레이브스라는 남자애를 알고 지낸 적이 있기는 해. 근데 왜 그 사람이랑 나를…"

"네가 톰 그레이브스에 대해 얘기한 적 있어. 기억 안 나?"

"어렴풋이 나기는 해. 내가 뭐랬어?"

"그 애가 첫 경험이었다고 했지."

"맞아, 사실이야. 근데 너한테 그런 얘기를 한 기억은 없는데. 설마 내가 수업 시간에 그걸 말한 거야?"

"아니. 하지만 아마 다른 애들도 다 알았을 거야. 그 시만 읽으면 알 수 있지."

"맙소사. 민망하네."

"그래서 그 남자가 맞을까?"

"'그 남자'가 누구야? 너희 학교 세미나에 등록한 톰 그레이브스? 모르겠어. 열다섯 살 이후로 그 애를 본 적도, 소식을 들은 적도 없어." 태연한 척하려고 했지만, 사실 웬디는 늘 톰을 생각했다. 심지어 자신이 톰에 관해 시를 쓴 이유도 그 때문이 아닐까 의심스러웠다. 그 시를 세상에 공개한 덕분에 톰이 다시 돌아왔는지도 몰랐다. 마술을 부린 것처럼.

"여기 그 남자의 신청서가 있어. 작년에 매더대학을 졸업했으니까 우리랑 동갑이고, 코네티컷주에 살아."

"음, 나중에 그 남자를 만나거든 나를 아냐고 꼭 물어봐."

"내가 말 안 했나? 우리 아빠가 이탈리아로 이사해서 여름 방학에 거기로 갈 예정이야."

"어머, 좋겠네."

"생각하는 것만큼 좋지는 않아. 거기서도 아르바이트는 계속 해야 할 거야. 그래도 귀여운 남자들이 바글거리는 와인 바 같은 곳이면 좋겠지. 그러니까 네가 직접 세미나에 참석해서 네가 아는 톰 그레이브스가 맞는지 확인해봐."

"나 유부녀인 거 알지? 너 내 결혼식에도 왔었잖아. 기억해?"

"그 남자랑 바람을 피우라는 말이 아니야. 다만 네가 관심을 보일 줄 알았어. 미안."

"걱정하지 마. 그냥 장난친 거야. 그리고 네가 내 시를 기억하다니 감동이네. 아마 내가 아는 톰이 맞을 거야."

"나한테 연락처가 있는데 알려줄까?"

"괜찮아."

"그래. 이제 할 말 다 했어. 내가 이탈리아에 있을 때 한번 놀러 와."

전화를 끊은 뒤 웬디는 침실로 올라가 옷장에서 상자 하나를 꺼냈다. 대학 4년 동안 간직했던 몇 안 되는 물건들이 담겨있었는데 그중에는 〈묘지〉가 발표된 문예지도 있었다.

그녀는 그 시를 다시 읽어봤다. 전형적인 셰익스피어식 소네트를 조금 변형해 만든 시였다. 〈묘지〉의 마지막 연은 이렇게 끝났다.

세상이 잠자리에 들었으니
나는 대신 그의 유령에 입 맞추는 법을 배우리.

당시 이 시가 마음에 들어서 흡족했던 기억이 났다. 시에서 직접적으로 '묘지'라는 단어를 언급하지 않은 게 아주 기발하다고 생각했고, 이 시가 문예지에 실리도록 뽑혔을 때는 무척 들떴다. 하지만 무엇보다도 이 시가 톰 그레이브스를 다시 그녀의 인생으로 불러들일 거라고 믿었다. 애초에 이렇게 그녀답지 않은 시를 쓴 이유도 그 때문이었다. 그런데 어찌 된 일인지 그 방법이 통했다. 아까 케리에게 말은 그렇게 했어도 웬디는 코코싱 신예 작가 세미나에 참석하는 톰 그레이브스가 자신이 아는 톰일 거라고 확신했다. 그녀와 생일이 같은 쌍둥이. 웬디의 눈앞에 미래가 빠르게 펼쳐졌고, 그녀는 억지로 생각을 멈췄다. 졸업한 후로 글이라고는 써본 적이 없었다. 일기라면 몰라도. 만약 그녀가 여름이 끝날 무렵 작가 세미나에 참석하러 혼자 오하이오주에 다녀오겠다고 하면 브라이스는 뭐라고 할까?

# 1984

i

덴버 공항에 자신을 데리러 온 사람이 엄마뿐인 걸 보고 웬디는 안도했지만 놀라지는 않았다. 출구로 나오자 바로 앞에서 엄마가 가슴 아래로 팔짱을 낀 채 한쪽 발에서 다른 쪽 발로 체중을 옮기고 있었다. 엄마가 불안할 때 하는 자세였다.

"정말 좋아 보이는구나." 뜨거운 아스팔트 도로를 가로질러 주차해둔 차로 걸어가며 엄마가 말했다. "몸은 좀 어떠니?"

"좋아요." 웬디는 그렇게 대답하며 문득 깨달았다. 그녀가 지난 넉 달 동안 멘도시노에서 앤디 이모와 함께 살아야 했던 진짜 이유에 대해 엄마와 나눌 말은 이걸로 끝일지 모른다고.

차에 탄 모녀는 태버내시를 향해 달렸다. 엄마는 오빠 앨런이 그랜비에서 관광객들을 말에 태우는 여름 아르바이트를 하고 있으며, 대동물 수의사가 되기로 결심했다는 얘기를 했다.

"그거 공부 엄청 많이 해야 하잖아요, 그렇죠?" 웬디가 말했다.

엄마가 웃었다. "나도 그렇게 말했지만 올여름에 앨런은 딴사람이 됐다니까. 너도 곧 알게 될 거야."

"아빠는 어때요?"

긴 침묵이 흐르는 걸로 보아 뭔가 나쁜 소식이 있다는 걸 알 수 있었다. "안타깝게도 지난주에 아빠가 실직했어. 아니, 그렇게 말하면 안 되지. 일 자체가 없어졌어. 네 아버지는 아무 잘못도 없지."

웬디는 놀라지 않았다. 하지만 그 말은 현재 아빠가 일하지 않는다는 뜻이었고, 일하지 않을 때면 아빠는 늘 술을 마셨다.

그들이 사는 작고 허름한 임대 주택 앞에 차가 멈추자 현관 계단에 앉아있는 아빠 프랭크가 보였다. 양복바지에 흰 러닝셔츠를 입은 모습이 마치 막 퇴근해 하루를 마무리하기 위해 진토닉이라도 마시는 듯했다. 하지만 현실은 아직 저녁이 되지도 않았고, 아빠는 실직자였다.

"숙녀분들이 돌아왔군." 자리에서 일어나 웬디를 껴안으며 아빠가 말했다. "세상에, 마지막으로 봤을 때는 그저 말라깽이 꼬마였는데 완전 딴사람이 됐구나. 이모가 뭘 먹인 거냐?"

엄마가 아빠를 노려보며 "웬디 피곤해. 방에 가서 짐 풀고 쉬게 둬"라고 말해준 덕분에 웬디는 대답할 필요가 없었다.

아빠는 지나가는 웬디의 엉덩이를 찰싹 때리며 말했다. "나쁜 뜻으로 한 말이 아니야. 그냥 너무 오랜만에 봐서 한 말이지. 이제 제법 여자 티가 나네." 아직도 술 냄새가 코끝에 감도는 상태로 웬디는 거실을 지나 방으로 갔다. 방은 떠날 때 그대로였다. 그게 언제였지? 아마 3월 초였으리라. 당시 더는 임신 사실을 숨길 수가 없어 엄마는 묘책을 생각해냈다. 방학도 되기 전에 휴학을 신청해 웬디를 캘리포니아에 있는 이모의 집으로 보낸 것이다. 당시 아빠는 스키장에 무슨 대여 시스템을 팔려고 밤낮없이 일하는 중이어서 웬디의 상태를 눈치채지 못했고, 엄마의 계획에 대해 따져 묻지도 않았다. 앨런도 마찬가지였다. 당시 오빠는 늘 약에 취해있었으니까. 표면적 이유는 앤디 이모가 팔이 부러져서 작업실에서 도와줄 사람이 필요하다는 것이었다.

웬디는 임신 5개월 반이 됐을 때 멘도시노로 떠났다. 임신하게 된 이유는 뉴햄프셔주에서 보낸 마지막 날 때문이었다. 그날 그녀는 톰 그레이브스와 담요 하나를 들고, 하지만 콘돔은 준비하지 못한 채 숲으로 몰래 들어갔다. 그래도 질 외 사정이었고, 웬디는 그렇게만 하면 임신 가능성은 전혀 없을 줄 알았다. 임신한 줄도 모르다가 그해 12월이 돼서야 알았지만 이미 그녀의 가족은 새로운 도시로 이사했고, 톰과 뉴햄프셔주는 아득한 추억으로 남은 뒤였다.

방에서 제일 먼저 눈에 들어온 건 머리맡 테이블에 놓인, 야생화가 가득 담긴 유리병이었다. 집에 온 걸 환영하는 엄마의 선물이었다. 웬디는 깔끔하게 정돈된 싱글 침대에 누워 천장에 다닥다닥 붙은 야광 별 스티커를 바라봤다. 그동안 저 별의 존재를 까맣게 잊고 있었다. 그녀가 붙인 건 아니었다. 한쪽 벽 전체가 곰팡이로 뒤덮인 이 좁은 방에 살았던 다른 아이가 붙였으리라. 웬디는 고개를 이리저리 돌리며 방을 둘러봤다. 임신했다는 사실만 제외하면 캘리포니아에서 지내는 건 그리 나쁘지 않았다. 물론 다들 알다시피 이모는 괴짜였지만 그래도 재밌는 사람이었다. 멋스러운 단층집에 살며 대부분의 시간을 도자기를 만들거나 버섯 같은 걸로 천을 염색하며 지냈다. 입양을 알아봐줄 가톨릭 단체와 연락한 사람도 앤디 이모였다. 거기서 지내는 동안 웬디가 해야 할 일은 그저 책을 읽으며 괴상한 채식 요리를 먹는 것뿐이었다. 이모네 집에는 낡은 '낸시 드루$^{Nancy Drew}$' 탐정 소설 시리즈부터 다니엘 스틸의 로맨스 소설까지 없는 책이 없었고, 그녀가 두 번 읽은 《카우걸 블루스$^{Even cowgirls get the blues}$》도 있었다. 이모는 한 가지 아주 중요한 점에서 엄마와 비슷했다. 정작 중요한 얘기는 전혀 하지 않으면서 대화를 계속 이어나갈 수 있다는 점이었다. 이모는 웬디에게 어쩌다 임신하게 됐는지 혹은 애를 입양 보내는 심정이 어떤지 한 번도 묻지 않았다.

또한 바다 근처에서 살 수 있어서 좋았다. 비록 톰이 사는 대서양이 아니라 태평양이기는 했지만. 만약 임신 사실을 알게 되면 톰이 어떻게 생각할지 정말로 궁금했다. 그러면서도 웬디는 정작 자신도 이 일을 어떻게 생각하는지 정확히 알 수 없었다. 그저 여기서 벗어나고 싶을 뿐이었다.

출산 후에는 앤디 이모가 병원에서 그녀의 곁을 지켜줬다. 웬디는 아기를 잠깐 안아봤으나 빨리 퇴원해서 이런 일이 없었던 척하고 싶을 뿐 별다른 감정이 들지 않았다. 그렇기는 해도 앤디 이모에게 했던 말은 또렷이 기억했다. 침대에서 회복 중일 때 마지막으로 딸을 안아본 뒤 강한 진통제를 맞아 몽롱한 상태에서 아기 이름으로 애너벨이 좋을 것 같다고 했다. 그 이름을 생각해낸 이유는 이모네 집에 있던 에드거 앨런 포의 시집을 읽고 또 읽었기 때문이다. 그녀의 말에 이모는 눈물을 흘리며 병실에서 나갔다. 이모가 우는 모습을 본 건 그때가 처음이었다. 따지고 보면 엄마도 그녀 앞에서 눈물을 보인 적이 없었다.

웬디는 콜로라도주에 돌아와서 기뻤는데 어디까지나 다시 평범한 일상으로 돌아가고 싶었기 때문이다. 평생 이모네 집에서 허브차를 마시고 야한 소설이나 읽으며 살 수는 없었다. 하지만 그렇다고 해서 밤새 점점 더 술에 취하는 아빠를 지켜보는 게 쉬워지지는 않았다. 그날 저녁이 모든 면에서 끔찍했던 것만은 아니었다. 엄마는 셰퍼드 파이를 만들었고, 웬디는 지난 넉 달간 고기가 얼마나 먹고 싶었는지 깨달았다. 엄마 말대로 앨런 오빠는 새 일을 하면서 어딘가 달라졌다. 우선 약에 취해있지 않았고 정말로 행복해 보였다. 그날 밤 아빠는 기분 좋게 취한 상태에서 요트를 보관하는 새로운 아이디어 같은 걸 늘어놨고, 앨런이 일하는 마구간에 대해 물어보기도 했다. 하지만 웬디는 아빠가 '마티니 라인'을 넘기만 기다렸다. 그건 그녀와 앨런이 만들어낸 표현으로, 술에 취한 아빠가 유치한 농담이나 늘어놓는 평범한 가장에서 텅 빈 눈의 악마로 돌변하는 순간을 가리켰다. 아빠가 진토닉이나 톰 콜린스를 마시다가 '정통' 마티니를 마신 직후에 종종 그랬기 때문이다. 그럴 때면 아빠의 눈은 왠지 모르게 텅 빈 듯했고, 가족 중 한 사람을 골라 독살스럽다고 느껴질 정도로 몰아세웠다. 그날 밤에는 엄마를 물고 늘어졌다. 늘 그렇듯이 마치 스위치를 누른 것처럼 순식간에 돌변했다. 조금 전까지만 해도 이스트먼 가족을 위해 건배하더니 ("우리 넷이서 똘똘 뭉쳐서 헤쳐 나가는 거야") 갑자기 엄마에게 악담을 퍼부었다. 엄마가 나이를 먹고 이렇게 뚱뚱하고 촌스러운 아줌마가 될 줄 알았다면 결혼하지 않았을 거라고 했다. 앨런은 웬디를 돌아보며 속삭였다. "방으로 올라가. 나는 여기 남아서 아빠를 지켜볼게."

"뭐라고 했냐, 아들아?" 아빠가 목을 가누기 힘들다는 듯 머리를 이리저리 돌리며 말했다.

"아무것도 아니에요, 아빠. 웬디는 피곤해서 자러 갈 거예요."

주방을 나서던 웬디에게 아빠의 말이 들렸다. "이제 우리 딸은 캘리포니아에서 온 창녀 같네."

혼자 방에 있던 웬디는 이모네 집에 있을 때 라디오에서 흘러나오는 음악을 녹음해서 만든 믹스 테이프를 들었다. 테이프를 빨리 감아 폴리스의 〈킹 오브 페인〉을 재생했다. 톰이 좋아하던 노래였다. 그녀는 톰에게 편지를 쓰기로 했다. 물론 보낼 생각은 없었다. 지금까지 톰에게 썼던 편지들이 차곡차곡 쌓여 이제는 일기처럼 돼버렸다. 뉴햄프셔주에서 보낸 마지막 날, 톰의 집 뒤에 있는 소나무 숲에서 섹스를 했던 바로 그날, 톰은 편지를 주고받지 말자고 했다. 그저 함께한 추억만 간직해야 한다고 했다. 또한 매년 둘의 같은 생일에 서로를 떠올리면 된다고도 했다. 그래서 톰의 주소를 아는데도 편지를 한 장도 보내지 않았다. 설사 톰의 마음이 바뀌어 이제는 연락하고 싶다 해도 그녀로서는 알 수 없었다. 웬디가 지금 사는 주소를 톰은 알 길이 없었으니까. 하지만 아마 그의 말이 맞을 것이다. 어떤 일은 잊어버리는 게 최선이었다.

웬디는 늘 그랬듯이 "웬디로부터. 사랑 그리고 비참함을 담아.*"라는 글귀로 편지를 마무리한 뒤 이모에게 받은 에드거 앨런 포의 시집을 펼쳤다. 워크맨 소리를 높여도 얇은 벽을 통해 아빠의 요란한 목소리가 들렸지만, 다행히도 무슨 말인지 알아들을 수 없었다.

---

• J. D. 샐린저의 단편 소설 〈에스메를 위하여, 사랑 그리고 비참함으로〉에서 인용한 구절이다.

## ii

톰이 모기 퇴치제를 깜빡한 탓에 모기들은 그를 신나게 물어뜯었다. 하지만 오늘은 8월 13일, 진짜 생일까지 6개월 남은 절반의 생일이었고 동시에 웬디의 절반의 생일이기도 했다. 그는 숲에 있는 둘만의 특별한 장소에 있고 싶었다. 그래서 거의 1년 전 그들이 섹스할 때 누웠던 담요를 가져와 그 위에 눕고 절반은 몸 위로 덮었다. 모기를 피하며 웬디와의 추억에 집중하기 위해서였다. 바로 이 자리에서 웬디를 만지고 목소리를 들으며 함께했던 순간이 어땠는지 떠올리려 했다. 아직도 웬디의 얼굴은 대체로 기억해낼 수 있었지만 목소리는 점점 잊히는 것 같아서 걱정스러웠다. 아름다운 목소리였다는 건 분명했다. 웬디는 모든 면에서 아름다웠으니까. 하지만 구체적으로 어떤 목소리였는지 잘 기억나지 않았.

오늘 웬디도 그를 생각할까? 절반의 생일이 대단한 기념일이 아니라는 건 알고 있었다. 정확히 1년 전, 둘이서 이 날에 대해 얘기를 나눴을 뿐이었다. 그 얘기를 나눌 때 둘은 어디에 있었을까? 아니면 전화 통화로 얘기했던가? 인생이 점점 속도를 높이며 너무 빠르게 흘러가고 그의 모든 행복은 이제 과거가 됐다는 느낌이 슬픔과 함께 밀려왔다. 울까 봐 이를 꽉 물었지만 눈물은 나오지 않았다. 아마 그의 삶의 비극은 열네 살에 소울메이트를 만나 다시는 그 애를 만나지 못하고 사는 것이리라. 왜 웬디는 편지를 보내지 않을까? 편지를 보내지 말라고 하기는 했지만 웬디는 그의 주소를 알고 있었다. 심지어 전화번호까지도. 어쩌면 그를 잊었을 수도 있다. 이제 다른 남자 친구가 생겼을 수도 있다. 톰은 그 생각을 애써 떨쳐버렸다.

오돌토돌한 담요를 덮고 있으니 땀이 나서 톰은 자리에서 일어났다. 몸과 담요에 달라붙은 오렌지색 솔잎을 털어낸 뒤 다시 숲을 가로질러 집으로 갔다. 그의 뒤에서 점점 불어나는 모기떼 때문에 가끔은 달리기도 했다. 주방으로 들어가자 그가 품에 안고 있던 담요를 보고 엄마가 숲에서 책을 읽고 왔냐고 물었다. "그냥 생각 좀 했어." 톰은 그렇게 말했고, 엄마는 더 캐물으면 안 된다는 것 정도는 알고 있었다. 대신 이렇게 말했다. "버크 부인이 오늘 오후에 수영하러 오라고 했던 거 기억하니?"

톰은 기억했다. 버크가는 두 집 건너에 살았는데 애가 넷이었다. 고등학교 3학년인 캐슬린, 중학생인 케빈과 카터 형제, 그리고 톰과 동갑인 크리스틴. 두 딸은 괜찮았지만 남자 형제는 별로였다. 늘 서로 상대의 머리를 물속에 처박거나, 여자애들 브래지어 사이즈 얘기를 늘어놓거나, 여자의 눈썹을 보면 음모 색을 알 수 있다는 둥 저급한 얘기를 했다. 하지만 그 집 수영장은 꽤 좋았고, 톰은 한동안 묘한 판타지를 품어왔다. 동갑인 크리스틴에게 자신이 웬디 이스트먼과 사랑에 빠졌고, 그 애가 이곳을 떠나면서 마음의 상처를 입은 일을 다 털어놓는 판타지였다. 머릿속으로 둘의 대화를 상상하기도 했다. 크리스틴이 그들의 로맨스에 관해 이것저것 물어보면 톰은 전부 말해줄 것이다. 그 판타지 속에서 가끔은 톰이 크리스틴에게 웬디와 섹스했던 곳을 보여줬고, 크리스틴은 그에게 키스하며 자신도 그와 섹스하고 싶다고 생각하지만 그가 진정으로 자신을 사랑할 수 없다는 걸 이해했다.

"톰, 기억하냐니까." 엄마가 다시 물었다. 대답한 줄 알았는데 안 한 모양이었다.

"응, 갈 거야."

그날 버크가의 수영장에 초대받은 애는 톰만이 아니었다. 열 명 정도 되는 중고생과 초등학생이 있었고, 다른 부모도 몇 명 와있었다. 다만 어른들은 파티오에 모여서 길쭉한 유리잔에 칵테일을 마셨다.

톰은 수심이 깊은 쪽에 있었다. 거기서는 캐슬린과 그녀의 두 친구가 튜브를 타고 물 위를 떠다니며 이리저리 부딪혔다. 케빈과 카터는 수심이 얕은 쪽에서 서로에게 물총을 쏴대고 물속에서 방귀를 뀌며 놀았다. 저들이 중학생이라니 믿을 수가 없었다. 톰은 그날 오후 늦게 수영장에서 나와 몸을 닦고 버크 부인이 주는 하와이안 펀치를 마신 뒤에야 크리스틴과 얘기할 기회가 생겼다. 그는 오늘이 자신의 절반의 생일이라고 말했다.

"그런 게 진짜 있어?" 크리스틴이 물었다.

"응, 정확히 6개월 뒤가 내 생일이야."

"아니, 나도 절반의 생일이 뭔지는 알아. 다만 그걸 기념하는 사람이 있는 줄 몰랐어."

"나도 딱히 기념하지는 않아. 내게 케이크나 선물을 주는 사람은 없어. 그냥 생각이 났어. 6개월 후면 나는 열일곱이야."

"완전 늙었네." 크리스틴은 그렇게 말하며 얼굴을 찡그렸다.

톰은 웬디와의 일을 말하지 않기로 했고, 애초에 왜 그런 생각을 했는지 의아해했다. 웬디와 있었던 일은 인생에서 가장 중요한 사건이었고 굳이 다른 사람과 공유할 필요가 없었다. 대신 크리스틴에게 네 남동생들은 원래 그렇게 재수가 없냐고 물었다. 크리스틴이 대답하는 동안 톰은 여름 햇빛에 주근깨가 생긴 그 애의 피부와 가늘고 붉

그스름한 눈썹을 봤다. 그러고는 크리스틴의 남동생들이 음모에 대해 한 말이 사실일지 궁금해했다.

### iii

개학하기 일주일 전, 엄마가 웬디의 침대에 살짝 앉아 그녀를 깨웠다. 차분하면서 진지한 얼굴을 보자마자 웬디는 곧 자신의 인생이 바뀌려 한다는 걸 깨달았다.

"왜 그래?"

"네 아빠 일이야. 앨런은 이미 일어났으니까 너도 이제 일어나렴. 일어나서 옷 입고 곧장 주방으로 와."

"무슨 일인데?"

"옷 입고 곧장 주방으로 와."

거실과 연결된 주방으로 걸어가던 웬디에게 엄마가 통화하는 소리가 들렸다. 주방 스툴에 앉아있는 오빠 옆으로 가자 엄마가 전화를 끊었다. 그녀를 바라보는 앨런은 무슨 일이 생겼는지 이미 아는 얼굴이었다.

"경찰이랑 구급차가 오는 중이야." 엄마가 말했다. "어젯밤에 아빠가 욕조에서 목욕을 하다가 익사한 거 같구나. 내가 오늘 아침에야 발견했어."

"돌아가셨어요?"

"그래, 웬디."

"아빠가 지금 이 집에 있어요?" 웬디의 귀에도 자신의 목소리가 히스테릭하게 들렸다.

"그래, 하지만 구급대가 데려갈 거야. 네가 다른 곳에 가있고 싶다면 이해한다. 하지만 엄마는 여기 있을 거야."

"나도." 앨런이 말했다.

"아빠가 죽은 게 확실해요?"

"맥박이 안 뛰어, 웬디. 몸은 차디차고."

웬디는 집에 남았다. 하지만 밖으로 나가 그들이 이사 왔을 때부터 뒤뜰에 설치됐던 낡고 녹슨 두 그네 중 하나에 앉았다. 경찰이 오고 구급차도 왔지만 모두 아빠의 시신을 싣지 않은 채 떠났다. 웬디를 보러 밖으로 나온 앨런이 상조 회사에서 직원이 나와 시신을 가져갈 거라고 했다.

"오빠도 봤어?"

"아빠의 시신을 봤냐고?"

"응."

"봤어. 너는 안 보는 게 좋아, 웬디."

"어쩌다 돌아가신 거야?"

"의식을 잃고 그대로 익사하셨어." 그러더니 앨런이 언성을 높여 말했다. "아빠는 한심한 술주정뱅이였으니 자업자득이지. 미안해, 웬디. 하지만…." 앨런은 몸을 돌렸고, 어깨가 들썩이는 걸로 보아 울고 있었다.

웬디는 집으로 들어갔다. 엄마가 부엌에 있을 줄 알았는데 없었다. 가만히 서서 귀를 기울이니 불현듯 아빠가 다시 살아나 이 집을 어슬렁거리며 돌아다닐 거라는 확신이 들었다. 엄마는 어디 있지? 아마

침대에 누워있으리라. 웬디는 욕조에 있는 아빠의 시신을 보기로 했다. 굳이 가까이서 볼 필요는 없었다. 하지만 마음 한구석으로는 아빠가 죽었다는 사실이 여전히 믿기지 않았다. 그러니 두 눈으로 직접 확인해야 했다.

욕실 앞에 가보니 문이 살짝 열려있었다. 문을 밀려고 손을 댄 순간, 욕조 옆에 무릎 꿇은 엄마가 보였다. 보풀이 일어난 분홍색 욕실 매트에 무릎을 꿇은 채 양손으로 노란 욕조 가장자리를 잡고 있었다. 웬디가 선 자리에서는 아빠의 시신이 보이지 않고 오로지 엄마만 보였다. 엄마는 기도하는 듯했다. 웬디는 얼어붙은 듯이 그저 그 모습을 바라봤다. 그때 엄마가 욕조 안을 내려다보며 말했다. 나직한 목소리였지만 분명히 알아들을 수 있었다. "미안해, 여보. 어쩔 수가 없었어. 예전의 당신이라면 이해했을 거야."

웬디는 조용히 문에서 물러나 다시 마당으로 나갔다. 한동안 우두커니 서서 엄마가 했던 말을 곱씹으며 그걸 어떻게 받아들여야 할지 고민했다. 마침내 상조 회사에서 보낸 길고 검은 영구차가 도착했다. 시신을 집에서 영구차로 옮기는 건 보지 못했지만 앨런이 와서 아빠가 떠났다고 알려줬다.

그들이 태버내시에서 산 지 1년밖에 안 됐지만 엄마는 장례식을 준비했고, 아빠의 새 친구 몇몇이 왔다. 장례식 후의 무료 뷔페 때문이었는지 교회의 신도들도 꽤 많이 왔다. 멀리서 온 사람은 조지 삼촌뿐이었다. 삼촌은 딱 하루만, 그것도 시내 호텔에 머물렀고 떠나기 전에 웬디에게 용돈으로 100달러를 줬다. 웬디는 아마도 삼촌을 보는 건 이번이 마지막일 거라고 생각했다.

장례식이 끝난 후에 앨런은 마구간에서 일하는 상사의 딸이자 새 여자 친구를 만나러 갔다. 웬디는 엄마와 산책했는데 걷는 내내 엄마가 긴장한 걸 느낄 수 있었다. 웬디는 엄마가 자신이 한 짓을 털어놓기를, 고백하기를 기다렸다.

"이번 학기를 여기 태버내시에서 마치고 싶니?"

"나는 상관없어. 하지만 오빠는 계속 여기 있고 싶어 할 거야."

"그래, 아무래도 앨런을 위해 우리가 여기 남아야 할 거 같구나. 고등학교 3학년이니까. 앨런이 졸업한 후에 우리 셋이 새로운 곳으로 이사할 수도 있겠지. 아니면 우리 둘만이라도. 너희는 이사 다니는 데 익숙하니까."

"엄마는 어디로 가고 싶어?"

"너는 기억 못 할 테지만 네가 다섯 살 때쯤 와이오밍주 랜더에 여름 내내 머물렀던 적이 있어. 그때 네 아빠의 친구 네이트 러더퍼드가 거기 살았는데 아빠에게 자기 철물점에서 일하라고 했지."

"나도 기억해."

"그래?"

"드라마〈초원의 집〉에서처럼 통나무집에 살았잖아."

"맞아. 그 비슷한 집에서 살았지. 어쨌든 요점은 랜더가 지금까지 내가 가본 곳 중에서 제일 예뻤다는 거야. 다시 거기서 살 수도 있어. 나는 일하고, 너는 거기서 고등학교를 마치는 거야. 앨런도 함께 가겠다고 한다면, 거기에는 앨런이 일할 수 있는 말 목장이 널렸지."

"오빠는 지금 디드러에게 푹 빠졌어. 아마 안 떠난다고 할 거야."

"뭐 그거야 그 애 마음이지. 하지만 너는 갈 거지?"

"당연하지. 좋을 거 같아." 웬디가 말했다.

"내년은 올해보다 더 나았으면 좋겠구나."

엄마가 단지 아빠가 돌아가신 일만이 아니라 웬디가 캘리포니아로 떠났던 일도 염두에 두고 한 말이라는 걸 그녀는 잠시 후에야 깨달았다.

"더 나쁠래야 나쁠 수가 없지." 웬디는 그렇게 말했다가 주제를 바꿔 얼른 덧붙였다. "어쩌면 와이오밍주에서 엄마가 새 남편을 만날 수도 있어."

엄마는 웃으며 말했다. "이제 남편은 지긋지긋해. 하지만 개는 키우고 싶구나."

"아빠가 돌아가셔서 슬퍼?" 웬디는 자기도 모르게 그렇게 물었다.

엄마가 웃음을 터뜨렸다. "애야, 당연히 슬프지. 엄마가 슬프지 않을 거라고 생각하는 거야?"

"모르겠어. 엄마가 슬플 거라고 생각했지만 또 아빠랑 사이가 그렇게 막 좋지는 않았잖아."

두 사람은 토요일이라서 텅 빈 초등학교를 돌아 다시 집으로 향했다. 엄마가 말했다. "아빠는 인생이 잘 풀리지는 않았어. 너도 알지?"

"아빠가 술을 너무 많이 마셨다는 건 알아."

"그랬지. 그 이유가 제일 컸어. 아빠는 한 직장에 오래 다니지 못했고, 나는 가끔씩 아빠가 술에 너무 취해 실수할까 봐 걱정했어."

둘은 한동안 말이 없었다. 웬디가 뭐라도 말해야 하나 생각하고 있을 때 엄마가 말을 이었다. "네가 아빠를 좋은 쪽으로 기억했으면 해. 너랑 앨런이 어렸을 때는 좋은 아빠였으니까. 사람이 평생 좋을 수는 없어. 결국에는 변하거나 떠나버리지. 그럼에도 우리는 계속 살아야 하고."

"알아." 웬디가 말했다.

"과거를 잊을 수 있는 사람이 제일 행복한 법이야. 그러니까 사람에게 너무 얽매이지 마라. 그게 내가 하고 싶은 말 같구나."

다시 집에 돌아온 웬디는 방으로 올라갔다. 톰에게 또 보내지 않을 편지를 쓸까 하다가 쓰지 않기로 했다. 그 편지에서 정말로 하고 싶은 말은 엄마가 어떤 식으로든 아빠의 죽음에 책임이 있는 것 같다는 말이었으리라. 욕실에서 엄마가 하는 말을 들은 후로 계속 그런 생각이 들었다. 엄마는 술에 취한 아빠의 머리를 물속에 밀어 넣고 있었을까? 아니면 그냥 익사하게 내버려뒀을까? 아마 후자였으리라. 하지만 그렇게 생각하더라도 그런 생각을 글로 옮길 마음은 없었다. 절대. 엄마가 아빠를 죽였다면 왠지 그건 누구보다도 그녀를 위해서였다는 확신이 들었다.

웬디는 이제부터 다시는 엄마의 마음을 아프게 하지 않겠다고 다짐했다. 그래서 톰에게 편지를 쓰지 않기로 했다. 게다가 이제 그 편지들은 톰에게 쓰는 게 아니었다. 그녀 머릿속에 존재하는 톰 혹은 미래의 자신에게 쓰는 편지였다. 웬디는 볼펜을 집어 들고 공책 빈 페이지 맨 위에 전부 대문자로 '시$^{POEM}$'라고 썼다. 그리고 그 밑에 '웬디 이스트먼 지음'이라고 썼다. 예전에 뉴햄프셔주 학교에 다녔을 때 훔쳤던 시선집 《내 머릿속에 휘몰아치는 시의 형상들 Pictures That Storm Inside My Head》에 푹 빠졌다가 최근에 에드거 앨런 포로 관심이 옮겨 가면서 웬디는 자기가 직접 시를 써볼 수도 있겠다는 생각이 들었다. 어떤 시를 쓰게 될지는 몰랐다. 그저 시가 자신을 드러내지 않고도 자신에 대해 쓰는 방법이라는 정도만 알고 있었다. 그냥 막연한 생각이었다. 그녀는 시를 써보기로 했다.

# 1982

i

그건 전형적인 노란색 스쿨버스가 아니라 관광버스에 더 가까워서 고급스러운 천을 씌운 좌석이 있었고 창문은 선팅이 돼있었다. 워싱턴 DC로 가는 중학교 2학년 수학여행에 일찌감치 온 웬디 이스트먼은 맨 뒤에서 두어 줄 앞 자리에 앉기로 했다. 너무 앞에 앉으면 소심해 보였고, 맨 뒷자리는 보통 거친 애들 차지였다. 고작 열네 살인 웬디는 지금까지 세어본 것만 해도 열 번은 이사를 다녔다. 새로운 학교로 전학하는 건 그다지 힘들지 않았지만 살아남으려면 몇 가지 규칙이 필요했다.

버스에 타는 애들이 점점 더 많아지고 시끄러워지자 웬디는 고개를 돌려 창밖의 중학교 주차장을 내다봤다. 멀리 보이는 운동장 잔디밭에 내렸던 이슬이 서서히 증발했고, 하늘은 분홍빛을 띠었다. 웬디는 이번 여행에 가지 않으려고 했지만 듣자 하니 2학년 전원이 참석해야 하는 모양이었다. 엄마 말로는 그랬다. 웬디는 그 말을 믿을 수가 없었다. 왜냐하면 엄마가 여행 경비를 보내려고 수표를 작성하는 걸 봤기 때문이다. 만약 돈을 내야 한다면 꼭 참석해야 할 의무가 없지 않을까? 하지만 그건 중요치 않았다. 엄마는 어떻게든 돈을 마련할 정도로 그녀가 이번 여행에 가기를 바랐으니 웬디는 최대한 즐기기로 마음먹었다.

그렇기는 해도 학교에서 혼자 다니는 것과 모든 학생이 함께하는 사흘간의 수학여행에서 혼자 다녀야 하는 건 별개였다. 여행에서는 숨을 곳이 없으리라. 게다가 시작부터 좋지 않았다. 차창에 비친 모습을 보니 버스에 올라탄 애들은 빈자리를 보고 왔다가 옆에 웬디가 앉은 걸 알고 그냥 지나가버렸다. 어쩌면 운이 좋아서 옆에 아무도 안 앉을 수도 있었다. 그러면 가는 내내 아무하고도 말하지 않고 책만 볼 수 있었다.

학부모 인솔자 중 한 명인 셔펠 부인이 버스 맨 앞에서 출석을 부르며 출석부에 표시를 하고 있었다. 버스가 막 떠나려는 찰나에 한 남학생이 체크무늬 캐리어 가방을 다리에 쿵쿵 부딪치며 주차장을 가로질러 달려왔다. 톰 어쩌고 하는 애였는데 이름을 기억하는 이유는 영어 시간에 저 애가 〈개양귀비 들판에서〉라는 시를 암송하다 얼어버린 적이 있었기 때문이다. 하지만 스톤 선생님은 톰을 따뜻하게 감싸줬다. 셔펠 부인이 다시 버스 문을 열고 내려가 톰이 짐을 싣는 걸 도와줬다. 톰은 천천히 통로를 걸어오며 빈자리를 찾았다. 처음에는 웬디의 옆자리를 지나치더니 다시 돌아와 앉았다. 두 줄 뒤에 앉은 어떤 애가 우우 소리를 내자 주위에서 뜨뜻미지근한 웃음소리가 들렸다.

"안녕." 톰이 인사했다.

"나는 웬디야."

"아, 그래. 알아. 우리 영어 수업 함께 듣잖아."

그들은 버스가 고속 도로에 진입할 때까지 말하지 않았다. 버스가 쉭쉭 소리를 내며 빗길을 달렸고, 차창은 빗줄기로 흐릿했다. 웬디는 톰이 먼저 말을 걸지 않는 한 다시 말하지 않겠다고 다짐했지만 톰이 펼치지 않은 채 무릎에 놔둔 책에 호기심이 생겼다. 그녀도 아는 작가인 로알드 달의 책이었으나 도서관에서 빌려 온 게 분명한 그 양장본의 제목은 처음 들어봤다. 《기상천외한 헨리 슈거 이야기》. 웬디는 그게 어떤 책인지 물어봤다.

"단편집인데 꽤 섬뜩해. 애들보다는 어른을 위한 책이지."

"어떻게 섬뜩한데?"

톰은 두 불량 학생이 새들을 잔뜩 쏴 죽인 다음 다른 남학생을 괴롭히는 얘기를 들려줬다. 불량 학생들은 백조를 죽인 다음 날개를 떼어내 소년에게 달아줬다. 정말로 섬뜩한 얘기라서 웬디는 혹시 톰이 그녀를 놀라게 하려고 지어낸 건 아닐까 싶었다.

그들은 점심을 먹으려고 버거킹에 들렀고, 톰은 친구들을 찾아가 함께 앉았다. 반면 웬디는 혼자 앉았다. 그런 웬디가 딱했는지 셔펠 부인은 주문한 음식이 나오자 웬디와 함께 앉아 그녀의 사생활에 대해 이런저런 질문을 던졌다. 웬디는 혼자 밥을 먹는 것보다 학부모 인솔자와 함께 먹는 편이 더 창피할 거라고 생각했다.

다시 버스에 탄 웬디는 아마 톰이 다른 자리에 앉을 거라고 생각했지만, 둘은 이번에도 나란히 앉았다. 이제는 웬디도 가방에서 꺼낸 자신의 책을 갖고 있었는데 스티븐 킹의 《쿠조$^{Cujo}$》였다. 어젯밤 오빠 앨런의 방에서 슬쩍 가져온 책이었다. 아직 시작도 못 했지만.

"앗." 톰이 책을 보더니 그렇게 말했다. 웬디는 만약 누가 더 섬뜩한 책을 읽는지 겨루는 중이라면 자신이 한 수 위임을 깨달았다.

"스티븐 킹 책 읽은 적 있어?"

"아니, 하지만 텔레비전에서 〈살렘스 롯〉은 봤어. 너도 봤어?" 톰이 물었다.

웬디는 오빠에게 그 드라마가 얼마나 무서운지 익히 들었던 터였다. "아니. 무서웠어?"

용감한 척할 줄 알았던 톰은 오히려 이렇게 말했다. "평생 트라우마로 남는다는 말 알아?"

웬디는 웃었다. "응, 무섭다고 듣기는 했어."

"누구한테?"

"오빠가 보고 말해줬어."

"오빠?"

"응. 오빠는 고등학교 1학년이야."

"나도 누나가 있어. 우리 누나는 고등학교 3학년이야. 누나도 자기가 본 공포 영화는 다 말해줘."

"어떤 영화들인데?"

"웬만한 건 다 봐. 〈13일의 금요일〉, 〈오멘〉 같은 영화."

"내가 제일 좋아하는 영화는 〈엑소시스트〉야." 웬디는 불쑥 그렇게 말했지만 사실은 오빠 친구의 집에서 그 영화를 보고 트라우마로 남을 만큼 충격을 받았다.

톰은 감탄하는 표정을 지었다. "누나에게 그 영화에 대해 자세히 들었어. 파자마 파티에 갔다가 봤다고 했는데 진짜 장난 아니더라."

"장난 아니지." 웬디는 그렇게 말했고, 둘은 버스 타고 가는 동안 〈엑소시스트〉에 대해 얘기했다. 이상하게도 톰은 그 영화를 직접 보지 않았는데도 웬디보다 더 잘 아는 듯했다. 듣자 하니 누나에게 세세한 부분까지 전부 다 알려달라고 캐물은 모양이었다. 게다가 코미디 잡지인 '매드'를 정기 구독하고 있어서 그 영화의 패러디 만화 〈에코리스트 The Ecchorcist〉까지 읽은 터였다. 톰은 그 철자를 불러주고 그게 왜 웃긴지 설명해야 했다. 그런 다음 초록색 토사물을 쏟아내는 장면에 대해 질문을 퍼부었고, 심지어 십자가 장면에 대해서까지 물었다. 그건 정말이지 별로 떠올리고 싶지 않은 장면이었다.

웬디는 이 영화에서 자신이 가장 좋아하는 점은 공포와 전혀 상관없는 설정이라는 건 말하지 않았다. 말로 설명할 길이 없었기 때문이다. 그녀는 영화 속 소녀, 시내의 멋진 저택에서 엄마와 단둘이 사는 리건을 동경했다. 엄마는 화려한 파티를 열었고 남편은 없었는데, 웬디는 자기도 모르게 그녀의 딸로 산다면 어떨까 상상했다. 영화 막판까지 리건은 자신이 악령에게 사로잡혔을 때 무슨 일이 일어나는지 기억하지 못했다. 그러니 어떤 면에서는 멋진 삶을 계속 이어갈 수 있는 셈이었다. 웬디는 하마터면 이런 판타지를 털어놓을 뻔했으나 톰이 자신을 이상하게 볼 거라고 생각해서 말하지 않았다. 대신 리건의 머리가 360도로 돌아가는 장면을 말해줬다. 또 리건의 집 앞에 있는 아주 가파른 계단과 거기서 신부가 굴러떨어지는 장면도 말해줬.

목적지에 거의 도착할 때쯤 웬디가 말했다. "그 모든 일이 여기서 일어난 거 알지?"

"무슨 말이야?"

"그 영화. 배경이 여기잖아."

톰은 마치 그 영화가 사실은 다큐멘터리였다는 말이라도 들은 사람처럼 어리둥절한 표정이었다. "배경이 조지타운인데 워싱턴 안에 있어. 이번 여행에서 우리는 조지타운에 갈 거야. 분명 그 계단도 거기 있을 거야."

"정말?"

"정말."

"나는 그냥 박물관에 가고 대통령에 대해 배우는 줄만 알았는데."

"사실 그게 제일 중요하지."

버스가 속도를 줄이는 동안 한 선생님이 통로를 따라 내려왔다. "다 왔다, 얘들아. 소지품 빠뜨리지 말고 잘 챙겨라. 알았지?"

"애클스 선생님." 톰이 부르자 그녀가 걸음을 멈추고 톰을 바라봤다. "이번 여행에서 조지타운에 갈 건가요?"

"일정표 갖고 있니, 톰?" 그녀가 몸을 앞으로 내밀었고, 웬디는 놀라울 정도로 길고 반짝거리는 선생님의 머리카락을 바라봤다.

"집에 두고 온 거 같아요." 톰이 말했다.

"그래, 여행 마지막 날 조지타운에서 저녁을 먹을 거야. 일정표에 다 적혀있단다."

"거기가 〈엑소시스트〉의 배경인 거 아셨어요?" 톰이 말했다.

애클스 선생님은 얼굴을 찡그렸다. "설마 그 영화를 본 건 아니겠지, 톰?"

"네, 안 봤어요." 톰은 그렇게 말했고, 웬디는 혹시 톰이 그녀가 봤다고 고자질하지 않을까 생각했다.

"그거 꽤 무서운 영화야." 애클스 선생님이 말했다. "나는 보통 그런 영화를 봐도 끄떡없는데 그건 정말 무서웠어. 그래, 네 말이 맞아. 우리가 가려는 곳이 그 영화의 배경이야." 마지막 문장을 말할 때 애클스 선생님은 눈을 크게 뜨고 목소리를 살짝 바꿔 장난스럽게 말했다.

애클스 선생님이 그들을 지나갔고, 톰은 다시 웬디에게로 몸을 돌렸다. 그의 상기된 볼을 보며 웬디는 톰이 선생님을 짝사랑하는 게 아닐까 생각했다. 별로 놀랍지는 않았다. 선생님의 머리카락은 정말로 윤기가 흘렀고, 가끔은 스웨터가 너무 딱 달라붙어서 브래지어를 하지 않았다는 걸 알 수 있을 정도였다. 톰이 말했다. "정말로 조지타운에 가나 봐. 우리 그 계단 찾아볼까?"

## ii

이번 수학여행은 아마도 톰에게 인생 최고의 여행이었으리라. 그 이유 중 하나는 자유를 만끽할 수 있었기 때문이다. 학교에서는 호텔의 한 층을 전부 다 예약했고, 모든 학생이 각자 방에 들어가야 하는 저녁 아홉 시 전까지는 이 커다란 호텔의 어디든 마음껏 다닐 수 있었다. 1층 로비 옆의 게임룸이나 꼭대기 층의 헬스장도 포함해서. 폴 바비에리와 톰은 스파이가 돼 서로를 기습하는 재밌는 게임을 했다. 톰은 덮개를 씌운 수영장을 둘러싼 덤불 중 하나에 매복하다가 폴을 기습했고, 어린 소녀처럼 비명을 꽥 지르는 폴을 보며 승리를 거뒀다.

낮에 다니는 견학도 꽤 재밌었다. 스미소니언 박물관은 화석 전

시가 최고였고, 알링턴 국립묘지는 전차 투어를 제외하면 그저 그랬다. 링컨 동상이 너무 거대해서 감탄했고, 의회 도서관은 일정표에서 처음 봤을 때 생각한 것보다 더 재밌는 곳이었다. 첫째 날은 큰 독일식 레스토랑에서 저녁을 먹었는데 미국의 역사를 배우러 온 여행에서 독일 음식을 선택한 걸 다들 이상하게 생각했다. 하지만 둘째 날에는 아주 화려한 쇼핑몰의 푸드 코트에 갔고, 거기서 톰은 다시 전학생 웬디 이스트먼과 얘기할 기회가 생겼다. 버스에서 옆자리에 앉은 이후로 톰은 웬디가 마음에 들었지만 내색하지는 않았다. 그렇기는 해도 어디를 가든 웬디를 눈여겨보며 말을 걸거나 눈이라도 마주칠 기회를 엿봤다. 그러나 쉽지 않았다. 아마도 반에서 가장 착한 애들일 케네디가의 쌍둥이 자매가 웬디의 친구가 돼주기로 작정했는지 모든 일을 그 애와 함께했기 때문이다. 그 사실이 다행스러웠지만 대신 웬디에게 접근하기가 힘들었다. 그러다 거의 100가지나 되는 메뉴가 있는 푸드 코트에서 필리치즈 스테이크와 스위트 앤드 사워 치킨 사이에서 고민하던 톰은 조각 피자를 사려고 줄 서있는 웬디를 발견했다. 웬디에게 다가가 인사하고 조지타운에 가는 게 기대되냐고 물었다. 웬디는 한순간 멍한 표정이었고, 톰은 그 애가 버스에서 둘이 나눴던 대화를 전부 잊어버렸나 싶어서 당황했다. 그때 웬디가 미소를 지으며 꼭 함께 그 계단을 찾으러 가자고 말했다.

이튿날 아침 대법원을 견학하는 내내 톰의 머릿속은 오로지 그날 오후와 저녁에 방문할 조지타운 생각으로 가득했다. 웬디와 둘만의 시간을 보낼 절호의 기회였다. 그렇게 생각하니 설레는 동시에 두려웠다. 톰은 머릿속으로 계속 그 상황을 그려봤다. 애클스 선생님에게 그날 오후에 조지타운대학교를 둘러본 뒤 이탈리안 레스토랑까지 걸어갈 예정이라고 들었다. 이전에 수학여행을 두 번이나 인솔해본 선생님 말로는 정말 맛있다고 보증하는 식당이었다.

조지타운에 비가 오지는 않았지만 여행 온 후 처음으로 날이 서늘했다. 어두워진 하늘에서는 금방이라도 비가 쏟아질 듯했다. 여행 오기 전에 스웨터나 재킷을 가져오라는 공지가 있기는 했지만 톰은 자신이 가져온 유일한 스웨터가 마음에 들지 않았다. 그건 엄마가 넣어준 노란색 스웨터로 너무 꽉 꼈다. 그렇게 춥지만 않았다면 입지 않았으리라. 반면 페어 아일 무늬가 들어간 스웨터에 옅은 색 청바지를 입은 웬디는 눈부시게 아름다웠다. 층지게 잘라 양옆으로 뻗친 머리 스타일도 예뻤다. 톰은 오늘 밤에 혹시라도 망신을 당하는 건 아닌지 걱정됐다. 만약 톰이 손을 잡거나 키스하려고 한다면 비웃을지도 몰랐다. 그래도 톰의 머릿속은 온통 그 생각뿐이었다. 이탈리안 레스토랑에 도착하자 한 여자가 문가에서 "Benvenuti, studenti!(어서 오세요, 학생 여러분)!"라고 외쳤다. 톰은 곧 기회를 포착했다. 메리와 앤 케네디는 예약된 긴 테이블 두 개 중 하나의 끄트머리에 앉았고, 그 맞은편에 웬디가 앉았다. 웬디 옆자리가 비어있어 톰은 행동에 나섰다. 슬그머니 다가가 자기 귀에도 낯선 목소리로 여기 앉아도 되냐고 물었다.

"물론이지." 웬디가 말했고, 메리는 그를 보며 미소 지었다. 아마 속으로는 톰이 이상하게 군다고 생각했을 테지만. 그래도 음식은 아주 맛있었고, 그와 웬디는 지난번 버스에서처럼 공포 영화에 대해 얘기했다. 메리와 앤은(사람들은 이 쌍둥이 자매를 마치 한 사람처럼 그냥 '메리 앤 케네디'로 불렀다) 마치 그들의 대화가 지금껏 들어본 얘기 중에서 가장 흥미진진하면서도 무섭다는 듯이 숨죽여 들었다. 네 사람 모두 이 식당의 대표 메뉴인 미트볼 스파게티를 주문했다. 세 여학생은 셜리 템플을 마셨고, 톰은 루트 비어를 마셨는데 지금껏 마셔본 것 중 최고였다. 폴 바비에리는 다른 테이블에서 계속 톰을 향해 놀리듯 우스꽝스러운 표정을 지었다. 특히 톰이 스웨터에 미트볼을 흘린 뒤로 더욱 그랬다. 하지만 그냥 질투해서 그러는 게 분명했다. 식사가 끝날 무렵에는 스톤 선생님이 자리에서 일어나 식사 후에는 조지타운을 산책하고 상점도 몇 군데 들를 거라고 했다. 그러자 웬디가 "그 계단을 볼 절호의 기회야"라고 말했다.

"무슨 계단?" 앤이 물었다.

"버스에서 얘기할 때 톰과 나는 꼭 엑소시스트 계단을 보기로 했거든. 바로 요 근처야. 영화에서 카라스 신부님이 굴러떨어져 죽는 곳이지."

톰은 불현듯 메리와 앤도 그들과 함께 몰래 빠져나가겠다고 할까 봐 불안했다. 하지만 겁에 질려 눈을 휘둥그렇게 뜬 그들의 얼굴을 보니 그럴 일은 없을 것 같았다.

"안 가는 게 좋을 거 같아." 쌍둥이 중 하나가 그렇게 말하자 나머지 하나도 고개를 끄덕였다.

"근처라서 괜찮을 거야." 톰이 말했다.

하지만 학생들이 모두 식당 앞 보도에 모여 어디는 갈 수 있고, 어디는 갈 수 없는지 주의 사항을 듣는 동안 톰은 불안해졌다. 해 질 무렵이라 지평선에는 가느다란 분홍빛 한 줄기만 걸려있었다. 계단이 근처에 있다고 큰소리치기는 했어도 사실은 잘 몰랐다. 어쩌면 조지타운은 굉장히 큰 동네일 수도 있었다. 그래도 중요한 사실은 웬디가 곁에 있고, 둘이 모험을 한다는 것이었다. 게다가 조지타운은 활기차고 밝은 분위기였다. 작년 여름에 부모님이 데려갔던 보스턴의 퀸시 마켓과 약간 비슷했다. 다른 점이 있다면 여기는 느긋하게 바를 드나들고, 담배를 피우고, 스카프를 두른 학생들로 거리가 바글거렸다. 집에서 교육 방송만 볼 수 있는 톰은 최근에 〈다시 찾은 브라이즈헤드〉라는 대하드라마를 봤는데, 그걸 보며 무엇보다도 얼른 자라 그 세계의 일원이 되고 싶었다. 칵테일과 담배, 연애로 가득 찬 세계. 그에게는 조지타운이 그런 곳 같았다. 세련되고 어른스러우며 그의 삶과는 동떨어진 세계. 그리고 지금 그의 곁에는 웬디가 있었다.

"우리 어느 쪽으로 가야 해?" 학생들이 흩어지자 톰이 물었다.

"계단은 저쪽일걸?"

웬디가 손가락으로 어딘가를 가리키며 고개를 돌리자 톰은 그녀의 목선이 얼마나 아름다운지 볼 수 있었다. 그리고 순간적으로 거의 아찔할 만큼 분명하게 깨달았다. 앞으로 자신의 삶은 이런 로맨스로 고통스러우리라는 걸. 그때 청치마에 무지개색 스웨터를 입은 애클스 선생님이 다가와 말했다. "설마 둘이서 몰래 그 계단을 보러 가려는 건 아니겠지?"

"누구요? 저희가요?" 톰은 두 손을 옆으로 벌리며 너스레를 떨었지만 금세 자신의 행동을 후회했다.

"계단이 어디 있는지 아세요, 애클스 선생님?" 웬디가 물었다.

"너희 둘, 나를 따라와. 하지만 다른 사람에게는 말하면 안 된다. 괜히 혼나기 싫으니까."

애클스 선생님이 앞장섰고, 톰과 웬디가 뒤따랐다. 그들은 메인 대로를 건너 가로등 불빛이 희미한 골목길을 계속 걸어갔다. 톰과 웬디는 가까이 붙은 채 걸어갔고, 가슴이 두근거리던 톰은 손을 뻗어 웬디의 손등을 슬쩍 건드렸다. 웬디가 손을 뺄 줄 알았는데 오히려 그의 손안으로 슬그머니 자신의 손을 넣어 깍지를 꼈다. 그 감각이 너무도 강렬해 그 순간 정말로 숨이 멎을 것 같았지만 그의 다리는 계속 움직였다. 교차로에 이르자 애클스 선생님이 잠시 망설이더니 어딘가를 가리켰다. "계단은 저쪽이야."

톰과 웬디는 잡았던 손을 풀었다. 웬디가 지극히 평범한 목소리로 말했다. "정말요? 세상에." 버스에서 함께 앉은 이후로 가장 활기 넘치는 모습이었다. 웬디가 계단 꼭대기로 깡충깡충 뛰어가자 도시 한복판을 도려낸 듯 이질적이고 긴 계단이 위용을 드러냈다. 톰은 〈엑소시스트〉를 보지 않은 채 '매드' 매거진에 실렸던 패러디 만화만 보고 머릿속으로 더 생생하게 상상했던 터라 실제 계단을 보니 상상보다 더 무서운 동시에 덜 무서운 듯했다. 엄청나게 가파르고 위태로울 거라고 상상했는데 실제로 보니 가파르기는 해도 깎아지른 벼랑 끝에 서있는 듯한 느낌은 아니었다. 그럼에도 계단이 상상보다 더 무서웠던 이유는 한쪽 옆으로 건물이 바짝 붙어있어서 야외 계단이 오히려 터널처럼 답답하게 느껴졌기 때문이다. "잠시 둘만의 오붓한 시간을 가지렴. 대신 악령이 씌어도 나를 원망하지는 말고." 애클스 선생님이 말했다.

웬디는 환히 웃는 얼굴로 톰을 끌어당겼다. "네가 상상했던 그대로야?"

"무시무시하다. 뛰어 내려갔다가 다시 올라올래?" 톰이 말했다.

"아니, 나는 그냥 여기서 보는 걸로 충분해."

"하긴. 그냥 보기만 해도 무섭기는 해."

"또 손잡아줄까?"

톰은 대답하려고 입을 벌렸으나 말문이 막혔다. 웬디가 속삭였다. "미안. 너를 놀리는 건 아냐. 나는 네가 좋아."

"나도 네가 좋아." 톰은 그렇게 말하고 한 발짝 다가갔다. 바람이 계단을 따라 가볍게 소용돌이치며 불어오자 웬디의 머리카락이 그의 볼을 스쳤다. 톰은 정말로 어지러웠고, 눈앞에 펼쳐진 계단이 까마득한 심연으로 보였다. 웬디의 손가락이 다시 그의 손안으로 미끄러져 들어왔다. 그는 웬디에게로 고개를 돌렸다. 그 애도 똑같이 고개를 돌려 입 맞출 수 있기를 바라면서.

### iii

웬디는 키스하고 싶어 안달 난 소년 톰 그레이브스를 향해 고개를 돌렸고, 그 애가 키스하도록 허락하기로 했다. 애클스 선생님이 그들을 여기로 데려와 계단을 보여준 것과 그들이 이 멋진 도시에 있다는 것만으로도 이미 잊지 못할 밤이었는데, 이제는 심지어 남자 친구마저 생긴 듯했다. 톰이 고개를 움직이지 않아 어쩔 수 없이 그녀가 머리를 기울여 입술이 맞닿게 했다. 어설펐지만 기분이 좋았다. 톰은 다른 손으로 그녀의 허리를 감싸고 더 거칠게 키스했다. 웬디는 웃지 않을 수 없었고 둘은 키스를 멈췄다. "정말 좋았어." 웬디가 말했다. 톰이 약간 창백한 얼굴로 눈을 휘둥그렇게 뜨고 있었기 때문이다.

"나 이게 첫 키스야." 톰이 말했다.

"나도." 웬디는 거짓말했다.

"좋아, 너희 둘, 이제 그만 가야 할 거 같구나." 톰은 뒤로 물러서서 애클스 선생님 쪽을 힐끗 봤다. 선생님은 멀찍이 떨어져 그들을 등진 채 한 벽돌 건물을 올려다보고 있었다.

"우리 가야 할 거 같아. 애클스 선생님을 곤란하게 하고 싶지 않아." 웬디가 말했다.

"그래. 그래도 계단은 정말 멋졌어."

"응, 맞아."

애클스 선생님이 예쁜 얼굴에 미소를 띤 채 다시 그들에게 다가왔다. "기대만큼 좋았니?"

"네." 웬디가 말했다. 애클스 선생님이 앞장섰고 그들은 다른 학생들이 있는 곳으로 돌아갔다. 톰과 웬디는 다시 손을 잡았고, 웬디는 아까 첫 키스라고 거짓말한 일을 떠올렸다. 하지만 꼭 거짓말이라고 할 수는 없었다. 기분 좋은 키스, 최고의 키스는 이게 처음이었으니까. 문득 살아있다는 사실만으로 가슴이 벅찼고 웬디는 톰에게 바짝 붙었다. 마치 집에서 한 번도 들어간 적 없는 방으로 안내된 기분이었다. 톰이 그녀에게만 들리도록 나직이 속삭였다. "우리가 영화 속 주인공이 된 기분이야."

맞아. 정말 그런 것 같아. 웬디는 생각했다.

## iv

톰은 웬디에게 영화 속 주인공이 된 기분이라고 말한 게 약간 쑥스러웠다. 웬디는 대답하지 않았지만 대신 그의 손을 꼭 잡았다. 톰은 자신이 얼마나 흥분했는지 알리고 싶었지만 또한 이 모든 일에 좀 더 무덤덤하게 굴고 싶은 마음도 있어서 한동안 가만히 있기로 했다.

계단까지 오래 걸어갔던 것 같은데 애클스 선생님을 따라 모퉁이를 돌자 갑자기 버스 근처에 모인 다른 학생들이 보였다. 톰은 잡았던 웬디의 손을 놓고, 둘은 약간 떨어졌다. 초조하게 출석부를 들고 있던 셔펠 부인은 세 사람을 발견하고는 빨리 오라고 외쳤다. 갑자기 곁에 있던 웬디가 사라지더니 메리와 앤이 있는 여학생 무리에 휩쓸려 갔다. 어느새 애클스 선생님이 그의 곁으로 다가왔다. 함께 인도를 향해 걷는 동안 선생님이 말했다. "있잖니, 톰. 네 애정 행각은 다 찍혔어."

"그게 무슨 말이에요?" 정말로 깜짝 놀라 톰이 물었다.

애클스 선생님은 웃으며 말했다. "농담이야. 뭐 반은 사실이지만. 아까 호텔 직원에게 엑소시스트 계단으로 가는 길을 물었거든. 그때 직원이 그러더라고. 요즘 거기를 보러 오는 관광객이 늘었고, 계단에서 떨어져 허리가 부러진 사람이 많아 주위에 CCTV를 잔뜩 설치했다는 거야. 나도 아까 건물 옆쪽에 부착된 카메라를 하나 발견했는데 너랑 웬디를 정통으로 겨냥하고 있었어. 기억해둘 만한 좋은 교훈이지."

"무슨 교훈이요?"

애클스 선생님이 비장한 목소리로 말했다. "누군가 너를 지켜보고 있다는 거. 누군가가 늘 너를 지켜보고 있단다. 하느님의 눈이 너를 보고 있어." 선생님은 두 손을 치켜들고 요란하게 흔들었다.

"우리는 나쁜 짓 안 했어요." 톰이 말했다.

"알아, 톰. 그냥 놀린 거야."

둘은 한동안 침묵을 지켰고, 이제 셔펠 부인이 출석부에 표시하면서 아이들을 버스에 태웠다. 톰은 아까 했던 키스, 웬디와 함께할 미래, 언제 다시 웬디와 말할 수 있을지를 생각하느라 머릿속이 어지러웠다. 방금 애클스 선생님에게 들은 카메라 얘기를 웬디에게도 해줘야 할까 고민하다가 하지 않기로 했다. 아직 웬디를 잘 알지는 못해도 비밀을 좋아할 것 같았다. 오늘 밤 계단에서 있었던 일을 아는 사람은 세상에 둘뿐이라고 믿게 두기로 했다.

옮긴이 **노진선**

숙명여자대학교 영어영문학과를 졸업하고 잡지사 기자 생활을 거쳐 전문 번역가로 활동하고 있다. 매트 헤이그의 《미드나잇 라이브러리》《라이프 임파서블》, 피터 스완슨의 《죽여 마땅한 사람들》《여덟 건의 완벽한 살인》, 요 네스뵈의 《스노우맨》《리디머》, 할런 코벤의 《아이 윌 파인드 유》, 샐리 페이지의 《이야기를 지키는 여자》, 니타 프로스의 《메이드》, 캐서린 아이작의 《유 미 에브리싱》, 엘리자베스 길버트의 《먹고 기도하고 사랑하라》 등 다수의 책을 우리말로 옮겼다.

# 킬 유어 달링

첫판 1쇄 펴낸날    2025년 12월 19일

지은이   피터 스완슨
옮긴이   노진선
발행인   조한나
책임편집  함초원
편집기획  김교석 문해림 김유진 김하영 박혜인 정현
디자인   한승연 성윤정
마케팅   문창운 백윤진 김민영
회계    양여진 김주연

펴낸곳   (주)도서출판 푸른숲
출판등록  2003년 12월 17일 제2003-000032호
주소    서울특별시 마포구 토정로 35-1 2층, 우편번호 04083
전화    02)6392-7871, 2(마케팅부), 02)6392-7873(편집부)
팩스    02)6392-7875
홈페이지  www.prunsoop.co.kr
페이스북  www.facebook.com/prunsoop    인스타그램 @prunsoop

ⓒ푸른숲, 2025
ISBN 979-11-7254-094-4(03840)

* 잘못된 책은 구입하신 서점에서 바꾸어 드립니다.
* 본서의 반품 기한은 2030년 12월 31일까지입니다.